NAISSANCES

Danielle Steel

NAISSANCES

Roman

Laurédit.inc.

Titre original : *Mixed Blessings*
Traduit par Vassoula Galangau

© Danielle Steel, 1992
Tous droits réservés, y compris le droit de reproduction en tout ou partie
© Presses de la Cité, 1993, pour la traduction française
ISBN : 2-258-03516-3

Aux miracles de ma vie :
Beatrix, Trevor, Todd, Nick,
Samantha, Victoria, Vanessa,
Maxx et Zara,
pour tout l'amour et les bienfaits
sans fin qu'ils m'ont apportés,

et à Popeye, le plus beau des miracles,
mon seul et unique amour,

du fond du cœur,

D.S.

Miracle de l'amour,
miracle d'un si fragile espoir,
par la grâce
d'un rêve si ténu...
Puissance de l'amour
qui actionne
l'horloge de la vie...
Cri d'amour
quand tout commence,
cri de souffrance,
hurlement de douleur
et puis,
la chance
de pouvoir à nouveau
posséder, soutenir,
donner, partager.
De pouvoir à nouveau
braver
les montagnes
Et les océans.
De pouvoir à nouveau
nager jusqu'à
l'épuisement total,
crier dans le noir
jusqu'à rester sans voix.
Et puis,
oh, miracle !
te tenir enfin dans mes bras
oh ! mon bien-aimé
enfant de l'amour,
miracle de l'amour,
oh, mon chéri.

1

La flèche de l'église épiscopale de Todos los Santos, à
Pasadena, s'élançait vers le ciel bleu cobalt, dans l'air
chaud et immobile... Diana Goode descendit de la limousine
rutilante à la suite de son père. Sous le voile de dentelle
ivoire, ses traits paraissaient plus suaves qu'à l'ordinaire
et, à chacun de ses mouvements, sa lourde robe de satin
bruissait doucement. Avec un sourire radieux, la jeune
femme ferma les yeux pour mémoriser jusqu'au moindre
détail cet instant merveilleux, comme on s'efforce de capter
la perfection... Rien, ce jour-là, ne pourrait troubler son
bonheur.

— Tu es ravissante ! murmura son père.

Partis plus tôt, sa mère, ses sœurs, ses beaux-frères et
leur remuante progéniture devaient l'attendre maintenant
à l'intérieur plein de fraîcheur de l'édifice... Un soupir
gonfla la poitrine de la mariée. Deuxième enfant d'une
famille unie, Diana avait depuis toujours déployé de
louables efforts pour surpasser ses sœurs. Et elle y était
parvenue sans mal, car celles-ci lui avaient facilité la tâche.
Gayle, son aînée, avait abandonné ses études de médecine
dès l'année préparatoire, afin d'épouser l'homme de sa
vie... et se retrouver aussitôt enceinte. Aujourd'hui, à
vingt-neuf ans, mère de trois adorables fillettes, Gayle ne
ressemblait guère à Diana, sa cadette de deux ans. La
première avait choisi la vie paisible du foyer, tandis que

la seconde s'épanouissait dans un travail très prenant. Toutefois, depuis leur plus tendre enfance, une sourde rivalité avait entaché leurs rapports, affectueux par ailleurs. Une sorte d'antagonisme obscur et secret, presque inconscient, qui n'avait fait que croître au fil du temps. La vision du monde de Gayle se résumait en quelques règles d'or religieusement observées : ne jamais se retourner sur le passé, vivre pleinement le présent, préparer l'avenir avec confiance... Forte de ces convictions, l'aînée des sœurs Goode avait renoncé à une brillante carrière de médecin sans l'ombre d'un regret. Heureuse en ménage, elle assumait à la perfection son rôle d'épouse et de mère. Dernièrement, elle avait décidé d'avoir un quatrième enfant. Jack, son mari, obstétricien de renom, souhaitait ardemment un garçon et Gayle avait hâte de lui donner satisfaction. Sa vie gravitait autour de son foyer ; contrairement à ses sœurs, la réussite professionnelle la laissait de glace.

Indéniablement, il y avait plus de points communs entre Diana et Samantha, la benjamine de la famille. Intelligente, douée et compétente, Sam s'était jetée à corps perdu dans la rude compétition du marché de l'art. Elle avait tenu bon avec une remarquable efficacité durant les deux premières années de son mariage. La naissance de son deuxième enfant avait porté un coup fatal à ses ambitions. Ses nouveaux devoirs l'avaient contrainte à quitter la galerie dont elle assurait la direction, cependant que Seamus, son mari, artiste-peintre talentueux et jeune espoir de l'avant-garde, gravissait lentement mais sûrement les marches de la renommée.

Depuis quelque temps, lasse de son statut de ménagère, Sam s'était improvisée styliste en free-lance, tout en élevant ses bambins, un petit garçon et une petite fille en pleine santé. Elle les adorait, bien sûr, comme elle adorait Seamus... Mais, parfois, elle se surprenait à envier Diana... Diana, qui était restée une femme active, dans la « jungle impitoyable des adultes », selon une expression chère à leur père.

Aux yeux de Diana, l'existence de ses sœurs représentait le summum de la félicité. L'une comme l'autre rayonnaient d'un bonheur sans mélange. Elles avaient tout ce qu'une femme peut désirer... Sauf que Diana ne pouvait se contenter d'un bien-être aussi simple. Elle avait toujours voulu plus. Diplômée de Stanford, elle s'était rendue à Paris où elle avait suivi des études de lettres à la Sorbonne. Pendant près de deux ans, elle avait habité un coquet petit appartement rue de Grenelle et avait dégoté un emploi de reporter à *Paris-Match*. Fascinée par les soirées mondaines de la Ville-Lumière, elle avait alors envisagé de s'y établir, mais, très vite, la nostalgie de son pays et de sa famille avait triomphé de ses bonnes résolutions. Bizarrement, ses sœurs lui manquaient cruellement... Gayle qui venait de donner naissance à son premier bébé, et Sam qui attendait le sien. Diana n'avait pu résister à la tentation d'accourir à leur côté.

Elle avait regagné les États-Unis pour se trouver en proie à un nouveau dilemme. Rester ou repartir ? L'Europe avait affiné ses goûts. Auprès des fastes sophistiqués de la capitale française, Los Angeles manquait d'éclat. A peine revenue, elle regrettait la trépidante vie parisienne. N'aurait-elle pas dû tenter sa chance là-bas, où elle comptait déjà des relations importantes, plutôt que de recommencer à zéro, ici ? Elle s'était sentie étrangère dans sa propre ville...

Toutefois, elle resta. Sa nature impétueuse et sa force de caractère eurent bientôt raison des obstacles. Peu après, le succès couronna sa persévérance. Devenue rédactrice en chef de *Maisons d'aujourd'hui*, Diana Goode se retrouva du jour au lendemain à la tête d'un jeune magazine, moins prestigieux certes que *Paris-Match* mais riche en possibilités. Elle s'y consacra avec enthousiasme, du haut de son somptueux bureau directorial. Son salaire comptait parmi les plus élevés de sa profession et ses employés n'avaient rien à envier à ceux des grandes revues d'art. Quelques mois plus tard, *Maisons d'aujourd'hui* doublait son lectorat. Infatigable, Diana ne ménageait pas ses efforts. Elle passait tout au peigne fin, des séances de photos à la qualité des clichés, en passant par les articles qu'elle n'hésitait pas à réécrire elle-même. Et lorsque la publication eut atteint de gros tirages, elle commença à voyager avec l'équipe des photographes en quête de maisons originales, dans des endroits fabuleux... Ses investigations la ramenèrent en Europe, à Paris, bien sûr, mais aussi à Londres. A présent, le magazine sortait en français, en italien et en allemand. On pouvait se le procurer sur la Côte d'Azur, à Gstaad, dans les stations balnéaires et celles de sports d'hiver les plus prestigieuses du vieux continent. Et, naturellement, il était diffusé à New York, Palm Beach, Houston, Dallas, San Francisco et nombre de grandes villes américaines. C'était une réussite éclatante, le parfait emploi pour une personne aussi douée que Diana Goode. Parvenue au sommet, la jeune femme avait excité la jalousie de ses amies et même de ses sœurs. Elle ne s'en rendait pas compte, car elle ne songeait qu'à monter. Plus haut, toujours plus haut...

Peu après sa nomination à la direction de *Maisons d'aujourd'hui*, Diana avait rencontré Andy, lors de la réception annuelle des journalistes. Ils avaient vite faussé compagnie à l'assistance, cherchant refuge dans une minuscule trattoria où ils avaient discuté pendant des heures. Leur entente avait été immédiate et totale. A la fin de la soirée, chacun s'était senti irrésistiblement attiré par l'autre. Au coup de foudre avait succédé un amour profond et passionné. Bientôt, ne pouvant se passer de sa compagne, Andy voulut vivre avec elle. Méfiante de nature, Diana le fit attendre six mois avant de lui sacrifier sa liberté, chose qu'elle ne regretta pas le moins du monde... Ils étaient faits l'un pour l'autre.

Grand, blond et athlétique, Andy exerçait une séduction indéniable sur son entourage. Issu d'une vieille famille new-yorkaise, il avait suivi des études de droit à Ucla. Son diplôme prestigieux lui avait ouvert toutes les portes et, peu après, une chaîne de télévision nationale lui avait confié le poste enviable de conseiller juridique.

Véritable bourreau de travail, tout comme Diana, le jeune et brillant juriste comptait parmi ses relations tous ceux qui faisaient la pluie et le beau temps dans les médias — magnats de la presse, producteurs, stars du petit écran. Ambitieux, il projetait de fonder un jour sa propre étude en se spécialisant dans les contrats de spectacle, mais le moment n'était pas encore propice, il le savait... Comme il savait exactement ce qu'il attendait de la vie. Andy avait soigneusement planifié chaque étape de sa carrière, bien avant de faire la connaissance de Diana. Et sitôt qu'il l'avait aperçue, dès le premier regard échangé, il avait su avec une précision absolue qu'il venait enfin de trouver celle qui méritait de porter son nom et ses enfants. Tous deux voulaient des enfants, d'ailleurs... Au moins quatre, disaient-ils en riant. Andy était l'aîné de trois frères, dont des jumeaux. D'après les lois génétiques, ils avaient sûrement une chance d'avoir des jumeaux, affirmait Diana. Ils s'aimaient sans aucune précaution, comme pour provoquer la fatalité. Un bébé serait le bienvenu ; les deux amants ne demandaient pas mieux que de régulariser leur situation. Quelques mois après leur première rencontre, ils prirent la décision d'unir à jamais leurs destinées.

Pendant un certain temps, ils avaient partagé un appartement, petit mais cossu, à Beverly Hills. Ils l'avaient meublé et décoré avec goût — là aussi ils s'accordaient à merveille —, avaient même fait l'acquisition de deux toiles de Seamus. Leurs revenus à tous deux leur permettaient un train de vie assez fastueux, et ils ne s'en privaient pas.

Côté famille, c'était également l'harmonie. Andy avait su conquérir aussi bien les parents que les sœurs et beaux-frères de Diana. Si différents fussent-ils, Jack, Seamus et Andy devinrent très vite inséparables. Souvent, ils déjeunaient « entre garçons » et refaisaient le monde.

Andy, comme un poisson dans l'eau, glissait aisément d'un sujet à l'autre, d'un univers à l'autre, passant de l'art — le royaume de Seamus — à la recherche médicale — le domaine de Jack —, sans oublier les investissements et autres placements fructueux — son propre rayon.

Andrew Douglas faisait partie de ces êtres pétris de charme à qui personne ne peut résister. Les parents de Diana, ses sœurs, ses beaux-frères, ses neveux et nièces, tout le monde s'était entiché de ce grand jeune homme aux cheveux cendrés... La vie leur souriait et, aussi loin que la jeune femme envisageait l'avenir, elle ne le voyait que serein, à l'abri du tumulte, calme et merveilleux. C'était ça, le bonheur, se disait-elle alors, cette certitude que tout vous appartient.

L'existence se déroulait comme un rêve auprès d'Andy... Au bout d'un an, le couple partit en Europe. A Paris, Diana fit visiter à son bien-aimé les petits troquets de la Rive Gauche qu'elle avait hantés alors qu'elle était étudiante. Ils descendirent en voiture la Loire bordée de ses superbes châteaux, remontèrent à Paris, puis sautèrent dans un vol à destination de l'Écosse où les attendait Nick, le jeune frère d'Andy, établi à Édimbourg pour un an.

Oui, la vie leur souriait. Aucun nuage ne venait assombrir le ciel bleu de leur félicité, aucune fausse note n'avait jamais troublé la splendide et voluptueuse symphonie de leur passion. Tout était, tout ne pouvait être que parfait.

Revenus à Los Angeles, ils annoncèrent officiellement leurs fiançailles. La date du mariage fut fixée en juin, huit mois plus tard. Leur voyage de noces aurait lieu en Europe, encore une fois, mais sous le soleil ardent du Sud, dans le Midi de la France, en Italie, en Espagne...

Restait la maison. Le nouveau couple passa en revue les pimpants cottages de Brentwood, Westwood et Santa Monica. A Bel Air, Andy eut le béguin pour une villa toute blanche, et Diana tomba en extase devant une résidence baroque de Malibu. Mais ce fut à Pacific Palisades qu'ils découvrirent la maison de leurs rêves. Une vaste demeure un peu biscornue, pleine de coins et de recoins, avec des boiseries sculptées, et un immense jardin planté de sycomores majestueux où, plus tard, leurs enfants pourraient jouer... Le premier étage abritait une luxueuse suite destinée aux maîtres de maison, il y avait quatre chambres d'enfant à l'étage du dessus, ainsi qu'une spacieuse chambre d'amis dans la longue enfilade de pièces du rez-de-chaussée.

La promesse de vente fut signée en mai. Andy y emménagea trois semaines avant le mariage. La veille du grand jour, M. et Mme Goode offrirent un dîner familial au Bistro, l'un des restaurants les plus chic de Beverly Hills. La maison regorgeait de malles et de cartons. Diana avait déposé dans l'entrée ses bagages en vue de son voyage de noces, mais elle avait tenu cependant à passer sa dernière nuit de célibataire dans sa chambre de jeune fille, chez ses parents. Elle était restée longtemps étendue sur le lit étroit, mains croisées par-dessus la courtepointe brodée, yeux rivés sur le charmant papier mural à ramages bleu et rose qu'elle connaissait si bien. Demain s'ouvrirait un nouveau chapitre de sa vie... Demain, elle serait une femme mariée. Qu'est-ce que cela faisait, d'être la femme de quelqu'un ? Quel sens cela pouvait-il avoir ? Quelle différence y avait-il entre partager le même logement et vivre comme mari et femme ? Pour *toujours* ? Ce mot anodin se chargea soudain d'une signification lourde de conséquences, presque inquiétante et, pour la première fois, l'avenir lui parut moins éclatant. Et si Andy changeait ? Si elle-même changeait ? Si... si... Anxieux, son esprit se tourna vers ses sœurs, les hommes qu'elles avaient épousés, la façon dont ils avaient évolué. Certes, des changements s'étaient glissés peu à peu entre les couples, subtils d'abord, plus nets par la suite. Mais au fil des ans, au lieu de se relâcher, les liens s'étaient resserrés. Aujourd'hui, Gayle et Samantha semblaient en parfaite harmonie avec leurs époux et leurs enfants... Diana sourit dans l'obscurité. D'ici un an, elle aussi aurait certainement un enfant. Cette seule idée la transperça comme une onde chatoyante, là, au creux de ses reins. Ses ébats avec Andy l'avaient toujours comblée mais c'était encore plus exaltant de penser qu'elle porterait bientôt le fruit de leur amour. Un petit être à chérir et à protéger, un bébé tout à elle et à Andy...

La jeune femme souriait encore à ce vœu lorsqu'elle se leva, le lendemain matin. Le monde était serein à nouveau, plus aucune ombre menaçante ne planait sur son bonheur. Elle descendit à la cuisine, s'assit devant une tasse de café, dans le silence bienfaisant de la grande maison encore endormie. Sa mère la rejoignit peu après et, une demi-heure plus tard, ses sœurs arrivèrent avec leurs garnements. Leurs maris, tous deux garçons d'honneur, iraient directement à l'église. Les petites filles de Gayle et Sam porteraient des paniers fleuris et quant au fils de cette dernière, il avait été chargé de présenter les anneaux aux jeunes mariés durant la cérémonie. C'était un petit bout de chou de deux ans à peine, beau comme un ange, arborant avec une telle fierté son costume de soie blanche que Diana en eut les larmes aux yeux.

La prévoyante Mme Goode avait demandé à une baby-sitter d'occuper les enfants pendant que leurs mères s'habilleraient.

— Normal ! s'était exclamée Gayle en riant.

Elle faisait allusion au redoutable sens de l'organisation de leur mère. C'était elle qui agençait d'une main de maître les réunions familiales. Pour la fête de Thanksgiving, elle s'y prenait dès juin, ce qui arrachait soupirs et gémissements à ses filles. Évidemment, elle avait minutieusement mis au point le mariage et Diana, trop accaparée par ses fonctions au journal, lui en avait su gré. Connaissant sa mère, elle savait qu'elle n'avait aucun souci à se faire. En effet, Mme Goode avait tout ordonné, tout anticipé, tout prévu, jusqu'aux tenues des demoiselles d'honneur, avec une efficacité sans faille. Gayle et Sam resplendissaient dans leurs toilettes de soie pêche, un bouquet rond de roses thé entre leurs mains gantées. Et leurs petites filles étaient ravissantes, toutes de blanc vêtues, leur corbeille à la main. Lorsque tout le monde fut prêt, Mme Goode donna le signal du départ. La première voiture mit le cap sur l'église, laissant Diana en tête à tête avec son père.

— Tu es superbe, ma chérie.

M. Goode avait toujours été fier de Diana. De son intelligence, de sa discrétion, de ses bonnes notes à l'école. Et de sa loyauté. Adolescente, elle n'avait pas jugé utile de donner du fil à retordre à ses parents. Il n'y avait jamais eu de cachotteries, jamais de rebuffades ou d'exigences déraisonnables. Avec Gayle, cela avait été plus difficile. Peut-être parce que c'était l'aînée. Son éducation avait souvent déclenché des disputes homériques entre ses parents.

— Je les ai poussés à bout, avait-elle concédé plus tard.

Diana pensait que, comparés aux personnes de leur génération, leurs parents faisaient montre d'un esprit compréhensif et ouvert. Bien sûr, en bons bourgeois, les Goode avaient tenu à inculquer des principes assez stricts à leur progéniture ; ils avaient accueilli plutôt fraîchement la décision de Samantha d'épouser un artiste, même s'ils apprirent plus tard à l'apprécier et à l'aimer.

Naturellement, ils n'avaient pas éprouvé de telles réticences à l'égard du fiancé de Diana. Andrew Douglas représentait le gendre idéal pour tous les parents, l'homme à qui on confie sa fille les yeux fermés.

— Nerveuse ? demanda gentiment son père.

— Oui, un peu, avoua-t-elle, et son sourire lui rendit soudain une innocence de petite fille.

Avec ses longs cheveux brun acajou ramassés en chignon sous le voile, Diana affichait un air sophistiqué et en même temps juvénile, alors qu'elle regardait son père. Elle pouvait tout lui dire, tout lui confier, ses espérances les plus extravagantes, ses chagrins les plus enfouis, ses inquiétudes les plus sombres.

— Je me demande si ça ne va pas être différent, si le fait d'être mariés ne va pas changer un tas de choses entre

Andy et moi... J'ai l'impression d'être devenue adulte tout à coup.

A vingt-sept ans, elle se sentait encore si jeune, si vulnérable, bien que, parfois, si âgée...

— Oui, tu es une adulte, convint son père en se penchant pour lui frôler le front d'un baiser, à travers le voile transparent.

Elle lui sourit. Grand et mince, le cheveu blanc et l'œil bleu pétillant, M. Goode frappait par sa distinction. Il considéra sa fille un instant. Son intuition lui disait qu'elle ne s'était pas trompée. Andrew saurait la rendre heureuse, il en était convaincu.

— Tu es mûre pour le mariage, mon petit, affirma-t-il d'une voix rassurante. Et ce sera une union réussie, puisque tu vas épouser la crème des hommes. Allons, pas d'hésitation, tu n'as rien à craindre. Nous serons toujours là pour toi... et pour Andy.

— Je le sais, murmura-t-elle en détournant ses yeux humides.

Une émotion singulière la submergea et elle eut soudain la conscience aiguë qu'elle allait quitter à jamais son père et cette maison où pourtant elle n'habitait plus depuis des années. Pour sa mère, ce n'était pas la même chose. Mme Goode possédait l'art et la manière de s'inventer mille occupations... Mais à quoi bon ruminer des pensées noires tout à coup ? Ce jour devait voir l'accomplissement de ses rêves, de ses plus ardents désirs, de ses aspirations les plus nobles.

— Venez, jeune dame, dit son père, comme s'il avait deviné son désarroi. Il faut aller à un mariage, je crois.

Elle s'appuya au bras qu'il lui présentait et ils sortirent de la maison. Le chauffeur avait garé la limousine devant le perron, et les deux hommes aidèrent Diana à s'installer sur la banquette arrière. Lorsque la longue voiture sortit de la propriété, les gamins du voisinage se mirent à sautiller en criant :

— Regarde ! Regarde ! Vive la mariée !

C'était *elle*, la mariée, songea-t-elle brusquement en jetant un coup d'œil attendri à la corolle épanouie de sa robe, un élégant modèle de style victorien dont le corsage de dentelle et les manches gigot en satin avaient exigé d'interminables séances d'essayage.

Tout à l'heure, après la cérémonie, le nouveau couple recevrait plus de trois cents invités au Country Club d'Oakmont, pensa-t-elle en étouffant un soupir ému. Il y aurait tout le monde : ses anciennes camarades de lycée, les amis de ses parents, ses collègues de travail, les copains d'Andy, ses innombrables relations — avocats, réalisateurs et producteurs de télévision —, William Bennington, son assistant et ami, quelques célébrités du petit écran dont il était en train de préparer les contrats. Et, bien sûr, ses parents et ses trois frères. Nick qui avait quitté l'Écosse pour Londres, Greg et Alex, les jumeaux, étudiants à Harvard. Plus jeunes de six ans — Andy en avait trente-deux —, les jumeaux vouaient à leur aîné une dévotion sans limites. Andy était leur héros. Et ils avaient tout de suite adopté Diana. Contrairement à leur frère, les jeunes Douglas préféraient la côte Est. Ils comptaient, plus tard, s'établir à New York, à Boston ou à Londres, comme Nick.

— On n'est pas des groupies de star, nous, avait lancé celui-ci pendant le dîner, la veille au soir.

Les Douglas se taquinaient les uns les autres sans merci mais, à l'évidence, tous admiraient le succès professionnel d'Andy et approuvaient pleinement son choix.

Debout sur le parvis dans la lumière translucide du matin, la mariée posa sa main gantée de blanc sur la manche sombre de son père. Dans sa main libre rayonnait un bouquet de roses blanches. Une musique d'orgue aérienne en provenance de l'église les enveloppa comme un nuage, alors qu'ils gravissaient les marches de pierre.

Les yeux saphir de Diana cherchèrent ceux de son père.

— Nous y voilà, papa, murmura-t-elle.

— Oui, et tout ira bien, la rassura-t-il, comme il l'avait

déjà fait à chaque moment important de sa vie. (La veille
de sa première représentation théâtrale au lycée, quand
elle mourait de trac, le jour de ses neuf ans, lorsqu'elle
s'était cassé un bras en tombant de vélo et qu'il l'avait
conduite aux urgences où il l'avait tenue serrée dans ses
bras, tandis qu'on lui prodiguait les premiers soins.) Tu
as été une fille exemplaire, ma chérie, tu feras certainement
une épouse épatante.

— Je t'aime, papa, chuchota-t-elle d'une voix chevro-
tante.

— Je t'aime aussi, Diana. Que Dieu te bénisse.

Ils s'étaient immobilisés au seuil de l'imposant édifice
en attendant que les demoiselles d'honneur viennent à la
rencontre de la mariée. Le père de Diana déposa un baiser
sur le tissu vaporeux du voile puis, l'espace d'un instant
qui se grava pour l'éternité dans leur mémoire, la musique
s'arrêta. Les sœurs de la mariée, entourées de ses trois
meilleures amies vêtues de toilettes de soie pêche identiques
et coiffées de larges capelines d'organdi, remontèrent
lentement l'allée. L'orgue égrena alors les notes limpides
de *La Marche nuptiale*. Diana s'avança vers son escorte,
parée de sa magnifique robe de satin, faisant glisser avec
une grâce sans pareille l'interminable traîne derrière elle.

Les invités retinrent leur souffle. C'était une reine qui
passait devant leurs yeux éblouis. Une jeune souveraine,
mince et racée, belle comme le jour, au milieu de sa cour...
La gorge nouée d'une émotion indicible, Diana continua à
progresser, et soudain, comme dans un éblouissement, elle
l'aperçut. Il l'attendait devant l'autel. Grand, blond,
séduisant... La promesse d'une vie entière.

Leurs regards anxieux se soudèrent. Des larmes firent
briller les prunelles claires d'Andrew. Il serra doucement
la main de Diana quand enfin elle fut près de lui. Le
ministre du culte rappela la raison pour laquelle ils s'étaient
tous réunis, avant de se tourner vers le couple. Ils se
mariaient pour le meilleur et pour le pire, jusqu'à ce que
la mort les sépare, dit-il... Le chemin n'était pas toujours

semé de pétales de rose, mais chacun devait soutenir l'autre dans l'adversité, le chérir, le respecter et l'honorer.

Les époux prononcèrent d'une voix haute et claire le serment de fidélité et d'assistance réciproque qui allait les lier pour toujours. Les mains de Diana avaient cessé de trembler. Elle n'avait plus peur... Elle était avec Andy. Là où elle devait être. De sa vie elle n'avait été aussi heureuse. Un sourire illumina ses traits ciselés, quand le pasteur les déclara mari et femme. La fine alliance d'or étincelait de mille feux à son annulaire et lorsqu'ils échangèrent le baiser rituel, les yeux d'Andy reflétèrent une tendresse si profonde que la mère de la mariée se mit à renifler dans son mouchoir. Son père avait versé quelques larmes discrètes un peu plus tôt, au moment où il l'avait remise à l'homme qu'elle aimait. Il savait que plus rien ne serait comme avant... Dorénavant, sa fille appartenait à un autre.

La réception fut une réussite accomplie, comme tout ce que Mme Goode entreprenait. La fête se prolongea jusqu'à six heures du soir. En fin d'après-midi, Diana put enfin s'asseoir, épuisée. Elle avait bavardé, ri et dansé avec presque tous les invités. Les sœurs Goode et les frères Douglas s'étaient lancés dans un quadrille endiablé qui avait arraché une avalanche d'applaudissements et d'ovations à l'assistance. Les garçons Douglas étant quatre et les filles Goode seulement trois, les jumeaux furent tour à tour les cavaliers de Samantha qui parut enchantée. Ils avaient le même âge, à un an près, et semblaient s'entendre comme larrons en foire.

Un soupir satisfait échappa à Diana... Tout le monde s'était merveilleusement amusé, les collègues d'Andy, les siens, leurs amis et relations. Le président de la chaîne télévisée avait fait une courte apparition en compagnie de sa femme. Et le patron de *Maisons d'aujourd'hui* avait tenu à danser avec sa chère rédactrice en chef, puis avec sa mère.

C'était un splendide après-midi. Une journée parfaite

dans un monde idéal. Un instant absolu et unique, heureux présage d'une existence dorée. Le paradis... Jusqu'alors, le destin avait préservé Diana de toute souffrance. Les bonnes fées qui s'étaient penchées sur son berceau l'avaient comblée de bienfaits. Tout semblait lui réussir. Et il n'y avait aucune raison pour que cela s'arrête, non, aucune ! Andy avait fait irruption dans sa vie au bon moment, ils avaient vécu ensemble plus de deux ans sans l'ombre d'une dispute, le mariage ne pouvait que consolider leur amour. Ils avaient tant à partager, tant à s'offrir l'un à l'autre ! Une famille à fonder... Diana baissa les yeux sur sa robe de mariée. Bientôt, elle allait la retirer et plus jamais ne la porterait. La réalité se muerait en souvenir... Un souvenir merveilleux, certes, mais qui appartiendrait à tout jamais au passé. Un drôle de petit frisson lui parcourut le dos. L'espace d'une seconde, elle eut la sensation qu'elle venait de vivre une journée extraordinaire et presque trop parfaite.

— Vous êtes superbe, madame Douglas, lui murmura Andy à l'oreille en la tirant de son fauteuil pour l'entraîner sur la piste de danse où ils se mirent à tournoyer au rythme d'une valse.

— J'aurais voulu que cette journée ne se termine jamais, soupira Diana, les yeux clos.

Il la pressa davantage contre lui.

— Elle ne se terminera pas, dit-il tranquillement. Je ne le permettrai pas. Ce sera toujours comme ça, Diana. Nous devrions nous le rappeler, si jamais les choses se gâtaient entre nous.

— Vraiment ? Est-ce un avertissement ? Allez-vous me mener la vie dure, monsieur Douglas ?

Il sourit.

— Très !

Un gloussement échappa à la jeune femme.

— Honte à toi !

— Quelle audace ! Qui m'a laissé tout seul hier soir pour se refaire une virginité chez ses parents ?

— Oh, Andy, ça n'a été qu'une nuit.

— Une longue nuit, affirma-t-il, tout contre la tempe de sa cavalière dont les doigts délicats se nouaient autour de sa nuque. Mais dans les semaines à venir, tu seras à moi, rien qu'à moi... Eh bien, et si nous partions ?

La musique s'était éteinte en douceur sur un trémolo voluptueux. Diana hocha la tête. Quitter la fête de son mariage l'attristait, mais il était grand temps de s'en aller.

Ses demoiselles d'honneur l'escortèrent à l'étage où elle ôta lentement son voile et sa somptueuse robe de mariée. Sa mère les suspendit avec soin sur des cintres rembourrés, avant de les ranger tout aussi soigneusement dans une malle. Mme Goode adorait ses filles. Maintenant qu'elles étaient toutes mariées, elle pouvait respirer, enfin.

Diana passa un tailleur Chanel spécialement choisi par sa mère pour la circonstance. En crêpe de Chine blanc, galonné de bleu marine et agrémenté de gros boutons en perle, il mettait en valeur la silhouette élancée de Diana et sa taille de guêpe. Une toque seyante parachevait l'ensemble.

Les yeux d'Andy s'allumèrent quand il la vit revenir dans la salle des banquets. Suivant la tradition, la jeune mariée lança aux invités son bouquet neigeux et sa jarretière, après quoi, sous une pluie de riz, d'œillets et de pétales de rose, le couple s'engouffra dans une limousine blanche. Andy avait retenu la suite nuptiale au Bel Air Hotel, un véritable bijou avec vue sur le parc. Le chauffeur mit la voiture en route ; à l'arrière, Andy entoura d'un bras câlin les épaules de sa femme et tous deux poussèrent un soupir de satisfaction mêlé d'épuisement.

— Seigneur, quelle journée ! soupira-t-il, bien calé sur le siège moelleux. Tu étais très mignonne en mariée, mon amour.

— Tu n'étais pas mal non plus, sourit-elle. C'était un beau mariage.

— Ta mère a le sens inné de la mise en scène. Les gens de la télé n'ont pas cessé de lui faire des compliments. A croire qu'ils n'ont jamais vu de tels fastes sur un plateau de tournage... Quant à tes sœurs, quelle santé ! Ah, on peut dire que les filles Goode savent s'amuser !

Diana redressa le buste, faussement indignée.

— Et les frères Douglas, alors !

— Les frères Douglas sont un modèle de bonne conduite.

Elle lui décocha un coup de coude faussement rageur qui le fit rire.

— As-tu oublié, peut-être, que vous vous êtes jetés tous les quatre sur maman pour danser le boogie-woogie comme des sauvages ?

— Sincèrement, je n'en ai aucun souvenir.

Son air de petit garçon turbulent déclencha l'hilarité de Diana.

— De mieux en mieux ! Tu es ivre, mon bon ami.

— En effet, je dois l'être.

Andy l'attira dans ses bras, leurs lèvres s'unirent pendant un long moment et lorsqu'il se détacha d'elle, tous deux avaient le souffle coupé.

— Dieu, j'ai attendu des heures pour te voler un baiser, murmura-t-il, les yeux brillants. J'ai hâte d'être à l'hôtel pour t'arracher tes vêtements.

— Mon nouveau tailleur ? fit-elle, faussement affolée.

— Oui, ma jolie, et ton nouveau chapeau... J'avoue que l'ensemble est du plus bel effet.

— Merci.

La limousine filait à toute vitesse à travers les larges avenues de la ville, comme un paquebot luxueux sur une mer d'huile. Main dans la main, Andy et Diana continuè-rent à échanger des propos insouciants. Un ineffable sentiment de paix se glissait dans l'esprit et le corps de la jeune femme. Rien, jamais, ne pourrait porter ombrage à leur union... à leur amour qu'elle sentait palpiter douce-ment dans son cœur.

A l'hôtel, un réceptionniste courtois leur indiqua le chemin de leur suite. Il fallait traverser le parc pour accéder au bâtiment principal. Ils eurent un sourire involontaire et complice à la vue d'un écriteau discret signalant « le mariage Mason-Winwood ».

— Décidément, aujourd'hui est un grand jour, chuchota Andy à sa jeune épouse qui émit un rire joyeux.

Leurs appartements, situés au deuxième étage, s'ouvraient sur un jardin à la française orné d'un lac savamment éclairé où glissaient gracieusement des cygnes. La suite se composait d'un vaste salon agrémenté d'une cheminée d'époque, d'une kitchenette équipée et d'une fabuleuse chambre à coucher tendue de satin rose pâle délicatement imprimé de fleurs minuscules. Le décor idéal pour une nuit de noces telle qu'ils l'avaient rêvée.

Le groom parti, Andy jeta alentour un regard enchanté.

— C'est grandiose...

Il saisit la toque de sa femme, l'expédia sur la table basse, défit, épingle après épingle, son chignon, puis passa les doigts dans les sombres torsades de sa chevelure longue et épaisse.

— Comme tu es belle, Diana. La plus belle femme que j'aie jamais vue. Et tu es à moi maintenant. Pour toujours, oui, pour toujours.

Il se délectait à répéter ces mots, comme l'enfant qui se raconte sans cesse son conte de fées préféré... « Le prince et la princesse se marièrent et vécurent heureux jusqu'à la fin de leurs jours. »

— Toi aussi tu es à moi, répondit-elle.

Elle n'avait nul besoin de le lui rappeler, il n'y voyait aucune objection. L'élégant tailleur Chanel fut vite dégrafé, alors qu'ils échangeaient un baiser fougueux. La veste glissa à terre, suivie presque aussitôt de la jupe, puis du smoking d'Andy. Ils avaient basculé sur le grand lit, consumés par une même flamme, éblouis et émerveillés d'être mari et femme. Leur passion éclata avec la force d'un brasier, dans un double abandon qu'ils n'avaient jamais connu jusqu'alors. Le plaisir s'enflait dans leurs deux corps mêlés et, pendant un moment infini, ils eurent la sensation vertigineuse de plonger au fond d'un abîme incandescent. L'extase les traversa en même temps d'un long frisson brûlant, après quoi ils demeurèrent enlacés, silencieux. Le crépuscule baignait la pièce d'une douce clartée pourprée.

— Je n'ai jamais été aussi heureux de ma vie, dit-il d'une voix feutrée.

— J'espère que tu le seras toujours. J'essaierai de te rendre heureux, Andy.

— Chacun de nous veillera au bonheur de l'autre, mon amour.

Il avait dénoué l'étreinte de leurs corps, avait sauté à bas du lit en s'étirant, avant de se diriger d'un pas lent vers la fenêtre pour contempler le panorama. Les cygnes noirs et blancs sillonnaient paisiblement le sombre miroir du lac ; sur la pelouse, des jeunes gens en tenue de soirée se hâtaient vers une destination inconnue, au son d'une mélodie entraînante.

— Ça doit être le mariage Mason-Winwood, constata-t-il.

Diana lui sourit du fond du lit. Soudain, l'espoir qu'ils avaient conçu un bébé l'inonda. Ses sœurs étaient revenues toutes deux enceintes de leur lune de miel. La même chose pourrait bien lui arriver, à elle aussi... Avec un rire joyeux, elle courut rejoindre son mari à la fenêtre.

En bas, une inconnue longeait le sentier bordé d'ifs vernissés. Sa courte robe blanche, son voile, court également, et le bouquet qu'elle arborait flamboyaient contre le vert sombre des massifs. Une jeune personne en mousseline rouge, probablement sa demoiselle d'honneur, lui emboîtait le pas. La mariée semblait avoir à peu près l'âge de Diana. C'était une beauté blonde un peu tapageuse, le genre de fille dont on devait dire qu'elle « avait du chien ». Son costume manquait d'élégance, mais son air inquiet la rendit éminemment sympathique aux yeux du couple qui l'observait à son insu.

— Allez, viens, Barbie, s'impatienta Judi, la fille en rouge.

Barbara chaloupait sur les escarpins de satin blanc qu'elle avait achetés le matin même dans une boutique de soldes. Ses talons aiguilles s'enfonçaient dans le gazon gras ; elle trébucha. Son amie lui tendit une main secourable et, raffermie sur ses jambes, Barbara fit une halte afin de reprendre son souffle.

— Là, calme-toi, ma chérie.

Elles s'étaient arrêtées derrière un massif qui les dissimulait aux yeux des invités, en attendant le signal d'avancer. Judi esquissa un signe de la main à l'adresse du garçon d'honneur, tandis que ses lèvres articulaient silencieusement :

— On peut y aller ?

Il secoua la tête, l'air de dire « pas tout de suite ».

Les deux femmes restèrent dans leur cachette... Elles s'étaient connues un an plus tôt à Las Vegas où elles exerçaient leurs talents de danseuses. Jeunes actrices en herbe, elles avaient pris en même temps le chemin de Los Angeles, dans l'espoir de décrocher un contrat avec un grand studio. Sur place, elles avaient décidé d'habiter ensemble pour des raisons financières.

Depuis, Judi avait assuré deux petits rôles dans des films de série B, quelques séances de photos de mode, une ou deux pubs télévisées. Barbara, de son côté, avait joué une jeune chanteuse de cabaret dans une reprise de *Oklahoma !* et passé d'innombrables auditions, hélas sans succès. En attendant une gloire qui se faisait attendre, les deux amies travaillaient comme serveuses au Hard Rock Café et c'est là qu'elles avaient rencontré Charlie.

Le jeune homme avait commencé par courtiser Judi. Ils étaient sortis deux ou trois fois ensemble pour s'apercevoir très vite qu'ils n'étaient pas faits pour s'entendre. Pis, si cela continuait, ils allaient sûrement finir par ne plus pouvoir se supporter du tout. L'idylle en resta là mais Charlie continua à prendre presque tous ses repas de midi au Hard Rock. En fait, il avait tout de suite remarqué Barbara mais n'avait osé l'approcher, préférant aborder Judi qui, d'emblée, lui avait paru plus cordiale... Il tenait Barbie pour quelqu'un de « spécial » et ne s'était pas trompé.

Peu après, rassemblant son courage à deux mains, le jeune homme invita à dîner l'objet de ses pensées... Ils passèrent une soirée délicieuse. Au bout de leur quatrième rendez-vous, le cœur de Charlie ne battait plus que pour Barbara. Malheureusement, celle-ci continuait à lui témoigner une sorte d'amitié condescendante qui le mettait au supplice. Affolé, il appela Judi au téléphone, l'exhorta à lui dire la vérité, si pénible fût-elle. Que représentait-il pour Barbara ? Que disait-elle de lui ?

— Barbie est folle de toi, idiot ! répondit Judi en riant.

Comment se pouvait-il qu'un grand garçon de vingt-neuf ans soit aussi naïf avec les femmes ? Judi avait décelé à mille choses l'attirance que son amie éprouvait pour lui... Charlie n'était pas à proprement parler un séducteur, mais plaisait au sexe faible par son enthousiasme et ses airs juvéniles.

— Qu'est-ce que tu en sais ? A-t-elle dit quelque chose ?

— Je la connais mieux que toi, voilà tout.

Judi savait que Barbara avait été conquise par la douceur et la générosité de son cavalier servant. Quand ils sortaient, il l'emmenait toujours dans des établissements chic. Représentant d'une grosse société de textile, il gagnait très correctement sa vie et savait apprécier les bonnes choses. Sans doute, son enfance misérable à New Jersey lui avait-elle insufflé le goût du confort. Un confort qu'il avait gagné à la sueur de son front.

— Barbie te trouve formidable, ajouta Judi, en se demandant si elle n'avait pas eu tort de laisser passer sa chance.

Non, décida-t-elle aussitôt, malgré ses innombrables qualités, Charlie n'était pas son genre... Il était trop casanier, tandis que Judi préférait les nuits agitées des dancings et des boîtes à la mode. Il lui fallait un homme plus énergique, plus pétulant, plus nerveux. Un noctambule comme elle. Le caractère calme et pondéré de Charlie risquait de la lasser... Et de toute façon, il était amoureux de Barbara.

Judi ne savait pas grand-chose sur le passé de son amie, sauf que celle-ci avait grandi à Salt Lake City, petite localité provinciale mortellement ennuyeuse. Couronnée « Miss École » durant sa dernière année de lycée, elle avait pris la fuite à la suite d'une dispute avec ses parents. La jeune fugueuse rêvait alors de l'excitation des grandes villes. Elle aurait voulu aller à New York... Or, la côte Est étant trop loin pour ses maigres moyens, elle s'était rabattue sur Las Vegas.

La fièvre des casinos et des salles de jeu l'avait divertie un moment. Elle y avait eu quelques aventures sentimentales, bien sûr, mais avait conservé une candeur et une fraîcheur d'âme qui avaient ensorcelé Charlie. Après leur deuxième sortie, Barbara avait confié à Judi qu'elle « l'aimait bien ». Bientôt, le premier élan de sympathie s'était transformé en réelle affection. Son séjour à Las Vegas avait rendu Barbara méfiante à l'égard des hommes. D'habitude, ces derniers ne voyaient en elle qu'un objet de plaisir... La gentillesse de Charlie l'avait tout de suite attirée. Il ne la prenait pas pour un passe-temps agréable, ni pour un simple flirt, elle en avait l'absolue conviction. Charlie ne lui demandait rien, sauf d'être présente. Sans être un Apollon, il ne manquait pas de charme. Avec ses cheveux poil de carotte, ses yeux bleus très pâles et sa peau blanche criblée de taches de rousseur, il aurait été choisi dans un casting pour le rôle du « bon copain » plutôt que celui de « l'amant ». Mais il émanait de sa personne quelque chose de touchant qui ne pouvait manquer d'attendrir un cœur féminin. Plus d'une fois, Barbara s'était dit que Charlie constituait peut-être la solution de ses problèmes.

— Pourquoi ne lui déclares-tu pas ta flamme ? l'avait encouragé Judi, lors de leur conversation téléphonique.

Il s'était empressé de suivre ce conseil judicieux, et, à peine six mois plus tard, Barbara se tenait derrière un buisson de Bel Air Hotel en robe blanche, se dandinant d'un pied sur l'autre, comme une jument trop nerveuse.

— Ça va ? s'enquit Judi à mi-voix, l'œil vrillé sur le garçon d'honneur qui, d'un instant à l'autre, allait donner le signal de départ de la cérémonie.

— Je... Je crois que je vais vomir.

— Je te l'interdis ! J'ai passé plus de deux heures à te fixer ce fichu voile sur la tête. Retiens-toi, sinon je... je t'étrangle !

— D'accord, d'accord... Seigneur, Judi, je suis trop vieille pour me marier.

Elle avait tout juste trente ans, un an de plus que son fiancé. Cette légère différence d'âge l'obnubilait. Pourtant, sans maquillage, les cheveux tirés en une épaisse tresse, elle avait l'air plus jeune que Charlie. Parfois, Barbara se sentait vraiment « vieille », selon ses propres mots, comme si ses pérégrinations à Las Vegas lui avaient ôté une partie de sa jeunesse. Mais Charlie pouvait sentir, sous son allure tape-à-l'œil, sa douceur et sa pureté. Lui seul avait le don de déceler cette partie secrète d'elle-même qu'elle croyait éteinte à jamais... Charlie qui prenait plaisir à lui mijoter des petits plats exquis, l'emmenait en longues promenades, voulait à tout prix connaître sa famille. Chaque fois qu'il formulait ce souhait, la jeune femme se bornait à secouer vigoureusement la tête sans un mot. Elle n'avait guère envie de parler de ses parents, pas plus que de les revoir, eux ou Salt Lake City. Les mots lui manquaient pour expliquer ce sentiment de rejet à leur encontre... Barbara avait soigneusement occulté cette époque-là, trop pénible pour la conserver dans sa mémoire. Et tout ce qui la lui rappelait la mettait hors d'elle. Un jour, un couple de mormons avait sonné à la porte du petit logement qu'elle partageait avec Judi et l'avait incitée à retourner au sein

de l'Église et à Salt Lake. Tremblante de colère, elle leur
avait claqué la porte au nez en leur criant d'aller au diable.
Elle ne voulait plus y penser. Plus jamais évoquer ce
qu'elle avait laissé derrière elle, dans sa ville natale. A
force de la questionner, Charlie avait réussi à glaner
quelques informations qu'elle avait bien voulu lui fournir
du bout des lèvres. Elle avait huit frères et sœurs, une
vingtaine de neveux et nièces, là-bas, mais ce fut tout ce
qu'il put en tirer. Un événement avait dû la pousser à
prendre la fuite, quelque chose de bien plus important que
l'ennui, mais quoi ? A ses interrogations, elle opposait un
mutisme obstiné.

Charlie parlait plus volontiers de son passé, douloureux
pourtant. A sa naissance, il avait été abandonné dans une
gare et avait passé ses premières années à l'orphelinat
d'État du New Jersey. Puis, ç'avait été une longue série
de foyers d'accueil. Il aurait pu être adopté s'il n'avait été
si chétif. De constitution fragile, il avait été, dès sa plus
tendre enfance, la proie d'allergies de toutes sortes, herpès,
eczéma, crises d'asthme. A cinq ans, il avait l'air d'une
pauvre petite chose en piteux état. Et lorsqu'il fut enfin
guéri, il était trop âgé pour trouver une famille d'adoption.
A dix-huit ans, il quittait l'orphelinat pour grimper dans
le premier bus à destination de Los Angeles... Sur place,
il s'était inscrit à un cours du soir, tout en travaillant le
jour. Charlie tenait à poursuivre ses études dans une
Business School, afin d'améliorer sa situation et subvenir
aux besoins de sa future famille. Car il rêvait ardemment
de fonder un foyer. A ses yeux, sa rencontre avec Barbara
représentait l'accomplissement de ses vœux les plus chers.
Depuis leur tout premier dîner, il n'avait plus eu qu'une
seule idée en tête : l'épouser, lui offrir une maison pleine
d'enfants qui seraient le portrait de la jeune femme. Un
jour, il le lui avait dit, mais elle s'était moquée de lui.

— Nous aurons moins de soucis s'ils tiennent de toi !

C'était une très jolie fille, avec un corps splendide, mais
elle n'en tirait aucune fierté. Barbara avait une mauvaise

opinion d'elle-même, une sorte de mépris qui s'était atténué au contact de Charlie. Oh, c'était un cœur noble, si généreux et protecteur, si différent des autres hommes qui avaient croisé son chemin ! Si seulement la vie avec lui avait été plus excitante ! En arrivant dans « la ville clinquante [1] », Barbara se voyait déjà au bras d'un acteur connu, célèbre même. Et elle était tombée sur Charlie... Par moments, assaillie par le doute, elle se demandait si elle ne s'était pas trop précipitée, s'il n'aurait pas mieux valu attendre le prince charmant de ses rêves. Elle avait combattu de toutes ses forces les goûts vestimentaires classiques de son fiancé, l'avait poussé à s'habiller d'une façon plus moderne. Au terme de longues séances de shopping, elle avait dû convenir avec lui que dans des habits de luxe, il était fagoté comme l'as de pique. Charlie était le genre de gars à porter des costumes trois pièces. Sorti de là, il avait l'air déguisé. C'était pareil pour la coupe de cheveux. Barbara aurait souhaité une coiffure plus longue, mais la tignasse indisciplinée de Charlie rebiquait dans tous les sens et il dut rapidement la faire retailler. De plus, sa peau de roux ne bronzait jamais, devenant simplement rouge écrevisse sous le brûlant soleil californien et se mettant à peler ensuite.

— Je ne suis pas un Adonis, que veux-tu ! décréta-t-il un soir, après le dîner qu'il avait préparé pour elle. En revanche, je suis un cordon-bleu !

Il ne se vantait pas... Ses doigts de magicien semblaient avoir reçu la science infuse de l'art culinaire. Cannellonis farcis de hachis de veau et de chair à saucisse délicatement roulés et gratinés, osso buco moelleux mijoté à feu doux, énormes salades exotiques composaient ses « spécialités maison », comme il disait... Il avait acquis ses talents de cuisinier dans l'un de ses foyers d'accueil, expliqua-t-il d'une voix si mélancolique que le cœur de Barbara se serra. Mais le dilemme dans lequel elle se débattait depuis

---

1. Surnom de Los Angeles. *(N.d.T.)*

des mois continuait à la tourmenter. Un jour elle était certaine de le chérir pour en douter le lendemain. Alors, une myriade de questions lui traversait l'esprit... Était-il l'homme de sa vie ? *Vraiment* ? Et son sentiment à l'égard de Charlie, qu'était-ce ? De l'amour ? De l'amitié ? La certitude d'un avenir sans nuages ? La conviction qu'il ne lui ferait jamais de mal ? Était-ce donc ça, le bonheur ? L'assurance d'une vie paisible... mais terne ?

A ses interrogations oppressantes, la jeune femme n'avait pas su trouver de réponse. Il en avait toujours été ainsi. Choisir entre deux ou plusieurs possibilités la plongeait dans un gouffre de perplexité. Un choix clair et net impliquait tant de risques... et, parfois, le prix d'un bonheur illusoire coûtait si cher... Non, pas avec Charlie bien sûr... Charlie représentait la sécurité, une maison agréable, une existence sans souci, sans le spectre du loyer à la fin de chaque mois ou la chasse acharnée au contrat. Un bon point, quand on voulait devenir comédienne. D'après ses différents agents, elle avait du talent ; il suffisait d'attendre. A présent, fatiguée de faire le siège des studios, elle avait besoin de répit, d'une trêve que seul Charlie était en mesure de lui procurer... Mais à peine rassurée, elle ruminait de nouvelles inquiétudes. En devenant son mari, Charlie ne s'opposerait-il pas à sa carrière ? Il s'en défendait, naturellement, mais ne cessait d'évoquer les joies de la procréation avec une jubilation qui donnait à Barbara la chair de poule. Si son futur époux se délectait dans le biberon et la couche-culotte, elle ne se sentait pas la fibre maternelle. Les marmots ne faisaient pas partie de ses projets. Pas tout de suite... pas avec lui... pas encore, peut-être même jamais.

Et où en serait-elle, de son petit train-train tranquille de ménagère quand, enfin, la chance lui sourirait ? Quelle serait la réaction de Charlie si sa femme devait incarner une héroïne de série télévisée ou le premier rôle dans un grand film ? Seule, elle n'aurait aucun scrupule à saisir les opportunités et, après tout, en cas d'échec, elle pourrait toujours retourner à son job de serveuse. Combien d'artistes n'avaient-ils pas tout sacrifié à leur ambition ? Souvent, ses réflexions lui faisaient honte, mais elle devait penser à elle avant tout. Cette leçon, elle l'avait apprise des années auparavant, au sein de sa propre famille. Oh, elle avait appris un tas de leçons là-bas, qu'elle ne voulait plus revivre, ni même se rappeler.

Il était difficile de résister à la persévérance de Charlie, à sa dévotion et à sa loyauté. Finalement, Barbara décida qu'elle l'aimait pour de bon. Et maintenant, devant le fait accompli, ses anciennes terreurs resurgissaient. Et si elle s'était trompée ? Si deux ans plus tard, peut-être même avant, leur amour se muait en ressentiment ?

— Qu'est-ce que je dois faire ? chuchota-t-elle à sa demoiselle d'honneur.

— C'est un peu tard pour ce genre de tergiversations, tu ne crois pas ? fit Judi en lissant les volants carmin de sa jupe.

Elle avait des jambes interminables et une poitrine arrogante mise en valeur par le décolleté en V. Des seins magnifiques bourrés de silicone, véritable chef-d'œuvre de la chirurgie plastique. Judi en était fière. Tout le monde louchait sur sa poitrine. Sauf Barbie, bien sûr, qui trouvait bête que l'on songe à s'acheter une paire de seins... Parce que les siens auraient fait blêmir de jalousie Jane Mansfield en personne. Mais bon, se consolait Judi, de loin on ne voyait pas la différence.

Pas très grande mais admirablement proportionnée, Barbara avait un visage ravissant et un corps de déesse — jambes fuselées, buste sculptural, une taille si menue que, lorsque Charlie l'entourait de ses mains, ses doigts se touchaient. On la disait « sexy » et en effet, quelle que fût sa tenue — toilette du soir, robe de bure ou sac de farine — elle restait toujours attirante. Dans son fourreau de taffetas blanc incrusté de guipures, elle offrait un époustouflant mélange de candeur et d'érotisme.

Une nouvelle fois, son regard dériva vers Judi.

— Mon Dieu, ma robe est trop serrée, non ?

Il lui sembla qu'elle attendait là depuis une éternité. Elle aurait préféré une rapide cérémonie civile, mais Charlie avait exigé un « vrai mariage » et devant son insistance elle avait fini par céder. Aux yeux du marié, cette union équivalait à un ticket pour le paradis. Fort de cette conviction, il s'était jeté à corps perdu dans les préparatifs. Barbara aurait de loin préféré passer avec lui un week-end à San Remo, mais l'émotif Charlie n'avait rien voulu entendre. Il s'était ruiné pour louer le parc du Bel Air Hotel, l'établissement le plus huppé de Los Angeles — à part le Beverly Hills Hotel, lui avait fait remarquer sa fiancée, mais il persistait à prétendre le contraire. Les futurs époux avaient invité une soixantaine de personnes en choisissant le menu le moins cher, ce qui n'empêcha pas le bas de laine de Charlie de se vider d'un seul coup.

— Ta robe est très bien, dit Judi. Tu es superbe. — Elle le pensait sincèrement. — Tout ira bien, mon poussin, décontracte-toi un peu.

Barbie lui avait communiqué sa nervosité. Heureusement, le signal fut enfin donné et soudain, l'orchestre entama avec brio les premières notes de *Here Comes the Bride*. Charlie avait embauché un trio — contrebasse, violon, piano électrique. Les deux femmes échangèrent un ultime regard complice, après quoi Mark, garçon d'honneur et patron du marié, vint offrir son bras à Barbara, le visage fendu d'un sourire tout paternel. Il avait le double de l'âge de Charlie et c'était un ancien Don Juan qui avait pris de l'embonpoint. Pour la circonstance, il avait revêtu un smoking blanc agrémenté d'un œillet, blanc également, à la boutonnière et avait gominé ses cheveux grisonnants et bouclés. Tandis qu'ils s'avançaient d'un pas solennel vers le belvédère qui tenait lieu d'autel, il se pencha vers la jeune femme.

— Bonne chance, Barbie. Tout se passera bien, souffla-t-il en lui tapotant la main, et elle s'efforça de ne pas penser à son père.

— Merci, Mark.

Le couple lui devait le champagne californien qui, bientôt, coulerait à flot. Mark s'était procuré toute une cargaison en provenance de Napa Valley à prix coûtant, par l'intermédiaire de son beau-frère qui opérait dans la région comme négociant en vins. Il avait tenu à ce que le mariage de ses amis confine à la perfection. Lui-même était divorcé, avec deux filles, l'une déjà mariée, l'autre encore au collège.

Ils se dirigèrent lentement vers le belvédère, au son éclatant de la musique. Les paupières mi-closes, Barbara s'efforçait de chasser la panique de son esprit mais chaque fois qu'elle se croyait sur le point de réussir, le vieux fantôme de l'hyménée secouait d'un air lugubre les chaînes du joug conjugal... Si les gens savaient dans quelles affres se débattait la mariée cependant que, radieuse et fraîche comme une rose, elle s'avançait d'un pas égal vers son destin... « Mon Dieu, mon Dieu, pourvu que tout aille bien... » Sa fervente prière s'interrompit, lorsqu'elle le vit qui l'attendait devant l'autel en compagnie du ministre du culte. Il lui sourit et ses craintes s'envolèrent... D'un seul coup, le poids insolite qui l'oppressait disparut et elle sut avec une conviction inébranlable qu'elle avait fait le bon choix.

— Je t'aime, murmura Charlie lorsqu'elle prit place à son côté.

Elle le regarda, réalisant soudain combien ses réticences avaient été ridicules. Oui, elle aimait tendrement cet homme qui voulait lui donner son nom, la chérir et la protéger jusqu'à la fin de ses jours. Personne, jusqu'alors, ne lui avait témoigné un tel respect et elle sut, tandis que leurs regards se mêlaient, que jamais il ne trahirait sa confiance... Elle lui dédia un sourire rayonnant. Comment avait-elle pu douter de ses sentiments à son égard ? Elle avait aujourd'hui trente ans et le prince charmant qu'elle avait attendu toute sa vie devait se balader quelque part dans son château imaginaire, sur une autre planète. Charlie

Winwood lui suffisait amplement. Elle n'en voulait pas d'autre.

— Charlie, je t'aime, chuchota-t-elle, au moment où il lui glissa la bague au doigt, et lorsqu'il l'embrassa, des larmes mouillèrent ses yeux.

— Oh, Barbie, si tu savais...

Il laissa sa phrase en suspens, trop bouleversé pour décrire son émotion.

— Je serai une bonne épouse, je te le promets...

— J'en suis certain, mon petit chou.

Charlie sourit à sa jeune épouse avant de l'attirer vers la piste de danse aménagée sur la pelouse. Les musiciens attaquèrent un slow, les premiers bouchons de champagne sautèrent joyeusement, les invités se ruèrent vers le buffet dans un brouhaha de voix et de rires.

C'était une réception formidable. On porta plusieurs toasts aux mariés, avant de s'agglutiner sur la piste. Mark dansa à plusieurs reprises avec Judi. Le champagne pétillait dans les flûtes, allumant de minuscules flammes de ravissement au fond des prunelles des danseurs. La bande de musiciens enchaîna alors sur *When the Saints Go Marching In*, puis sur *Hava Nagila* que tout le monde chanta en chœur, à tue-tête. Des mélodies plus douces calmèrent ensuite les esprits échauffés. Mark invita la mariée à danser, pendant que Charlie et Judi exécutaient magistralement les pas langoureux d'un tango.

— La mariée est ravissante, complimenta Mark en enlaçant Barbara...

Souriante, elle leva un instant les yeux vers le firmament criblé d'étoiles. Une douceur ineffable teintait l'air parfumé. C'était une nuit hors du commun. Une nuit magique.

— Vous formerez un couple bien assorti, continua Mark... Et vous aurez une ribambelle de mouflets jolis comme des cœurs.

— Comment peux-tu en être si sûr ?

— Oh, à mon âge, on comprend vite, mon petit. Charlie meurt d'envie d'avoir des enfants, ça saute aux yeux.

Elle le savait aussi et l'avait exhorté à la patience. Il lui fallait d'abord penser à sa carrière, avait-elle déclaré sans ambages. En conséquence, Charlie allait devoir refréner ses instincts paternels pendant un certain temps... au moins quelques années. Il avait répondu par un vague hochement de tête, nullement convaincu. La discussion en était restée là et ils étaient convenus de la reprendre plus tard, sans toutefois en préciser la date. Naturellement, à la première occasion, Charlie remettrait la question sur le tapis. Barbara redoutait cet instant. En fait, à la seule idée qu'elle pourrait concevoir, puis mettre au monde des bébés, une peur singulière l'étreignait. Une sorte d'épouvante inexpliquée. Enfouie. Charlie l'ignorait, bien sûr. Et maintenant, les allusions de Mark lui avaient fait l'effet d'une douche froide.

— On change de cavalières ?

Charlie poussa Judi dans les bras de son garçon d'honneur, récupéra sa femme qu'il entraîna à l'écart. De nouveau, les craintes de Barbara fondirent comme neige au soleil.

— Tu t'es bien amusée ? s'enquit-il, tout contre la peau satinée de son cou, sentant la plénitude de ses seins contre son torse.

Sa seule proximité le rendait fou. Son désir pour elle semblait inépuisable. Elle répondait à sa passion avec une ardeur égale, se pliait à toutes ses fantaisies sans fausse pudeur. C'était une femme sensuelle et sublime. Ils se mirent à tournoyer lentement sur la piste et il se dit, pour la énième fois, qu'il avait une sacrée chance.

— Oui, j'ai passé une excellente soirée, répondit-elle avec un large sourire. Et toi ?

— C'est le meilleur mariage que j'aie jamais eu.

Ils étaient à peu près de la même taille et se balançaient doucement au rythme lancinant du blues, les yeux dans les yeux.

— Mmmm... s'offusqua-t-elle, la lèvre boudeuse, c'est tout ce que tu trouves à me dire ?

— Oh, Barbie, je suis si heureux ! s'écria-t-il en la serrant plus fort. Je suis en train de vivre le plus beau jour de ma vie. Par moments, j'ai envie de me pincer pour m'assurer que je ne rêve pas.

Tous les songes qui l'avaient hanté à l'orphelinat étaient devenus réalités en un seul soir. Charlie Winwood, le paria, le sans-famille, n'existait plus. Aujourd'hui, il y avait M. Winwood, respectable représentant de commerce et Mme Winwood, sa chère et tendre moitié. Et bientôt, il y aurait plein de petits Winwood.

— Tu ne rêves pas, mon chéri, murmura-t-elle doucement. Tu...

Son baiser fougueux lui coupa le souffle. Barbara se laissa bercer par la mélodie obsédante. Elle s'imaginait déjà en bikini sur la plage ensoleillée de Waikiki. Ils prenaient le lendemain matin un vol à destination de Hawaï mais allaient passer leur nuit de noces chez Charlie. Il aurait voulu louer une chambre au Bel Air mais l'état de ses finances ne lui permettait pas une telle dépense. Barbara ne lui en tenait pas rigueur... La jeune femme laissa sa tête rouler sur l'épaule de son mari. Elle savait qu'elle vivait les moments les plus exquis, les plus délicieux de toute son existence, des moments qu'on ne connaît qu'une seule fois au cours d'une vie...

Des millions d'étoiles scintillaient dans le ciel de Santa Barbara. Enlacés, Pilar Graham et Bradford Coleman échangèrent un long baiser sous le regard attendri d'une vingtaine de personnes. Enfin le couple se sépara. Rires, soupirs et applaudissements brisèrent alors le silence. Marina Goletti, le juge qui avait présidé la cérémonie civile, les déclara mari et femme, après quoi leurs invités s'empressèrent de les féliciter avec chaleur.

— Pourquoi avoir attendu aussi longtemps ? se moqua gentiment un des amis de Brad.

— On s'exerçait, rétorqua Pilar d'une voix digne qui déclencha l'hilarité générale.

Elle paraissait impressionnante dans sa longue tunique grecque de gaze immaculée. Longue et mince, elle devait son allure juvénile à la gymnastique et la natation, un entraînement méthodique, quotidien, auquel jamais elle ne dérogeait. C'était une femme d'une beauté distinguée. Des cheveux raides, mi-longs, d'un gris lumineux, encadraient son visage fin et racé. Ils avaient commencé à blanchir très tôt, dès ses vingt ans, mais elle avait dédaigné les teintures, préférant le naturel à l'artifice. Le résultat avait été plus que satisfaisant.

— Treize ans d'exercice, c'est un peu longuet, pouffa Alice Jackson, l'associée de Pilar — elles avaient créé un cabinet d'avocats fort connu en ville. — En tout cas, nous sommes tous ravis que tu aies pris enfin la décision d'épouser Brad.

— Oh, oui, renchérit Bruce Hemmings, l'autre associé de Pilar. Voilà nos tourtereaux rendus à la raison. La peur du scandale, que veux-tu ! Maintenant que Brad est nommé juge, les feuilles de chou doivent être à l'affût de quelque scoop juteux.

— Exactement ! coupa la voix profonde de Brad. Une avocate qui couche avec un juge, pensez-vous ! La presse à sensation ne se gênera pas pour m'accuser de favoritisme.

— Comme si tu étais assez bon pour m'avantager, s'esclaffa Pilar en s'appuyant sur lui.

Il lui passa un bras protecteur autour des épaules. Tout dans leur attitude dénotait une grande familiarité. Une longue habitude. L'intimité des êtres qui ont déjà triomphé ensemble des épreuves de presque une vie.

Pourtant, ils avaient commencé par se détester. Leur inimitié avait duré plus de trois ans. Diplômée de la faculté de droit, Pilar Graham avait commencé à exercer comme avocat nommé d'office par le tribunal de Santa Barbara. Rapidement, elle fut considérée comme le défenseur des causes perdues, face à l'irascible procureur général Bradford Coleman. Chaque affaire qui les opposait attisait un peu plus leur animosité mutuelle. Tout les séparait : leurs idées politiques, leur vision du monde, leur définition de la justice. La nouvelle avocate ne dissimulait pas son aversion à l'encontre du chef de l'accusation. Elle l'exécrait, comme elle abhorrait son insistance à harceler les témoins ou à faire pression sur les jurés, à seule fin de remporter la victoire. Souvent, les plaidoyers dégénéraient en violentes querelles. A plusieurs reprises, le barreau avait rappelé à l'ordre les deux intéressés sans parvenir à calmer leur humeur belliqueuse. Une fois, Pilar avait presque failli passer une nuit en prison pour avoir traité le procureur de « fou mégalomane » en pleine audience. Le juge avait suspendu la séance d'un coup de marteau rageur. Amusé par les insultes de sa jeune concurrente, Brad l'avait invitée à dîner. Selon Pilar, cette soi-disant volonté de réconciliation ne pouvait obéir qu'à une nouvelle tentative de manipulation, petit jeu pervers auquel le procureur excellait.

— Êtes-vous sourd ? demanda-t-elle, encore tremblante de colère, tandis qu'ils quittaient le palais de justice. Vous n'avez pas entendu ce que j'ai dit à votre sujet ?

— Vous devriez vous alimenter si vous voulez tenir le coup. Votre client est coupable et vous le savez.

Elle le savait en effet. Il s'agissait d'un cas de viol assez pénible mais il fallait bien que quelqu'un prenne la défense de l'inculpé. Les pires criminels avaient le droit de se justifier avant d'être condamnés, que cela plût ou non au procureur.

— Je n'ai pas l'intention de discuter avec vous l'innocence ou la culpabilité de mon client, monsieur Coleman. Il n'est pas dans mes habitudes de trahir le secret professionnel, si cela peut vous faire l'économie d'un repas. Il est hors de question que je vous fasse la moindre confidence à ce propos.

Elle bouillait littéralement. Les procédés de ce type lui répugnaient et tant pis s'il était séduisant ! On l'avait surnommé le Cary Grant du barreau et toutes les collègues de Pilar avaient le béguin pour ce beau quinquagénaire aux cheveux argentés.

— Je ne me serais pas abaissé à vous poser des questions indiscrètes, mademoiselle Graham. Dommage que vous ne fassiez pas partie du bureau du procureur. J'aurais de loin préféré vous avoir à mon côté que contre moi. Ensemble, nous aurions pu accomplir des miracles.

Elle fit la sourde oreille, flattée tout de même, et déclina sèchement son invitation à dîner. Veuf avec deux enfants, Brad Coleman passait pour le plus beau parti du comté mais peu lui importait. Pilar ne voyait en lui que son pire ennemi et ne comptait pas changer d'avis de si tôt. C'était un individu rigide, bourré de préjugés, imbu de lui-même. A ses yeux, rien, jamais, ne pourrait le rendre sympathique. Elle continua à le détester de plus belle... Jusqu'au jour où ils se retrouvèrent face à face lors d'une sordide affaire de meurtre montée en épingle par les médias. Inculpée pour homicide volontaire sur la personne de l'amant de sa mère, une adolescente s'était retrouvée sur le banc des accusés. A ses dires, la victime avait tenté de la violer, mais les preuves manquaient, d'autant que sa propre mère s'était constituée partie civile. Une interminable et pénible succession de témoignages n'avait guère élucidé les faits, pas plus que les discours passionnés des plaideurs. Chargé de l'instruction, Brad s'approcha de Pilar en plein procès.

— La petite est innocente, j'en suis convaincu.

Et il le prouva sur-le-champ en demandant au juge de reporter l'audience à une date ultérieure. Grâce à ses investigations méticuleuses, la jeune fille fut relaxée. Un non-lieu fut prononcé. Cette marque d'intégrité de la part de l'accusateur public ne pouvait qu'émouvoir la jeune avocate de la défense éprise d'absolu. Elle accepta de dîner avec lui... Et ce fut le début d'une longue histoire d'amour.

Les enfants de Brad, Nancy et Todd, respectivement âgés de treize et dix ans, virent d'un très mauvais œil cette amitié naissante. Ils avaient perdu leur mère cinq ans plus

tôt et avaient pris l'habitude d'avoir leur père tout à eux.
L'idée qu'une autre femme puisse remplacer un jour leur
chère disparue les révulsait. Avant même que Brad et Pilar
soient amants, ils avaient senti qu'il fallait se méfier de
cette avocate trop belle et trop brillante. Leur attitude
réservée, voire hostile, plongea Brad dans l'affliction. Pilar
ne leur en tint pas rigueur. Elle ne comprenait que trop
bien la réaction de deux gamins blessés par la vie. Le
temps se chargerait de clarifier les choses, pensa-t-elle. Au
fil des semaines et des mois, Brad lui était apparu sous
une autre lumière. Son ancienne animosité à son endroit
avait peu à peu cédé le pas à un sentiment chaleureux, fait
de respect et d'admiration. L'esprit d'équité et l'intégrité de
celui qu'elle avait si mal jugé au départ la fascinaient à
présent. Mais quelque chose de plus doux, de plus insidieux,
de plus ardent aussi se glissait, jour après jour, dans leurs
rapports. Jusqu'au jour où, comme un voile qui se déchire,
la vérité s'imposa à tous deux, claire et inéluctable. Ils
s'aimaient... Ils s'aimaient à en perdre la raison... Et ils
ne savaient comment s'y prendre pour faire accepter cet
amour aux enfants de Brad.

— Pour le moment, rien ne presse, mon chéri. En
revanche, la question de mon travail me préoccupe. Je ne
peux plus te combattre au tribunal, Brad, c'est contre ma
déontologie.

Il lui donna raison. Tour à tour, ils renoncèrent à plaider
en même temps, puis chacun s'installa à son compte et le
problème fut réglé. Comme Pilar l'avait prévu, le temps se
chargea du reste. Progressivement, les enfants acceptèrent
l'amie de leur père. Ils en vinrent même à éprouver de
l'affection pour elle. Cela n'avait pas été sans mal, bien
sûr. Mais au terme d'un long combat, Pilar avait réussi à
venir à bout de leurs réticences. Nancy avait seize ans et
Todd treize, quand Mlle Pilar Graham et M. Brad Coleman
prirent la décision de vivre ensemble.

Une nouvelle maison achetée à Montecito abrita la
nouvelle famille. Les années s'écoulèrent paisiblement.

Nancy partit dans une université, tandis que son frère poursuivait ses études au lycée. Les amis du couple avaient cessé depuis longtemps de demander quand ils comptaient se marier. Jusqu'alors, la question du mariage ne s'était pas posée. Ils avaient les enfants de Brad et Pilar n'en voulait pas d'autres. Aux interrogations pressantes de l'entourage, elle répondait un peu sèchement qu'un bout de papier ne changerait rien à la chose.

— Je suis mariée avec Brad dans mon cœur et cela me suffit amplement.

D'autres années passèrent. Treize au total. Pilar avait quarante-deux ans et Brad soixante et un lorsque celui-ci accéda au poste de juge à la cour suprême de l'État. Dès le lendemain, un journal local faisait allusion à la vie désordonnée du nouveau magistrat. Le mot concubinage avait été jeté. Un vilain mot, pour l'Amérique puritaine. Brad et Pilar en discutèrent au petit déjeuner. La jeune femme prit un air atterré.

— Mon Dieu ! Tu crois qu'il faudra que je déménage ?

Il leva le nez du *New York Times* dont il était en train d'étudier les valeurs boursières, pour fixer sur elle un regard étonné. Elle était aussi attrayante à quarante-deux ans qu'elle l'était à vingt-six, lors de leur première rencontre au palais de justice.

— Chérie, tu ne penses pas que tu exagères ?

Elle se versa une seconde tasse de café, d'une main nerveuse.

— Je ne veux surtout pas te causer des ennuis, Brad.

— Et tu ne vois vraiment aucune autre solution ?

— Laquelle ?

— Eh bien, pour une avocate, vous n'êtes pas très futée, mademoiselle Graham, et m'en voyez heureux de ne pas être votre client. L'idée du mariage ne t'a jamais tentée ?... Pilar, ne fais pas cette tête ! Je vois que cette vénérable institution ne t'a pas encore gagnée à sa cause... Soit ! n'y pensons plus. Les colporteurs de cancans finiront par aller fourrer leur nez ailleurs. Après tout, aucune loi dans ce pays n'impose le mariage aux citoyens. Et un juge est un citoyen comme un autre.

— Sauf qu'il doit jouir d'une réputation sans faille.

— Alors, marions-nous.

Elle resta silencieuse un long moment, le regard fixé sur la mer démontée, à travers la baie vitrée.

— Je ne sais pas, dit-elle finalement. Je n'y ai jamais songé. Toi non plus, d'ailleurs.

— Objection votre honneur ! Je n'ai pas évoqué cette possibilité, sachant combien tu étais contre.

Brad avait, depuis le début, caressé le projet d'une union officielle. Mais les rares fois où il avait effleuré le sujet, sa compagne lui avait opposé un veto catégorique. Déterminée à garder son indépendance, elle prônait l'union libre. L'épanouissement individuel à l'intérieur d'une relation, sans que l'un soit « aspiré » ou « dévoré » par l'autre, selon ses propres mots. Au début, les enfants de Brad auraient certainement été hostiles à ce mariage. Plus maintenant. Nancy, à vingt-six ans, avait fondé sa propre famille depuis un an. Todd, qui venait de fêter ses vingt-trois ans, avait trouvé du travail à Chicago.

— Serait-ce si terrible de nous marier maintenant ? demanda Brad avec un sourire timide.

— A nos âges ?

— J'ignorais que le code civil prévoyait une limite d'âge.

— D'accord... d'accord... souffla Pilar en se renversant sur sa chaise. Je ne sais pas... Ça me fait une peur bleue. Nous avons été si heureux ensemble pendant toutes ces années. Et si le mariage déréglait l'équilibre entre nous ? Si...

— Chérie, tu as toujours avancé cet argument mais qu'est-ce qui pourrait changer ? Toi ? Moi ?

— Je n'en sais rien, répéta-t-elle, songeuse. Oui, pourquoi ne changerais-tu pas, au fond ?

— Parce qu'il n'y a pas de raison, Pilar. Je t'aime. Je souhaite t'épouser. Tout compte fait, ma nomination à la magistrature est un bon prétexte pour régulariser notre situation.

— Quelle est la différence ? Nous vivons ensemble comme mari et femme depuis des années. Et ça ne regarde personne.

— Non, bien sûr. C'est notre affaire. Je veux que tu sois ma femme officiellement... — Il se pencha vers elle et lui prit la main qu'il porta à ses lèvres. — Je t'aime, Pilar Graham. Je t'aimerai jusqu'à ma mort. Et, juge ou pas, je désire que tu deviennes Mme Coleman. Qu'en penses-tu ?

— Je pense que tu es fou ! sourit-elle avant de lui frôler la joue d'un baiser. Oh, Brad, j'ai toujours été une marginale. J'avais des cheveux gris à vingt-cinq ans et je n'ai jamais voulu d'enfant, alors que toutes les femmes de ma connaissance rêvaient de maternité. J'adore mon travail et le fait de ne pas être mariée ne me dérange pas.

— Tu devrais avoir honte de vivre dans le péché... Tu n'as donc aucune conscience ?

— Si, mais à force de la laisser au vestiaire avant de franchir le seuil du tribunal, j'ai dû en égarer une partie.

Brad émit un rire.

— Quelle immoralité ! Enfin, Pilar, je te demande de réfléchir.

Elle le lui promit. C'était aux alentours de Noël. Six mois plus tard, elle n'avait pas encore pris de décision. Brad avait souvent ramené la question sur le tapis, sans résultat. Furieux, il avait juré qu'il ne l'épouserait pas, à moins qu'elle le suppliât. Par un beau soir de mai, tandis qu'elle préparait le café après dîner, elle dit d'une voix sobre :

— J'ai beaucoup réfléchi, Brad.

— A quoi, ma chérie ?

— A nous.

Un silence suivit pendant lequel le cœur du juge cessa de battre. Il la savait si indépendante, si téméraire... Pilar lui tendit tranquillement une tasse de café fumant.

— Je crois que je suis mûre pour le mariage.

La soucoupe de porcelaine faillit échapper des mains de Brad.

— Pour l'amour du ciel, Pilar, tu vas me rendre cardiaque. Qu'est-ce qui t'a fait changer d'avis ?

— Rien. Je me suis dit que tu avais peut-être raison.

Elle avait inlassablement tourné et retourné la question dans son esprit. Avait pesé le pour et le contre. Et tout à coup, elle avait vu clair : elle désirait par-dessus tout appartenir totalement à Brad. Devenir l'autre partie de lui-même. Pour toujours...

— Vraiment, rien ?

— Je n'en ai aucune idée, avoua-t-elle d'un air vague qui le fit sourire.

Il contourna l'évier pour la prendre dans ses bras et l'embrasser tendrement sur les lèvres.

— Tu es folle ! Complètement folle ! Et je t'aime... Chérie, ne te crois pas obligée de céder à mes exigences. Veux-tu réfléchir encore ?

Elle sourit.

— Oh, non. J'ai suffisamment coupé les cheveux en quatre... Le plus vite sera le mieux.

— Tout se passera à merveille, mon amour, je te le promets.

Il jubilait. Ensemble, ils choisirent une date en juin, puis Brad annonça la bonne nouvelle à ses enfants par téléphone. Ils répondirent avec enthousiasme que pour rien au monde ils ne manqueraient la cérémonie... La liste des invités comprenait une dizaine de couples, quelques amis célibataires, les associés de Pilar. Deux collègues de Brad, dont Marina Goletti, à qui le couple avait demandé de célébrer la cérémonie. La mère de Pilar, bien sûr. Les parents de Brad étaient décédés depuis des années et Mme Graham était veuve... Elle habitait New York mais promit d'honorer de sa présence le mariage de sa fille.

— Si toutefois tu t'en sors, fit-elle remarquer du ton sceptique que Pilar détestait tout particulièrement.

Elle s'en était fort bien sortie. En vérité, elle n'avait pas eu grand-chose à faire car, fidèle à sa parole, Brad s'était occupé absolument de tous les préparatifs, laissant à sa future épouse le seul soin de choisir sa robe. Pilar avait passé en revue les boutiques de luxe de la ville avec Nancy, sa belle-fille, et Marina Goletti... Grâce aux judicieux conseils des deux femmes — elle aurait été incapable de fixer son attention sur quoi que ce soit —, la future mariée avait fait l'acquisition d'un élégant modèle conçu par Mary McFadden, une longue tunique laiteuse drapée sur les épaules, qui exaltait la ligne élancée de sa silhouette. Ce fut une déesse grecque qui apparut aux yeux éblouis de ses invités, le jour du mariage. Et maintenant, côte à côte, le couple souriait de bonheur.

— Tu vois ? Ce n'était pas la mer à boire ! la taquina Brad à mi-voix, tandis que leurs amis dégustaient le délicieux champagne français et les canapés de caviar, riant et bavardant.

Pilar hocha la tête. Elle éprouvait un immense sentiment de sérénité, comme chaque fois qu'elle se trouvait près de Brad. Comme toujours, un silence complice les enveloppait. Ils n'avaient guère besoin de se parler pour se comprendre. Un regard, un sourire, une moue remplaçaient parfois les mots. Treize longues années de vie commune n'avaient en rien altéré leur amour. Côte à côte, dans une parfaite intelligence, ils avaient triomphé des obstacles quotidiens. Il n'y avait entre eux aucun secret, aucune équivoque. L'un représentait pour l'autre un havre de paix, un port de salut bien protégé contre le tumulte du monde extérieur.

— Tu l'as fait pour moi ou pour eux ? demanda-t-il gentiment, avec un geste discret vers leurs invités.

— C'est drôle, répondit Pilar d'une voix douce. En fin de compte, je crois que je l'ai fait pour moi. Tout à coup, ce mariage s'est imposé à moi comme une nécessité absolue.

Il lui passa un bras autour de la taille et la serra contre lui.

— Merci, mon amour. Il y a longtemps que je désirais être ton mari. Mais je ne voulais pas te brusquer.

— Oh, on ne peut pas te reprocher de n'avoir pas été patient, pouffa-t-elle. Il me fallait du temps, je suppose.

Elle pensa au même moment qu'il lui aurait sûrement fallu treize ans de plus si elle devait se décider à avoir des enfants... Mais pourquoi songer à une chose pareille, maintenant ? La question ne se posait pas, ne s'était jamais posée.

— Et voilà, le temps est venu, dit Brad, tout sourire. Si tu savais combien je t'aime... — Il se tourna pour la regarder intensément. — Au fait, qui es-tu ? Madame Coleman ou mademoiselle Graham ?

— Épineuse question ! Quarante-deux ans de Mlle Graham ne peuvent pas être balayés en un jour... — Elle aperçut une lueur de résignation dans les prunelles de Brad. — Mais, qui sait ? Dans treize ans peut-être... Encore que, justement, pourquoi ne pas sauter le pas tout de suite ?

— Alors, « madame Coleman » ? souffla-t-il, sans la quitter des yeux.

— Mme Coleman, répondit-elle doucement. Pilar Coleman.

Elle lui dédia un sourire de petite fille et, ému aux larmes, il l'embrassa. Puis, tendrement enlacés, ils s'avancèrent vers leurs invités.

— Félicitations, Pilar, lui dit sa mère, souriant par-dessus la coupe de champagne qu'elle tenait d'une main gracieuse.

A soixante-sept ans, Élisabeth Graham avait conservé de remarquables restes de son ancienne beauté. Neurologue de réputation internationale pendant plus de quarante ans, elle n'avait pas eu d'autres enfants. Le père de Pilar, juge à la cour d'appel fédérale de New York, avait trouvé la mort dans un accident d'avion à l'apogée de sa carrière, à l'époque où sa fille venait de s'inscrire à l'université.

— On peut dire que tu nous as tous surpris aujourd'hui, poursuivit froidement Mme Graham.

Pilar répondit par un sourire poli. Au fil des ans, elle avait appris à ne pas se laisser atteindre par les remarques désobligeantes de sa mère.

— Eh oui, maman, la vie est pleine de bonnes surprises.

Les rapports de Pilar avec sa mère avaient toujours été un pur désastre. Fille unique, elle avait passé une enfance et une adolescence solitaires. Trop accaparés par leurs carrières respectives, ses parents lui consacraient le moins de temps possible. A sept ans, Pilar fut expédiée dans un pensionnat de luxe. De retour à la maison pendant les vacances scolaires, la petite écolière était soumise à des interrogatoires qui visaient à vérifier son niveau en français ou en math. A ses yeux, ses parents étaient deux étrangers. Si M. Graham avait déployé quelques vagues efforts pour se rapprocher de sa fille, Mme Graham, vouée corps et âme à ses recherches et ses patients, ne lui témoignait que de l'indifférence.

— Je n'ai jamais compris pourquoi ils m'ont mise au monde, avait dit Pilar à Brad, au début de leur idylle. Comme je n'ai jamais su si j'avais été un « accident » ou le résultat de Dieu sait quelle expérience malheureuse. Quoi qu'il en soit, je me suis sentie très vite rejetée. J'étais « de trop ». Papa a poussé un soupir de soulagement quand j'ai commencé mes études de droit. Il a dû penser pour la première fois de sa vie que je méritais peut-être d'être sa fille... Ils ne se sont pas donné la peine de se déplacer pour la remise de mon diplôme. Et, naturellement, ma mère m'en a voulu à mort de n'avoir pas fait médecine.

Pilar avait grandi dans différentes écoles. Une fois, en plaisantant, elle avait dit à ses associés qu'elle n'avait rien à envier à certains de ses clients, nés à l'assistance publique ou en prison. La froideur de ses parents, son propre détachement à leur égard, plus l'évolution des mœurs l'avaient rendue méfiante vis-à-vis du mariage. Et quant aux enfants, elle n'en voulait pas, elle n'en aurait jamais.

La première fois qu'elle vit Brad entouré de son fils et de sa fille, Pilar tomba des nues. Il avait l'air si naturel avec eux, si gentil et attentionné qu'elle en avait eu les larmes aux yeux. Elle n'avait jamais imaginé, jusqu'alors, qu'une telle entente pût exister au sein d'une famille. Peu à peu, elle finit par l'admettre. Surtout quand ils avaient emménagé tous ensemble dans la vaste demeure de Montecito. Avec le temps, Pilar en vint à considérer Nancy et Todd comme ses propres enfants... Et cela lui suffisait amplement. Elle avait relégué dans un coin de son subconscient le désir d'être mère, une fois pour toutes. Et en ce moment même, la vue de Mme Graham lui rappelait cruellement combien elle avait souffert de l'indifférence de ses parents.

— ... ravissante aujourd'hui, Pilar... disait sa mère de sa voix bien élevée, comme si elle s'adressait à une simple relation ou à une étrangère.

Élisabeth Graham était passée maître dans l'art de la dissimulation. Nul ne pouvait déceler l'ombre d'une émotion sur le masque impassible de son visage.

— Quel dommage que Brad et toi soyez trop vieux pour avoir des enfants, acheva-t-elle.

Pilar la considéra un instant, interloquée.

— Tu n'as pas le droit de parler ainsi, rétorqua-t-elle, les yeux étincelants, d'une voix si basse que Brad, qui s'était éloigné, ne pouvait pas l'entendre. Comment oses-tu présumer de notre avenir ?

— Tu le sais aussi bien que moi, ma chère. D'un point de vue strictement clinique, tu as dépassé la limite d'âge.

Pilar avala péniblement sa salive. Sa mère avait le don de lui faire perdre contenance. La jeune femme respira profondément l'air limpide du soir, cherchant à maîtriser les battements désordonnés de son cœur. Son indignation n'avait pas d'objet, elle le savait, et cela redoublait sa colère. Un bébé était la dernière chose au monde dont elle avait envie, mais cela n'autorisait pas Mme Graham à lui décocher ses flèches empoisonnées.

— Des femmes de mon âge accouchent tous les jours, riposta-t-elle, furieuse.

— J'en vois, moi aussi, tous les jours, des bébés conçus sur le tard, affligés de sévères anomalies cérébrales... Crois-en mon expérience, Pilar, tu n'as pas besoin de ça.

Elle scruta sa mère dans le blanc des yeux.

— Tu as raison. Je n'en veux pas. Je n'ai jamais voulu d'enfant, grâce à toi et à papa.

Sur ces mots, la mariée se fondit dans la petite foule des invités, cherchant Brad du regard, serrant les poings pour empêcher ses mains de trembler.

— Ça va ?

Pilar réussit à sourire à son amie Marina. Les deux femmes s'étaient connues des années plus tôt, dès l'arrivée de Pilar à Santa Barbara, et avaient tout de suite sympathisé. Elles avaient travaillé ensemble comme avocats d'office au bureau du bâtonnier, après quoi Marina s'était orientée vers la magistrature. Elles étaient restées amies, bien sûr, et Pilar avait accepté avec plaisir que ce soit Marina Goletti qui la marie... Elle la considérait comme une seconde mère. C'était une personne intelligente, douce et maternelle. Elle aussi avait résisté à l'idée du mariage, mais pour d'autres raisons. L'aînée de onze enfants, elle avait élevé ses frères et sœurs après la mort de ses parents et ne s'était jamais mariée.

— J'ai déjà donné ! plaisantait-elle quand il en était question.

Marina avait toujours prêté une oreille attentive aux déboires familiaux de son amie. Les dernières années, la souffrance de Pilar semblait s'être apaisée... Pour resurgir chaque fois qu'elle revoyait sa mère. Surnommée « Mme le Docteur » par sa fille, Élisabeth Graham se rendait tous les deux ou trois ans en Californie, à l'occasion de différents séminaires. Entre-temps, elle ne manquait nullement à Pilar. De temps à autre, elles s'appelaient. Et à la fin de chaque conversation, Pilar mesurait, effarée, l'ampleur des dégâts. Rien n'avait changé depuis son enfance et chaque coup de fil suscitait de nouvelles « interrogations », interminables, lancinantes.

— On dirait que Mme le Docteur a réussi à te sortir de tes gonds, sourit Marina.

— Elle voulait juste s'assurer que Brad et moi avions bien conscience d'être trop vieux pour procréer.

Pilar avait répondu avec désinvolture mais une note étrangement amère avait fait vibrer sa voix. L'honorable juge Goletti haussa un sourcil.

— Qui a dit ça ? Maman avait dépassé la cinquantaine quand elle a eu son dernier.

— Enfin une lueur d'espoir ! s'esclaffa Pilar. Promets-moi que ça ne m'arrivera pas, sinon je me suicide.

— Le jour de ton mariage ? Ne sois pas ridicule... Pourquoi ? Vous n'êtes pas en train de nous mijoter une autre surprise, Brad et toi ?

Marina connaissait un tas de couples qui, après un mariage tardif, avaient décidé de fonder une famille. Pourquoi pas Brad et Pilar ? Celle-ci émit un rire grinçant.

— Rassure-toi, non ! Ce genre de surprise est de loin le cadet de mes soucis. Par ailleurs, je n'ai pas l'intention de prendre ma retraite de sitôt.

— Vraiment ? souffla la voix grave de Brad, tandis qu'un bras robuste s'enroulait autour de sa taille.

Sa présence apaisante agit immédiatement comme un calmant sur les nerfs à fleur de peau de Pilar.

— Vraiment, sourit-elle. Je continuerai à servir la loi.

— Ça ne m'étonne pas, approuva-t-il, surpris de sa remarque précédente.

Pilar comptait parmi les juristes les plus compétents de la région. Elle avait investi toute son énergie dans son travail. Il avait du mal à l'imaginer sans ses chers dossiers.

— Je crois qu'elle devrait rejoindre le club des juges, dit Marina, tandis que les mariés échangeaient un regard attendri, seuls au monde.

— Je t'aime, madame Coleman. Oh, si tu savais combien.

— Tu as toute la vie devant toi pour me le dire, Brad. Moi aussi je t'aime, mon chéri.

— Ah, j'ai eu raison d'attendre. Je t'aurais attendue encore un demi-siècle s'il l'avait fallu.

— Voilà qui aurait affolé ma pauvre mère.

— Pourquoi ? Elle trouve déjà que je suis trop vieux pour toi, pas vrai ?

— Raté ! Le bon docteur s'inquiète surtout de mes quarante-deux printemps. Elle craint que, dans un moment d'égarement, nous ne donnions naissance à un petit mongolien.

— Quelle délicate attention ! grommela Brad. Elle t'a dit ça ?

— A peu de choses près. En tout cas, elle a tenu à me mettre en garde.

— Parfait ! En représailles, nous ne l'inviterons pas au festin de nos noces d'argent.

Ils dansèrent ensemble, puis avec leurs amis. Vers minuit, ils s'éclipsèrent discrètement.

— Heureuse ? demanda-t-il, alors qu'elle se blottissait contre lui, à l'arrière de leur limousine de location.

— Comblée, murmura-t-elle, souriante, laissant sa tête rouler sur l'épaule de son mari... Oh mon Dieu ! J'ai oublié de dire au revoir à ma mère. Elle repart demain matin.

Pilar s'était redressée vivement, le visage assombri... Élisabeth, qui devait participer le lendemain à une convention médicale à Los Angeles, avait fait « d'une pierre deux coups », selon sa propre expression, en se rendant au mariage de sa fille.

— Tu n'as rien à te reprocher, affirma Brad. C'était à elle de venir t'embrasser et te présenter ses vœux avant de s'en aller.

Pilar haussa les épaules. Après tout, les sautes d'humeur de sa mère n'avaient plus aucun intérêt. Brad l'attira doucement dans ses bras et leurs lèvres se cherchèrent.

— Eh bien, moi, je te présente tous mes vœux de

bonheur, ma chérie, chuchota-t-il tout contre la joue veloutée de sa femme.

Pilar ferma les yeux, avec la sensation que toute sa vie elle avait attendu cet instant. Brad était à présent tout ce qu'elle avait au monde ; elle regretta soudain de ne pas l'avoir épousé plus tôt. Le passé, ses parents, la façon dont ils l'avaient négligée ne lui importaient plus. Seul Brad comptait, et la vie qu'ils allaient partager... Comme dans un rêve, elle se laissa emporter vers le Biltmore où son mari avait réservé la suite nuptiale.

2

Thanksgiving vint et passa à une rapidité hallucinante. La semaine suivante, Diana fut débordée de travail. Le numéro d'avril de *Maisons d'aujourd'hui* constituait un défi que la bouillante rédactrice en chef tenait à relever envers et contre tout. Elle avait, en effet, conçu le projet hardi de présenter à ses lecteurs trois demeures *in extenso* au lieu d'une... Les deux premières, splendides joyaux de l'architecture baroque, surplombaient Newport Beach ; la troisième agrémentait La Jolla. Afin de superviser les séances de photos, elle s'était rendue en voiture à San Diego pour tomber en plein psychodrame. Mécontente de la manière dont on voulait photographier son précieux décor, la propriétaire menaçait de rompre son contrat d'exclusivité avec le magazine. Le chef de plateau avait l'air épuisé et la jeune assistante, que Diana avait engagée spécialement pour le tournage, fondait en larmes à tout bout de champ.

— Du calme ! intima l'arrivante, qui sentait un début de migraine lui vriller les tempes. Si notre hôtesse vous sent nerveux, elle vous poussera à bout. Traitez-la comme une petite fille gâtée. Au fond, elle meurt d'envie de s'exhiber dans la revue, et vous êtes là pour l'aider à se mettre en valeur.

La « petite fille gâtée » avait dépassé la cinquantaine depuis des lustres, ce qui ne l'empêchait pas de trépigner dès qu'on la contrariait. En fin d'après-midi, elle avait réussi à mettre les nerfs de tout le monde en pelote. Le directeur de la photo quitta les lieux en claquant la porte, la jeune assistante éclata en sanglots, les caméramen semblaient sur le point de se plaindre à leur syndicat. Malgré sa diplomatie légendaire, Diana fut tentée de tout envoyer promener. Elle préféra, plus sagement, remettre le tournage au lendemain.

La jeune femme se retrouva dans sa chambre du Valencia Hotel sans trop savoir comment. Elle se sentait vidée de ses forces et s'allongea tout habillée, trop éreintée pour bouger, parler ou s'alimenter. Elle n'avait même pas le courage d'appeler Andy. Un bon bain chaud la relaxerait, décida-t-elle, après quoi elle commanderait un léger souper et téléphonerait à son mari. Elle étouffa un bâillement, passa dans la salle de bains, ouvrit les robinets en grand. Tandis que l'eau ruisselait dans la baignoire, elle retira ses vêtements et, soudain, ses gestes se figèrent. C'était là... La minuscule et fatale trace de sang qui, tous les mois, lui signalait la fin de ses espérances. Malgré ses prières, malgré ses efforts, et ceux d'Andy. Un immense abattement s'empara d'elle et, pareille au ressort qui se détend brusquement, elle se laissa tomber sur un tabouret, anéantie. Des larmes lui mouillèrent les joues. Mon Dieu, pourquoi tout semblait-il si compliqué ? Pour ses sœurs, ç'avait été si facile !

Après son bain, elle appela Andy à la maison ; il venait juste de rentrer d'une réunion.

— Ah, c'est toi, ma chérie... Quelque chose ne va pas ?

Il avait décelé la détresse dans sa voix. Diana s'efforça d'adopter un ton normal.

— Non... Simplement une journée harassante.

— Alors pourquoi cette voix d'outre-tombe ? Le tournage s'est mal passé ?

— Pas vraiment... Enfin, pas trop. La maîtresse de maison est une vieille chipie, mon assistante une mauviette et mon chef de plateau menace de me flanquer sa démission... La routine !

— Mais encore ? Diana, tu me caches quelque chose. Que se passe-t-il ?

— Oh rien... rien de grave. Je me sens un peu déprimée, comme chaque fois que je suis indisposée, tu sais bien...

Un nouveau flot de larmes lui brûla les yeux.

— Ressaisis-toi, voyons ! répliqua Andy à l'autre bout de la ligne. Nous allons poursuivre nos efforts. Il n'y a que six mois que nous essayons d'avoir un bébé. Je connais des gens qui ont dû attendre un an, parfois deux. Je t'aime, idiote !

Il ne paraissait pas particulièrement affecté. La détresse de sa femme le bouleversait, mais il tenait à garder la tête froide. Le stress était certainement responsable de ces échecs répétés, il en était convaincu.

— Chérie, ne te mets pas dans tous tes états. Nous en parlerons à ton retour. Peut-être pourrions-nous nous offrir un week-end le mois prochain, au moment propice ?

Elle sourit à travers ses larmes.

— Oh, Andy, je ne cesse de me répéter que je devrais consulter un spécialiste. Ou du moins demander conseil à Jack.

— Ne sois pas ridicule ! — L'idée que Diana pourrait dévoiler leur intimité au mari de sa sœur lui répugnait. — Nom d'un chien, de ce côté-là, nous n'avons aucun problème !

— Comment peux-tu l'affirmer ?

— Je le sais, point final ! s'écria-t-il, excédé. Fais-moi confiance.

— Je te demande pardon, chéri. J'ai tort de m'emballer mais c'est au-dessus de mes forces. Je passe mes journées à guetter les signes d'une grossesse, la moindre somnolence, la plus infime indigestion me comblent d'espoir puis, tout à coup, plus rien !

Elle avait du mal à lui expliquer le supplice qu'elle endurait à la fin de chaque cycle, l'angoisse, la déception, le désarroi. Et cette terrible, dévorante envie, inexorablement suivie par la frustration. Ils étaient ensemble depuis presque trois ans, mariés depuis six mois. Elle souhaitait ardemment porter l'enfant de l'homme qu'elle aimait. Hélas, aucun doux vagissement de nourrisson n'était venu briser le silence lugubre de leur résidence.

— Essaie de penser à autre chose, chérie, cesse donc de te morfondre. Quand reviens-tu ?

— Demain soir... Si toutefois je n'ai assassiné personne.

Un soupir gonfla sa poitrine. La séance de photos du lendemain s'annonçait plutôt rude. Elle aurait intérêt à se reposer, mais comment ? Comment échapper à ses tourments ? Chaque fin de mois se soldait par la perte de ses illusions. Alors, elle se sentait aspirée dans une sorte de vide glacé qu'elle ne pouvait décrire à personne, pas même à Andy. C'était absurde, mais elle vivait ses menstruations comme autant de deuils cruels. Ensuite, elle se remettait à espérer, jour après jour, jusqu'à ce que ses rêves soient de nouveau réduits à néant, le mois suivant.

— Je t'attendrai. Essaie de bien dormir ce soir, tu te sentiras mieux demain. Et, Di, n'oublie pas que je t'aime.

Évidemment, pour lui ce n'était pas pareil, se dit-elle en tentant de ravaler ses sanglots. Andy était plus réfléchi, plus optimiste. Il essayait simplement de dédramatiser la situation. Diana lui en savait gré, bien qu'elle lui en voulût, par moments. Elle aurait préféré le sentir plus inquiet... partager avec lui ses craintes et sa peine. Mais sans doute avait-il raison de se cantonner dans une attitude de ce genre.

— Tu me manques, mon amour, murmura-t-elle en reniflant.

— Toi aussi tu me manques, ma chérie. A demain soir.

Elle raccrocha, fit monter un consommé froid auquel elle fut incapable de toucher. Et plus tard, dans le noir, ses pensées voguèrent vers le bébé qu'elle désirait si passionnément, puis à la tache d'un rouge sombre et brillant qui avait, une fois de plus, mis fin à son attente.

« Peut-être le mois prochain », songea-t-elle obscurément, avant de s'abandonner au sommeil.

Pilar Graham — elle continuait à utiliser son nom de jeune fille à son travail — fixait intensément les pages d'un dossier ouvert sur son bureau quand le bourdonnement de l'interphone interrompit ses méditations.

— M. et Mme Robinson viennent d'arriver, l'avertit sa secrétaire.

— Faites-les entrer, s'il vous plaît.

L'avocate se redressa, cependant que ses visiteurs pénétraient dans la pièce. Un couple sérieux, sans aucun doute. Elle, une brune aux cheveux mi-longs, proche de la cinquantaine, lui, grand et sec, vêtu sans recherche, un peu plus âgé. Ils avaient été adressés à Pilar par un de ses collègues et elle avait passé la matinée à étudier leur cas, avant de les rencontrer.

— Bonjour, je suis Pilar Graham.

Elle leur serra la main, les invita à s'asseoir et leur proposa la traditionnelle tasse de café que tous deux refusèrent, l'air nerveux, pressés d'en savoir plus.

— J'ai lu attentivement votre dossier, poursuivit-elle de cette voix sereine qui avait le don d'apaiser les esprits les plus anxieux.

— Pensez-vous pouvoir faire quelque chose pour nous ? demanda Emily Robinson en la fixant avec des yeux de chien battu.

— Madame, je serai honnête avec vous, je n'en ai pas encore la moindre idée. J'ai besoin d'en savoir plus et d'en discuter avec d'autres juristes, confidentiellement bien sûr. Je n'ai encore jamais eu à traiter une affaire de ce type. En matière de substitution parentale, la loi comporte quelques lacunes, sans oublier qu'elle varie selon les États. Je ne vous cache pas qu'il s'agit d'un cas difficile dont je ne possède pas encore toutes les réponses.

Lloyd Robinson hocha la tête. Il était bien placé pour

savoir que son cas était compliqué. Afin de pallier la
stérilité de son épouse, il avait décidé, en accord avec celle-
ci, d'avoir recours à une mère porteuse. Le couple avait
été mis en contact par des intermédiaires avec Michelle,
dix-sept ans, déjà mère de deux enfants illégitimes, origi-
naire d'un village montagneux près de Riverside. La jeune
fille prétendait avoir besoin d'argent pour terminer ses
études au collège. Le prix fut fixé à cinq mille dollars. Un
médecin local opéra l'insémination artificielle. Après quoi,
Lloyd paya la somme convenue.

Mais ce qui avait commencé comme un simple arrangement à l'amiable ne tarda pas à basculer dans le cauchemar.
De caractère instable, Michelle se révéla incapable de garder
le secret. Indignés, ses parents alertèrent les autorités. Lloyd
Robinson dut comparaître devant les juges pour répondre
de ses actes. Le choix même de Michelle comme mère
porteuse parut suspect à la cour. Accusé de détournement
de mineure par ses détracteurs, M. Robinson parvint à
prouver qu'il n'avait eu aucun contact sexuel avec l'intéres-
sée. Michelle refusait catégoriquement de se séparer du
bébé. A la naissance de ce dernier, elle était mariée à un
garçon de son village et, peu après, était de nouveau
enceinte. L'enfant de Lloyd avait un an quand, à l'issue
d'un premier procès, Lloyd fut déchu de ses droits
paternels. Du reste, aucune loi ne définissait les droits
d'un simple « donneur de sperme »... Les Robinson firent
appel. Ils n'étaient pas près de baisser les bras.

En les recevant pour la première fois, Pilar eut l'impression qu'ils vivaient dans un monde irréel. Ils se comportaient comme si on leur avait volé leur enfant et semblaient
déterminés à aller jusqu'au bout. Il s'agissait d'une petite
fille qu'ils continuaient à appeler Marie-Jeanne, sans tenir
compte du fait que Michelle lui avait donné un prénom
différent.

— N'avez-vous jamais envisagé une adoption avant de
recourir à ce procédé ? s'enquit doucement l'avocate.

Ce fut Emily qui répondit, d'une voix triste :

— Nous y avons songé. Mais nous voulions un enfant qui soit de Lloyd. Je suis stérile, mademoiselle Graham, ajouta-t-elle, le regard bas, comme si elle confessait un crime abominable. Bien sûr, nous avons commencé par là. Une assistante sociale nous a appris que nous avions dépassé l'âge légal pour une adoption — j'ai quarante et un an, mon mari en a presque cinquante. D'autre part, nos revenus sont trop bas pour que notre requête soit prise en considération. A l'époque, Lloyd souffrait de douleurs dans le dos et travaillait moins... Maintenant, nous nous débrouillons beaucoup mieux. Nous avons vendu notre voiture et avons mis de côté une partie de nos salaires pendant un an, afin de pouvoir payer Michelle... Ce n'est pas juste ! Seigneur, non, ce n'est pas juste !

Pilar hocha la tête. Elle pensait : « Le désespoir pousse les gens à accomplir des actes insensés » mais elle dit :

— Allez-vous plaider pour un droit de visite ?

— Oui, s'il est impossible d'obtenir davantage, soupira Emily. Dieu, quelle injustice ! Cette fille a déjà abandonné ses deux premiers gosses, maintenant elle en attend un autre. Pourquoi faut-il qu'elle garde aussi celui de Lloyd ?

— C'est son bébé aussi, répondit Pilar gentiment.

— Pensez-vous qu'on nous accordera au moins ce fameux droit de visite ? interrogea M. Robinson après un silence.

— Oui, probablement. En tout cas, si vous l'obtenez, ce serait un pas en avant. Si, plus tard, Michelle ou son mari se comportaient mal vis-à-vis de l'enfant, nous pourrions alors en réclamer la tutelle, mais attention ! Une fois encore, je ne peux rien affirmer, outre que de telles procédures sont extrêmement longues, coûteuses et pénibles.

Elle se refusait à leur donner de faux espoirs.

— Notre précédent conseiller juridique nous avait promis de nous ramener Marie-Jeanne dans les six mois, trancha Emily, d'un ton accusateur.

Pilar se retint pour ne pas observer que le terme

« ramener » paraissait inadéquat, compte tenu qu'ils n'avaient jamais eu le bébé.

— Il n'a pas été très honnête avec vous, madame Robinson.

Le couple échangea un regard. Apparemment, c'est aussi ce qu'ils pensaient, sinon ils n'auraient pas changé d'avocat... Pilar leur adressa un sourire qui se voulait encourageant. Leur désespoir faisait peine à voir. Brad et Pilar avaient un tas d'amis qui se débattaient dans l'inextricable dédale de l'adoption. Les plus impatients s'étaient rendus au Honduras, en Corée ou en Roumanie dans l'espoir de découvrir sur place un petit orphelin, mais aucun de ces couples ne dégageait cette impression de détresse absolue qui émanait de ces gens-là... Les Robinson avaient pris un risque, ils avaient perdu la partie et ils le savaient.

Pourtant, ils s'accrochaient de toutes leurs forces à cette cause perdue à l'avance, comme à une bouée de sauvetage. Ils quittèrent le bureau de Pilar en disant qu'ils allaient la rappeler et, longtemps après leur départ, leurs visages affligés hantèrent l'avocate. « Quel cas étrange ! ne put-elle s'empêcher de se dire. Voilà deux personnes qui, depuis la naissance de Marie-Jeanne, ne l'ont pas vue une seule fois, et pourtant agissent comme s'ils la connaissaient. Comme si la fillette était vraiment à eux... »

— Oh, oh, descends de ton nuage, collègue ! Je ne t'ai pas vu cet air-là depuis la fameuse affaire de meurtre dont tu as assuré la défense. Qui est l'assassin cette fois-ci ?

Alice Jackson avait passé sa tête bouclée par l'entrebâillement de la porte. Pilar lui sourit. Alice avait épousé Bruce Hemmings, leur associé, dont elle avait deux enfants.

— Il n'y a pas d'assassin. Et ça n'en est pas moins compliqué.

En quelques phrases claires et précises, elle mit son amie au courant. Alice, qui avait pris place dans un fauteuil de cuir, émit un sifflement.

— Laisse tomber ! Ted Murphy a eu un cas analogue

l'année dernière. Une mère porteuse refusant de restituer le bébé... Le père est allé jusqu'à la cour suprême des États-Unis, pour revenir bredouille.

— Oui, je m'en souviens. Mais ces gens sont tellement... Pilar censura le mot « pitoyables » qu'elle détestait.

— Il y a eu aussi une affaire similaire, lors de laquelle les parents adoptifs ont eu gain de cause, reprit Alice. Je n'ai plus les noms et les dates en tête mais je pourrais les retrouver. La mère porteuse avait reçu à la fois le sperme du mari et l'ovule de la femme, fécondé *in vitro*, ce qui n'est pas le cas de tes clients. Qu'est-ce qui lui a pris, à ton Robinson, de conclure un marché pareil avec une mineure ? C'est dingue !

— Parfois, on fait des choses dingues quand on veut un gosse à tout prix.

— A qui le dis-tu ! pouffa Alice. J'ai avalé des tonnes d'hormones avant de concevoir mon aîné... Le traitement m'a rendue malade comme un chien mais j'ai persévéré. Enfin, j'ai deux superbes garçons aujourd'hui et je ne le regrette pas.

Oui, mais les Robinson, eux, n'avaient rien. Sauf un bébé qui appartenait à quelqu'un d'autre, une petite créature qu'ils persistaient à appeler Marie-Jeanne, qu'ils n'avaient jamais vue et ne verraient probablement jamais.

— Je me demande comment on peut arriver à de telles extrémités, murmura Pilar, songeuse. Serais-tu vraiment malheureuse, Alice, si tu n'avais pas eu d'enfants ?

— Oui. Et Bruce aussi. Nous voulions une famille... Que veux-tu, tout le monde n'a pas ton courage.

— Le problème ne se pose pas en termes de courage ! s'écria Pilar, décontenancée. Pourquoi dis-tu cela ?

— Parce que je le pense. Tu as toujours eu une position cohérente : tu ne voulais pas de gosses, et tu t'es arrangée pour ne pas en avoir. La plupart des couples ont trop peur d'être mal jugés par leur entourage ou par la société... Ils font des gamins, prétendent les aimer mais, au fond, ils les détestent.

— Mes parents étaient comme ça... Petite, j'ai toujours eu l'impression d'être une intruse, d'avoir gâché la vie de deux personnes qui semblaient avoir d'autres chats à fouetter... Je n'ai jamais eu le désir de donner la vie, et pour cause !

— Tu n'aurais pas été une mauvaise mère, Pilar. Au contraire... Maintenant que tu es mariée avec Brad, peut-être changeras-tu d'avis.

— Oh, je t'en prie ! Pas à mon âge !

Pourquoi diable, depuis un certain temps, n'entendait-elle plus parler que de bébés ?

— Essaie les hormones, la taquina Alice en se redressant. Avec ta chance habituelle, tu seras enceinte aussitôt, alors qu'il m'a fallu des années pour réussir. Et épargne-moi l'argument de l'âge, s'il te plaît. Tu as à peine quarante-deux ans, grand-mère !

— Un âge certainement trop avancé pour une première...

Le mot « grossesse » se bloqua au fond de sa gorge et elle secoua la tête. Il ne manquait plus qu'elle commence à en parler, elle aussi ! Pilar se leva, les yeux fixés sur son bracelet-montre. Elle devait déjeuner avec sa belle-fille et était déjà en retard.

— As-tu besoin d'autres renseignements sur les mères porteuses ? s'enquit son associée, toujours prête à rendre service.

— Non, merci. A mon avis, ils ne me recontacteront pas. Je ne leur ai proposé qu'un droit de visite. Or, ils veulent tout, ou rien.

— Tiens-moi au courant s'ils rappellent. Je pourrais te donner un coup de main.

— Je n'y manquerai pas. Et merci pour ton offre.

Les deux femmes échangèrent un sourire, puis Alice s'éclipsa en direction de son bureau. Depuis qu'elle avait eu ses garçons, elle ne travaillait plus qu'à mi-temps et s'était spécialisée dans les investigations. Aucun détour de la loi ne lui échappait, et souvent Pilar la consultait sur un sujet délicat. Bruce, lui, s'était réservé les litiges entre compagnies. Il préférait jongler avec les institutions alors que Pilar avait un penchant pour le contact humain. Les trois « collègues » se complétaient à merveille...

Pilar s'estimait satisfaite de la vie. Elle était parvenue au zénith de sa profession, son cabinet juridique prospérait, son union avec Brad avait dépassé ses espérances. Ils sortaient souvent, avaient un cercle de relations intéressant, connaissaient personnellement tous les avocats et tous les juges de la ville. Aucun des deux n'aurait pu se passer de son travail et cette passion commune les avait rapprochés depuis le début.

Tout en lançant son véhicule vers le centre ville où elle avait rendez-vous avec Nancy, Pilar se demanda comment sa belle-fille arrivait à supporter son existence oisive. Mariée depuis un an, la fille de Brad avait endossé son nouveau statut de femme au foyer avec une aisance qui avait choqué Pilar. Bien sûr, elle s'était bien gardée de formuler des reproches. Après tout, les enfants de Brad étaient assez grands pour savoir ce qu'ils avaient à faire... Pilar gara sa voiture et pénétra au Paradise avec dix minutes de retard. Nancy l'attendait, très en beauté dans sa robe de laine noire, ses bottes et son manteau cerise. Un ruban de velours vert pâle retenait ses cheveux dorés.

— Bonjour, ma chérie, comment vas-tu ? lança Pilar en se glissant sur la banquette d'en face.

Elles passèrent commande, puis la conversation roula sur des sujets anodins. Le serveur apporta les hors-d'œuvre, suivis des plats. Nancy s'y attaqua de bon appétit. Pourtant, quelque chose la préoccupait, Pilar en eut soudain la conviction. Elle opta pour la discrétion. Si un problème quelconque tourmentait sa belle-fille, celle-ci ne manquerait pas de lui en parler. Depuis quelques années, elles n'avaient plus de secrets l'une pour l'autre. Au dessert, Nancy choisit une gigantesque part de gâteau au chocolat nappé de crème anglaise, alors que, soucieuse de sa ligne, Pilar se contentait d'un café sans sucre.

— J'ai une nouvelle à t'annoncer, déclara la fille de Brad en engloutissant une énorme bouchée.

— Moi aussi ! Si tu continues à t'empiffrer comme ça, tu prendras dix kilos avant Noël.

— De toute façon je vais grossir.

— Hum... Tu as encore le temps de refréner ta boulimie. Occupe-toi, au lieu de rester inactive à la maison.

— J'attends un bébé, dit Nancy, le visage illuminé d'un sourire triomphal.

Sa belle-mère la regarda, incrédule. Elle n'y avait même pas songé. Nancy était si jeune... Pas tant que ça, finalement, réalisa-t-elle soudain. Elle avait vingt-six ans, l'âge auquel Pilar avait rencontré Brad.

— Ah... vraiment ?

— L'enfant naîtra en juin. Nous voulions en être sûrs avant de vous en parler. Je suis entrée dans mon troisième mois.

— Quelle bonne nouvelle ! J'en suis sans voix... Es-tu heureuse, ma chérie ?

Ou effrayée ? Ou folle d'angoisse ? Que pouvait-on ressentir, sachant que de mystérieuses transformations s'opéraient à l'intérieur de son corps ? Comment était-ce ? Pilar l'ignorait et n'avait aucune envie de le savoir. Elle n'avait jamais très bien compris l'engouement des femmes pour la maternité.

Le sourire de son vis-à-vis s'épanouit.

— Oh, oui. Et Tommy a été formidable. — Son mari avait vingt-huit ans et occupait un important poste d'informaticien chez IBM. — C'est une expérience fantastique, tu sais... Au début j'avais des nausées mais maintenant je me sens en pleine forme.

Pilar la regarda dévorer le reste du gâteau.

— En veux-tu encore ?

— Bonne idée, répondit placidement Nancy, ignorant royalement l'humour de sa belle-mère.

— Nancy Coleman, je te l'interdis ! Tu ressembleras à une montgolfière avant d'avoir ton bébé.

— J'ai hâte de le tenir dans mes bras, sourit la jeune femme et Pilar se pencha, en riant, pour lui effleurer la joue d'un baiser.

— Patience, ma petite. Je suis très heureuse pour vous deux. Ton père sera certainement bouleversé. Ce sera son premier petit-enfant.

— Nous lui en ferons la surprise le week-end prochain. D'ici là ne lui dis rien, d'accord ?

— Compte sur moi.

C'était étrange. La petite fille qui, autrefois, l'avait si violemment rejetée, la considérait comme une alliée à présent. La boucle était bouclée, pensa Pilar dans un soupir.

L'avocate regagna son bureau, pensive. Ses amis s'inquiétaient de savoir si, oui ou non, elle allait avoir un enfant avec Brad, et voilà que Brad allait être grand-père... Elle se pencha sur ses dossiers en réprimant un sourire.

Comme toujours, elle perdit la notion du temps. Brad passa la chercher en début de soirée et l'emmena dîner au luxueux Louie's Restaurant. Il semblait d'excellente humeur et choisit sur la carte, avec délectation, les mets raffinés proposés par le chef français.

— As-tu passé une bonne journée ? s'enquit-elle tout en dénouant sa serviette.

La sienne avait été bizarre, bien remplie, pleine d'inattendus, comme la visite des Robinson, puis le déjeuner avec Nancy... Nancy ! Pilar ne parvenait pas à se sortir de la tête les propos de sa belle-fille.

— Une journée à marquer d'une pierre blanche, répliqua Brad, visiblement satisfait. J'ai terminé l'affaire la plus longue et la plus ennuyeuse de l'histoire du droit moderne. Quel soulagement !

— Que s'est-il passé ?

— Le jury a acquitté le défendeur, à juste titre, je crois.

— Tu peux te targuer de connaître au moins un homme heureux, ce soir.

Il lui sourit.

— Deux. Je suis heureux aussi. Cette nuit, pas de dossiers à étudier. Je me sens en vacances... Et toi ? Mon petit doigt me dit que ta journée a été également interminable.

— En effet. Longue et plutôt extravagante.

Elle lui narra l'affaire Robinson d'une voix animée, leur aventure avec Michelle, la naissance de la petite Marie-Jeanne, leur désarroi.

— Ils sont mal partis, conclut-elle. Tout au plus décrocheront-ils un droit de visite et, à moins que la mère naturelle ne maltraite l'enfant, ils n'ont pratiquement aucun espoir de gagner leur procès... J'ai du mal à imaginer ce qu'ils éprouvent. Ils désiraient tellement ce bébé. Ils ont tout essayé, les traitements, les agences d'adoption, et finalement ça... Bon sang, une mère porteuse mineure ! Robinson a joué de malchance dès le début.

Brad l'avait écoutée attentivement, sans jamais l'interrompre.

— Il l'a cherché, dit-il en hochant la tête. Les mères porteuses ne sont jamais la réponse à ce genre de problème.

— Certaines personnes n'ont pas d'autre choix.

— Pourquoi ? Pourquoi n'ont-ils pas persévéré dans la voie de l'adoption ?

Il adorait discuter avec elle, lui exposer ses idées, évoquer les cas qui la préoccupaient. Parfois, il avait la nostalgie du bon vieux temps, quand ils s'affrontaient aux assises...

Pilar haussa les épaules.

— Certains couples ne remplissent pas les conditions requises par l'administration. Ils frappent à toutes les portes pour s'entendre dire qu'ils sont trop pauvres, ou trop âgés... tout comme les Robinson. Par ailleurs, ils tenaient à ce que le bébé soit celui du mari. La femme s'est répandue en excuses sur sa stérilité.

Le visage pathétique d'Emily Robinson se rendant responsable de tout lui revint en mémoire, et elle détourna les yeux.

— Tu crois qu'ils vont redonner signe de vie ?

— Non... Ils n'ont pas eu l'air d'apprécier mes réticences. Je leur ai dit que cela prendrait du temps et qu'ils
avaient peu de chances d'obtenir gain de cause. Je n'ai
pas voulu leur donner de faux espoirs, ç'aurait été trop
dur pour eux, après.

— Je reconnais là ton honnêteté légendaire.

Il était fier d'elle, il le lui avait dit à maintes reprises.

— J'avais scrupule à les induire en erreur, se crut-elle
obligée de se justifier. Ils le voulaient tant, ce bébé. Avec
une sorte d'acharnement que, je l'avoue, je n'arrive pas à
comprendre.

Elle avait éprouvé cette même incompréhension devant
la joie de Nancy. Comme l'étranger contemplant une
famille à travers une fenêtre brillamment éclairée, sans
savoir comment y pénétrer, elle avait contemplé le visage
rayonnant de sa belle-fille... Or, cette jubilation provoquée
par la certitude de porter dans son sein un être minuscule,
Pilar ne la connaissait pas, ne l'avait jamais connue.

— Chérie, qu'est-ce qui te tracasse ?

Elle leva les yeux. Brad la scrutait attentivement. Le
léger sourire qui, un instant, s'était joué sur les lèvres de
sa femme ne lui avait pas échappé. Il lui recouvrit la main
de la sienne.

— Comme tu as l'air songeuse !

— Je dois verser dans la philosophie avec l'âge, s'esclaf-
fa-t-elle, puis, redevenant sérieuse : Par moments, j'ai
l'impression que je suis en train de changer. Ça me fait
un peu peur.

— Le choc du mariage, sans doute ! rétorqua Brad en
riant. Moi aussi j'ai changé. Je me sens rajeuni de
quinze ans, pas toi ? Mais de quel changement s'agit-il ?
interrogea-t-il, soudain anxieux.

— Je n'en sais rien... Aujourd'hui, j'ai déjeuné avec...
— Flûte ! Elle avait failli trahir le secret de Nancy. Elle se
reprit. —... une amie. Elle est enceinte et elle avait l'air si
contente, si heureuse.

— Un premier enfant, alors ? Comme je la comprends !

s'exclama Brad, tandis que Pilar acquiesçait. Ton amie
sera aussi exaltée quand elle attendra son deuxième et ainsi
de suite. Au fait, qui est-ce ?

— Une... quelqu'un qui travaille avec nous au bureau.
Peut-être ai-je été impressionnée parce que je l'ai vue après
les Robinson. Mais qu'est-ce qu'ils ont, tous, à vouloir
des bébés ? Comment peuvent-ils savoir si, plus tard, ils
vont s'entendre avec leur progéniture ? Mon Dieu, Brad,
il s'agit tout de même d'une chose grave, de l'engagement
de toute une vie. Comment les gens peuvent-ils être aussi
inconscients ?

— La nature, je présume. La foi : « Croissez et mul-
tipliez. » Si l'humanité s'était posé tant de questions,
l'espèce serait en voie de disparition. Vois à quoi tu as
échappé, ma chérie !

Depuis qu'ils étaient ensemble, Pilar n'avait jamais fait
allusion à ce sujet. Elle semblait refuser de toutes ses
forces la maternité et Brad s'en accommodait sans peine.
Il avait ses propres enfants et cela lui suffisait. Le couple
travaillait énormément, sortait beaucoup, voyageait. Ils
avaient visité Los Angeles, New York et l'Europe. Un
marmot ne leur aurait pas facilité la tâche. Et de toute
façon, Pilar n'en voulait pas.

— Comment sais-tu à quoi j'ai échappé ? questionna-
t-elle doucement.

— Pilar, qu'est-ce que tu essaies de me dire ? fit-il après
un bref silence, surpris par l'expression reflétée dans ses
yeux.

Quelque chose de triste, d'inassouvi, une lueur fugace
qui s'était éteinte presque aussitôt. « La fatigue », songea-
t-il, alarmé malgré tout.

— J'essaie de te dire que je ne comprends plus rien. Ni
ce que ces personnes ressentent ni pourquoi moi je n'ai
jamais rien ressenti de tel.

— Peut-être éprouveras-tu la même chose un jour, qui
sait ? dit-il dans un rire.

— Quand ? A cinquante ans ? C'est déjà trop tard,
affirma Pilar, se rappelant l'avertissement de sa mère.

— Pas si tu le désires vraiment... Tu ferais bien de te
décider avant que ton vieux mari soit sur une chaise
roulante.

— Il y a peu de chances.

Aucune chance, certainement ! Elle allait bientôt recou-
vrer ses esprits. Nancy et sa grossesse l'avaient un peu
perturbée, sans plus. Enfin, peut-être un peu *plus*, en fait,
qu'elle ne voulait bien l'admettre. Quand la fille de Brad
lui avait annoncé la nouvelle, un frisson incongru avait
parcouru Pilar. Pour la première fois de sa vie, elle avait
eu la sensation d'un vide, oh, une sensation si fugitive
qu'elle s'était demandé si elle ne l'avait pas imaginée.
Ensuite, elle avait passé mentalement en revue tous les
bienfaits dont l'existence l'avait comblée et s'était traitée
d'idiote.

Les préparatifs de Noël chez les Goode revêtaient l'allure d'une affaire d'État. Dans l'après-midi du réveillon, la vaste maison de Pasadena évoquait une ruche en pleine effervescence. Gayle et Samantha arrivaient accompagnées de leurs maris et de leurs enfants. Les parents de Jack étant morts et ceux de Seamus trop éloignés, les deux hommes passaient volontiers les fêtes chez leurs beaux-parents. Et bien sûr, cette année-là, Andy fut aussi convié aux festivités.

Suivant la tradition immuable érigée une fois pour toutes par la rigoureuse Mme Goode, ses trois filles avaient dressé la table du dîner. A plusieurs reprises, Diana avait senti le regard de Gayle peser sur elle... Le genre de coup d'œil scrutateur et perçant qu'elle avait toujours détesté. Gayle se vantait d'avoir « des antennes » capables de déceler instantanément la moindre erreur, la faille la plus infime. Jadis, il suffisait que Diana ait obtenu une mauvaise note à l'école ou laissé brûler les cookies destinés à son groupe de guides, pour que son aînée affiche aussitôt cette expression-là... Un air à la fois futé et méprisant qui semblait dire : « Inutile de me raconter des salades, ma fille, je sais que tu as *tout raté* ! »

Yeux baissés, feignant l'insouciance, Diana continua à plier méthodiquement les serviettes de lin bordées de dentelle avant de les disposer sur chaque assiette.

— Eh bien, quoi de neuf ? fit Gayle d'une voix si pointue que même Sam sursauta. Toujours pas d'heureux événement en vue ?

Diana eut l'impression désagréable de remonter le temps. L'histoire des mauvaises notes recommençait... Ses doigts fins se crispèrent sur la dernière serviette. Ses yeux glissèrent des plats de porcelaine qui appartenaient au service préféré de leur mère à l'énorme bouquet de tulipes pourpres, trônant au milieu de la grande table ovale recouverte d'une nappe neigeuse.

— Non, pas encore. Nous n'avons pas eu le temps... Andy et moi sommes si occupés en ce moment...

Depuis six mois, ils avaient tout tenté pour pouvoir annoncer, justement, l'heureux événement en question. Mais plutôt mourir que l'avouer à ses sœurs.

— Occupés avec quoi ? Vos carrières ? railla Gayle, comme si Diana avait dû avoir honte de ses activités. — A ses yeux, les *vraies* femmes restaient à la maison et s'occupaient de leur progéniture. — A ce train-là, vous n'êtes pas près de remplir les chambres de votre sublime villa, ma chérie. Penses-y ! Le temps passe si vite.

« Oh ! en voilà une réflexion originale ! » aurait voulu crier Diana, furieuse. Au nom de quoi sa grande sœur se mêlait-elle de sa vie privée ? Elle garda le silence. Depuis quelque temps, la perspective du réveillon la terrifiait. Elle avait supplié Andy de l'emmener dans sa famille à lui. Chez les Douglas elle se serait certainement sentie plus à l'aise. Hélas, son mari n'avait pas pu échapper au strict emploi du temps exigé par la chaîne télévisée, et la jeune femme n'avait pas osé décliner l'invitation de ses parents, de crainte de les froisser... Elle aurait mieux fait de suivre son instinct.

— Qu'est-ce que tu nous chantes, Gayle ! intervint Sam, la plus diplomate des trois. Diana et Andy sont jeunes. Ils ont toute la vie devant eux... L'année prochaine à cette heure-ci, elle sera probablement enceinte jusqu'aux dents.

— Qui est encore enceinte ? Oh, non, pitié ! souffla

Seamus en traversant la salle à manger. Arrêtez de fabriquer des bébés dès qu'un homme vous regarde, les filles !

Il roula de gros yeux au plafond, haussa les épaules, disparut côté cuisine pour repointer presque aussitôt sa tête ébouriffée dans l'entrebâillement de la porte.

— La jeune mariée serait-elle dans un état intéressant ?

Diana s'empressa de secouer la tête. Elle regrettait amèrement d'être venue. Ils ne se rendaient sûrement pas compte. Mais chacune de leurs questions, chacune de leurs paroles l'avait transpercée comme un coup de poignard. Pour la première fois de sa vie, elle se sentit haineuse... Oh, comme elle les détestait tous, ses sœurs surtout !

— Non, Seamus. Désolée de te décevoir.

— Alors, essayez encore, encore et encore ma chère. La procréation est le meilleur prétexte que l'humain ait trouvé pour s'envoyer en l'air... Quel veinard, cet Andy !

Il disparut, non sans avoir adressé à la cantonade un malicieux clin d'œil qui fit pouffer Samantha et Gayle... Diana fut la seule à ne pas éclater de rire, aucun sourire n'éclaira ses traits. Sans un mot, elle quitta la pièce à la recherche de sa mère.

Après dîner, la question se posa à nouveau. Ce fut Diana elle-même qui l'évoqua. La jeune femme était assise dans le grand salon, devant la cheminée, tandis que les autres jouaient aux cartes à côté. Elle aurait voulu échanger quelques mots avec son père mais M. Goode était monté se coucher et Diana se balançait doucement sur le rocking-chair, les yeux rivés sur les flammes ondoyantes, quand Jack vint prendre place à son côté.

— Tu n'as pas l'air dans ton assiette, dit-il en bourrant tranquillement sa pipe.

Ayant observé sa belle-sœur durant le repas, il en avait conclu qu'elle devait se sentir déprimée.

— Je vais très bien, affirma-t-elle, mais son regard anxieux se plongea dans le sien. Jack, ne dis rien à Gayle, s'il te plaît. Je voudrais savoir... euh... à ton avis, combien de temps faut-il normalement pour devenir enceinte ?

Sa question amena un sourire amusé sur les lèvres de l'obstétricien.

— Trois semaines, cinq secondes, ou cinq ans ! Il n'y a pas de règle. Chaque grossesse est un cas à part, Diana. Un tas de facteurs entrent en ligne de compte. La fatigue, le stress, les soucis quotidiens, la régularité des cycles... D'après certains médecins, on peut commencer à s'inquiéter après deux ans d'efforts infructueux, en l'absence de toute forme de contraception, bien sûr. D'autres ramènent cette limite à un an. L'âge de la femme joue également, bien sûr. Si tu avais dépassé trente-cinq ans, je t'aurais conseillé d'aller consulter... Pas à vingt-sept, mon petit. A ta place, je ne me ferais aucun souci avant une bonne année, peut-être même un peu plus.

La jeune femme hocha la tête, soudain transfigurée. Un instant plus tôt elle paraissait fatiguée, désemparée, nerveuse. A présent, souriante et détendue, elle se répandit en remerciements. Andy entra à ce moment dans la pièce, s'installa près du feu, et une conversation à bâtons rompus engloba bientôt divers sujets : l'économie mondiale, les problèmes au Moyen-Orient et dans l'ex-Yougoslavie, leur travail, leurs projets pour l'année à venir. Diana participait à la discussion d'une voix animée. Depuis des mois elle n'avait pas éprouvé un tel bien-être. Tout espoir n'était donc pas perdu, se répéta-t-elle au moment du départ, après avoir remercié sa mère et plus particulièrement Jack. Son beau-frère répondit à ses embrassades par un sourire complice.

— Prends soin de toi, lui murmura-t-il sur le perron, puis il rentra dans la maison et referma la porte.

Les sœurs de Diana et leurs maris avaient décidé de rester sur place, afin que le lendemain leurs enfants puissent passer le jour de Noël auprès de leurs grands-parents. Diana avait préféré, quant à elle, regagner son domicile avec Andy.

— Comment te sens-tu, ma chérie ? s'enquit-il, tandis qu'ils roulaient sur le boulevard désert.

— Merveilleusement bien.

Elle sourit. Pour la première fois depuis longtemps, elle était sincère. Elle se blottit tout contre lui, en silence, tandis que la voiture avalait les kilomètres dans la nuit froide et translucide. La journée avait été longue mais fructueuse, se dit-elle. Et plus tard, quand Andy la prit dans ses bras, la faisant basculer doucement sur le grand lit, elle répondit ardemment à son étreinte sans penser à la conception du bébé... De toute façon, d'après son calendrier, la date ne correspondait pas au « bon moment ».

— Dieu, que je t'aime ! chuchota Charlie d'une voix rauque, tout contre les cheveux soyeux de Barbara.

Ils venaient de faire l'amour sur le canapé du salon, devant l'arbre de Noël tout clignotant de guirlandes lumineuses.

— Qu'est-ce qui t'arrive ? le taquina-t-elle. Est-ce le sapin qui produit un tel effet sur ta libido ?

C'était la troisième fois qu'ils s'aimaient et il ne semblait toujours pas rassasié. Il n'avait jamais assez du corps magnifique de la jeune femme.

— Je suis fou de toi, murmura-t-il en la serrant plus fort.

Il lui avait donné son cadeau de Noël un peu plus tôt. Un collier en or incrusté d'une splendide améthyste. Il savait qu'elle allait l'adorer — c'était la pierre de son signe zodiacal. Elle lui avait offert un sweater, une cravate, une ruineuse bouteille de champagne français, ainsi qu'un coussin spécial voiture pour son dos.

Hissée sur un coude, elle lui jeta un regard alangui.

— Chéri ? Si nous goûtions le champagne ?

— Hm... je réserve ce divin breuvage pour une occasion plus importante.

Il avança les lèvres, comme pour quémander un baiser mais, boudeuse, Barbara détourna la tête.

— Noël n'est donc pas une occasion valable à tes yeux ?

— Non ! Je voulais parler de quelque chose de vraiment *important*. Ton premier oscar, par exemple, ou ta première série télévisée, notre vingtième anniversaire de mariage ou que sais-je encore... — Il eut l'air de savourer pleinement cette dernière éventualité. — ... la naissance de notre premier bébé.

Elle se redressa d'un seul coup sur le canapé.

— Alors, on n'est pas près de l'ouvrir, cette bouteille.

— Si, je te l'assure.

— Surtout en ce qui concerne le bébé ! déclara-t-elle d'une voix oppressée.

— Oh, Barbie, pourquoi pas ?

Il avait tellement envie d'un enfant, pourquoi refusait-elle de le comprendre ?

— Parce que je n'en veux pas ! rétorqua-t-elle sèche-ment. J'ai grandi au milieu de gosses et, crois-moi, ça n'a pas été de tout repos. Tu ne peux pas en dire autant.

Depuis qu'ils étaient mariés, elle n'hésitait plus à proclamer ouvertement son aversion des familles nombreuses.

— Qu'est-ce que tu en sais ? Moi aussi j'en ai vu, des petits. J'en ai été un, moi-même.

Sa plaisanterie tomba à plat. Barbara haussa les épaules.

— Peut-être que nous ne pouvons pas en avoir, affirma-t-elle, dans l'espoir de lui couper l'herbe sous les pieds.

— Non ? s'affola-t-il aussitôt. Pour quelle raison ? Qu'est-ce qui ne va pas ?

— On ne peut pas dire que nous soyons attentifs au contrôle des naissances depuis un an et demi... Tu ne me laisses jamais le temps... Pourtant, toujours rien.

Charlie marqua une pause. Il mourait d'envie de lui demander si elle avait déjà été enceinte de quelqu'un d'autre, puis, se rendant compte qu'il ne voulait pas le savoir, s'abstint de lui poser la question.

— Ça ne veut rien dire, reprit-elle. Il est probable que nous ne nous y prenons pas au moment propice. Les grossesses accidentelles sont quand même assez rares. Ou alors, c'est que ça ne marche pas.

Pourtant, « ça » avait bien marché, par le passé. Trois fois avant de quitter Salt Lake City et deux à Las Vegas. Elle n'avait jamais eu de chance de ce côté-là. Sauf avec Charlie, et cela n'avait pas manqué de l'étonner. Elle regarda le visage défait de son mari et les remords l'assaillirent. Elle n'aurait pas dû faire allusion à ce sujet, pas pendant le réveillon de Noël.

— As-tu déjà mis enceinte une de tes anciennes petites amies ?

Il prit le verre de vin blanc qu'elle lui tendait et sirota une gorgée, l'air songeur.

— Pas à ma connaissance.

— Cela ne veut rien dire, mon canard, répéta-t-elle gentiment, désolée de l'avoir rendu triste un soir de Noël. Les filles n'en parlent pas toujours.

— Non ?

Ils prirent un deuxième verre de vin, puis un troisième, après quoi Charlie se remit à la regarder avec des yeux énamourés. Lorsqu'ils gagnèrent leur lit, il l'attira dans ses bras pour sentir contre sa poitrine le poids voluptueux de ses seins.

— Je t'aime, Barbie, murmura-t-il.

C'était la femme de sa vie, il le savait, il l'avait su dès le début. Sensuelle, audacieuse, toujours consentante... La femme idéale.

— Je t'aime aussi.

Elle lui lissa les cheveux, comme elle l'eût fait à un petit garçon, et l'enlaça en se demandant pourquoi il tenait tant à avoir des enfants. Il lui avait raconté son histoire, les années tristes de l'orphelinat, la famille adoptive qu'il aurait pu avoir mais n'avait jamais eue. Un soupir souleva la gorge de Barbie. Pour elle, c'était exactement le contraire. Elle en avait eu par-dessus la tête de la vie en famille et l'idée même d'avoir un bébé la hérissait.

— Fais de beaux rêves, susurra-t-elle en embrassant la joue de son mari.

Mais il dormait à poings fermés et rêvait déjà au lendemain.

4

En mai, Pilar invita Nancy à déjeuner. Ce jour-là, Brad jouait au golf, le mari de Nancy s'était absenté pour quelques jours, et les deux femmes avaient saisi l'occasion de passer un agréable moment seules, à la maison. Pilar prépara une légère collation, cependant que sa belle-fille se prélassait dans un transat, sur la terrasse inondée de soleil. Elle avait entamé son neuvième mois de grossesse. La délivrance aurait lieu dans moins de quatre semaines maintenant.

Nancy portait une ample chemise rose pâle sur un large short blanc. Elle paraissait dans une forme éblouissante et vivait sa grossesse avec plénitude. Quand la maîtresse de maison réapparut sur la terrasse, chargée d'un lourd plateau, elle ouvrit un œil somnolent, puis, malgré son ventre proéminent, sauta avec souplesse sur ses jambes.

— Attends, Pilar, je vais t'aider, dit-elle en prenant le plateau pour le poser sur la table roulante... Miam-miam, ça a l'air délicieux, s'exclama-t-elle, penchée sur l'énorme saladier empli de laitue croquante et le plat de pâtes à la carbonara, ses préférées.

Depuis huit mois, son appétit d'ogresse était devenu un sujet de plaisanterie. Pourtant, elle n'avait pas pris plus de huit kilos. Son état n'avait guère altéré sa beauté. Ses traits reflétaient une ineffable douceur, quelque chose de paisible éclairait son regard. Une sorte de sérénité absolue que Pilar avait déjà décelée dans les yeux d'autres femmes enceintes. La gorge nouée d'une émotion singulière, elle considéra Nancy. « Comme elle a changé, ne put-elle s'empêcher de penser, comme elle a mûri. »

Elle la regarda se servir copieusement avec un sourire indulgent, fascinée par ses gestes à la fois doux et précis.

— Qu'est-ce qu'on ressent quand on attend un bébé ? questionna-t-elle, en scrutant son invitée au fond des yeux, comme pour y découvrir le secret de la vie. Est-ce bizarre ou merveilleux ?

Certaines de ses relations avaient eu des enfants, bien sûr, mais à l'époque elle n'y avait pas prêté attention et par la suite elle les avait perdues de vue. Quant à ses amies actuelles, la plupart appartenaient à cette génération de femmes qui avaient tout sacrifié à leur métier.

Un sourire embellit le visage de Nancy.

— Je ne sais pas. Bizarre, je dirais, mais on s'y habitue très bien. Parfois, j'ai l'impression d'avoir toujours été comme ça. Je n'arrive plus à lacer mes chaussures. Tommy le fait pour moi... Au début, je n'arrivais pas à m'imaginer que l'on puisse porter un petit être vivant. Une minuscule créature qui va naître, grandir, dépendre entièrement de vous pendant les vingt prochaines années, comprends-tu ?

Pilar acquiesça. Elle avait vu grandir Nancy et Todd. Seulement... ils n'étaient pas *ses* enfants, réalisa-t-elle soudain, submergée par une drôle d'angoisse. Si elle s'était séparée de Brad, ils seraient sortis de son existence, bien que, très certainement, elle aurait cherché à les revoir. Alors que ce bébé appartiendrait à Nancy pour toujours. Oui, il ferait partie d'elle-même et de Tom à jamais, même lorsqu'il deviendrait une personne à part entière... Il serait la chair de leur chair, le sang de leur sang, pour le restant de leurs jours. Cette idée, qui pourtant avait toujours terrifié Pilar, lui parut touchante tout à coup.

— C'est merveilleux, s'entendit-elle déclarer. Une nouvelle vie, une nouvelle relation avec un être qu'on a mis au monde, sans même savoir si, plus tard, on aura un million de choses à se dire ou rien du tout. Je trouve cela fascinant et terriblement inquiétant en même temps.

Jusqu'alors, de telles pensées ne l'avaient même pas effleurée. Donner la vie constituait une responsabilité qu'elle se refusait à assumer. Un documentaire sur un accouchement qu'elle avait vu une fois l'avait confortée dans ses opinions. Non, elle ne voudrait jamais passer par là.

Nancy tourna légèrement sa chaise pour contempler, en contrebas, le Pacifique miroitant sous le soleil.

— Pour le moment, mes futures relations avec mon enfant ne me préoccupent pas, confessa-t-elle. J'essaie de l'imaginer dans mes bras et je l'aime tellement déjà... Si tu voyais Tommy ! Un vrai papa-gâteau...

Elle s'interrompit un instant puis, se penchant vers sa belle-mère, laissa fuser la question qui depuis longtemps lui brûlait les lèvres.

— Pilar, papa et toi n'avez jamais pensé à avoir des gosses ensemble ?

Elle regretta aussitôt son indiscrétion, craignant d'avoir commis un impair. Et si Pilar ne pouvait pas concevoir ? Mais celle-ci se contenta de hausser les épaules en souriant.

— Je n'en voulais pas. J'ai eu une enfance trop pénible pour songer à infliger la vie à quelqu'un d'autre. Et puis nous vous avions, Todd et toi... Plus jeune, je considérais le mariage comme un piège à éviter à tout prix. La majorité de mes camarades de lycée se sont mariées à dix-huit ans, pour se retrouver devant leur fourneau, avec deux ou trois mouflets accrochés à leurs basques. Elles n'ont accompli rien d'autre. Moi, j'avais fait un autre choix. Et si je n'avais pas rencontré ton père, je crois même que je serais restée célibataire. Parfois, je repense à ces femmes qui ont eu des gosses il y a vingt ans. Leurs enfants ont dû grandir. Elles doivent être toutes seules au fond de leur cuisine, à se demander quel est le sens de leurs sacrifices. Je suis contente d'avoir échappé à cet écueil. Je ne suis pas faite pour être mère. Je me serais détestée et j'aurais reproché au père de mes enfants d'avoir brisé ma carrière.

— Cela ne se passe pas toujours ainsi, répondit Nancy d'une voix tranquille. J'ai des amies qui mènent de front leur carrière et l'éducation de leurs enfants. Elles sont médecins, juristes, psychologues, écrivains. La vie n'est pas impérativement une question de choix, après tout.

— De mon temps, ça l'était. Pour les femmes de ma génération, il n'y avait pas d'alternative. Ou on dégotait le job du siècle et le succès ou on se cantonnait dans un pavillon de banlieue et on faisait des gosses. S'occuper à la fois d'une famille et d'une carrière n'est pas chose aisée, même de nos jours. Cela dépend aussi du mari... Ton père aurait été formidable si nous avions eu des enfants, j'en suis convaincue. Je l'ai vu à l'œuvre avec vous... Seulement, je n'ai jamais eu ce que les autres femmes appellent la fibre maternelle. Ce désir impétueux de procréer, je ne l'ai jamais éprouvé.

Cependant, rien qu'en articulant ces mots, elle avait ressenti une sensation insolite. Oh, rien de douloureux, juste un petit pincement au cœur.

— Pilar, tu n'as pas peur de le regretter un jour ? Il est encore temps, tu sais. Je connais deux femmes qui viennent d'accoucher et qui sont plus âgées que toi.

— Oui, la Sarah de la Bible ! Mais qui est l'autre ? pouffa Pilar.

Non, c'était trop tard pour elle. Bien sûr, depuis un certain temps, très exactement à partir du moment où elle avait su que Nancy était enceinte, elle s'était posé de multiples questions. Avait-elle eu raison de renoncer à ce que l'humanité tout entière considérait comme la plus exaltante des joies ? N'était-elle pas passée à côté de quelque chose de capital dans la vie d'une femme ? Elle avait conclu que non et avait mis ces subites angoisses sur le compte de sa vieille horloge biologique qui, sans doute, égrenait ses heures ultimes.

— Je ne regrette rien, affirma-t-elle en se levant pour

débarrasser la table. Je suis très heureuse avec ton père...
avec Todd et toi. On ne peut pas tout avoir... Bah, je me
vois dans une trentaine d'années, assise sur la véranda, en
train de faire le bilan de mon existence en me disant :
« Ce n'est pas si mal que ça. »

Et si ce fameux bilan se révélait négatif ? se demanda-
t-elle au même moment et, de nouveau, une minuscule
pointe acérée lui piqua le cœur.

Nancy éclata de rire.

— J'ai du mal à t'imaginer dans une trentaine d'années,
et quant à papa, il aura alors quatre-vingt-douze ans !
Penses-y...

— Je suis trop vieille, rétorqua Pilar d'une voix ferme,
comme si elle s'efforçait de se convaincre elle-même. J'ai
quarante-trois ans, Nancy. Je serai bientôt grand-mère,
grâce à toi. Alors...

Alors, voilà, elle allait être grand-mère sans avoir été
mère. Elle eut soudain l'impression qu'une partie de sa
jeunesse lui avait été volée et se figea un instant, les bras
ballants, pareille au voyageur sur le quai, qui vient de
rater son train et le regarde s'éloigner, impuissant.

— Arrête de répéter que tu es vieille. Quarante-trois ans
n'est plus un âge canonique. Il y a un tas de femmes qui
ont des bébés à cet âge-là.

— Et un tas d'autres qui n'en ont pas. La plupart, en
fait.

Pilar se servit une tasse de café — Nancy n'en prenait
plus depuis quelques mois — et changea de sujet de
conversation. Sa belle-fille narra avec entrain ses journées,
la nouvelle décoration de la nursery, ses dernières planta-
tions dans le jardin. Tom allait bientôt rentrer et elle se
faisait une joie de le revoir. Du reste, tout semblait la
réjouir. Elle parlait tout en se frottant doucement le ventre
du plat de la main, comme si elle s'adressait à son bébé.
Une ou deux fois, Pilar vit le pan de chemise rose se
soulever et Nancy déclara en riant que le « petit galopin »
lui donnait des coups de pied.

Sa visiteuse partie, Pilar se mit à errer sans but à travers les pièces. Puis, la vaisselle faite et rangée, elle s'assit à son bureau, les yeux tournés vers la fenêtre. Elle avait apporté quelques dossiers à la maison mais ne se sentait pas le courage de les ouvrir. Sa main demeurait inerte sur le bois poli, son esprit reproduisait sans répit les images de l'après-midi, ponctuées par les questions de sa belle-fille : « Vous n'avez jamais songé à avoir des gosses, avec papa ? » ou « Tu n'as pas peur de le regretter plus tard ? » Une autre phrase émergea brusquement parmi les autres : « J'ai du mal à t'imaginer dans trente ans et quant à papa, il aura alors quatre-vingt-douze ans... » Pilar avala péniblement sa salive. Eh oui, le temps passait, les années passaient. Et si Brad mourait, elle n'aurait plus rien, excepté ses souvenirs, les enfants d'une autre femme et... oh non, mon Dieu, non ! La voilà qui adhérait aux stéréotypes qu'elle avait combattus toute sa vie. On ne mettait pas des enfants au monde pour agrémenter sa solitude ou pour en faire des bâtons de vieillesse... Au fait, pourquoi les gens tenaient-ils tant à laisser des descendants sur terre ? Et, surtout, pourquoi elle, Pilar, si sûre de sa philosophie passée, remettait-elle à présent en question ses convictions les plus intimes ? Et pourquoi maintenant ? Après toutes ces années ? Qu'était-ce ? De la jalousie vis-à-vis de Nancy ? Le désir de rester jeune ? La peur inconsciente du retour d'âge ? Le début de la fin ou le commencement de quelque chose d'autre ? Aucune réponse, aucune conclusion logique ne put jaillir de ce fouillis de questions.

Sa main repoussa résolument la pile des dossiers clos pour s'emparer du téléphone. En composant le numéro, elle se dit qu'elle était folle, mais laissa sonner longtemps, incapable de raccrocher.

— Marina Goletti à l'appareil, grésilla une voix dans l'écouteur.

Le ton professionnel de son amie lui arracha un sourire.

— Ce n'est que moi. Où étais-tu passée ? Tu as mis un temps fou à répondre.

— J'étais en train de tailler mes rosiers.

— Voudrais-tu faire un tour sur la plage ?

L'hésitation de Marina ne dura pas plus d'une fraction de seconde. Les envies de promenade de Pilar étaient synonymes d'intense cogitation.

— Quelque chose ne va pas ?

— Pas vraiment. Je fais le ménage dans ma tête. Hélas, j'ai beau changer les meubles de place, je n'arrive pas à mettre de l'ordre.

A l'autre bout de la ligne, Marina expédia ses épais gants de jardinage sur la table de cuisine.

— Tant qu'il y aura une chaise où je pourrai m'asseoir... sourit-elle. Je passe te chercher, d'accord ?

— Excellente idée !

Sachant son amie en route, Pilar s'était apaisée. Marina Goletti appartenait à cette catégorie de personnes chaleureuses, ouvertes, et disponibles. Ses frères et sœurs l'appelaient parfois en pleine nuit, afin de lui soumettre un problème. Calme, pondérée, affectueuse, incroyablement intelligente, elle avait toujours réponse à tout. Dans un autre cas, Pilar se serait confiée à son mari. Or, seule une autre femme serait à même de la comprendre.

Une demi-heure plus tard, Marina klaxonnait devant le portail. Pilar courut s'installer au côté de la conductrice et peu après la petite voiture dévalait doucement la pente sinueuse en direction de l'océan. Marina attendit qu'elles soient arrivées à la plage avant de demander :

— Qu'est-ce qui te tracasse ? Une dispute avec Brad ?

— Pas du tout... En fait, il s'agit de Nancy.

Le juge Goletti haussa un sourcil.

— Nancy ? Je la croyais sortie de sa crise d'adolescence.

Pilar secoua la tête, le visage tourné vers les flots bouillonnants couronnés d'embruns.

— Elle aura son bébé dans quelques semaines et elle a l'air complètement obnubilée par cet événement.

— Tu le serais tout autant, si tu avais une pastèque à la place du ventre.

— Oh, tais-toi, Mina ! rit Pilar, utilisant le diminutif dont l'appelaient ses neveux et nièces. Je ne sais plus où j'en suis... Je ne sais même pas si ce que je ressens n'est pas un leurre.

— Seigneur, c'est sérieux ! s'exclama Marina.

Une lueur fiévreuse faisait briller les prunelles de son amie, mais le juge Goletti se garda bien de la brusquer. Pilar aspira à pleins poumons une goulée d'air humide. Elle semblait chercher les mots adéquats pour dépeindre ses émotions.

— Voyons, par où commencer ? C'était il y a environ cinq mois, quand Nancy m'a appris sa grossesse... peut-être un peu plus tard, peu importe ! Depuis, je n'ai pas cessé de me demander si je n'ai pas commis une grave erreur...

Sa phrase demeura inachevée, tandis que son regard se vrillait sur le visage de son interlocutrice, comme si tout son avenir dépendait de sa réponse.

— En épousant Brad ?

— Bien sûr que non ! En n'ayant jamais voulu avoir d'enfant. Ai-je eu tort ? Vais-je le regretter un jour ? Mes parents ont manqué à leurs devoirs les plus élémentaires à mon égard, tu le sais. Pourtant, j'aurais pu devenir une bonne mère, malgré tout.

Nouveau silence, nouveau regard empreint de confusion en direction de Marina. Les deux femmes s'étaient assises au pied d'une dune, à l'abri du vent, et la plus âgée avait enlacé les épaules de la plus jeune.

— Tu aurais été certainement une excellente mère. Ce qui ne veut pas dire que tu es fautive, sous prétexte que tu ne l'as pas fait. Simple question de désir... La procréation n'a rien d'obligatoire, Pilar. Le fait de n'avoir pas eu de gosses ne signifie pas que tu es mauvaise, dangereuse ou bizarre. On a le droit de sortir de la norme sans basculer pour autant dans l'anormalité. Il existe des

personnes qui ne souhaitent pas faire des enfants. Et tant
mieux pour elles, si cela leur convient.

— Mais toi-même, Mina, tu ne t'es jamais posé de
questions ? Tu n'as jamais eu des regrets ?

— Si, bien sûr. A deux ou trois reprises. Et chaque fois
qu'un de mes proches, frère, sœur, nièce ou neveu, me
flanque un mouflet entre les bras, j'ai comme un chat
dans la gorge et je me dis : « Mon Dieu, j'en aurais bien
voulu un, moi aussi... » Heureusement, mes états d'âme
ne durent pas plus de cinq minutes. Il faut dire que j'ai
passé plus de vingt ans de ma vie à torcher des nez et des
petits derrières, à laver et repasser du linge, à border des
gamins dans leur lit tous les soirs. Je n'ai pas pu aller au
collège avant vingt-cinq ans et lors de mon inscription à la
faculté de droit, j'avais dépassé la trentaine. J'avais envie
de me donner un peu de bon temps. De m'amuser. De
réussir dans mon métier... Oh, j'adore ma famille, bien
sûr, mais je n'ai jamais eu le courage de recommencer.
Évidemment, si j'avais trouvé l'âme sœur, je ne dis pas,
mais je ne l'ai pas trouvée... Ou je n'ai pas cherché à la
trouver, sans doute. En fait, je crois que le célibat me
convient parfaitement. Maintenant, la question ne se pose
plus et, en vérité, elle ne s'est jamais posée. J'aime mon
travail, mes amis, toi, mes frères, mes sœurs et leurs
petits... Je ne demande rien de plus.

— Et si un jour l'envie te prenait de demander *plus*,
justement ?

— Ce serait tant pis pour moi. Pour le moment, je ne
m'en plains pas.

Marina avait soixante-cinq ans mais paraissait plus jeune.
Sa profession l'accaparait entièrement. C'était la femme
la plus entourée que Pilar connaissait. Son air épanoui
témoignait d'une riche vie intérieure. Mais était-ce suffi-
sant ? Pilar l'avait cru, elle aussi, jusqu'à ce jour.

— Et toi ? demanda sa compagne en se penchant vers
elle. Qu'est-ce qui te ronge, au fond ? D'où te viennent
toutes ces interrogations au sujet de bébés ? Es-tu enceinte,

par hasard ? Est-ce mon avis sur l'avortement que tu cherches à connaître ?

— Non, au contraire. Que dirais-tu si je t'annonçais que j'envisage de faire un enfant ?

Elle n'était même pas sûre de le penser vraiment. Mais soudain, pour la première fois de sa vie, elle doutait d'elle-même, du chemin qu'elle avait choisi, de... Sapristi ! tout se brouillait dans sa pauvre tête.

— Eh bien, je dirais que c'est une bonne chose, à condition que tu le désires réellement. Comment réagit Brad ?

— Il n'est pas au courant. Il est probable qu'il me prendra pour une folle et il n'aura pas tort. Je ne voulais pas de gosse, j'avais trop peur de découvrir que je ressemblais à ma mère.

— Tu as dû comprendre, depuis, que vous êtes deux personnalités complètement différentes.

— Dieu merci.

— C'est donc ça qui t'a arrêtée ? La crainte de reproduire les erreurs de tes parents ?

— En partie. Et aussi parce que je n'en ai jamais éprouvé le besoin. Remarque... ajouta-t-elle, les sourcils froncés, j'étais contre le mariage et pourtant je suis très heureuse à présent.

— Les regrets sont une perte de temps, Pilar. A quoi cela sert-il de ruminer le passé ?

— A rien. Je ne sais pas ce qui m'arrive. J'ai l'impression d'avoir changé, tout à coup.

— Tu as évolué... Peut-être le moment est-il venu, Pilar. Peut-être que tu devrais le faire, ce bébé.

— Et s'il s'agissait d'un caprice ? Une envie passagère dictée par ma jalousie à l'encontre de Nancy ? Si, comme l'a si bien dit ma mère, le bébé vient au monde avec deux têtes et quatre bras, parce que je suis trop vieille ?

— Et s'il y avait des petits bonshommes verts sur Vénus ? Tu ne peux pas tout savoir à l'avance, ma chère.

Suis ton instinct le mieux que tu pourras. Tu veux vraiment un bébé ? Fais-le, sans te torturer l'esprit...

— Si tu te sens parfaitement heureuse sans enfants, pourquoi ne le serais-je pas également ?

— Parce que nous sommes deux personnes différentes, avec une expérience de la vie différente. La mienne a été remplie de gamins dès le début, tu n'as connu que le fils et la fille de Brad, sans oublier qu'ils étaient déjà assez grands. Par ailleurs, tu es mariée et heureuse en ménage... Il se peut, en effet, qu'un jour tu regrettes de ne pas avoir porté les enfants de l'homme que tu aimes et dont tu partages l'existence.

Pendant un long moment, Pilar demeura silencieuse, immobile, le regard fixé sur le sable clair.

— Mina, murmura-t-elle finalement, qu'aurais-tu fait à ma place ?

— J'aurais essayé de me détendre, après quoi j'en aurais parlé calmement avec Brad. Ensuite, j'aurais pesé le pour et le contre et, dans le cas où le pour serait plus important, j'aurais couru ma chance. On n'apprend pas à nager sans se mouiller.

— Quel langage, votre honneur !

Le juge Goletti sourit.

— Veux-tu le fond de ma pensée ? Si j'étais à ta place, j'aurais envoyé au diable tous ces préjugés à propos de l'âge et j'aurais tenté l'aventure. Du reste, l'âge est un prétexte, tu le sais bien.

— Oui, probablement.

Un soupir gonfla la poitrine de Pilar. Son amie avait vu juste, comme toujours. Tous les prétextes étaient bons pour conjurer sa peur. Elle se demanda comment réagirait Brad. Que dirait-il ? Et que lui répondrait-elle ? Que pour la première fois de sa vie, elle ressentait un vide, une langueur singulière, une *absence* que plus rien ne pouvait combler ?

Les deux femmes reprirent le chemin du retour sans un

mot. Le trajet se déroula dans un silence complice. Elles n'avaient guère besoin de se parler pour se comprendre.

Marina freina devant le portail.

— Ne t'inquiète pas trop, petite. Va jusqu'au bout de ton désir. On ne peut pas se tromper quand on écoute ses voix intérieures.

Elle l'embrassa sur la joue et Pilar la serra affectueusement dans ses bras... Elle souriait en remontant l'allée vers la maison.

Brad était en train de ranger ses clubs de golf dans le débarras. A la vue de sa tendre moitié, son visage tanné s'illumina d'un large sourire.

— Où étais-tu passée ? Je croyais que Nancy devait déjeuner ici aujourd'hui, dit-il en l'enlaçant étroitement pour l'entraîner vers la terrasse.

— Elle est venue... Après son départ, je suis allée me promener sur la plage avec Marina.

Il jeta un regard oblique vers le visage qu'il connaissait si bien.

— Oh oh... Des ennuis ?

Elle se laissa attirer sur la balancelle de jardin en riant.

— Qu'est-ce que tu veux dire ?

— Tu ne prises guère les randonnées, à moins d'avoir un grave problème à résoudre. La dernière fois que tu as longé la plage, tu te débattais dans un affreux dilemme : assurer ou non la défense d'un fraudeur du fisc. L'avant-dernière fois, tu t'efforçais de prendre une décision au sujet d'un nouvel associé, je crois, et avant cela, tu étais partie faire un tour, avant de me répondre si oui ou non tu voulais bien m'accorder ta main... Une belle promenade, celle-là...

Elle laissa échapper un rire clair et il reprit :

— Qui ne dit mot consent. C'était quoi, cette fois-ci ? Nancy t'a donné du fil à retordre ? Non ? Un problème au bureau, alors ?

Elle venait de gagner un procès intenté à un de ses clients pour négligence professionnelle devant la cour de

Los Angeles. Brad se sentait fier d'elle. Il prenait un immense plaisir à l'aider à préparer ses plaidoiries en y mettant son grain de sel.

— Non, tout va bien. Nancy était adorable, aujourd'hui. Adorable et cruelle... Sans le savoir, la fille de Brad avait ouvert une brèche dans la carapace de sa belle-mère. Oh, une simple égratignure, dont Pilar avait jusqu'alors ignoré l'existence. Mais Marina avait raison. Elle devait mettre son mari au courant de ses préoccupations.

— ... Je ne me sentais pas très en forme, se lança-t-elle. J'avais besoin d'une mise au point... euh... personnelle. Je me suis promenée sur la plage en compagnie de Marina et comme d'habitude, elle m'a donné des conseils pleins de bon sens.

— Qu'est-ce qu'elle t'a dit ?

La jeune femme haussa les épaules.

— C'est si bête, au fond...

Il la regarda avec attention et découvrit, abasourdi, ses yeux brillants de larmes. Il l'avait rarement vue pleurer. Presque jamais. C'était une femme forte... Alarmé, il se contint pour ne pas la bombarder de questions. Une souffrance secrète, insolite, creusait les traits fins de sa compagne. Il tenta de plaisanter.

— Eh bien, ça m'a l'air plutôt sérieux pour un samedi soir. Veux-tu que nous retournions à la plage ?

— Peut-être, sourit-elle en essuyant du bout des doigts une larme furtive au coin de l'œil.

— Chérie, qu'est-ce qui te tracasse ? voulut-il savoir en l'obligeant à se blottir dans ses bras.

Il devait s'agir de quelque chose d'important, puisqu'elle avait appelé Marina à son secours.

— Tu ne me croiras pas. C'est tellement bête, répéta-t-elle d'un ton malheureux.

— Je suis un grand habitué des idées farfelues, j'en entends toute la journée au tribunal. Pilar, tu peux tout me dire, tu le sais.

Elle posa la tête sur l'épaule solide de Brad.

— Voilà, fit-elle dans un murmure... Je ne sais pas si le fait d'avoir vu Nancy a joué un rôle mais j'y avais déjà pensé une ou deux fois l'année dernière, sans m'inquiéter, en me disant que ça allait passer. Mais ce n'est pas passé... Comprends-tu ?

Il hocha la tête. Il n'avait rien compris mais, la sentant terriblement tendue, il n'osa pas l'interrompre.

— Nancy m'a demandé si je n'allais pas regretter un jour d'être restée sans enfants et... et...

La voix de Pilar se brisa soudain. Elle fondit en larmes sous le regard interdit de son mari. Enfin, elle parut déployer un effort surhumain pour poursuivre :

— Oh, Brad, j'ai toujours été convaincue que je n'en voulais pas. Mais je n'en suis plus aussi sûre. Tout à coup, mille questions me sont passées par la tête. Que deviendrai-je si Nancy a raison ? Si je me trompe, si je me suis toujours trompée... Si... — de nouveau sa voix se fêla, comme sous l'effet d'une douleur fulgurante — si tu mourais et que je n'aie même pas un enfant de toi ?

Ses larmes s'étaient muées en sanglots et Brad lui caressait les cheveux sans un mot, trop bouleversé pour répondre.

— Parles-tu sérieusement ? demanda-t-il au bout d'un moment, l'air incrédule.

— Oui, peut-être, je n'en sais rien. J'ai peur, Brad.

Elle levait vers lui son visage baigné de larmes, avec une expression si effrayée qu'il dut se faire violence pour ne pas sourire.

— Chérie, voudrais-tu vraiment avoir des enfants *maintenant* ? Après toutes ces années ?

— Tu me trouves trop âgée, n'est-ce pas ? s'écria-t-elle, et son affolement arracha un rire à Brad.

— Pas du tout. C'est moi qui suis trop vieux. J'ai soixante-deux ans et serai bientôt grand-père. J'aurais l'air ridicule.

— Pourquoi ? De nos jours, un tas d'hommes fondent

une deuxième famille sur le tard. Certains sont beaucoup plus âgés que toi.

— Je crois que j'ai pris un coup de vieux en une minute, gémit-il. Est-ce que tu y penses depuis longtemps, Pilar ?

« Elle devait traverser une crise pénible », se dit-il en la serrant plus fort dans ses bras.

— Je n'en suis pas sûre, répliqua-t-elle avec honnêteté. L'idée m'a traversé l'esprit quand nous nous sommes mariés. J'en ai conclu qu'il devait s'agir d'une aberration mentale et je n'y ai plus pensé. Puis ces gens sont arrivés avec leur histoire de mère porteuse, tu t'en souviens ? Leur attachement à cette petite fille qu'ils n'avaient jamais vue, leur persévérance, leur insistance à en obtenir la garde m'ont impressionnée. J'ai commencé à me poser les premières questions quant à mon propre refus de maternité à ce moment-là... Mais quand j'ai su que Nancy était enceinte, là ma vision du monde a vacillé. Elle, que j'ai connue si jeune, presque une gosse, semblait avoir enfin trouvé un sens à la vie. Je n'ai pu m'empêcher, alors, de regarder la réalité en face. Tu es une bonne avocate, une bonne épouse et une bonne belle-mère, me suis-je dit. Pourquoi ne serais-tu pas une bonne mère aussi ?

— Oh, mon Dieu, soupira Brad. Si seulement tu y avais pensé plus tôt.

Leurs regards s'accrochèrent un instant, puis elle souffla :

— Si je décide d'avoir un enfant, tu seras d'accord, Brad ?

Dans le silence qui suivit, elle sentit sa respiration se bloquer au fond de sa gorge. La question avait jailli spontanément, comme un oiseau qu'on aurait enfermé trop longtemps dans une cage et qui, subitement, la porte ouverte, se serait envolé. Et elle avait besoin de savoir. Il le fallait. S'il refusait, elle en prendrait son parti. Elle aimait Brad plus que tout au monde et s'en remettait à son jugement. Cependant, s'il disait oui... Le cœur de Pilar se mit à cogner sourdement contre ses côtes.

— Je ne sais pas, dit-il enfin, d'une voix sincère. J'ai besoin de réfléchir.

Il n'avait pas dit oui... Mais il n'avait pas dit non. Elle lui sourit, reconnaissante. Il y avait encore une chance. D'ailleurs, tous deux avaient besoin de réfléchir. On ne prenait pas de telles décisions à la légère. Une naissance allait bouleverser l'ordre des choses, la paisible existence qu'ils avaient si patiemment agencée.

— Tu as intérêt à réfléchir vite, jeta-t-elle, malicieuse.

— Pourquoi ?

— Je suis déjà plus vieille d'une minute.

— Ah, petit monstre ! s'esclaffa-t-il, l'étouffant de baisers, tandis qu'elle riait à gorge déployée. Je le savais ! Je savais que je serais puni si je te forçais à m'épouser... Eh bien, si j'avais su tout cela à l'époque, nous aurions déjà une douzaine de marmots.

Elle fit mine de compter sur ses doigts.

— Voyons, j'ai quarante-trois ans... Nous pourrions en avoir une bonne demi-douzaine si nous nous y prenons tout de suite.

— Un seul suffira amplement. Et n'oublie pas que j'ai demandé un délai de réflexion.

Ils s'embrassèrent, dans la clarté incarnat du crépuscule. Pilar se redressa, sa main cherchant celle de Brad.

— Je connais un excellent stimulant cérébral pour tes cogitations, mon chéri.

Il la suivit en riant, alors qu'elle le pilotait à travers le living-room vers leur chambre. Ils ne s'étaient jamais refusé une étreinte. Au pied du lit, ils échangèrent un baiser fougueux, puis, lorsque Brad la pressa tout contre lui, Pilar crut que son cœur allait éclater.

5

Diana se redressa sur la table d'examen où elle venait
de subir un examen gynécologique de routine.

— Tout m'a l'air parfait, déclara son médecin.

C'était un homme jeune au sourire dévastateur — dont
par ailleurs il abusait —, que son beau-frère lui avait
recommandé deux ans auparavant. Au dire de Jack, le
Dr Arthur Jones passait pour l'un des praticiens les plus
compétents de sa génération.

— Rien à signaler ? s'enquit-il. Pas de grosseurs aux
seins, de crampes, de saignements inhabituels ?

Diana secoua la tête. Non, justement, elle n'avait *rien* à
signaler, rien du tout, songea-t-elle avec un soupir amer.
Une semaine plus tôt, elle avait eu ses règles avec cette
exemplaire régularité qui commençait à l'exaspérer. La
jeune femme se rhabilla, tandis que le gynécologue griffon-
nait quelque chose sur une feuille de maladie qu'il rangea
dans un dossier.

— Le seul problème, docteur, lança-t-elle, c'est que
j'essaie de tomber enceinte depuis onze mois, sans résultats.

— Peut-être vous donnez-vous trop de mal, dit-il,
rejoignant sans le savoir les remarques des sœurs de sa
patiente.

Diana grimaça un sourire dépité. La grande majorité de
ses amies à qui elle avait fait allusion à son problème
l'avaient abreuvée d'inepties du genre : « N'y pense plus »,

« Tu y tiens trop », « Oublie-le donc et ça viendra », « Cesse de te morfondre » ou encore « Les choses arrivent quand on s'y attend le moins ». Une belle, une fabuleuse collection d'idées toutes faites dignes de figurer dans une anthologie des stéréotypes. Aucune de ses flegmatiques conseillères ne s'était doutée de sa souffrance. Aucune n'avait pu deviner le chagrin, la déception, l'abattement qui la terrassaient lorsque, à la fin de chaque mois, elle constatait qu'elle avait échoué une fois de plus. Pourtant elle n'exigeait rien que la vie n'ait donné aux autres femmes... à n'importe quelle autre femme. Elle avait vingt-huit ans, était mariée depuis presque un an, adorait son époux et désirait un enfant... Quoi de plus simple ? de plus normal ?

— Un an, ce n'est pas long, observa le médecin d'une voix rassurante.

— J'ai trouvé cela interminable.

— Qu'en pense votre mari ? Est-il aussi inquiet que vous ?

— Il ne cesse de m'exhorter à la patience.

Le Dr Jones exhiba son sourire de star.

— Sans doute a-t-il raison. Que fait-il dans la vie ?

Certaines professions, se rappela-t-il, trop souvent en contact avec des matières chimiques, voire toxiques, développaient parfois des stérilités plus ou moins durables.

— Andrew est le conseiller juridique d'une chaîne télévisée.

Mais oui, elle le lui avait déjà dit... Le docteur hocha la tête.

— Et vous dirigez un magazine, si je ne m'abuse ?

Elle acquiesça.

— Vous exercez tous deux des métiers qui détiennent le record du stress, chère madame. Le facteur psychologique joue un rôle négatif dans ce cas-là, vous le savez. J'insiste, cependant, sur le fait que onze mois ne constituent pas un délai anormalement long. La plupart des couples conçoivent leur premier enfant après un an, d'autres plus tard encore.

Vous ne partez pas en vacances, un de ces jours ? Un peu de détente pourrait aider.

Un sourire brilla sur les lèvres de Diana.

— Nous partons pour l'Europe la semaine prochaine... Oui, cela pourrait aider, murmura-t-elle.

Son sourire s'était vite effacé et une expression d'anxiété lui chiffonnait les traits.

— Écoutez, dit-il après une courte pause, si à votre retour de vacances vous n'êtes pas enceinte, nous pourrions envisager quelques examens supplémentaires. Si vous préférez, je vous adresserai à un spécialiste que votre beau-frère doit certainement connaître et apprécier tout comme moi. Le Dr Alexander Johnston est réputé pour l'acuité de ses diagnostics et l'efficacité de ses traitements.

— Oui, je veux bien.

Une lueur d'espoir s'était mise soudain à trembloter dans les ténèbres. Si à son retour d'Europe, son vœu n'était toujours pas exaucé, elle savait au moins qu'il y avait une issue.

Diana repartit à son travail, le cœur léger. Le fardeau qui lui écrasait les épaules s'était subitement allégé. Le soir même, elle tenta de mettre Andy au courant, mentionna le nom du spécialiste, ajouta qu'elle avait appelé Jack du bureau et qu'il avait abondé dans le sens du Dr Jones. A sa grande surprise, son mari se mit en colère. Il avait passé une journée éreintante, expliqua-t-il, et n'avait guère envie d'entendre les élucubrations de son épouse. Et il en avait assez des étreintes fixées à certaines dates, assez de ses crises d'hystérie chaque fois qu'elle avait ses règles, assez de ses sautes d'humeur. Ils étaient tous deux jeunes, en bonne santé, issus de familles nombreuses, il n'y avait aucune raison de s'alarmer... Et ce n'était pas en se lamentant qu'ils arriveraient à quelque chose.

— Nom d'un chien, Di, laisse-moi souffler ! Nous n'avons pas besoin de ton fichu spécialiste. Juste d'un moment de répit. Arrête de me persécuter !

— Je suis désolée... J'ai simplement cru...

Les mots se dérobèrent, un brûlant flot de larmes lui brouilla la vue, un sanglot roula au fond de sa gorge. Pour la première fois depuis qu'elle le connaissait, elle en voulut à Andy. Comment pouvait-il rester aussi impassible, aussi indifférent, alors qu'elle se sentait si désemparée ? Elle quitta la pièce en courant et il alla la rejoindre quelques minutes plus tard dans leur chambre.

— Ma chérie, pardonne-moi. Je suis lessivé. J'ai eu une rude journée, tu sais. Depuis quelque temps, les points litigieux entre producteurs et comédiens se multiplient, je ne sais plus où donner de la tête. La loi des séries... Diana, ne pleure pas, je t'en supplie. Nous l'aurons, ce bébé, je te le promets.

C'était devenu une obsession, il le savait. Parfois, l'ardeur quasi pathologique avec laquelle elle guettait les signes d'un début de grossesse l'exaspérait. Il avait l'impression qu'il ne comptait plus, que tous les désirs de Diana avaient régressé au profit d'un seul : avoir un enfant. Par ailleurs, la compétition constante avec ses sœurs la rendait encore plus irritable.

— D'après mon gynécologue, pendant les vacances...

Elle s'interrompit, leva la tête de l'oreiller trempé de larmes pour lancer à Andy un regard d'excuse.

— Il a raison, dit-il en l'attirant dans ses bras. Ce sera une seconde lune de miel. Je parie que ton docteur ne se fait pas trop de soucis pour nous.

Elle lui sourit à travers ses larmes.

— En effet, c'est à peu près ce qu'il a dit.

— J'en étais sûr, déclara-t-il d'une voix ferme, puis il l'embrassa tendrement.

Lorsqu'ils se couchèrent, plus tard, la jeune femme s'était calmée. Peut-être avaient-ils raison, tous. Peut-être était-elle folle de s'inquiéter ainsi. Elle se pencha pour embrasser Andy. Il dormait à poings fermés et ronflait légèrement. Diana le regarda un long moment avant de poser doucement sa tête sur l'oreiller. Étrange sensation ! songea-t-elle, alors que le sommeil alourdissait ses paupières. Bizarre que l'absence d'un enfant — mais pouvait-on parler d'absence, puisqu'il n'était pas encore conçu ? — puisse devenir une source constante de souffrance. Et de solitude. Et d'une angoisse sourde que personne ne semblait capable de comprendre, pas même Andy.

Le voyage en Europe se déroula comme dans un rêve. Ils firent une halte à Paris avant de mettre le cap sur le sud de la France, puis rendirent visite au frère d'Andy à Londres. Les joues pâles de Diana avaient repris des couleurs. Leur séjour à Monte-Carlo avait certainement comblé ses espérances. Un ciel de carte postale, un hôtel exquis, une mer translucide... « Le décor idéal pour fabriquer un bébé », avait dit Andy.

Loin de l'agitation de Los Angeles, le couple redécouvrit le bonheur d'être ensemble. Leur passage à Londres fut un tourbillon de sorties. Ils visitèrent des musées, allèrent au restaurant, se prélassèrent sur des plages, passèrent même un week-end en Écosse à pêcher la truite en compagnie de Nick et de sa petite amie. Ils regagnèrent les États-Unis en juin, rajeunis et dans une forme éblouissante.

Le lendemain matin, vendredi, Andy reprit le chemin du travail avec le sourire. Diana avait demandé une journée supplémentaire à la direction du journal afin de défaire leurs bagages et de passer chez le coiffeur. Pour la première fois, l'image de son bureau perpétuellement encombré de dossiers, la fièvre des studios de photo, le va-et-vient incessant de reporters et de pigistes la firent grimacer au lieu de la combler d'aise. Heureusement, il y avait le week-end, se dit-elle.

Le samedi, Andy passa la matinée à jouer au tennis avec Bill Bennington, son collègue et ami. Ils s'étaient connus pendant leurs études à Ucla. C'est grâce à Andy que Bill avait été embauché au département juridique de la télévision. Leur travail en commun avait consolidé leur amitié.

— Comment va Nick ? questionna Bill après le premier set, en s'accordant une goulée d'eau fraîche.

— Très bien. Il sort avec une fille formidable. Nous avons partagé une mémorable partie de pêche avec eux, en Écosse... Diana et moi l'avons trouvée très sympathique.

La fiancée de Nick, une jeune Anglaise, alliait l'humour à la grâce. Diana avait décrété que la Circé londonienne avait attrapé le frère d'Andy dans ses filets, bien que le jeune homme s'en défendît.

— Moi aussi j'ai quelqu'un dans ma vie, déclara soudain Bill, tandis qu'il posait son verre.

Andy haussa les sourcils, intrigué.

— Tiens, tiens, Bennington, au ton posé de ta voix, je présume que ça doit être du sérieux.

Son ami comptait à son actif une impressionnante collection de modèles et de starlettes. Seuls les attraits physiques attiraient son attention et, la plupart du temps, ses flirts se terminaient aussi brusquement qu'ils avaient commencé.

— Oui, peut-être. Je n'en suis pas sûr. Il s'agit d'une personne que j'admire énormément. J'aimerais bien te la présenter.

Il arborait un sourire béat qui arracha un gloussement amusé à Andy.

— Et que fait ta perle rare dans la vie ? Danseuse ? Figurante ?

— Raté ! Elle est conseiller juridique pour une chaîne rivale. Elle a obtenu son diplôme avec mention. Elle te plaira, j'en suis sûr.

— Dis-donc, Bennington, tu n'es pas en train de nous mijoter des fiançailles, par hasard !

Aux taquineries de son copain, Bill répondit par un battement de cils plein de modestie. L'incarnat de ses pommettes n'avait rien à voir avec les parties de tennis.

— On ne sait jamais, murmura-t-il avec un sourire à rendre la Joconde verte de jalousie.

Ils quittèrent le court vers midi. Tandis qu'ils s'avançaient vers l'aire de stationnement, leur raquette sous le bras, Billy jeta un coup d'œil oblique à Andy. Il le trouvait bien plus détendu qu'avant son voyage en Europe.

— Comment se porte ma rédactrice en chef préférée ? Elle croule toujours sous le travail ?

— Diana a dû boucler une édition avant notre départ, alors tu imagines. En revanche, elle a pris sa journée d'hier, ce qui me paraît bon signe. Ces derniers temps, elle n'était pas à prendre avec des pincettes.

— Toi non plus. Tu ne t'en es peut-être pas rendu compte, mais tu avais l'air d'un fauve en cage.

— La fatigue, le stress... se justifia Andy en se demandant soudain s'il pouvait confier ses ennuis conjugaux à Bill. La nervosité de Diana a fini par déteindre sur moi.

— Rien de grave, j'espère ?

— Pas vraiment, je ne crois pas. Diana voudrait un enfant et elle commence à s'impatienter.

— Pourtant vous n'êtes pas mariés depuis longtemps.

— Ça fait un an aujourd'hui.

— Un an ! s'exclama Bill, j'aurais juré que c'était hier. Eh bien, ne commence pas à aligner les mouflets, mon vieux, si tu tiens encore à jouer au tennis. Je connais un tas de jeunes pères dont l'existence est rythmée par les biberons et les changements de couches-culottes. Quel calvaire !

Andy émit un rire.

— J'essaierai de persuader ma femme de différer ce chemin de croix d'un an.

— Ce sera toujours ça de gagné. Attends un peu et d'ici deux ans, nous aurons chacun notre poussette.

Ils étaient arrivés près de la Porsche argentée de Bill et s'y étaient appuyés en s'esclaffant. Andy cessa de rire le premier.

— Comme le temps passe vite, murmura-t-il... Hier encore, papa transbahutait les jumeaux à tour de rôle sur ses épaules... Parfois, l'idée de la paternité m'effraie. Je ne me sens pas tout à fait prêt. Pour Diana, c'est le contraire. Elle est vraiment pressée.

Il omit délibérément de mentionner leurs efforts infructueux depuis un an. Bill hocha la tête, l'air malicieux.

— Fais gaffe, vieux ! Un gosse, c'est pour toujours.

— Je le lui dirai.

Sur le chemin du retour, Andy se mit à chantonner une vieille rengaine. Une bonne partie de tennis lui remontait toujours le moral. Il se demandait si la nouvelle idylle de son ami durerait un peu plus que les autres, quand la villa biscornue apparut au tournant. Il aperçut Diana dans le jardin. La jeune femme l'accueillit avec un sourire. Elle le trouvait séduisant, dans sa tenue blanche de tennisman. Andy l'enlaça.

— Bon anniversaire, madame Douglas, susurra-t-il.

Il lui tendit le petit paquet de chez Tiffany qu'il avait sorti de la poche de son short.

— Oh, tu me gâtes... fit-elle, en défaisant le ruban, puis le papier bleu turquoise pour mettre au jour un écrin. Oh... Andy... — Elle souleva le couvercle et découvrit un anneau en or surmonté d'un saphir serti de diamants. — Elle est magnifique ! Je l'adore.

— Tant mieux. Comment appelle-t-on déjà le premier anniversaire de mariage : noces de plastique ? de papier ? de craie ? Comme je ne m'en souvenais plus, je me suis permis de sauter quelques années.

Elle fit chatoyer la pierre à la lumière.

— Tu es pardonné pour cette fois. Mais l'année prochaine j'exigerai le présent symbolique : aluminium ou cuivre.

Ils s'embrassèrent, puis il la suivit à l'intérieur de la demeure pour recevoir son cadeau.

— Oh ! *Ma* valise ! s'extasia-t-il en palpant le luxueux bagage et en appréciant le moelleux du cuir.

Il l'avait admirée durant des mois, chaque fois qu'il passait devant la vitrine illuminée où elle était exposée. Diana avait dû la payer une fortune, se dit-il. Ils avaient les moyens de se faire mutuellement plaisir et ne reculaient pas devant le prix, à moins qu'il ne fût réellement exorbitant.

Ils comptaient célébrer leur anniversaire à l'Orangerie, l'un des restaurants les plus huppés de Los Angeles. Andy avait dû réserver une table avant leur voyage. Ils avaient décidé de s'y rendre en amoureux. La soirée s'annonçait chargée, car il leur fallait d'abord assister au vernissage de Seamus, qui exposait ses dernières productions à la célèbre galerie Adamson-Duvannes. Diana avait promis à sa sœur d'y faire un saut.

Reposés, élégants, insouciants, Andy et Diana formaient un couple éblouissant lorsqu'ils traversèrent la pelouse, la main dans la main, en direction de la voiture d'Andy. La jeune femme portait un ravissant modèle de soie blanche, très décolleté, signé d'un grand couturier parisien.

— Tu es superbe ! lui murmura-t-il avec tendresse.

Était-ce le léger hâle qui lui satinait la peau, son sourire étincelant, le bleu de ses prunelles ou l'ébène de sa chevelure, Andy ne l'avait jamais vue aussi belle. L'espace d'une fraction de seconde, il se demanda si elle n'était pas enceinte, finalement. Ils avaient passé l'après-midi à s'aimer, dans le sanctuaire de leur chambre, et là encore, il avait été ébloui par sa beauté.

Cependant qu'ils étaient en route pour la galerie, Andy régala sa passagère des nouvelles aventures sentimentales de leur ami Bill.

— Une juriste ? s'étonna-t-elle avec un rire. Voilà une profession qui manquait au tableau de chasse de notre Casanova.

— Mmm... Cette fois-ci, il a l'air mordu pour de bon.

— Mordu, il l'est toujours jusqu'à ce qu'il rencontre sa prochaine conquête. Ce garçon a exactement la même mentalité que mon neveu de trois ans : le jouet le plus attirant est celui qu'on n'a pas eu.

Ils s'esclaffèrent de concert, cependant que la voiture s'engageait dans San Vincente Boulevard.

Une foule diaprée avait pris d'assaut la galerie. Seamus, en grande conversation avec un Asiatique en costume noir, leur réserva un accueil chaleureux.

— Seigneur, l'Europe vous sied à ravir ! s'exclama-t-il. Ma chère Diana, tu ressembles de plus en plus à une star de cinéma.

Il les présenta à son interlocuteur, un artiste japonais de renom, puis continua, plus volubile que jamais :

— Nous étions en train d'évoquer l'impact que pourrait avoir encore l'art sur notre société décadente.

Seamus était dans son élément, se dit Diana avec un sourire. Il adorait jouer avec les mots, les gens, les idées. Ses tableaux, conçus pour choquer les esprits conservateurs, avaient souvent déchaîné des polémiques passionnées entre critiques.

— As-tu vu Sam ? demanda-t-il à sa belle-sœur, avant d'entraîner Andy vers le bar.

Samantha, ses deux enfants accrochés à ses jupons, se tenait devant la pièce maîtresse de son époux, une gigantesque toile aux couleurs vives, entourée d'un groupe d'élégantes.

— Bonsoir, dit Diana en s'approchant.

— Ah, ma chérie, tu es resplendissante ! s'écria sa cadette d'un ton admiratif. — Elle avait toujours pensé que Diana était la plus jolie des trois, la plus compétente et, probablement, la plus intelligente. — Comment se sont passées tes vacances ?

— Merveilleusement bien. Nous nous sommes amusés comme des fous.

Les deux sœurs s'embrassèrent. Sam fit les présentations, puis attira l'arrivante à l'écart.

— Eh bien, quoi de *neuf* ? interrogea-t-elle à mi-voix. Es-tu revenue enceinte de ton voyage ?

Une ombre durcit les yeux de Diana.

— Bon sang ! On dirait que tout tourne autour de ce sujet, dans cette famille. Chaque fois que je vois Gayle, elle me pose la même question. Vous ne pouvez donc pas penser à autre chose ?

Le pire, c'était qu'elle-même ne pensait plus qu'à cela.

— Ne m'en veux pas, bredouilla Sam. On ne s'est pas vues depuis longtemps. Je me demandais simplement...

— Oh, je sais ! coupa Diana d'une voix lasse.

Elle se sentait déprimée tout à coup. Elle en était venue à redouter ces pénibles apartés avec les membres de sa famille. Toutes ces questions dont on l'accablait résonnaient comme des accusations à ses oreilles. Pourtant, ce n'était pas faute d'avoir essayé, ni d'avoir persévéré. On eût dit qu'aux yeux de ses sœurs et de leurs parents, seules les mères méritaient le titre de femme à part entière...

— Je présume que ça veut dire *non*, déclara Sam doucement. Le regard glacial que lui lança sa sœur la fit reculer.

— Ça veut dire que je n'ai pas envie d'en parler. Et, aussi, que je n'en sais rien. Pas encore. Là, tu es contente ? Dois-je te tenir au courant du moindre symptôme, heure par heure ? Il faut peut-être que j'adresse un bulletin de santé mensuel à maman, de sorte qu'elle puisse sauter sur son téléphone pour dire à ses amies : « Toujours rien du côté de cette pauvre Diana, mon Dieu, c'est affreux » ?

— Di, ma chérie, ne te vexe pas. Nous voulons juste savoir ce qui se passe, tu sais combien nous t'aimons.

— Il ne se passe rien, merci. Est-ce assez clair à présent ?

En fait, elle avait un léger retard — un jour, presque deux maintenant — mais plutôt mourir qu'avouer à sa sœur ses espérances. L'arrivée de Seamus et Andy mit opportunément fin à l'entretien. Le premier tenait son petit garçon par la main, le second laissait libre cours à son enthousiasme.

— Tes nouvelles peintures sont de purs chefs-d'œuvre...

Son sourire s'effaça, sitôt qu'il aperçut le visage décomposé de Diana. Ils quittèrent l'exposition peu après. Durant le trajet vers le restaurant, la jeune femme se cantonna dans le silence.

— Que t'arrive-t-il ? demanda-t-il au bout d'un moment. Ta sœur aurait-elle dit quelque chose qui t'a déplu ?

— Comme d'habitude, elle voulait savoir si j'étais enceinte.

— Et tu ne lui as pas rétorqué que cela ne la regardait pas ? dit-il en lui prenant gentiment la main.

— Je déteste leurs questions. Leur curiosité m'insupporte.

— Elles sont sûrement animées des meilleures intentions du monde. D'ailleurs, il est fort possible que tu puisses bientôt leur annoncer l'événement tant attendu, murmurat-il en adoptant délibérément un ton suggestif. Nos nuits torrides à Monte-Carlo y seront pour quelque chose, en tout cas.

Elle eut un sourire, puis se pencha pour lui effleurer le cou d'un baiser.

— Espérons-le... Joyeux anniversaire, monsieur Douglas.

Elle avait peine à croire qu'ils étaient mariés depuis un an. Les semaines et les mois s'étaient écoulés dans une entente parfaite. Rien ne semblait pouvoir entamer leur ardeur amoureuse, ils avaient tous deux des métiers passionnants, s'étaient entourés d'un cercle d'amis intéressants. Ils étaient heureux ensemble... Et sans ce nuage noir sur le ciel bleu de leur félicité... Diana se tourna vers Andy.

— Tu dois penser que j'exagère au sujet du bébé, n'estce pas ?

— Je voudrais simplement que tu n'en fasses pas une fixation.

— C'est facile à dire. Parfois, j'ai l'impression de devenir folle.

La voiture se mit à remonter l'allée menant à l'Orangerie.

— Non, un peu obsédée seulement, sourit Andy en s'arrêtant devant la marquise du restaurant. Essaie de réagir. Dis-toi que notre amour est la chose la plus précieuse au monde. Le reste viendra en temps et en heure.

Ils confièrent la voiture à l'employé du parking. Enlacés, ils se dirigèrent vers l'établissement illuminé et sur le perron, Andy l'embrassa longuement.

— J'aurais tant voulu être aussi raisonnable que toi, souffla-t-elle, lui enviant soudain sa décontraction.

— Détends-toi, suis la méthode du bon docteur Douglas, et tu seras bientôt surprise du résultat.

— Marché conclu, docteur !

Ils pénétrèrent dans la somptueuse salle bras dessus bras dessous, en riant, conscients des regards admiratifs de la clientèle. Un maître d'hôtel stylé les escorta jusqu'à leur table. Tandis que son mari passait la commande, Diana laissa échapper un soupir satisfait. Les effets de sa dispute avec Samantha s'étaient dissipés et elle avait retrouvé sa bonne humeur.

Ils dégustèrent les entrées : caviar et œufs brouillés à la ciboulette, puis savourèrent le succulent homard thermidor du chef, le tout arrosé d'un champagne français frappé auquel tous deux firent honneur. Après le dessert, Diana partit se repoudrer le nez aux toilettes des dames. Le miroir lui renvoya une image flatteuse et elle sourit à son reflet. Elle se remit du rouge à lèvres, passa dans le spacieux cabinet d'aisances dont elle referma la porte aux lambris dorés. Et là, elle le revit : l'indice fatal et révélateur, la petite tache d'un rouge brillant, signe que ses « nuits torrides » de Monte-Carlo avaient été vaines. Son cœur cessa de battre, les cloisons rutilantes de la cabine eurent l'air de gondoler et, l'espace d'une seconde, le plafond sembla venir à sa rencontre à une vitesse hallucinante. La jeune femme retourna au lavabo pour se laver les mains, se forçant au calme. Mais la terrible, la familière sensation de vide l'avait envahie une fois de plus.

Diana regagna la salle à manger, déterminée à épargner la nouvelle à Andy. Ses yeux la trahirent. Il savait, par ailleurs, que ce week-end leur dirait si leur mission européenne avait réussi. Il sut soudain la vérité.

— Mauvaise surprise ? interrogea-t-il prudemment.

Il la plaignait mais Diana était trop bouleversée pour le remarquer. Sa détresse faisait peine à voir et, peu à peu, Andy commençait aussi à ressentir l'amertume de leurs échecs.

— Oui, mauvaise surprise, répéta-t-elle en se laissant tomber sur son siège, le regard détourné.

Ainsi, le fameux voyage n'avait servi à rien. Sa vie même ne servait plus à rien.

— Chérie, remets-toi. Nous essaierons encore.

Oh, à quoi bon ? Pour quoi faire ?

— J'irai chez le spécialiste, déclara-t-elle d'une voix tendue au moment où le garçon leur servait le café.

La soirée était fichue maintenant mais peu lui importait. Le bébé représentait le but unique de sa vie. Rien d'autre ne comptait. Ni son travail ni ses amis, ni même, parfois, son mari.

— Nous en parlerons plus tard, proposa-t-il calmement. Il n'y a pas le feu. Tout n'est pas perdu, ma chérie. Il n'y a guère qu'un an. On dit qu'il ne faut pas s'inquiéter avant deux ans.

— Je ne veux plus attendre.

La sentant au bord des larmes, il tenta une nouvelle approche.

— Très bien. Nous irons consulter ton spécialiste dans deux ou trois mois. Le temps de se renseigner sur ses compétences.

— C'est fait. D'après Jack, il s'agit d'une sommité.

Andy reposa brutalement sa tasse de café.

— Formidable ! Toute la famille doit se régaler de nos déboires. Qu'est-ce que tu lui as dit, à Jack ? Que je n'arrive pas à te faire un gosse ? Que j'ai eu les oreillons quand j'étais petit, peut-être ?

— Je lui ai simplement signalé que mon gynécologue m'avait communiqué le nom du Dr Johnston. Il ne m'a posé aucune question indiscrète. Je te trouve bien susceptible.

Elle s'en voulut soudain d'avoir gâché leur premier

anniversaire de mariage, et chercha frénétiquement un mot apaisant, mais c'était trop tard. Andy la fusilla du regard — il se sentait trahi.

— *Susceptible* ! ricana-t-il. On le deviendrait à moins. J'en ai par-dessus la tête de tes crises d'hystérie. Chaque mois, ça recommence. Tu me regardes avec des yeux de chien battu, comme si tout était ma faute... Comme si tu m'accusais de je ne sais quelle malédiction. Veux-tu que je te dise, Diana ? J'ignore pourquoi ça ne marche pas, ou qui de nous deux est responsable. Va donc voir ton fichu spécialiste. J'irai aussi, probablement, puisque je n'ai pas le choix.

Elle haussa le menton, piquée au vif.

— Puisque tu n'as pas le *choix* ? Ce problème n'est pas seulement le mien. Nous sommes concernés tous les deux, Andrew Douglas.

— Oui, grâce à toi. Grâce à ta névrose. Quant à moi, je me fiche éperdument que tes sœurs soient des pondeuses... Je ne suis pas jaloux de leurs performances. J'aspire seulement à une vie de couple normale, sans cette épée de Damoclès qui nous tombe sur la tête à chaque fin de mois.

Elle pleurait à chaudes larmes lorsqu'ils quittèrent le restaurant. Durant le trajet du retour, ils ne s'adressèrent pas la parole. Une fois à la maison, Diana courut s'enfermer dans la salle de bains où elle sanglota longuement sur le bébé qu'elle n'avait pas conçu et son anniversaire de mariage gâché... Les remarques cinglantes d'Andy revinrent la hanter. Sans doute avait-il raison. Sans doute se rendait-elle malade à cause de l'éternelle compétition qui l'opposait à Gayle et à Sam...

Lorsqu'elle émergea enfin de son refuge, parée de la chemise de nuit en satin magnolia qu'Andy lui avait offerte à Paris, il était déjà couché.

— Je te demande pardon, murmura-t-il, tandis qu'elle s'approchait du lit. Moi aussi j'ai été déçu. Je regrette de t'avoir lancé à la figure toutes ces horreurs. — Elle s'était glissée entre les draps, les paupières bouffies, et il l'avait attirée dans ses bras. — Ne t'en fais pas, mon amour. Même si nous n'avons jamais d'enfants, je t'aimerai toujours. Tu m'importes plus que tout au monde, Di.

— Moi aussi je t'aime, chuchota-t-elle, le visage enfoui dans le cou de son mari. J'ai saboté notre soirée et j'en suis désolée, chéri.

— Fariboles ! s'exclama-t-il, et elle sourit. Tu n'as rien saboté du tout. Et tu finiras avec des jumeaux ou des triplés, qui feront pâlir tes sœurs de jalousie.

— Je t'aime, Andy.

— Bon anniversaire, ma chérie.

— Bon anniversaire.

Andy éteignit la lampe de chevet. Il continua à tenir Diana serrée contre lui dans l'obscurité. Pour la première fois depuis le jour de leur mariage, il se demanda avec angoisse ce qu'il adviendrait d'elle s'ils restaient sans enfant.

Bradford et Pilar passèrent la nuit de leur anniversaire à la maison. Ils avaient prévu une soirée à El Encanto mais au moment où ils s'apprêtaient à sortir, Tommy les avait appelés. Nancy allait avoir son bébé, annonça-t-il, le travail avait commencé. Brad avait échangé quelques mots avec la parturiente, puis ç'avait été le tour de Pilar.

— Nous attendrons ici de tes nouvelles, avait-elle déclaré, tenez-nous au courant.

— On pourra attendre longtemps, remarqua Brad, lorsqu'elle eut raccroché. Il se peut que le bébé n'arrive pas avant demain matin.

Il avait l'air ennuyé. Pilar lui sourit.

— Quel vieil égoïste tu fais, chéri. Nous sortirons demain soir. Il s'agit tout de même de la naissance de notre premier petit-enfant. Nancy pourrait avoir besoin de nous.

— La dernière personne au monde dont on a besoin

quand on accouche de son premier enfant, c'est son vieux
père.

— Peut-être, mais mieux vaut que Tom sache où nous
trouver en cas de pépin.

— Vous avez gagné, comme toujours, madame
Coleman.

Brad desserra le nœud de sa cravate, enveloppant sa
femme d'un regard affectueux. Il avait souvent remercié
la providence de l'avoir mise sur son chemin. Bien sûr,
ses relations avec Todd et Nancy — surtout Nancy —
n'avaient pas toujours été faciles, mais la gentillesse de
Pilar avait triomphé de tous les obstacles.

Elle lui servit des tagliatelles gorgonzola, accompagnées
d'un excellent vin blanc frais, et ils dînèrent sur la terrasse.

— En fait, j'aime autant que nous soyons restés ici,
soupira-t-il entre deux bouchées. C'est certainement bien
plus romantique qu'El Encanto. Est-ce que je t'ai dit
dernièrement combien je t'aimais ?

— Pas depuis deux heures. Je commençais à me poser
des questions.

Ils échangèrent un sourire empreint de tendresse. Il était
très séduisant en complet sombre, et Pilar, à la beauté
épanouie, rayonnait dans sa robe de crêpe lavande, de la
même nuance que ses yeux. Ils restèrent longtemps sur la
terrasse inondée par le clair de lune, à déguster le vin
fruité. Brad fit le récit de la naissance de Nancy. Il avait
trente-cinq ans à l'époque...

— Je n'étais plus tout jeune, mais je me sentais terrifié
comme un gosse. Je ne sais plus pendant combien d'heures
j'ai arpenté cette sacrée salle d'attente... Quand Todd est
né, l'expérience m'a aidé à me dominer.

En riant, il ajouta qu'il avait fini dans un bistrot où il
avait offert des cigares à tout le monde... La sonnerie du
téléphone les fit sursauter. Il était à peine vingt-deux heures
trente. Pilar se précipita, talonnée par Brad. Elle fut la
première à décrocher. La voix de Tom fusa dans l'écouteur,

excitée et comblée. Ils venaient d'avoir un petit garçon de quatre kilos et demi.

— L'accouchement n'a pas duré plus de trois heures et demie, annonça l'heureux père, fier comme Artaban.

— A qui ressemble-t-il ? A moi, j'espère ? dit Pilar en riant.

Nancy prit le relais.

— Il est le portrait craché de papa.

— Dieu merci, fit la voix de Brad sur la ligne. — Il s'était rué sur le poste de la chambre à coucher. — Il doit être beau garçon.

— Les infirmières sont folles de lui, exulta Tommy.

Nancy n'avait pas eu d'anesthésie locale, expliqua-t-elle à son père. Tom avait été à son côté tout le temps.

De retour sur la terrasse, Brad se laissa tomber sur sa chaise.

— Les mœurs évoluent. Je crois que je me serais évanoui si j'avais assisté à la naissance de mes enfants.

— Moi aussi, sourit Pilar. Mais Dieu, qu'ils avaient l'air contents.

Une larme avait perlé au bord de ses cils. Cette joie-là, elle l'avait refusée. Son regard se tourna de nouveau vers Brad.

— Tu sais que tu es très sexy pour un grand-père ?

— Enfin, une bonne parole ! Veux-tu un cigare ?

— Non, pas cette fois-ci, dit-elle, en laissant errer son regard vers la masse sombre de l'océan.

— A quoi penses-tu ?

Il avait aperçu la larme fugitive qui avait miroité un instant sur la joue de sa femme. Une brève expression de détresse était passée l'espace d'une seconde sur ses traits. Il la sentit submergée par une avalanche d'émotions.

— A rien, mentit-elle.

— Ce n'est pas vrai. Je suis sûr que tu pensais à quelque chose d'important. Pilar, dis-le-moi, supplia-t-il.

Il lui avait pris les mains entre les siennes. Alors, elle se retourna et, interloqué, il put contempler sa figure sillonnée d'un silencieux fleuve de larmes.

— J'étais en train de penser... oh, c'est idiot, ils sont si jeunes et ils méritent d'être pleinement heureux... Je me disais combien j'ai pu être bête... et combien j'aurais aimé porter ton enfant, bredouilla-t-elle d'une voix presque indistincte.

Un lourd silence suivit. Brad regarda sa compagne. Son visage formait une tache claire dans l'obscurité et il fut frappé par l'intensité mélancolique de son regard.

— Tu parles sérieusement, n'est-ce pas ? dit-il enfin.

Il aurait souhaité de toute son âme qu'elle ait pris cette décision plus tôt.

— Oui...

Par une association d'idées incongrue, il se rappela le jour où elle avait accepté de l'épouser, après avoir prétendu pendant si longtemps que seul le célibat lui convenait. Et maintenant, après tant d'années pendant lesquelles elle avait proclamé son refus de maternité, elle désirait mettre au monde leur enfant.

Brad l'enlaça étroitement, comme pour mieux partager son chagrin.

— Je n'aimerais pas te priver d'une chose qui semble te tenir tant à cœur, dit-il d'une voix triste. D'un autre côté, je suis vraiment trop âgé pour recommencer à avoir des petits. J'ai peur de ne pas vivre assez longtemps pour les voir grandir.

— J'espère en tout cas que tu seras encore là quand je serai enfin adulte, c'est-à-dire dans cent ans, essaya-t-elle de plaisanter, sans y parvenir tout à fait.

Il lui essuya gentiment ses larmes.

— Tu dois avoir raison... Alors, qu'allons-nous faire de ce bébé ? questionna-t-il après un silence, avec une lueur amusée au fond des yeux.

— Le bébé de Nancy ?

— Non, idiote ! Le nôtre. Le tien, le mien, celui que tu sembles désirer si ardemment.

Elle se contenta de le considérer, comme abasourdie.

— Tu le veux réellement ce bébé, non ?

Pilar hocha la tête, le visage soudain éclairé d'un doux sourire.

— Alors, essayons... Je ne te promets rien à mon âge avancé mais après tout, ça peut être drôle.

Il lui adressa un clin d'œil coquin, et elle se pendit à son cou, les yeux baignés de nouvelles larmes.

— Brad, en es-tu sûr... Tu n'es pas obligé...

— Un homme est toujours obligé de combler les désirs de sa femme ! fit-il semblant de s'offusquer. Moi, j'ai toujours rêvé d'avoir des enfants avec toi, ma chère. Faut-il toujours que tu me fasses attendre ?

— Merci d'avoir attendu, fit-elle dans un murmure.

« Pourvu que ce ne soit pas trop tard », pensa-t-elle au même moment. La rumeur incessante de l'océan fut l'unique réponse à ses prières.

Charlie Winwood avait acheté un magnum de champagne californien et une jolie bague qu'il allait offrir tout à l'heure à Barbara. La vague appréhension qui l'avait tourmenté toute la journée se précisait au fil des heures. Pour la énième fois, il se demanda si sa jeune épouse n'avait pas oublié la date anniversaire de leur mariage. Elle n'en avait fait aucune mention et il s'était bien gardé de le lui rappeler, ménageant ainsi son effet de surprise. Il comptait mitonner une de ses bonnes recettes et abreuver Barbie de champagne avant de lui présenter la bague — un large anneau doré, incrusté d'un petit rubis étincelant en forme de cœur. Elle avait un faible pour les vêtements coûteux et les bijoux. Charlie la comblait de présents, rien que pour entendre son petit cri de ravissement. Il l'aimait tellement...

Elle ne devrait plus tarder, maintenant. La jeune femme s'était rendue à une audition pour une publicité d'une grande marque de lessive. L'après-midi, avait-elle dit, elle irait faire du shopping à Broadway Plaza en compagnie de Judi et de sa nouvelle colocataire mais elle avait omis de préciser si elle rentrerait à l'heure du dîner. Naturellement, Charlie n'avait posé aucune question, afin de ne pas gâcher sa mise en scène. Un coup d'œil à la pendule murale le fit bondir. Les aiguilles indiquaient dix-huit heures trente. Son anxiété se mua en panique. D'habitude, Barbara faisait montre d'une ponctualité exemplaire, sauf lorsqu'elle sortait avec Judi et ses amies. Souvent, elles s'attardaient dans un bar et, alors, elle perdait la notion du temps.

Charlie poussa un profond soupir. L'espoir de la voir arriver d'un instant à l'autre redoublait l'angoisse de l'attente. « Pourvu que l'audition se soit bien passée », se dit-il. Elle avait une telle soif de réussir...

L'année écoulée ne lui avait pas apporté le succès. Quelques apparitions fugitives à la télévision étaient passées inaperçues, à l'exception d'une pub dans laquelle on la voyait chanter et danser déguisée en raisin sec de Californie. Le reste du temps, elle posait en maillot de bain pour des revues hollywoodiennes. Le fait d'être le mari d'un modèle emplissait Charlie de fierté. Pour rien au monde il n'aurait voulu que sa tendre moitié reprenne son ancien métier de serveuse ou galvaude ses talents dans un grand magasin, comme Judi. Cette dernière avait dégoté un emploi de vendeuse au rayon des produits de beauté de Neiman-Marcus et avait tenté plus d'une fois d'y entraîner Barbara, dans le seul but de contrarier Charlie. Il s'était empressé de mettre le holà à ces fredaines. Ses commissions lui rapportaient suffisamment pour subvenir aux besoins du ménage... Certes, il avait parfois du mal à joindre les deux bouts, mais quand cela arrivait, ils réduisaient momentanément leur train de vie. Charlie faisait la cuisine et ils restaient tranquillement à la maison, devant la télévision. Puis, Charlie touchait une nouvelle prime, rentrait les bras chargés d'une énorme gerbe de fleurs, et la belle vie recommençait.

Barbara s'était souvent sentie coupable vis-à-vis de son mari. Elle avait confié à Judi qu'elle avait honte de rester inactive, à se vernir les ongles, à téléphoner à son imprésario, ou à déjeuner en ville, alors que Charlie se tuait au travail. Mais Judi n'avait pas les mêmes idées.

— Tu ne connais pas ta chance, avait-elle rétorqué, et Barbie avait fini par en convenir.

Après des années de dur labeur comme danseuse de cabaret, serveuse et même employée de station-service, elle ne pouvait qu'apprécier le doux farniente que Charlie lui proposait. Il la dorlotait et elle s'efforçait de le rendre heureux du mieux qu'elle le pouvait. Pourtant, elle avait du mal à se plier aux contraintes de la vie conjugale. Rendre des comptes à quelqu'un, passer des soirées entières à la maison au lieu de sortir lui était pénible. Parfois, la nostalgie du bon vieux temps l'oppressait, surtout quand Judi lui racontait ses folles virées en boîte de nuit... Bien sûr, elle aimait Charlie — il aurait été impossible de ne pas le chérir. C'était un homme si tendre, si gentil, si fiable... Charlie méritait toute sa confiance. Il serait toujours là, elle pourrait toujours compter sur lui mais, bizarrement, cette idée l'effrayait au lieu de la rassurer. Par moments, elle avait l'impression que jamais elle n'arriverait à lui échapper... Après quoi elle se consolait en se disant qu'elle n'avait aucune raison de vouloir s'évader de sa prison dorée.

Vers dix-neuf heures, Charlie avait terminé les préparatifs. Le repas était prêt, la table dressée, le champagne mis au frais. Il prit une douche, se changea, enfouit le petit paquet enrobé de papier glacé dans la poche de son veston. Il s'installa devant la télé. A dix-neuf heures trente, le rôti commença à sentir le roussi. Et à vingt et une heures, il était fou d'inquiétude. La prémonition d'un accident l'assaillit. « Rien d'étonnant si Judi tient le volant », songea-t-il, alarmé. Il bondit sur le téléphone pour composer le numéro de leur amie, rappela une demi-heure plus tard, laissa un deuxième message sur le répondeur. A vingt-deux heures, il appela à nouveau. Dieu merci, Judi décrocha.

— Où est Barbie ? Elle va bien ? s'enquit-il sans lui donner le temps d'exprimer sa surprise.

— Mais oui, elle vient juste de partir. Elle ne devrait pas tarder à arriver.

— Comment va-t-elle rentrer ?

— Elle a pris un taxi... Calme-toi donc, mon vieux, qu'est-ce qui t'arrive ? Tu devrais la laisser un peu plus libre, tu sais, Charlie.

— C'est notre anniversaire, aujourd'hui, laissa-t-il tomber d'une voix triste.

— Oh... — Un long silence flotta à l'autre bout de la ligne. — Désolée.

Comme il l'avait présumé, elles avaient bu quelques cocktails entre filles et le temps avait passé sans qu'elles s'en aperçoivent.

— Merci, Judi.

Charlie raccrocha et alla éteindre le four. Seigneur, pourquoi avait-il fallu qu'elle sorte avec ses amies ce soir, justement ? Et pourquoi diable ne l'avait-il pas prévenue ? A quoi bon essayer de faire une bonne surprise à quelqu'un qui oublie le premier anniversaire de son mariage ?

Il entendit la clé tourner dans la serrure de l'entrée à onze heures moins le quart, alors qu'il regardait le journal télévisé. Lorsqu'elle pénétra dans la pièce, il sauta sur ses jambes. Vêtue d'une robe moulante noire et perchée sur des talons aiguilles, elle était incroyablement attirante.

— Où étais-tu passée ?

— Je te l'ai dit. Je suis allée faire des courses avec Judi.

— Il y a plus de onze heures de cela. Pourquoi ne m'as-tu pas appelé ? Je serais venu te chercher en voiture.

— Je ne voulais pas te déranger, mon chou.

Elle lui effleura la joue d'un baiser, après quoi son regard capta la table décorée.

— Ça veut dire quoi ? demanda-t-elle, les sourcils froncés.

— Joyeux anniversaire, répondit-il doucement. J'ai préparé le dîner. Je voulais te faire une surprise mais je me suis planté.

— Oh, Charlie... murmura-t-elle, les yeux brillants de larmes.

Un énorme sentiment de culpabilité l'écrasa lorsqu'il remplit les flûtes de champagne avant de servir le rôti — ou plutôt ce qui en restait — et la garniture de riz sauvage accompagné de noix de cajou.

— Il est plutôt bien cuit, signala-t-il, avec un sourire timide qui arracha un rire à Barbara.

— Chéri, tu es le meilleur des hommes ! s'exclama-t-elle en l'embrassant. Je suis vraiment navrée, mon lapin. Ça m'était sorti de la tête. Ce que je peux être stupide !

— Je le saurai pour l'année prochaine. Nous prendrons rendez-vous un mois à l'avance et je t'emmènerai au restaurant. Dans un établissement chic, comme le Chansen's.

— J'aime autant ici, Charlie.

La viande était presque calcinée mais le champagne leur parut merveilleusement frais et peu après, ils s'étreignaient passionnément sur le canapé. La robe noire de Barbara gisait par terre avec les vêtements de Charlie, qui semblait se moquer éperdument de son dîner raté.

— Ouaou, ouaou, oua-a-ou, hulula-t-il, au comble du bonheur, dans un soubresaut qui le secoua tout entier.

Ils éclatèrent alors d'un même rire, et s'aimèrent avec une fougue sans cesse renouvelée. Il était trois heures du matin quand, épuisés, ils gagnèrent leur chambre.

Le lendemain, à midi passé, la jeune femme promena alentour un œil chaviré ; Charlie venait d'ouvrir les volets et, éblouie par la lumière, Barbara ensevelit son visage sous le drap en gémissant.

— Mal à la tête... Je ne peux pas résister au champagne. Seigneur, j'ai un tam-tam à la place du cerveau.

— A cause des bulles, expliqua-t-il.

Il tira sur le drap pour lui présenter un petit paquet

enrobé de papier doré, qu'elle considéra un instant, les paupières mi-closes.

— Qu'est-ce que c'est ?

Il se glissa dans le lit, et la regarda se redresser, puis déchirer le papier d'emballage. Comme chaque fois qu'il la voyait nue, il avala sa salive sans pouvoir détacher les yeux de son corps magnifique.

— Un cadeau. Dépêche-toi donc de regarder.

Il brûlait de la prendre dans ses bras mais voulait d'abord qu'elle découvre son cadeau. Barbara ouvrit l'écrin et, découvrant la bague, poussa un petit cri étouffé suivi d'une exclamation enchantée. Ensuite, elle enfila le cercle d'or à son annulaire et fit miroiter le rubis dans la lumière. Comme il était chic, Charlie, avec elle, pensa-t-elle, émue aux larmes. Personne ne lui avait jamais témoigné une telle gentillesse.

— Je suis désolée pour hier soir, dit-elle d'une voix enrouée en se tournant vers lui.

Leurs lèvres s'unirent ; Charlie oublia tout, sauf les longues jambes fuselées qui s'emmêlaient aux siennes, les hanches de déesse païenne et les seins fabuleux qui s'écrasaient sur sa poitrine. Ensemble, ils sombrèrent dans un abîme de sensations d'où ils émergèrent vers deux heures de l'après-midi. Barbara entraîna son mari sous la douche et, de nouveau, sous le jet tiède, ils donnèrent libre cours à leur passion.

— Je m'en souviendrai, de cet anniversaire, soupira-t-il, comblé, tandis qu'il s'habillait.

— Moi aussi, murmura-t-elle, souriant à sa bague.

Elle lui frôla les lèvres d'un baiser puis, le sentant hésitant, se recula afin de mieux le scruter. Il lui parut sur le point de dire quelque chose mais il garda le silence.

— Qu'y a-t-il, mon canard ? Que veux-tu me demander ?

Il se contenta d'émettre un rire de petit garçon timide, assis sur le bord du lit en bataille. Il adorait la regarder se déplacer. Barbara fouilla dans la penderie d'où elle tira un sweater qu'elle passa sur une minijupe de cuir noir. Elle avait ramassé ses longs cheveux blonds au sommet de sa tête, enfilé des sandales à talons aiguilles, et se tenait devant lui, gracieuse et sensuelle.

— Qu'est-ce qui te fait penser que je voulais te demander quelque chose ?

— Voyons, Charlie, je te connais trop bien. Dis-moi tout.

Il hocha la tête, surpris par sa perspicacité. Depuis la veille, il n'avait cessé de chercher l'occasion de lui poser la question qui le hantait.

— Je ne suis pas sûr que ce soit une bonne idée, marmonna-t-il, hésitant encore.

Barbara eut un haussement d'épaules impatient.

— Maman disait toujours « Ne monte pas sur le plongeoir si tu n'as pas l'intention de te jeter à l'eau. » Eh bien, de quoi s'agit-il ?

Il se mit à se tordre les mains, cherchant frénétiquement les mots adéquats. Barbara avait des idées très arrêtées sur le sujet, il le savait. Pourtant, il lui fallait bien se lancer une fois pour toutes.

— Je ne sais comment te le dire... ni comment arriver à te convaincre. Je veux un enfant, Barbie.

Elle virevolta brusquement, comme une chatte en colère dans son sweater d'angora noir, prête à lancer ses griffes.

— Il n'en est pas question ! Je ne veux pas de gosses, Charlie, je te l'ai déjà dit... Pas maintenant. Une grossesse serait désastreuse pour ma carrière. Je n'ai guère envie de finir vendeuse de produits de beauté chez Neiman-Marcus, comme Judi.

Sa carrière se résumait en trois ou quatre figurations, quelques auditions sans résultat, un rôle insignifiant dans *Oklahoma !*, la fameuse pub pour les raisins secs, et une série de photos en bikini, pensa Charlie. Mais il dit :

— Oui, bien sûr. Je ne te demande pas d'abandonner ta carrière, ni de faire un enfant tout de suite. Je voulais juste que tu saches que j'ai besoin de fonder une famille.

Donner à quelqu'un ce que je n'ai jamais eu, Barbie : un père, une mère, un foyer. Nous sommes mariés depuis un an maintenant, il est temps de mettre les choses au clair, ma chérie.

— Adresse-toi à l'Armée du Salut, puisque tu meurs d'envie de jouer avec des gosses. Moi, je n'en veux pas. Je ne suis pas prête. J'ai presque trente-deux ans, ce n'est pas le moment de me disperser.

— Et moi, j'ai trente ans et je veux une famille, répéta-t-il d'un ton implorant.

— Une famille ! lâcha-t-elle, méprisante. Une famille nombreuse, peut-être ? Nous étions une dizaine de marmots à Salt Lake City et je peux te dire que j'en ai souffert. C'était l'enfer, oui !

— Peut-être, mais cela ne risque pas de se reproduire avec nous, insista-t-il, le regard voilé de larmes. Il y va de mon équilibre, Barbara. De mon bonheur. Je t'en supplie, donne-moi une chance.

C'était la première fois qu'ils évoquaient aussi clairement la question. Avant leur mariage, Charlie avait à plusieurs reprises fait allusion à son amour des enfants. N'osant le détromper, Barbara avait à chaque fois mis fin à la discussion avec un vague « on verra plus tard ». Sauf que « plus tard » était arrivé beaucoup plus vite qu'elle ne l'avait escompté.

La jeune femme laissa son regard errer à travers la fenêtre, le cœur noué par une peur étrange, primitive. L'espèce d'épouvante que l'on éprouve encore au réveil d'un cauchemar et que l'on se dépêche d'oublier. Elle ne souhaitait nullement partager ses pénibles souvenirs, pas plus que d'appartenir à nouveau à une famille. Adolescente, déjà, elle repoussait violemment l'idée qu'un jour elle pourrait à son tour donner la vie. Elle avait renoncé à expliquer cette répulsion à Charlie lorsqu'ils s'étaient rencontrés. Il n'aurait pas compris à quel point elle détestait les enfants.

— Pourquoi maintenant ? fit-elle, dans l'espoir de

gagner du temps. Il y a à peine un an que nous sommes mariés. Nous ne sommes pas bien, ensemble ?

— Nous n'en serons que plus heureux, affirma-t-il, inconscient de la torture à laquelle il la soumettait.

— Peut-être que, de toute façon, ça ne marchera pas, répliqua-t-elle, s'efforçant de le décourager. C'est bizarre, mais la moitié du temps, j'oublie de prendre ma pilule et pourtant il ne se passe rien. — Elle sourit. — Je serai ton bébé, si tu veux, mon lapin.

Elle avait pris sa voix la plus charmeuse, connaissant l'emprise sensuelle qu'elle avait sur lui.

— Ce n'est pas la même chose, soupira-t-il, amadoué. Mais je m'en contenterai, entre-temps.

Il l'embrassa, et Barbara sut qu'elle avait eu gain de cause. C'était momentané, bien sûr, mais elle s'arrangerait pour faire durer la trêve. Tout en la dévorant de baisers, Charlie se remémora ses aveux à propos de la pilule et se demanda s'il n'y avait pas moyen de la mettre devant le fait accompli. Il avait lu quelque part un article sur le cycle féminin. Il décida de surveiller celui de son épouse de plus près... Rasséréné, il proposa d'aller au restaurant.

« Il finira par capituler », songea-t-elle, tandis qu'ils quittaient la maison. Oui, elle saurait le convaincre. Peu lui importait combien il désirait ce bébé. Barbara, quant à elle, n'était sûre que d'une chose : elle n'en voulait pas, et n'en voudrait jamais.

6

Nancy et Tom vinrent passer la fête du 4 juillet à la maison, avec le bébé. Brad, rayonnant, embrassa la joue rose de son petit-fils, puis déclara qu'il ne comprenait pas comment ils avaient pu, tous, vivre tant d'années sans lui. Lorsque, à son tour, Pilar prit le nourrisson dans ses bras, un délicieux frisson la parcourut, une sensation d'une douceur incroyable.

Le petit Adam, tout en fossettes et rondeurs satinées, se réveilla pour poser sur le monde environnant un regard aussi bleu qu'étonné. C'était une créature parfaite, un miracle de la nature, se dit-elle la gorge nouée.

— Il te va bien, lui susurra Brad en fin d'après-midi, tandis qu'elle berçait le bébé. Et, qui sait ? Un de ces jours, il pourrait avoir un tonton minuscule ou une petite tantine adorable.

Une expression d'une tendresse qu'il ne lui avait encore jamais vue se refléta sur les traits de Pilar. Adam poussa un gentil couinement et son cœur s'enfla d'un bonheur jusqu'alors inconnu. C'était donc cela, le mystérieux, le fameux amour maternel auquel elle n'avait jamais voulu croire. Ce sentiment de plénitude, aussi intense qu'inoubliable. Elle ne put s'empêcher de penser que l'émotion serait encore plus puissante quand elle tiendrait dans ses bras son propre enfant.

Le jeune couple repartit en début de soirée et, plus tard,

Pilar émergea de la salle de bains, le visage décomposé. Sa pâleur inquiéta Brad.

— Chérie ? Qu'y a-t-il ?

Elle s'assit sur le lit, près de lui, les yeux fixes.

— Je ne suis pas enceinte.

Il sourit.

— Seigneur, tu m'as fait peur. J'ai cru qu'un malheur était arrivé.

— Mais *c'est* un malheur !

Son air catastrophé arracha un rire à Brad.

— Voyons, trésor ! Tu crois qu'il suffit d'une fois, après quatorze ans de précautions, pour que ton rêve se réalise ? Il faut persévérer. Du reste, là réside l'intérêt de la chose.

Il l'embrassa, malicieux, parvint à la faire sourire, mais une nouvelle inquiétude fondit soudain sur elle.

— Et si ça ne marche pas ?

— Eh bien, nous ferons face à cette pénible réalité. Pour l'instant, nous n'en sommes pas là, tu ne crois pas ?

— A mon âge, je ferais mieux de m'adresser dès maintenant à un spécialiste, voilà ce que je crois, affirmat-elle.

— A ton âge, des millions de femmes ont des bébés sans problème. Tu ne peux pas contrôler l'univers entier, Pilar. Il faut respecter le rythme de la nature. Ce n'est pas parce que tu as pris la brusque décision d'avoir un gosse que cela t'arrivera en trente secondes.

Il l'attira contre lui, la tint longtemps enlacée, la suppliant de se détendre. S'il s'avérait nécessaire de consulter un spécialiste, ils aviseraient, la rassura-t-il.

— Mais pas tout de suite, conclut-il en éteignant la lampe de chevet. Pour le moment, nous avons simplement besoin d'un peu plus de pratique, ajouta-t-il, tandis qu'il se glissait tout près d'elle, sous le drap.

Pour Diana, le traditionnel pique-nique du 4 juillet chez

les Goode s'était très vite mué en désastre. Deux jours plus tôt, ses espérances s'étaient écroulées une fois de plus comme un château de cartes et, bien sûr, ses sœurs n'avaient pas pris de gants pour lui livrer le fond de leur pensée. Mais, enfin, que se passait-il ? Pourquoi tant de mystères ? Le problème ne se trouverait-il pas du côté d'Andy ?

— Bien sûr que non ! suffoqua-t-elle, prenant résolument la défense de son époux. Il faut du temps, voilà tout.

— Il ne nous en a pas fallu à nous, et tu es notre sœur, décréta Gayle, avant d'ajouter d'un air suspicieux : est-ce qu'il n'aurait pas un taux de spermatozoïdes trop bas ?

— Tu n'as qu'à le lui demander.

Sans le vouloir, Diana avait hurlé. Gayle prit un air froissé.

— J'essayais seulement de te venir en aide, Di. Tu devrais lui suggérer d'aller voir quelqu'un.

La jeune femme avait délibérément omis d'annoncer à son aînée qu'elle avait rendez-vous chez le spécialiste le lendemain. Nul besoin d'étaler leur vie privée en public, comme disait si justement Andy.

Mais c'est Samantha qui lui avait décoché la flèche du Parthe, pendant le déjeuner. La benjamine de la famille avait commencé par réclamer le silence, après quoi elle avait jeté une œillade entendue en direction de son mari.

— Chéri, on leur dit ?

— Dans six mois, lança Seamus en riant.

— Allons ! J'ai horreur des devinettes, implora Gayle, sa curiosité piquée au vif.

— Bon, d'accord, convint Sam, trop heureuse d'être le centre de l'attention générale. Je suis enceinte. Le bébé naîtra le jour de la Saint-Valentin.

— Quelle bonne nouvelle ! s'exclama leur mère.

M. Goode cessa de discuter avec Andy pour féliciter sa fille et son gendre. Ainsi il serait bientôt l'heureux grand-père de six petits-enfants. Son aînée lui en avait donné trois, sa cadette était en passe d'en faire autant. Il devait penser qu'il n'avait pas eu la même chance avec Diana...

— C'est formidable, dit celle-ci d'une voix blanche.

— Et moi qui pensais que tu allais me damer le pion, chuchota Samantha, alors qu'elle tendait la joue vers les lèvres glacées de sa sœur.

Diana s'était reculée comme sous l'effet d'une brûlure. Pour la première fois de sa vie, elle avait dû refréner une envie folle de gifler Samantha. « Je la déteste. Je les déteste tous », se dit-elle, surprise par l'intensité de son ressentiment. Ses mains s'agrippèrent au rebord de la table, cependant que les convives se pressaient autour de la future maman. C'était pourtant à elle, Diana, qu'aurait dû s'adresser cette avalanche de félicitations, ces mots enjoués et pleins de sollicitude, ces toasts plaisants et ces vœux... Mais non ! Finalement, Sam avait dit tout haut ce que les autres pensaient sûrement tout bas.

Sur le trajet du retour, elle ne desserra pas les dents. Rendus à destination, Andy explosa.

— Ne t'en prends pas à moi, bon sang, ce n'est pas ma faute !

Il savait bien quelle serait la réaction de Diana, il l'avait su dès l'instant où Samantha avait annoncé sa nouvelle grossesse.

Elle lui jeta un regard accusateur.

— Pas *ta* faute ! Qu'est-ce que tu en sais ?

A peine la question avait-elle fusé qu'elle se mordait les lèvres et se laissait tomber pesamment sur le canapé.

— Andy, pardonne-moi. Je ne sais plus ce que je dis. Les remarques de mes sœurs me portent sur les nerfs. Sans le vouloir, Sam m'a porté le coup de grâce aujourd'hui.

— Je le sais, ma chérie. — Il avait pris place à côté d'elle et lui avait saisi la main. — Demain, quand tu auras vu le médecin, tout ira mieux. Détends-toi, pour l'amour du ciel.

Se détendre... Il n'avait plus que ce mot exécrable à la bouche...

— Oui, sûrement, murmura-t-elle avant de se réfugier dans la salle de bains.

Diana laissa l'eau de la douche ruisseler longuement sur son corps fourbu. Les paroles de ses sœurs lui vrillaient les tempes, pareilles à quelque incantation maléfique. « Je suis enceinte... un taux de spermatozoïdes trop bas... Et moi qui pensais que tu allais me damer le pion... Je suis enceinte... enceinte... enceinte... » Ses larmes se mêlèrent aux gouttes d'eau. Et la ronde infernale la hantait toujours lorsqu'elle gagna la chambre à coucher. Elle s'allongea près d'Andy et éteignit la lumière, sans un mot.

Le lendemain, elle se leva de bonne heure. Il faisait un temps magnifique. L'or du soleil, le bleu profond du ciel, le vert émeraude des feuillages ne firent qu'augmenter sa morosité. Insensible aux afflictions humaines, la nature s'épanouissait dans toute sa splendeur perfide. Diana avait pris un jour de congé, afin de passer sa visite médicale. Dernièrement, son travail ne parvenait plus à capter son attention. L'exaltation qui précédait la parution d'un numéro l'avait, certes, comblée au début. Mais plus maintenant.

Certains de ses collègues avaient déjà remarqué son manque d'entrain. Son amie Éloïse Stein, responsable éditoriale de la rubrique culinaire, s'en était même inquiétée. Une semaine plus tôt, lors d'un rapide déjeuner au bureau, alors que les deux femmes goûtaient les plats français d'Éloïse, celle-ci lui avait carrément demandé :

— Qu'est-ce qui te tracasse ces temps-ci ?

Elle avait un sens de l'observation infaillible. C'était une grande et belle fille filiforme, avec des yeux d'azur, des cheveux mi-longs, blonds et raides. Diplômée de Yale, puis de Harvard, elle était revenue dans son Los Angeles natal à la recherche de ses racines, comme elle disait. A vingt-huit ans, Éloïse habitait un coquet petit appartement à Bel Air, près de la résidence de ses parents. Elle travaillait au magazine depuis quelques mois et s'était aussitôt liée d'amitié avec Diana. Andy l'avait présentée une fois à son grand copain Bill Bennington, mais celui-ci s'était vite senti submergé par son intelligence et sa culture.

— Rien, tout va bien...

Ayant éludé la question, Diana s'était empressée de complimenter sa collaboratrice sur ses dernières recettes : rillettes et gras-double, qui lui rappelaient son insouciant séjour parisien du temps où elle était étudiante.

— J'ai peine à croire que tu te nourris, avait-elle ajouté, avec un soupir faussement envieux.

En dépit de son métier qui l'obligeait à goûter tous les mets qu'elle présentait, Éloïse avait su conserver une minceur de liane.

— J'étais anorexique à l'université, expliqua-t-elle. Du moins, j'essayais de le devenir. En fait, je suis trop gourmande pour m'affamer trop longtemps, et ma grand-mère de Floride n'a cessé, pendant mes études, de m'envoyer des pâtisseries irrésistibles... Mais tu n'as pas répondu à ma question.

— Laquelle ? interrogea Diana, incommodée par le regard azuréen qui la sondait.

Elle le savait très bien. Or, elle ne se sentait nullement encline aux confidences. Seul Andy savait dans quelles affres elle se débattait depuis un an.

— Quelque chose te tourmente et cela se voit. Parfois, tu me rappelles ces personnages de dessins animés qui vous affirment que tout va pour le mieux dans le meilleur des mondes, une seconde avant de dégringoler dans un précipice.

— Mon Dieu, ai-je l'air aussi mal en point ? s'affola Diana.

— Pas pour le commun des mortels. Mais tu sais bien que je suis un fin limier.

— Eh bien, tu te trompes. Je... ne...

Soudain, un brûlant flot de larmes lui brouilla la vue. Des sanglots trop longtemps refoulés lui secouèrent les épaules, et elle s'effondra littéralement sur sa chaise.

— Oh, Diana, je suis navrée. Je n'avais pas l'intention de te faire de la peine, ma chérie.

La jeune femme accepta le mouchoir en papier mauve pâle que lui tendait sa collègue, se moucha, leva sur elle des yeux rougis par les pleurs.

— Je ne sais... pas... ce qui m'a pris, bredouilla-t-elle, étonnée pourtant de se sentir plus légère.

— Tu en avais sans doute besoin, répliqua Éloïse en lui versant une bonne dose de café.

— Tu as probablement raison... J'ai des problèmes à la maison.

— Avec ton mari ?

Éloïse semblait sincèrement désolée. Elle appréciait Andy tout autant que Diana. A ses yeux, ils représentaient une sorte de couple idéal. Ils avaient l'air si amoureux, si heureux et détendus la dernière fois qu'ils avaient dîné ensemble, tous les trois.

— Je n'ai pas le droit de lui en vouloir... Je suis l'unique responsable de cette situation. Je n'ai pas cessé de le harceler, de lui rendre la vie impossible... Nous essayons depuis plus d'un an d'avoir un enfant. En vain. Cela doit paraître ridicule, je m'en rends compte, mais chaque fois que je constate notre échec, j'ai l'impression de porter le deuil d'une personne de ma famille. Puis, je me reprends à espérer. Pour rien, naturellement... J'en suis venue à redouter ces instants qui me brisent le cœur. N'est-ce pas stupide ?

De nouvelles larmes tracèrent des sillons brillants sur ses joues, et sa main saisit fébrilement un autre mouchoir.

— Non, ce n'est pas stupide, dit Éloïse d'une voix rassurante. On a toujours peur de ce qui échappe à notre emprise. On veut tout programmer, tout contrôler, tout prévoir. Puis on s'aperçoit que, en réalité, les choses ne fonctionnent pas comme on l'a voulu. Alors, on se sent perdu.

— Oh, c'est bien pire que ça... un vide incroyable, une terrible frustration. A tel point que, par moments, j'ai envie de disparaître. Je ne peux en parler à personne, pas même à Andy. Mais tous les mois, quelque chose meurt en moi... Tous les mois, je suis amputée d'une partie de moi-même. Je ne souhaiterais pas à mon pire ennemi une telle torture.

Dans un élan de sympathie, Éloïse lui enlaça les épaules. Elle avait subodoré que « quelque chose ne tournait pas rond », sans se douter toutefois de l'ampleur des dégâts. « Pas étonnant que son mariage soit en péril », pensa-t-elle. Mais elle dit :

— As-tu vu un spécialiste ?

Elle lui aurait volontiers conseillé de consulter également un psychiatre, mais n'ajouta rien, de peur de la froisser.

— J'ai pris rendez-vous avec le Dr Alexander Johnston.

Un sourire apparut un instant sur les lèvres d'Éloïse, tandis qu'elle resservait du café, et Diana demanda :

— Tu en as entendu parler ?

— Papa me chante régulièrement ses louanges. Ils sont associés. Mon père, qui est endocrinologue, a pratiqué plusieurs fécondations *in vitro*. Mais tu n'en es pas encore là et je peux t'assurer qu'avec Johnston tu es en de très bonnes mains... Veux-tu que j'en parle à papa ?

— Non, ne le dérange pas. Je suis contente d'avoir choisi le bon cabinet médical.

— Le meilleur. Les statistiques sont parlantes : un énorme pourcentage de succès. Il y a des gosses qui pensent que les petites filles naissent dans les roses et les petits garçons dans les choux. Moi, je croyais que toutes les femmes enceintes sortaient du cabinet de papa.

Diana éclata de rire. Elle avait eu raison d'ouvrir son cœur à Éloïse, elle se sentait vraiment mieux. Avec un soupir de soulagement, la jeune femme accepta une part d'une délicieuse tarte tatin nappée de crème fraîche. Entre deux bouchées, Éloïse lui fit remarquer que de nouvelles vacances pourraient aider à la conception du bébé.

— Je l'ai envisagé, mais non. Mes sœurs semblent ravies de rester à la maison avec leurs enfants. Moi, j'ai besoin

de travailler. Au moins, ça m'empêche de compter les
jours et d'attendre le matin pour prendre ma température.

— Seigneur ! Je n'aurais pas supporté plus d'une
semaine une discipline aussi draconienne.

— Je veux ce bébé, répondit Diana sans une ombre
d'hésitation. Et je suppose qu'on supporte bien davantage,
quand on veut vraiment quelque chose.

Éloïse hocha la tête. Elle savait par son père que certaines
femmes étaient prêtes à tout pour parvenir à leurs fins.

Diana adressa une pensée émue à sa blonde collaboratrice, tout en garant sa voiture à proximité de l'imposant
Wilshire Carthay Building où elle avait rendez-vous. Le
fait que le père d'Éloïse fût l'associé du Dr Johnston lui
avait paru de bon augure. Un signe rassurant du destin.
Elle n'avait cessé de se le répéter sur le chemin, comme
pour conjurer le mauvais sort. Hélas, le sentiment de paix
qui en avait résulté fut de courte durée. Devant l'ascenseur,
l'ombre de la peur descendit de nouveau sur elle.

La salle d'attente avait été conçue pour reposer le
regard : murs coquille d'œuf, tableaux abstraits, élégants
sièges de cuir clair, un luxuriant palmier en pot. Elle fut
conduite quelques minutes plus tard vers le sanctuaire où
s'opéraient les mystérieuses transmutations de la fécondité.
L'infirmière la fit passer dans une pièce pannelée de bois
blanc où flamboyait un riche tapis oriental. Le regard de
Diana s'attarda un instant sur une mère à l'enfant en
bronze patiné, qui trônait sur un socle dans un coin,
puis, vite, se détourna. Même la vue d'une œuvre d'art
dépeignant la maternité lui causait une vive douleur à
présent.

L'infirmière la laissa et elle s'efforça d'attendre calmement, comme Andy l'aurait voulu. Une curieuse terreur la
tétanisait, l'appréhension de ce qu'ils trouveraient, de ce
qu'ils lui diraient. L'arrivée du praticien interrompit le flot
de ses interrogations. C'était un homme grand aux cheveux
blond cendré, avec de longues mains fines et des yeux

intelligents d'un bleu pétillant qui lui rappelèrent ceux de son père.

— Bonjour, dit-il en lui serrant la main, ravi de faire votre connaissance.

Il avait une voix chaleureuse. Rassurante. Suggestive. Après un bref échange de banalités, il s'installa à son bureau, devant une feuille blanche, un stylo à la main. Ses yeux se fixèrent gentiment sur le petit visage tourmenté de sa patiente.

— Qu'est-ce qui vous amène ici, madame Douglas ?

— Je... nous essayons d'avoir un enfant depuis un an, docteur. Depuis treize mois, plus exactement.

Elle toussota pour s'éclaircir la gorge, ajouta qu'ils n'avaient jamais pris de précaution, même avant leur mariage, sans succès.

— Avez-vous déjà eu une grossesse ? Une fausse-couche ? ou un avortement ?

A chaque question, elle avait secoué la tête, après quoi il demanda :

— Avez-vous déjà pratiqué une forme quelconque de contraception, et laquelle ?

Il voulait savoir si elle avait eu un stérilet — un gynécologue lui en avait posé un, en effet, des années auparavant, quand elle fréquentait encore l'université —, si elle avait pris la pilule et pendant combien de temps — non, elle n'avait jamais eu recours à ce genre de contraceptif. L'interrogatoire se poursuivit. Avait-elle jamais eu des maladies vénériennes ? Des kystes, des tumeurs ? Souffrait-elle d'hémorragies ? Avait-elle subi des opérations chirurgicales ? Quelles maladies infectieuses avait-elle contractées, enfant ? Pas de cancer, pas de diabète dans la famille ?

Elle avait répondu négativement presque à toutes les questions. A la fin de l'entretien, le Dr Johnston déclara que, bien sûr, un an d'efforts infructueux ne voulait pas dire grand-chose, compte tenu des professions épuisantes des intéressés mais que, par ailleurs, il comprenait l'impatience de Diana.

— A votre place, je ne me serais pas inquiété avant six mois-un an. Néanmoins, je peux procéder à une série d'examens préliminaires, afin de m'assurer de l'absence de toute infection mineure qui pourrait être à l'origine de votre problème.

Elle donna immédiatement son accord pour les examens. Six mois de nouvelles désillusions ne feraient qu'aggraver son sentiment d'échec. Non, la vérité était préférable au doute.

— Bien sûr, admit le médecin... Mais il se peut que la vérité soit plus simple que vous ne le pensez. Alors, il suffira de patienter. Il faudra également que votre mari subisse un ou deux tests.

Diana acquiesça. Dans le cas où ses résultats à elle seraient négatifs, Andy avait accepté de consulter à son tour.

— J'espère que vous ne trouverez rien, murmura-t-elle.

— Moi aussi, chère madame. En ce qui me concerne, pour le moment, seule la pose du stérilet me semble préoccupante.

Il avait pris une multitude de notes durant l'entretien. Le Dr Johnston se leva et la pria de passer dans la salle d'examen. Aujourd'hui, il procéderait à une simple exploration de la région pelvienne, expliqua-t-il. La suite des tests aurait lieu dans une quinzaine environ, au moment présumé de l'ovulation. Ceux-ci comportaient en premier lieu une analyse du mucus cervical, pour en déterminer l'acidité, une échographie destinée à rendre compte de la maturation du follicule ovarien, enfin, un prélèvement « post-coïtal », pour étudier la mobilité et le nombre des spermatozoïdes du mari « en milieu naturel ». Évidemment, ajouta-t-il, une prise de sang s'avérait nécessaire, afin d'éliminer toute possibilité de contamination par le virus HIV, tout en contrôlant ses anticorps contre la rubéole. En somme, il s'agissait d'une sorte d'enquête policière, conclut-il en souriant, censée livrer le coupable entre les mains de la justice. La plupart du temps, une simple infection, si minime fût-elle, procurait aux enquêteurs la clé de l'énigme.

Diana alla s'étendre docilement sur la table d'examen, en s'efforçant d'oublier que le théâtre des investigations était son propre corps. La veille au soir, Andy avait tenté de la divertir en lui racontant que, tout petit, il avait avalé une épingle à nourrice qui, heureusement, avait pu être récupérée sans laisser de lésions sur les parois intestinales.

— Dis à ton médecin, demain, de vérifier que tu n'as pas absorbé d'épingle à nourrice quand tu étais encore au berceau, avait-il plaisanté, et ils avaient ri ensemble.

La jeune femme sourit à ce souvenir, tandis que le docteur lui palpait l'abdomen, puis se redit combien elle chérissait Andy.

Mais le Dr Johnston ne découvrit aucune épingle à nourrice, pas plus que la moindre trace de difformité, de tumeur, de kyste ou d'infection. Tout était parfait, déclarat-il à l'issue d'un examen minutieux. Soulagée, Diana n'eut plus qu'à attendre la prise de sang. Rhabillée, de retour dans le bureau du médecin, elle s'entendit fixer un rendez-vous une dizaine de jours plus tard. Cette fois-ci, les tests définiraient avec précision les jours les plus fertiles de son cycle. Le Dr Johnston lui remit un kit d'ovulation qu'elle allait devoir utiliser la semaine suivante, afin de détecter la montée de LH [1] dans ses urines. Il lui conseilla également de continuer à prendre sa température, rituel auquel elle se livrait tous les matins depuis six mois, et qui agaçait prodigieusement Andy.

— Je vis avec une hypocondriaque ! soupirait-il.

Enfin, en la raccompagnant :

— La détente est indispensable, madame Douglas. Vous vivez trop sous pression, votre mari aussi. La tension nerveuse est souvent un facteur de stérilité. Marchez, aérez-vous les poumons, mangez bien, dormez au moins huit heures par nuit.

---

1. Hormone lutéinisante. *(N.d.T.)*

C'était plus facile à dire qu'à faire. La jungle impitoyable du monde moderne ne prédisposait guère au repos. Elle s'engouffra dans la cabine de l'ascenseur, sans cesser un instant de ruminer les paroles du médecin. Celui-ci avait répété que, théoriquement, il ne devrait pas y avoir de problème. Et que si, toutefois, il y en avait un, il ne tarderait pas à mettre le doigt dessus. Mais qu'avait-il donc ajouté, à un moment donné... Diana fronça les sourcils, cependant qu'elle traversait le hall dallé de marbre en direction de la sortie. Il avait dit... Les mots qu'elle avait soigneusement occultés jaillirent soudain avec une netteté hallucinante.

— La procréation a ses mystères. Cinquante pour cent des couples que nous traitons donnent naissance à de beaux bébés pleins de santé... Mais il en est d'autres, pourtant tout à fait sains, qui, sans aucune raison apparente, n'y arrivent jamais.

L'ombre désormais familière de la peur obscurcit son regard. Elle se demanda par quel miracle elle parviendrait à surmonter un tel verdict. Oh, ce serait trop injuste, trop pénible. Pour la première fois, elle eut une conscience aiguë de son impérieux désir de maternité. Elle se sentait prête à tous les sacrifices pour avoir un bébé. Et si elle ne pouvait pas en avoir, elle se sentait capable d'en voler un.

Diana poussa un soupir d'épuisement lorsque, enfin, elle fut chez elle. Résolue à mettre en pratique les conseils du médecin, elle ne permit pas à l'anxiété de la gagner. Elle avait pris sa journée, autant passer le temps agréablement. Un tour en ville lui ferait le plus grand bien. La jeune femme ressortit presque immédiatement, fit le tour des boutiques de luxe, avec une exquise sensation de liberté. Elle s'offrit un ensemble ruineux chez Saks, essaya de joindre Andy au téléphone pour s'entendre déclarer que « M. Douglas était parti déjeuner ». Elle rentra à la maison où elle décida de préparer un dîner sophistiqué à son cher époux.

Il l'appela vers quinze heures.

— Eh bien ? s'enquit-il d'une voix qui se voulait décontractée. L'ont-ils trouvée ?

— Quoi donc ?

— L'épingle à nourrice.

— Idiot ! pouffa-t-elle.

Elle lui narra sa matinée, et il l'écouta sans l'interrompre, avec une attention soutenue.

— Alors, tu vas y retourner dans deux semaines ?

— Dans dix jours. Entre-temps, je dois prendre ma température tous les matins et vérifier le taux d'hormones dans mes urines.

— Ça va être gai ! souffla-t-il, en se demandant avec angoisse ce que l'avenir leur réservait.

L'idée qu'il allait devoir passer par des examens interminables le terrifiait. Il avait accepté de s'y soumettre uniquement pour faire plaisir à Diana.

— Au fait, dit-il, lorsqu'elle eut terminé son récit, tu ne devineras jamais...

— Tu as été augmenté ! coupa-t-elle. — Il travaillait comme un esclave pour la chaîne télévisée.

— Non, mais cela ne saurait tarder. Tu as droit à une deuxième réponse.

— Ton patron vient d'être arrêté pour outrage aux bonnes mœurs.

Il s'esclaffa.

— Pas du tout ! Bill Bennington se marie avec son avocate. La cérémonie sera célébrée le jour du Labor Day [1], à la maison des parents de la future mariée, aux abords du lac Tahoe. Incroyable, mais vrai.

— Notre Bill est donc mûr pour les contraintes du joug conjugal...

— Espérons-le. Sais-tu où ils vont passer leur lune de miel ? En Alaska.

---

1. Labor Day : Premier lundi de septembre. Fête du travail. *(N.d.T.)*

— Brrrr... Tu devrais le mettre en garde contre les effets des engelures sur la libido.

— Pour le moment, j'ai intérêt à me dépêcher si je ne veux pas rater la réunion du conseil. A tout à l'heure, ma chérie. Je rentrerai vers dix-neuf heures.

Andy tint parole comme toujours. Diana l'éblouit avec ses talents de chef-cuisinier. Elle s'était inspirée d'une des fameuses recettes françaises d'Éloïse Stein : gigot d'agneau sauce à l'ail, haricots verts et cèpes. Et en guise de dessert, un sublime soufflé à l'abricot.

— Mmmm... Qu'ai-je fait pour mériter ce festin ? demanda Andy avec un soupir heureux.

Elle lui servit une tasse de café.

— Aujourd'hui, j'ai tenu à assumer jusqu'au bout mon rôle de femme au foyer.

— Tu devrais rester plus souvent à la maison.

Diana lui sourit. Au terme d'un long conflit intérieur, elle avait conclu qu'elle ne pouvait se passer de son travail.

— Nous verrons, répondit-elle, évasive. Mon médecin m'a conseillé en tout cas d'augmenter mes heures de loisir.

Il lui proposa alors un week-end à Santa Barbara, qu'elle accepta avec joie. Andy avait aussi promis à Bill Bennington et à sa fiancée une sortie dans la semaine. Soudain, la vie était devenue plus agréable, plus amusante, et sans trop savoir pourquoi, Diana repensa au Dr Johnston avec un regain de confiance. Quelque chose se dénoua en elle et, comme à travers un voile qui se déchire, l'avenir lui parut plus éclatant que jamais.

Alors, une vague d'optimisme l'inonda. Ils auraient bientôt leur bébé, elle en eut la brusque révélation ; elle crut presque sentir une nouvelle vie palpiter là, près de son cœur.

La semaine s'écoula paisiblement. Bill leur présenta sa dulcinée, qui fit aussitôt leur conquête. Denise Smith correspondait parfaitement aux descriptions enthousiastes de son futur mari. Elle les convia à dîner chez elle pour la semaine suivante mais, à la grande surprise d'Andy, Diana

déclina poliment l'invitation. Elle se trouverait alors à la
phase la plus féconde de son cycle, expliqua-t-elle plus
tard, et cela valait la peine d'en profiter. Par ailleurs, elle
devrait retourner chez le Dr Johnston pour subir les tests
complémentaires.

— Rien ne nous empêche d'aller aussi chez Denise,
insista Andy avec irritation.

Elle ne voulut rien entendre. Comparée au but suprême
qu'elle s'était fixé, une soirée entre amis avait peu d'importance. Andy finit par capituler, les yeux assombris. Après
quelques jours de répit, le cauchemar recommençait. L'idée
que leurs ébats seraient dorénavant programmés par la
science lui répugnait. Mais à quoi bon discuter, Diana
était fermement décidée à mettre toutes les chances de son
côté. Son obsession avait repris le dessus. La jeune femme
continuait à surveiller religieusement sa température. Le
test d'ovulation vira au bleu le jour prévu par le praticien ;
elle se précipita au laboratoire. Les analyses du mucus
cervical s'avérèrent parfaitement normales, et le docteur
suggéra à sa patiente de faire l'amour avec son mari le
lendemain matin, après quoi elle allait devoir revenir à
son cabinet, pour le fameux prélèvement dont il lui avait
déjà parlé.

— Quelle galère ! grommela Andy, mis au courant le
soir même des instructions médicales.

Il avait plaisanté, bien sûr, mais ce qu'il redoutait ne
manqua pas d'arriver. Il avait passé une mauvaise nuit,
présentait les premiers symptômes d'un rhume de cerveau
et, surtout, avait la désagréable impression d'être transformé en cobaye.

— Chérie, excuse-moi, je ne me sens pas très en forme.

Ils étaient tous deux étendus sur le lit qui, aux yeux
d'Andy, avait pris l'allure d'un instrument de torture.

— Il le faut ! intima Diana d'une voix tendue, tandis
qu'elle lui décochait un regard empreint de reproches.
D'après le Dr Johnston, les chances de conception sont
optimales aujourd'hui.

Il la regarda, interloqué. La créature sensuelle qui, tant de fois, avait vibré dans ses bras, s'exprimait à présent comme une laborantine.

— Tu peux dire à ton mentor que ses mises en scènes manquent singulièrement d'érotisme, grommela-t-il.

Il la prit dans ses bras avec brusquerie, ivre de colère. S'il ne tenait qu'à lui, il aurait envoyé au diable tous les prix Nobel de médecine réunis. Leur étreinte fut rapide, presque mécanique.

— Je suis désolée de t'avoir imposé ça, murmura Diana un peu plus tard, devant sa tasse du petit déjeuner.

— De rien, marmonna-t-il sans lever le nez de son journal.

Il détestait lui faire l'amour sur commande, comme s'il se fût agi d'un exercice de gymnastique. Et il craignait par-dessus tout les résultats du prélèvement... Pourtant, le microscope implacable du Dr Johnston n'y décela rien d'inquiétant. En « milieu naturel », la semence d'Andy se comportait normalement. La mobilité et la densité des spermatozoïdes étaient absolument satisfaisantes.

Avec une patience de fourmi, le praticien mit au point d'autres examens. D'autres épreuves. Il fallait à présent orienter les recherches vers l'univers mystérieux des hormones dont le moindre dérèglement suffisait à détraquer le subtil mécanisme de la reproduction, expliqua-t-il à sa jeune patiente. Il fallait suivre de près la maturation de la folliculine, ajouta-t-il, avant de lui fixer un autre rendez-vous.

Les jours suivants s'écoulèrent dans un tourbillon de tests, radiographies, analyses et échographies. Méthodique, persévérant, le Dr Johnston passa au crible toutes les hypothèses, ne laissant rien au hasard. Tel le policier qui mène son enquête, il traqua sans merci les éventuels coupables : il n'en trouva aucun. L'organisme de Diana fonctionnait à merveille. Les dosages hormonaux n'apportèrent rien de nouveau. C'était un dossier exemplaire, ne put-il s'empêcher de penser en relisant les résultats. Tout était totalement, absolument normal. Rien ne semblait s'opposer à la conception d'un enfant.

Diana s'était prêtée à tous les examens sans un mot de protestation. Toute son existence tournait autour de l'heureux événement qui, elle en était persuadée, ne tarderait plus à se produire. Plus rien ne comptait d'ailleurs, ni son travail, ni ses amis, ni d'ailleurs son mari. Elle se rendait au bureau, déjeunait le plus souvent en compagnie d'Éloïse, rentrait le soir à la maison, éreintée. Bill et Denise avaient renouvelé leur invitation mais, de nouveau, elle avait refusé, trop épuisée pour sortir. Et le lundi suivant, après une ultime prise de sang destinée à vérifier son taux d'œstrogènes et de progestérone durant la phase lutéale de son cycle, le Dr Alex Johnston lui communiqua ses conclusions. Toutes les conditions étaient réunies, en vue d'une grossesse. La fin du mois leur dirait s'il avait vu juste. Il ne restait plus qu'à attendre calmement.

Calmement ! Comme si c'était possible de rester calme, alors qu'elle allait peut-être amorcer un chapitre capital de son existence ! La jeune femme se contraignit une fois de plus à l'attente. Les jours passaient avec une lenteur exaspérante, dans une inquiétude sournoise que relayait l'espoir. Car plus que jamais, elle espérait. Elle crut devenir folle de bonheur quand, le jour fatidique, aucun indice ne vint démentir ses espérances.

Elle appela son médecin du bureau. Il l'exhorta à la patience.

— Attendez encore un jour ou deux. Votre corps n'est pas une machine, il y a toujours des variations dont il faut tenir compte.

Et, cette nuit-là, tous ses rêves furent à nouveau anéantis d'un seul coup. Elle sanglota longuement, désespérément, étendue sur le lit, inerte, comme brisée. Le lendemain, elle appela le médecin. En se demandant s'il n'allait pas lui sortir de derrière les fagots le test de la dernière chance. S'il n'allait pas baisser les bras... Il ne fit ni l'un ni l'autre, mais demanda à voir Andy.

— Pourquoi ? Il croit que c'est ma faute ? s'enquit celui-ci, agacé.

— Oh, chéri, quelle importance ? Au point où nous en sommes, peu importe qui, de nous deux, est responsable.

Il s'inclina, une fois de plus, désireux d'en finir. Diana lui prit rendez-vous. Elle s'entendit préciser que M. Douglas devait produire un échantillon de son sperme. De plus en plus accablé, Andy hocha la tête.

— Et où suis-je censé « produire » cet échantillon ? Au bureau, avant de courir chez le médecin ?

— Courage, chéri, ce n'est qu'un mauvais moment à passer.

Un très mauvais moment, tous deux le savaient.

— D'accord, d'accord, ronchonna Andy.

Il se rendit au cabinet du Dr Johnston de mauvaise grâce, répondit au questionnaire du praticien d'un air hostile, presque par monosyllabes. Non, il n'avait jamais eu de blennorragie, de syphilis ou d'herpès, ni aucune autre maladie vénérienne. Non, il n'avait jamais eu la moindre infection, et, non, Dieu merci, il n'avait affronté aucun problème d'impuissance.

Le praticien feignit de ne pas remarquer l'agressivité de son patient. La plupart des maris auxquels il avait eu à faire voyaient dans ces questions embarrassantes une atteinte à leur virilité. Il fit pratiquer une prise de sang, envoya l'échantillon de sperme au laboratoire, examina méticuleusement le jeune homme à la recherche d'une hypothétique faille qu'il ne trouva pas.

Les résultats des examens, le taux des spermatozoïdes, comme celui de la testostérone, hormone mâle, variable suivant les heures et la forme physique du sujet, se révélèrent normaux.

— Et maintenant ? voulut savoir Andy.

Il se sentait épuisé et soulagé en même temps, mais se sachant hors de cause, avait recommencé à s'inquiéter pour Diana.

Comme il l'avait craint, l'attention du chercheur s'était

de nouveau tournée vers la jeune femme. Au terme de
cette longue série d'examens, il commençait à se faire une
opinion.

— J'en viens toujours au stérilet que Diana a eu il y a
quelques années, dit le Dr Johnston du ton du policier qui
décide de repartir sur une ancienne piste. Afin de m'en
assurer, j'aimerais prescrire une hystérosalpingographie à
votre épouse.

— C'est douloureux ? demanda Andy.

— Parfois, répondit innocemment le docteur, pas toujours. On injecte un colorant, puis on radiographie l'utérus
et les trompes. Disons que c'est... désagréable.

Un mot qui, prononcé par un médecin, prenait des
allures de supplice.

— Nous lui donnerons des analgésiques et elle suivra,
préventivement, un traitement d'antibiotiques, afin d'écarter tout risque d'infection.

— Ces examens sont-ils vraiment nécessaires, docteur ?

— En principe, oui. Je l'appellerai.

Il le fit deux jours plus tard mais, pour la première fois,
Diana parut hésiter. Ses collègues de bureau — du moins
celles qui avaient subi ce genre d'intervention — en disaient
pis que pendre. L'une d'elles affirmait qu'elle avait fait
une allergie au colorant, dont elle avait presque failli
mourir. D'autres, dont Éloïse, se montraient moins catégo-
riques. En tout cas, ça n'avait pas l'air d'une sinécure.

Or, selon le Dr Johnston, il fallait impérativement
découvrir la raison de la stérilité du couple. D'après leurs
tests respectifs, ils auraient dû concevoir depuis longtemps.
Restait une ultime hypothèse que le praticien avait hâte
d'explorer. Et si l'endoscopie ne montrait rien de suspect,
il avait l'intention d'avoir le fin mot de l'histoire à l'aide
d'une laparotomie.

— Que décidez-vous, Diana ? En finir avec les examens
ce mois-ci ? Ou préférez-vous recommencer le mois prochain ?

Bien sûr, il ne recommandait pas une trop longue attente.

Espérer un bébé tous les mois, pour perdre invariablement ses illusions, ne pouvait que perturber le psychisme fragile de la jeune femme.

— La nuit porte conseil, répondit celle-ci. Je réfléchirai ce soir et vous rappellerai demain.

— Très bien, j'attendrai votre coup de fil.

Elle passa une nuit pratiquement blanche. Ces derniers temps, réalisa-t-elle soudain, elle avait donné une priorité absolue à ces investigations médicales qui n'en finissaient plus. Elle avait négligé sa famille, son travail, ses amis. Andy, si sociable d'habitude, avait fini également par se retirer du monde. Ils étaient à bout de forces, tous les deux, et la plupart du temps leurs journées s'écoulaient entre le cabinet médical et le laboratoire. Entre une analyse et un prélèvement, toujours en train de courir, ils trouvaient à peine le temps d'échanger deux mots.

— A quoi penses-tu ? lui demanda Andy gentiment, tandis qu'elle repoussait son assiette du dîner presque sans y avoir touché, à ton machin-chose-gramme ?

Il la sentit tressaillir. Elle avait envie de connaître les raisons qui l'empêchaient de devenir mère. Pourtant, l'examen l'effrayait.

— Viendrais-tu avec moi ? interrogea-t-elle, au comble de l'anxiété.

— Oui, si on m'y autorise.

— Johnston n'a rien contre, je lui ai déjà posé la question. Il suggère que ce soit fait vendredi prochain.

— Tant mieux. Je n'ai aucune réunion en fin de semaine.

Il alla mettre le percolateur en marche et lorsqu'il revint à table avec deux tasses de café, Diana lui jeta un regard malheureux.

— J'ai pris la décision d'y aller.

— Tu es une fille courageuse, Di.

Il ignorait comment il aurait réagi à sa place. Tout compte fait, pour lui, ç'avait été plutôt facile.

Il la conduisit à l'hôpital le vendredi suivant. Le Dr Johnston leur donna quelques ultimes explications, dans une salle d'examen exiguë. Deux infirmières vinrent ensuite préparer la patiente. De la teinture d'iode fut appliquée sur la partie du corps concernée. Diana absorba docilement les analgésiques qu'on lui tendit, l'une des aides-soignantes lui administra ensuite une piqûre d'atropine, puis quand ses muscles se furent relâchés, on injecta le colorant. Dans un état quasi comateux, la jeune femme regarda défiler sur le moniteur les images surréalistes de son organisme. Un quart d'heure après, c'était terminé. Ses genoux tremblaient, elle souffrait de crampes atroces, mais c'était fini. Andy lui tenait la main et la félicitait pour son courage. S'il n'avait tenu qu'à lui, il aurait tout arrêté depuis longtemps. La voir souffrir ainsi le mettait au désespoir. Rien au monde ne méritait ces tourments, cette agonie et cette inquiétude constants. Pas même un bébé.

— Ça va ? s'enquit-il, anxieux.

Elle acquiesça, en réprimant un frisson. Son regard dérivait vers le Dr Johnston, qui semblait en grande conversation avec le radiologue, à l'autre bout de la pièce.

— Avez-vous trouvé quelque chose ? demanda Andy.

— Je crois avoir découvert un point intéressant, déclara le médecin. Nous verrons. Nous en parlerons un peu plus tard.

Il continua à consulter l'écran sur lequel passaient et repassaient les radios. Enfin, il retrouva ses patients. Coiffée et rhabillée, Diana lui parut plus calme que d'habitude. Seule sa pâleur de cire attestait l'épreuve qu'elle venait de traverser.

— Comment vous sentez-vous ?

— Comme si j'étais passée sous un bulldozer, sourit-elle, et son mari lui passa un bras autour des épaules.

— Vous êtes presque au bout de vos peines, Diana. Je crois que nous tenons notre coupable. Sur les radios, votre trompe droite semble bouchée. La gauche apparaît également un peu floue... Il n'y a plus que la laparotomie qui puisse nous fournir une réponse définitive.

La jeune femme écarquilla de grands yeux apeurés.

— Et si elles sont vraiment obstruées ? Pouvez-vous les déboucher ?

— Probablement. Je le saurai après la laparotomie.

— Flûte ! soupira-t-elle.

Son regard allait du Dr Johnston à Andy. Maintenant qu'ils arrivaient au terme d'un long et pénible marathon, elle n'était plus sûre de vouloir connaître la vérité. Bizarrement, la certitude qu'ils allaient bientôt cerner le problème l'angoissait plus qu'elle ne la soulageait.

La laparotomie fut fixée pour la semaine suivante... Une petite incision sur la paroi abdominale permettrait, grâce à un endoscope, d'aller voir sur place ce qui se passait.

Cette fois-ci, l'opération se déroulerait sous anesthésie générale, dit le Dr Johnston.

— Et après ? interrogea-t-elle, affolée.

— Nous verrons bien. En tout cas, l'examen que nous venons de faire nous a prouvé que nous avons eu raison de persévérer.

La jeune femme eut un vague hochement de tête. Elle ne savait plus ce qu'elle éprouvait à l'égard de son médecin, haine ou gratitude ? Elle le remercia d'une voix blanche avant de suivre Andy. Enfin à la maison, elle s'effondra sur le canapé. Le stress, la fatigue, l'appréhension de ce que la semaine suivante apporterait, tout cela avait eu raison de ses forces. Le téléphone se mit à sonner. Elle décrocha machinalement.

La voix de Samantha dans l'écouteur amena une grimace sur ses lèvres pâles. Sa sœur était la dernière personne au monde qu'elle avait envie d'entendre en ce moment.

— Salut, Sam. Je vais bien. Et toi ?

— Je prends des kilos. — Elle devenait toujours énorme durant ses grossesses et elle devait être enceinte de trois mois et demi, maintenant. — Tu as une drôle de voix, qu'est-ce qui ne va pas ?

— J'ai attrapé un rhume... Excuse-moi, Sam, mais je

n'ai pas le temps de te parler plus longtemps. J'ai rendez-vous au bureau.

— Okay, chérie, prends soin de toi. Je te rappellerai.

« Surtout pas ! cria mentalement Diana en reposant l'écouteur sur le combiné avec une violence inutile. Ne m'appelle plus, plus jamais. Je ne veux pas savoir combien de kilos tu as pris, ni que tu es enceinte jusqu'aux dents. Ne me donne pas de nouvelles de ta progéniture, pas plus que du bébé ! »

— Qui était-ce ? demanda Andy dans son dos.

— Samantha, répondit-elle d'une voix sans timbre.

— Je vois... Tu n'aurais pas dû décrocher. La prochaine fois, c'est moi qui répondrai. Je lui dirai que tu es sortie.

La « prochaine fois » arriva peu après. Au bout du fil, Greg, l'un des jumeaux, déclara qu'il « venait aux nouvelles ». Les deux frères conversèrent un petit moment, puis Greg demanda à son aîné quand il comptait avoir des enfants.

— Quand tu seras grand, jeta Andy, mortifié.

— Ne compte pas là-dessus.

— Mais je n'y comptais pas.

Et que faisaient-ils pour le Labor Day ? voulut savoir Greg par la suite. Andy haussa les épaules. Comment pouvait-il le savoir ? D'ici là, Diana aurait subi la laparotomie. Elle serait sans doute envoyée au bloc opératoire, peut-être même serait-elle enceinte. Il était impossible de faire des projets, impossible de mener une vie normale, se dit-il soudain, effaré par la tournure rapide, et presque inéluctable, qu'avaient pris les événements.

— Non, Greg, ne passe pas nous voir... Je veux dire que nous croulons sous le travail. De plus, le jour du Labor Day, je crois bien que nous aurons des invités.

Sans le vouloir, il avait adopté un ton agressif, mais Greg ne parut pas s'en offusquer. Qu'à cela ne tienne, il leur rendrait visite une autre fois.

— A ce train-là, notre vie ne tardera pas à devenir un

enfer... murmura tristement Diana plus tard, tandis qu'ils
s'apprêtaient à dîner dans la cuisine.

La maison leur paraissait trop grande à présent. L'étage
avec ses chambres vides semblait les narguer.

— Non, chérie, nous ne le permettrons pas, répondit
vaillamment Andy. D'ici fin août, les médecins sauront
vraiment de quoi il en retourne et y auront sans doute
remédié.

— Et s'ils n'y arrivent pas ?

— Nous verrons. Par ailleurs, nous n'avons pas épuisé
toutes les possibilités. La fécondation *in vitro*, par exemple.

— Je ne te laisserai pas subir une chose pareille, Andy,
chuchota-t-elle, les yeux brillants de larmes. Je préfère
divorcer, afin que tu puisses épouser une femme qui peut
te donner des enfants.

— Tout de suite les grands mots. L'adoption existe,
après tout.

— Tu n'as pas besoin de recourir à l'adoption, toi. Tu
n'es pour rien dans ce qui nous arrive. C'est moi la
responsable.

— Pour l'amour du ciel, Diana, il n'y a peut-être
pas de *responsable*... Peut-être que Johnston se trompe.
Attendons au moins les résultats de la laparotomie.

Il avait haussé le ton sans même s'en rendre compte,
puis avait hoché la tête. Elle avait raison. Leur vie devenait
lentement mais sûrement un enfer.

— Oui, attendons, dit-elle avec tristesse. Ce n'est probablement qu'une épingle à nourrice.

7

Les jours suivants, le temps parut se figer puis, soudain, ce fut vendredi. Diana était à jeun depuis la veille, quand Andy la conduisit de bonne heure à l'hôpital.

Cette fois-ci, on lui fit une piqûre presque immédiatement, après quoi deux infirmiers poussèrent son chariot vers le bloc opératoire. Vers midi, ils la ramenèrent, toute groggy, de la salle de réanimation. Andy s'assit près du lit, en silence. Le Dr Johnston l'avait mis au courant des résultats de la laparotomie, mais pour rien au monde il n'aurait voulu être le premier à les annoncer à la jeune femme qui, lentement, revenait à elle.

Le praticien entra dans la petite chambre blanche en début d'après-midi ; aussitôt, la patiente fixa sur lui de grands yeux dans lesquels brûlait une lueur anxieuse.

— Eh bien ? voulut-elle savoir. — Et comme il hésita une fraction de seconde : — Les nouvelles sont mauvaises, n'est-ce pas ?

— Oui, répondit-il d'un ton posé. Vous avez les deux trompes bouchées, plus des lésions assez graves aux ovaires. L'ovule n'arrive pas à passer pour être fécondé et, j'en ai peur, ne passera jamais.

Elle le regarda, incrédule, comme s'il venait de débiter une énormité.

— Pouvez-vous intervenir ? souffla-t-elle d'une voix rauque.

Johnston secoua la tête.

— Non, malheureusement. L'une des trompes semble offrir quelques possibilités, mais les dégâts subis par les ovaires ne laissent aucun espoir. L'ovocyte parvient à maturation, mais vous n'avez qu'une chance sur dix mille de devenir enceinte. Les lésions sont par ailleurs si sévères que toute tentative de retirer un ovule en vue d'une insémination *in vitro* risque de causer d'autres dommages. peut-être pourrions-nous essayer d'implanter à l'intérieur de votre utérus la cellule germinale d'une autre femme fécondée par le sperme de votre mari. On dirait que l'ensemble de votre système reproducteur a été ravagé par ce que nous appelons une infection silencieuse, provoquée par le stérilet.

Diana semblait suspendue aux lèvres du médecin, à l'instar du condamné qui cherche à déchiffrer la sentence de mort sur les lèvres de son juge. Des larmes amères ruisselaient sur ses joues blêmes. Andy, en pleurs lui aussi, lui avait saisi les mains et les pressait fébrilement entre les siennes.

— Mais comment est-ce arrivé ? s'écria-t-elle, stupéfaite. Pourquoi n'ai-je rien su ? Rien senti ?

— Les infections silencieuses portent bien leur nom, commenta le médecin. Elles sont plus courantes qu'on ne le pense et sont souvent dues à la pose d'un stérilet. Il s'agit d'inflammations latentes, autrement dit, sans symptômes : pas de douleur, pas de fièvre, rien. Il faut une recherche approfondie pour en déceler les traces. Je suis désolé que cela vous arrive... Ce n'est pas juste, mais vous avez d'autres choix...

— Je ne veux pas de l'ovule d'une autre femme ! cria-t-elle, les yeux incandescents. Je préfère rester sans enfant plutôt que de recourir à ce procédé.

— Vous réagissez ainsi maintenant mais vous changerez d'avis plus tard.

— Non, je ne reviendrai pas sur ma décision. Et je me

refuse à envisager une adoption. Je veux un bébé à moi, oui, *à moi* !

Pourquoi ses sœurs avaient-elles eu la chance de concevoir si facilement ? Pourquoi avait-il fallu que le malheur fondît sur elle ? Elle sut que plus rien ne pourrait adoucir son chagrin et sanglota longuement dans les bras d'Andy.

— Je suis navré, mon amour, murmurait celui-ci, tandis qu'il la tenait serrée contre son cœur. Navré, navré, navré...

Et plus tard, quand il la ramena à la maison, elle jeta alentour un regard horrifié, presque hagard :

— Je déteste cette villa. Il faut la vendre. Les pièces vides du haut ne cesseront jamais de crier : « Tu es stérile ! tu n'auras jamais d'enfant. »

Elle courut s'enfermer dans leur chambre où Andy la suivit.

— Chérie, au plus profond du gouffre, il reste toujours un espoir, Johnston te l'a clairement indiqué. — Il déploya un effort surhumain pour lui sourire. — Cette histoire d'implant, ça doit être formidable.

Diana se redressa dans le lit, les yeux étincelants au milieu de sa figure crayeuse.

— Ce n'est pas *formidable* ! hurla-t-elle. C'est dégoûtant ! Ce qui est formidable, c'est d'avoir son propre enfant et je ne peux pas... je ne peux pas... oh, mon Dieu, je ne peux pas.

Des sanglots hystériques la secouaient. Andy tira les couvertures sur le corps meurtri, qui tremblait comme sous l'effet d'une forte fièvre. Il comprenait parfaitement ce qu'elle éprouvait. Elle avait tant espéré, rêvé, cherché la cause du mal, afin de pouvoir la guérir. Et au terme de toutes ces pénibles épreuves, le verdict était tombé, tel le couperet tranchant à jamais le fil d'une vie.

— Nous en reparlerons une autre fois, suggéra-t-il gentiment.

— Je ne veux plus en entendre parler. Plus jamais. Si tu désires divorcer, je ne m'y opposerai pas.

De nouveaux sanglots hachaient sa voix.

— Je n'ai aucune envie de divorcer, Di. Je t'aime... Essaie de dormir un peu, ma chérie. Nous aurons sûrement les idées plus claires demain.

— A quoi bon ? gémit-elle. Il n'y a plus de demain, Andy. Plus de semaine prochaine, plus de conviction et plus d'incertitude. Il n'y a plus rien. Rien du tout.

Il baissa les stores vénitiens avant de s'éclipser, la laissant seule dans la pénombre. Sur le seuil, il se retourna, enveloppa d'un long regard empreint de tendresse la forme recroquevillée sous les draps. En lui ôtant tout espoir, pensa-t-il, les médecins la préservaient de nouvelles désillusions. Après tout, la vérité, si dure fût-elle, était préférable au doute perpétuel. « Elle s'en remettra, se dit-il, c'est encore trop tôt mais peu à peu, elle s'en remettra... » Elle ne s'en remit pas. Ses lamentations durèrent tout le weekend. Et le lundi, lorsqu'elle partit travailler, elle ressemblait à un zombie. Les jours suivants, elle refusa de répondre aux appels téléphoniques de ses sœurs. Et une semaine plus tard, elle avait une mine de déterrée. Malgré les efforts d'Andy, Diana demeurait inconsolable. Au fil du temps, au lieu de remonter, son moral se détériorait. Éloïse tenta à maintes reprises de l'inviter à déjeuner. En vain... Diana semblait s'enfoncer un peu plus chaque jour dans l'abysse ténébreux du désespoir. Et finalement, elle ne voulut plus voir personne, parler à personne, pas même à Andy.

La veille du Labor Day, elle refusa sèchement de se rendre au mariage de Bill et Denise et, après une dispute homérique, Andy dut prendre seul le chemin du lac Tahoe. Diana le regarda s'en aller à travers la vitre sans une ombre d'émotion sur le visage. On eût dit que tout lui était égal à présent. Andy ne s'amusa guère à la réception de ses amis ; et cependant, le fait de se trouver loin de l'enfer que Diana alimentait sans cesse de nouveaux griefs, lui redonna du tonus. « Sapristi, nous sommes encore vivants ! » songea-t-il, durant le trajet du retour.

Il tâcha de le lui faire comprendre.

— Rien n'a changé, Di, sauf que maintenant nous savons que nous n'aurons pas d'enfant... Et je refuse de renoncer à notre couple pour cela. Un jour, peut-être, nous en adopterons un. En attendant, il y a toi et moi, ma chérie, cessons de nous déchirer, pour l'amour du ciel.

Elle le regarda comme si elle ne le connaissait pas. Comme si elle doutait de sa santé mentale... Et les jours s'égrenèrent, se muèrent en semaines. Diana allait au travail et rentrait le soir, les yeux vides. Le différend le plus futile lui servait de prétexte pour accabler Andy. Parfois, il se demandait si elle ne faisait pas exprès de détruire leur union. Car plus rien ne semblait l'intéresser, ni Andy ni leurs amis. Pas plus que sa carrière ou, simplement, leur avenir.

Le soir du Labor Day, Charlie dîna en ville avec Mark, son vieil ami et patron... La dernière petite amie en date de celui-ci était partie rendre visite à ses parents sur la côte Est et la veille, au bureau, il avait découvert que Charlie resterait également seul tout le week-end.

Les deux hommes avaient commencé par une partie de bowling. Ils s'étaient offert ensuite quelques bières dans le bar favori de Mark où ils avaient regardé un match de base-ball à la télé. C'était le genre d'après-midi que tous deux appréciaient mais n'avaient guère le temps de goûter. Tous deux se tuaient au travail et Charlie consacrait presque tous ses week-ends à Barbara.

— Alors, mon gars, quoi de neuf ? interrogea Mark d'un air jovial, l'œil rivé sur le petit écran où l'un des batteurs qui venait de renvoyer la balle d'un coup sec s'était mis à courir d'une base à l'autre. Où est Barbie ? A Salt Lake City, peut-être ?

Il savait que la jeune femme aurait préféré se faire pendre plutôt que retourner voir sa famille... Charlie haussa les épaules.

— Elle est allée à Las Vegas avec une amie.

Les sourcils de Mark se joignirent.

— Tu plaisantes ? Quelle sorte d'amie ?

— Judi, son ancienne colocataire. Elles ont des copains, là-bas, et elles ont eu envie de leur rendre visite.

— Et tu l'as laissée y aller toute seule ?

— Je te l'ai dit... Elle est avec Judi, répéta Charlie, franchement amusé par l'inquiétude de son ami.

— Tu es dingue ! Judi se dégotera un cavalier servant en cinq minutes et alors, qu'adviendra-t-il de Barbie ?

— C'est une grande fille, tu sais. Elle se débrouille très bien. En cas de pépin, elle peut toujours me passer un coup de fil.

Il avait une confiance aveugle en Barbara. Voilà près de deux ans qu'elle n'était plus retournée à Las Vegas. Elle semblait si désireuse d'y aller que Charlie n'avait pas eu le cœur de s'y opposer. Il n'avait pas osé lui rappeler son misérable passé de danseuse de cabaret... Avec le temps, les mauvais souvenirs s'étaient effacés. Barbara ne se rappelait plus que la fièvre des grands casinos, l'excitation des salles de jeu, les strass et les paillettes.

— Pourquoi ne les as-tu pas accompagnées ? demanda Mark, après avoir commandé une pizza aux poivrons et deux nouvelles bières.

— Vegas n'est pas ma tasse de thé... Je hais le vacarme des machines à sous et toute cette agitation. Je déteste la roulette et je peux me saouler ici aussi, si j'en ai envie. Par ailleurs, sans moi, Barbie s'amusera beaucoup plus. Elles seront entre filles, comprends-tu, en train de causer chiffons et princes charmants.

— Je croyais qu'elle l'avait rencontré, son prince charmant.

Un sourire insouciant brilla sur les lèvres de Charlie. Rien au monde n'aurait pu ébranler la confiance qu'il vouait à Barbara.

— Oui, bien sûr. Mais elle aime aussi se retremper de temps à autre dans l'univers du spectacle. Elle est actrice, après tout. Cette année, elle n'a pas eu beaucoup de contrats. Notre vie a été tranquille... trop, peut-être.

— Tu as quelque chose contre la tranquillité ? dit Mark, avec un ton indigné qui arracha un rire à son jeune ami.

— Je crois entendre mon père... si j'en avais eu un.

Au fond, Charlie adorait ce côté paternaliste de Mark. Personne ne s'était jamais fait de souci à son sujet, à part Barbara, bien sûr...

— Les femmes mariées ne vont pas faire la fête toutes seules, grommela Mark. Elles sont censées rester à la maison pour s'occuper de leur mari et de leurs gosses, tu ne le savais pas ? Non, évidemment, tu n'as jamais eu de mère. Mais si ma femme m'avait joué un tour pareil, j'aurais divorcé sur-le-champ.

— C'est exactement ce que tu as fait, non ?

— Pas *exactement*. J'ai demandé le divorce parce qu'elle me trompait.

Avec son meilleur ami de l'époque, Charlie le savait. Elle avait eu la garde de leurs deux filles avant de quitter le New Jersey. Ce fut la raison pour laquelle Mark était venu s'installer en Californie. Pour être plus près de ses filles.

— Je n'ai jamais eu aucun doute sur la fidélité de Barbie. Elle a seulement besoin de s'amuser. Je peux le comprendre.

— Tu es bonne poire, oui ! répliqua Mark en secouant un doigt, tandis qu'un serveur apportait la pizza encore toute croustillante. J'étais comme toi, avant. La vie s'est chargée de m'instruire.

Charlie s'empara d'une énorme part de pizza et mordit à belles dents dans la pâte chaude et fondante. Mark aimait se donner des allures de macho. Il n'aurait jamais autorisé l'une de ses petites amies à se rendre seule à Las Vegas.

— Et toi, qu'est-ce que tu me racontes ? interrogea Charlie, les yeux mi-clos, tout en savourant sa pizza. Comment vont Marjorie et Helen ?

Mark considérait ses filles comme l'œuvre de sa vie. La première était mariée, la seconde finissait ses études à l'université ; quiconque ne s'écriait pas qu'elles étaient sensationnelles pouvait mettre une croix sur son amitié avec leur père.

— Elles vont bien. Marjorie attend un bébé, te l'ai-je dit ? Je n'en crois pas mes oreilles. Mon premier petit-enfant naîtra en mars... Et vous, au fait, après un an et demi de mariage ? Pas de moufflets en vue ? Cela ôterait à madame l'envie des divertissements en célibataire, crois-en ma vieille expérience.

Charlie repoussa machinalement son assiette.

— Justement, dit-il tristement, ça lui fait peur.

D'après les livres qu'il avait littéralement dévorés sur le sujet, Barbara aurait dû porter leur enfant depuis au moins quatre mois... Or, rien ne s'était produit et Charlie avait commencé à se poser des questions.

— Tu veux dire qu'elle n'aime pas les gosses ?

— Elle n'en veut pas pour le moment. Elle donne priorité à sa carrière, et je la comprends... Note qu'elle pourrait changer d'avis.

— Priorité à sa carrière ! grogna Mark. Tu as ton mot à dire, non ? Si tu la mettais enceinte, sans lui demander son avis ?

— Les choses ne sont pas aussi simples.

— Pourquoi ? Elle prend la pilule ?

— Je ne pense pas... Mais...

Barbara utilisait un contraceptif dont elle se passait une fois sur deux, trop distraite pour s'en souvenir. Toutefois, en dépit de sa négligence, ils n'avaient eu aucun résultat. A tel point que la jeune femme s'étonnait parfois de n'être pas enceinte... Charlie regarda son ami, avant de terminer sa phrase :

— ... je ne sais pas. Ça n'a pas l'air de marcher.

Mark fronça les sourcils. Il savait à quel point Charlie désirait un enfant.

— Vraiment ? Sans doute que vous ne vous y prenez

pas au bon moment. Tu devrais demander conseil à ton médecin.

Pour lui, le problème avait été l'inverse. Sa première fille avait été conçue sur la banquette arrière de sa voiture, alors qu'il n'était pas encore marié. Quant à la seconde, elle était née dix mois après son mariage... Son ex-femme s'était par la suite fait ligaturer les trompes, et sa fiancée actuelle prenait la pilule.

— J'ai compulsé un tas de livres, confia Charlie, et je peux te dire que j'ai suivi exactement les instructions à propos des fameux jours de fécondité dans le cycle d'une femme.

Il avait repoussé résolument son assiette où la pizza refroidissait lentement.

— En ce cas, tu n'as plus qu'à attendre calmement, affirma Mark, l'air complice. Tu es jeune, en bonne santé, alors...

— Oui, sûrement...

Sauf qu'il commençait à en douter.

— Tu penses que quelque chose ne tourne pas rond ?

— Je n'en sais rien.

Une lueur d'inquiétude avait traversé le regard de Charlie. Il avait quelque chose de touchant, comme tous les gens qui refusent de grandir. Mark lui tapota l'épaule, fit signe au garçon d'apporter une autre tournée de bière.

— Tu as eu les oreillons quand tu étais petit ? Des MST, plus tard ?

— Non, non, rien de tout ça, se défendit Charlie.

— Alors, patience. Ma sœur et son mari ont eu un mal de chien à avoir des gosses. Sept ans, tu imagines ! Finalement, en désespoir de cause, ils ont consulté un grand spécialiste de San Diego — ils vivent là-bas. Ma sœur a suivi un traitement hormonal, cachets ou piqûres, je ne m'en souviens plus. Mon beau-frère, quant à lui, a dû porter des culottes spéciales avec des glaçons à l'intérieur, pendant un certain temps. Ils ont eu deux garçons et une fille. Extra, non ?

L'image du beau-frère dans ses culottes spéciales fit pouffer Charlie et quand les bières arrivèrent, tous deux éclatèrent d'un rire inextinguible. La vie était douce, parfois, en compagnie d'un bon copain, lors d'une soirée paisible. Charlie adorait passer ses soirées avec Barbara, naturellement, mais leurs intérêts ne se ressemblaient guère, il en avait conscience.

— Ton histoire de glaçons au fond du caleçon m'a un peu refroidi, lâcha-t-il, hilare.

— Puisque ça marche, voyons ! La prochaine fois que j'aurai ma sœur au téléphone, je lui demanderai le nom du spécialiste.

— J'y pense sérieusement depuis juin seulement. Peut-être faut-il attendre un peu plus. On dit qu'il faut au moins un an pour qu'un couple normal conçoive un enfant.

— Alors, je ne dois pas être normal, gémit Mark, et tous deux recommencèrent à se tordre de rire. Tu sais, le rôle du médecin consiste à remonter le moral du patient. « Cher monsieur, vous êtes en pleine forme ! » Alors, tu te sens comme un étalon. Tu rentres chez toi, tu attrapes ta femme, et bingo !

— Quel vieux fou ! s'esclaffa Charlie.

— Ah ! Ah ! Ce n'est pas moi qui ai laissé ma femme partir seule à Las Vegas, pas vrai ?

— Bah, le fou, c'est peut-être moi, admit le jeune homme en riant de bon cœur.

Les New York Mets avaient gagné le match au moment où ils terminaient leurs bières. Vers vingt-deux heures, Mark raccompagna Charlie, et celui-ci monta lentement l'escalier qui menait à l'appartement, en se demandant s'il ferait bien d'aller consulter. Barbara ne s'était pas rendu compte qu'il déployait tous les stratagèmes possibles et imaginables pour la rendre mère. Elle n'en avait pas eu le moindre soupçon. Et du reste, c'était le cadet de ses soucis. Particulièrement cette nuit-là... Les enseignes géantes du *Mirage* et de *Excalibur* étincelaient de mille feux, et elle s'amusait trop bien pour penser à Charlie.

Pilar découvrit pour le troisième mois consécutif qu'elle n'était pas enceinte durant le week-end du Labor Day. Elle accueillit la nouvelle avec philosophie. Depuis la dernière fois, Brad et elle s'étaient mis d'accord pour voir un spécialiste au cas où ça ne marcherait pas. Pilar s'était renseignée discrètement. Elle avait su le nom d'un médecin obstétricien à Beverly Hills par une amie de Marina. Dès le lendemain, elle obtenait un rendez-vous pour la semaine suivante. D'habitude il fallait attendre des mois, mais l'amie de Marina était intervenue en sa faveur.

Le couple s'y rendit en voiture — Los Angeles n'était pas à plus de deux heures par l'autoroute. Le fait que leur thérapeute fût une femme avait, pendant un instant, rebuté Brad. Il ne tarda pas, toutefois, à s'incliner. Après tout, l'important c'était que Pilar se sente à l'aise.

— Dieu seul sait ce qui m'attend, soupira-t-il néanmoins, en lançant son véhicule sur la bretelle qui débouchait dans la banlieue hollywoodienne.

— Très simple : ils couperont, examineront, remettront en place... Mais pas avant la prochaine fois.

— Toi, au moins, on peut dire que tu es rassurante, marmonna-t-il, et elle laissa échapper un rire nerveux.

Brad s'était fait remplacer pour l'après-midi par un autre juge. C'était une entorse à ses habitudes et Pilar lui en savait gré. Sans lui, elle se serait sentie perdue. Son anxiété n'avait cessé d'augmenter et, tandis que la voiture grimpait la route sinueuse de Beverly Hills, elle put percevoir les sourdes pulsations de son cœur.

La vue du Dr Helen Ward eut le don d'apaiser d'un seul coup toutes ses craintes. Du premier coup d'œil, Pilar sut qu'elle avait frappé à la bonne porte. Élégante et menue, d'une intelligence remarquable, la doctoresse possédait cette forme de disponibilité absolue qui force la confiance. Cheveux poivre et sel, visage fin, yeux bleu pâle... Tout d'abord, Brad lui avait trouvé un air trop froid, trop conventionnel, pour un instant plus tard être conquis par le riche timbre de sa voix. Helen Ward exerçait la médecine avec la même passion tranquille que Pilar pratiquait la loi. Diplômée de la prestigieuse faculté de médecine de Harvard, elle devait avoir environ cinquante-cinq ans, ce qui n'était pas pour déplaire à Pilar. En effet, elle se méfiait comme de la peste de cette génération de jeunes et bouillants généticiens en vogue, rompus aux expériences les plus extravagantes. Et le Dr Ward semblait combiner à la fois les vertus conservatrices et l'esprit d'initiative.

Après quelques préliminaires, elle ouvrit un dossier pour chacun de ses patients, leur posant les questions d'usage sur leurs problèmes de santé, passés et présents. Au grand étonnement de son mari, Pilar mentionna très naturellement l'avortement qu'elle avait subi à dix-neuf ans. D'habitude, elle répugnait à en parler. Elle le lui avait avoué une nuit, à la suite d'un dîner bien arrosé, mais, sous le ton badin, il avait deviné l'aiguillon vénéneux de la culpabilité. Bien sûr, à l'époque, elle avait toutes les raisons du monde de ne pas garder le bébé. Elle venait de commencer ses études et ne pouvait guère assurer son éducation. Quant au père de l'enfant, un premier flirt sans importance, il n'avait pas levé le petit doigt pour lui venir en aide et, bien évidemment, il y avait ses parents. Ces derniers l'auraient certainement désavouée, voire reniée, du moins le craignait-elle. Terrifiée, elle avait eu recours aux services d'une faiseuse d'anges, au fin fond du Harlem espagnol. Et aujourd'hui, elle se demandait si la stérilité ne serait pas le prix de cette erreur de jeunesse. Le Dr Ward secoua la tête.

— Une interruption de grossesse n'a jamais empêché personne d'avoir de beaux bébés par la suite, madame Coleman. A condition qu'elle se passe dans de bonnes conditions, ce qui semble bien être votre cas.

Soulagée, Pilar hocha la tête. Ils évoquèrent ensuite les enfants de Brad, puis le système de contraception suivi par le couple depuis quatorze ans. Après quoi, l'obstétricienne examina Pilar, sans rien découvrir d'inquiétant.

— Y a-t-il une raison particulière qui vous a amenés ici ? interrogea-t-elle, et Pilar se dit que, décidément, elle aimait bien son sourire chaleureux. Vous avez tous les deux un parcours des plus normaux, et trois mois d'essai ne portent pas à conséquence.

— Peut-être pas lorsqu'on a vingt ans, docteur. Malheureusement, j'en ai quarante-trois. Je n'ai pas vraiment le temps d'attendre.

— Ma foi, vous n'avez pas tort. Nous pourrions commencer par vérifier un certain nombre de choses... Faire un bilan hormonal, par exemple, progestérone et prolactine, un examen de la thyroïde... Par ailleurs, vous commencerez à prendre votre température tous les matins, afin d'établir une courbe précise de votre cycle. Je compléterai par du chlomiphène ; ce sont des cachets que je prescris à mes patientes qui ont passé la quarantaine, et qui augmentent considérablement le taux de progestérone dans le sang.

— Seigneur, j'espère que je ne me transformerai pas en femme à barbe.

Helen Ward s'esclaffa.

— Vous seriez bien la première. Non, il existe bien quelques effets secondaires : troubles de la vision, sautes d'humeur, légères migraines, nausées, kystes aux ovaires dans le pire des cas, mais rien qui ne puisse être contrôlé.

— Alors, je veux bien essayer, déclara Pilar, pleine de confiance. Mais pourquoi pas de piqûres d'hormones ?

— Parce que, pour le moment, il n'y a aucune raison de brusquer la nature.

Le Dr Ward subodorait que s'il ne tenait qu'à Pilar, celle-ci aurait sûrement réclamé des moyens réputés plus drastiques, comme la fécondation *in vitro*. Elle n'était pas la seule. Beaucoup de ses patientes éprouvaient une obscure fascination pour ce procédé, pourtant assez laborieux. On bourrait l'organisme d'hormones, de manière à provoquer l'élaboration de plusieurs ovules, après quoi on en prélevait une partie que l'on fécondait dans une éprouvette avec le sperme du mari avant de les placer à l'intérieur de l'utérus, en espérant qu'une grossesse normale s'ensuivrait... Ce qui n'était pas toujours le cas. Certes, les dix ou vingt pour cent d'heureuses élues ne juraient plus que par ce *deus ex machina*. Mais à l'âge de Pilar, ce genre d'intervention était hors de question. La plupart des centres hospitaliers refusaient de la pratiquer sur les sujets ayant dépassé la quarantaine.

Après avoir fait une prise de sang à sa nouvelle cliente, le Dr Ward remplit une ordonnance pour le chlomiphène.

— Il faut prendre votre température tous les matins avant de vous lever, et la noter soigneusement sur votre calendrier, à côté de la date.

Elle lui remit un test de fécondité, lui expliqua comment s'en servir, afin de détecter ce qu'elle appelait le « pic de LH » dans les urines, signe imminent d'ovulation, et enfin établit le programme des futurs rapports sexuels du couple.

— Mon Dieu, j'ai l'impression d'avoir rejoint les Marines, soupira Pilar plus tard, alors qu'ils remontaient en voiture. C'est un véritable parcours du combattant.

— Personnellement, j'ai énormément apprécié les méthodes de cette dame, remarqua Brad.

Helen Ward n'avait pas voulu, sous prétexte que Pilar était bien renseignée sur les derniers progrès de la science, céder à ses exigences.

— Moi aussi, murmura Pilar, sans toutefois cacher sa déception.

Elle aurait souhaité que l'obstétricienne lui présente la solution miracle, comme par un coup de baguette magique. Au terme de cette première rencontre, elle repartait avec ses doutes. Le Dr Ward lui avait déclaré qu'elle avait passé l'âge pour tenter une fécondation *in vitro*. Elle avait néanmoins suggéré une insémination intra-utérine, au cas où le chlomiphène s'avérerait inefficace.

— Oui, tout cela m'a l'air bien compliqué pour une chose qui devrait être si simple, dit Brad, étonné par l'éventail d'articles sophistiqués mis au service de la stérilité.

— Rien n'est simple à mon âge, chéri ! Même l'application d'un simple fond de teint exige plus de doigté chez la vieille dame que je suis que chez une jeune fille.

Il émit un rire, se pencha pour l'embrasser.

— Es-tu sûre de vouloir te lancer dans l'aventure ? Ton travail te cause assez de soucis, me semble-t-il...

— Je veux essayer, dit-elle simplement. Je ferai tout ce qui est en mon pouvoir pour avoir ce bébé.

— Okay. C'est toi qui commandes !

— Non, malheureusement. Mais je t'aime, Brad Coleman.

Un long baiser les unit. Ils regagnèrent Santa Barbara, après un somptueux dîner au Bistro, un des restaurants les plus chic de Los Angeles. De retour à la maison, Pilar entassa sur l'étagère de sa salle de bains ses nouveaux trésors : kit d'ovulation, thermomètre, feuille de courbe thermique. Ils s'étaient procuré les cachets dans une pharmacie, sur la route. Elle ne commencerait le traitement que dans trois semaines, et seulement si elle n'était pas enceinte entre-temps. En revanche, elle devait utiliser le thermomètre et le kit dès le lendemain.

— L'arsenal de l'espoir, dit-elle à Brad, tandis qu'ils se brossaient les dents, côte à côte, devant les deux vastes lavabos de porcelaine turquoise.

— La fin justifie les moyens, la taquina-t-il. — Et peu après, dans leur chambre : — Pilar, si jamais le résultat n'était pas conforme à nos espérances, sache que je continuerai à t'adorer comme au premier jour. Il faut que, toi aussi, tu t'habitues à l'idée que le destin a peut-être décidé que nous restions seuls. Nous nous aimons, nous avons une vie bien remplie, des amis épatants... Un enfant, ce serait merveilleux, bien sûr, mais peut-être pas absolument *indispensable* à notre bonheur.

— Non, mais j'y tiens, fit-elle d'une voix si affligée qu'il l'enlaça d'un bras consolateur.

— J'y tiens également, ma chérie. Mais je ne risquerai

pas de perdre l'équilibre que nous avons si patiemment construit pour ça.

Il savait par ouï-dire que certaines femmes désireuses de procréer sombraient dans des obsessions qui mettaient en péril leur ménage. Et il ne permettrait pas que leur union, si précieuse, si longtemps attendue, soit menacée par un souhait tardif, si ardent fût-il.

Elle repensa aux paroles de Brad le lendemain matin, assise à son bureau, le regard dans le vide. Elle avait consciencieusement relevé sa température à son réveil, l'avait reportée d'une écriture nette et précise sur le petit calendrier rangé sur la même étagère que le thermomètre. Avant de partir travailler, elle avait procédé au test d'ovulation, ce qui lui avait pris un peu de temps, car il avait fallu jongler avec un petit pot gradué et une demi-douzaine de minuscules fioles de produits chimiques. Le résultat montra un taux de LH faible... Brad avait raison. Tout cela paraissait bien compliqué pour une chose qui, en principe, aurait dû être d'une simplicité divine.

— Tu en fais une tête ! s'exclama Alice Jackson en pénétrant dans son bureau.

— Moi ? Oh, ce n'est rien. Je réfléchissais...

Elle plongea le nez dans un document, sans en distinguer la moindre ligne.

— Alors, ce n'était pas une pensée heureuse, décréta Alice, tout en déposant une pile de dossiers sur la table voisine. — Elle effectuait une recherche pour le compte de son mari, sur une affaire particulièrement difficile.

— Une pensée heureuse n'est pas nécessairement hilarante, protesta Pilar. Comment se présente votre procès ?

— Sous les auspices de l'ambiguïté. Dieu merci, les audiences commencent demain. Je n'aurais pas survécu un jour de plus à ce régime.

Elle aurait survécu cent ans s'il l'avait fallu, toutes deux le savaient. Alice et Bruce formaient un couple particulièrement réussi dans l'esprit de Pilar. Leur vie et leur travail en commun avaient fait naître une immense complicité. Pilar s'était souvent interrogée à ce sujet. Elle en avait tiré la seule conclusion qui s'imposait. Travailler avec Brad les aurait éloignés plutôt que de les rapprocher. Ils étaient trop têtus, tous les deux, avec des idées trop personnelles... Leurs discussions passionnées sur la justice en étaient la preuve et, plus d'une fois, Pilar avait déclaré en plaisantant qu'elle se sentait toujours « l'avocat d'office », tandis que Brad avait conservé la rigidité du ministère public.

La sonnerie aigrelette du téléphone interrompit la conversation des deux collègues.

— Votre mère, madame Coleman, grésilla la voix de la réceptionniste dans l'interphone.

— Oh, mon Dieu... — Elle regarda l'appareil avec la méfiance que l'on éprouve en face d'un petit animal nuisible. Alice sortit, chargée de sa cargaison de dossiers.

— Bon, je vais la prendre, soupira-t-elle, puis elle appuya sur le bouton qui venait de s'allumer.

Il était midi à New York. Pilar pouvait parfaitement imaginer l'impassible Élisabeth Graham dans un ensemble haute couture sous sa blouse blanche, prête à absorber un léger déjeuner sur le pouce. Déjà, elle comptait à son actif plusieurs heures de consultations qu'elle allait poursuivre dans l'après-midi.

— Bonjour, dit-elle, tout en se demandant pourquoi sa mère l'appelait, comment vas-tu ?

— Très bien, en dépit de la vague de chaleur. New York est une fournaise. Heureusement, nos bureaux sont climatisés. Comment allez-vous, Brad et toi ?

— Nous croulons sous le travail, comme d'habitude.

Elle sourit en essayant d'imaginer la tête de la distinguée Élisabeth Graham, si elle avait ajouté : « Et nous nous efforçons de fabriquer un bébé. »

— Tu te fatigues trop. A ton âge, tu devrais songer à t'orienter vers la magistrature, comme Brad et ton père. Quand cesseras-tu enfin de porter sur tes épaules la misère de toute cette racaille ?

Ce coup de fil illustrait parfaitement la tournure que Mme Graham ne manquait jamais de donner à ses conversations téléphoniques avec sa fille. Toujours les mêmes questions, amenant forcément les mêmes reproches et aboutissant à une sempiternelle désapprobation.

— Ton père était magistrat à quarante ans. A ton âge, il avait déjà été nommé juge à la cour suprême des États-Unis, ce qui fut un grand honneur, et...

— Je suis d'accord, maman, mais j'aime mon métier. Je doute qu'il puisse y avoir deux juges dans la même famille et, d'autre part, la grande majorité de mes clients ne sont pas de la racaille, comme tu dis.

Voilà, cela recommençait. C'était plus fort qu'elle, mais sa mère l'acculait toujours au pied du mur. « Bon sang, tu n'as pas besoin de te justifier ! » se morigéna-t-elle, mais à l'autre bout de la ligne, Mme Graham redoublait d'énergie.

— Taratata ! Il doit s'agir du même genre de repris de justice fauchés que ceux dont tu t'occupais en tant qu'employée du bâtonnier.

— Non, figure-toi. Il m'arrive de plaider pour des gens plus fortunés. Parle-moi de toi, plutôt. Toujours débordée ?

— Absolument. J'ai été appelée à témoigner deux fois aux assises, dans des cas impliquant des troubles neurologiques. C'était fort intéressant. Nous avons gagné, naturellement.

L'humilité n'avait jamais étouffé Élisabeth Graham.

— Je vois. Mais le devoir m'appelle... Je te rappellerai dès que possible. Prends soin de toi.

Pilar se hâta de raccrocher. Comme après chaque entretien avec sa mère, elle avait la pénible sensation d'une défaite. De toute façon, elle n'aurait jamais le dernier mot contre un adversaire aussi redoutable, elle en avait conscience. Mme Graham semblait avoir décidé une fois pour toutes de priver sa fille de son approbation, et cela ne changerait jamais. De longues années passées sur le divan du psychanalyste, à raison de trois fois par semaine, avaient persuadé Pilar qu'il était vain d'attendre une quelconque reconnaissance de la part de l'irascible Dr Graham. C'était à elle de modifier son comportement et elle avait déployé des efforts surhumains dans ce sens. Toutefois, quelque part dans son subconscient sommeillait le vague espoir qu'un jour, la situation évoluerait. Que le téléphone sonnerait et que sa mère serait au bout du fil, attentive, tendre, charmante, *maternelle*, comme toute mère doit l'être. Et qu'elles pourraient enfin se parler, se comprendre. Puis le téléphone sonnait, la voix glaciale d'Élisabeth distillait son subtil venin dans l'écouteur, et Pilar se sentait à nouveau rejetée, seule au monde. Avec son père, ç'avait été pareil. Évidemment, elle avait Brad, maintenant, qui, tout comme Marina Goletti, emplissait le vide engendré par ses parents.

L'après-midi même, profitant d'une suspension d'audience au tribunal, Pilar appela Marina.

— Qu'a dit le Dr Helen Ward ? voulut savoir cette dernière. A-t-elle été encourageante, au moins ?

— Plutôt, oui. Du moins, elle n'a pas fait allusion aux théories de ma mère à propos des malformations dont souffrent impérativement les enfants de parents âgés... Selon le Dr Ward, je dois prendre mon mal en patience. Persévérer, surtout.

— Je suis sûre que Brad sera ravi de te rendre ce service, gloussa son interlocutrice, avec une chaleur qui, une fois de plus, la fit penser à la repartie cruelle que sa propre mère lui aurait décochée si elle avait été au courant de ses démarches.

— En effet, il a l'air prêt à coopérer, rit-elle. Le docteur m'a également prescrit un traitement qui pourrait marcher ou pas. Bref, tout espoir n'est pas perdu, bien que, apparemment, je ne sois pas une poule pondeuse.

— Cesse donc d'être négative. Rappelle-toi ma mère, qui a eu son petit dernier à cinquante-deux ans.

— Oh, Marina, tu me fais peur avec cette histoire.

Promets-moi que j'aurai mon premier avant d'entrer dans le troisième âge.

— Tu ne m'arracheras pas une telle promesse ! Les voies du Seigneur sont impénétrables et s'Il a décidé que tu seras enceinte à quatre-vingt-dix ans, tu n'y échapperas pas. Plonge-toi donc dans le dernier article de *L'Enquirer*, ma belle.

— Non, merci. Ma vie privée n'a rien à voir avec les tragi-comédies rapportées par ces feuilles de chou, juge Goletti... Encore que... Ma chère mère m'a téléphoné aujourd'hui. C'était, je l'avoue, assez comique.

— Vraiment ? Et quel bon vent a poussé le bon Dr Graham à s'enquérir de sa fille unique ?

— Le vent de la canicule qui sévit actuellement à New York, plus l'obscur besoin de me rappeler qu'à mon âge, mon père avait été nommé à la cour suprême.

— Oh, j'avais oublié ton retentissant échec face à la réussite de ton illustre paternel.

— Ma mère a également tendance à penser qu'il est grand temps que je te chipe ta place.

— Je suis d'accord, pour une fois, mais ceci est une autre histoire. Pour l'instant, je dois aller exercer mes compétences de juge dans une affaire dont je me passerais bien. Le défendeur a provoqué un accident de la circulation en état d'ivresse, causant la mort d'une femme enceinte d'une trentaine d'années et de ses trois enfants... Heureusement, il y a un jury.

— C'est mal parti pour lui, je présume, dit Pilar d'une voix où vibrait une note de sympathie.

— D'autant qu'il est sorti miraculeusement indemne de la collision ! Les jurés, presque tous des pères et mères de famille, ne le rateront pas... Dis, nous pourrions envisager un déjeuner si tu n'es pas trop débordée.

— Avec plaisir. Je te rappellerai.

Les deux amies n'eurent pas une minute à elles de toute la semaine, et le vendredi Brad proposa à son épouse un week-end romantique dans un charmant petit hôtel de

Carmel Valley. Ils étaient en pleine « semaine bleue », selon une expression devenue chère à Brad ; cela voulait dire que le kit d'ovulation avait enfin viré au bleu, signe que les deux ou trois jours suivants se classaient parmi les plus féconds du cycle... Avec sa délicatesse coutumière, le mari de Pilar avait opté pour un havre de paix, plus propice aux ébats amoureux que leur résidence en ville où ils risquaient à chaque instant d'être dérangés par leurs amis et relations de travail.

Ils arrivèrent sur place épuisés, après une interminable journée de dur labeur. Mais le décor quelque peu désuet, respirant le luxe et le calme, agit presque aussitôt sur leurs nerfs tendus comme un élixir magique. « Quel plaisir d'être ensemble, sans subir une avalanche de coups de fil de tous bords, loin du stress et de la frénésie des cours d'assises », s'écria Pilar, enchantée. Afin d'oublier la fièvre qui avait précédé leur départ, ils musardèrent dans le dédale des ruelles pittoresques de Carmel, et lors d'un passage dans une boutique d'antiquités, Brad offrit un ravissant petit tableau à sa compagne. Une mère et son enfant sur la plage, au crépuscule... Pilar tomba immédiatement amoureuse de la force qui s'en dégageait et de la riche palette des couleurs. Si elle devenait enceinte maintenant, cette peinture revêtirait à ses yeux une valeur hautement symbolique.

Ils regagnèrent Santa Barbara deux jours plus tard, radieux, détendus, certains d'avoir gagné cette fois-ci leur pari... Durant le trajet du retour, Pilar ne cessa de le répéter à Brad... Son corps présentait ces infimes changements que seul un œil exercé et attentif peut déceler. Et pourtant, le mois suivant, ses règles survinrent comme d'habitude, et elle dut commencer le chlomiphène.

Certains des effets secondaires que le médecin lui avait signalés ne tardèrent pas à se manifester. Quelques migraines sans gravité... doublées d'une humeur de chien pratiquement incontrôlable. Au bout de quelques jours, elle n'hésitait pas à rabrouer son mari à tout bout de champ et la seule vue de sa secrétaire lui donnait des envies de meurtre. Ses clients essuyèrent plus d'un orage, sans rien y comprendre, et elle dut se contenir à plusieurs reprises pour ne pas écharper le substitut du procureur. Maîtriser ses pulsions agressives devint soudain un job à plein temps. Par ailleurs, une immense fatigue l'écrasait comme un fardeau.

— Ce n'est pas drôle ! admit-elle un soir à l'adresse de Brad. Tu mériterais la médaille du courage et de l'abnégation. Comment peux-tu me supporter ? Je ne me supporte plus moi-même.

Elle n'avait pas cessé de se montrer odieuse, depuis une quinzaine. Dans des moments de lucidité, elle s'en voulait terriblement. Comme toujours, il la rassura.

— Nous savons que tes sautes d'humeur sont dues aux médicaments. Tiens bon, ma chérie, ça en vaut la peine.

Hélas, le traitement brilla par son inefficacité. Les essais duraient depuis plus de cinq mois, sans aucun résultat. Le Dr Ward avait fixé le jour de l'insémination artificielle une semaine avant Thanksgiving... Au terme d'interminables discussions, le couple avait pris la ferme résolution d'aller jusqu'au bout de l'épreuve. Pilar reçut, durant le mois, une double dose de chlomiphène ; elle avait accepté de subir une échographie destinée à vérifier la maturation de sa folliculine, après quoi l'obstétricienne lui administrerait une intraveineuse de gonadotropine avant de procéder à l'opération proprement dite ; cela consistait à injecter la semence directement dans l'utérus, afin de faciliter la rencontre des spermatozoïdes avec l'ovule.

Cependant, Pilar hésitait. De tout temps, elle avait professé un scepticisme sans limites à l'égard des doses de médicaments trop élevées. Le Dr Helen Ward parvint cependant à la persuader, et Brad réserva une suite au Bel Air — les dates ayant été dictées par les impératifs de la courbe thermique soigneusement annotée sur le calendrier.

— Je me sens comme un étalon de race à l'entraînement,

sourit-il, tandis qu'ils se dirigeaient en voiture vers Los Angeles.

Pilar émit un soupir. Elle avait ingurgité les derniers cachets cinq jours plus tôt, les effets secondaires commençaient à s'estomper et elle avait retrouvé son ancienne bonne humeur. Un jour sans l'étau de la migraine autour des tempes et sans dispute avec son mari lui avait singulièrement remonté le moral.

Ils firent une halte au cabinet médical, où le docteur fit passer à sa patiente une radio aux ultrasons.

— Les ovaires sont en parfait état, conclut-elle, après une étude approfondie des clichés. Tout va bien.

Elle fit la fameuse piqûre de gonadotropine, puis le couple s'entendit convoquer le lendemain à midi. Ils avaient l'après-midi et la soirée pour eux. On leur fit remarquer qu'ils étaient libres de passer le temps comme bon leur semblait, à condition de ne pas faire l'amour.

— Demain, je serai peut-être enceinte, murmura Pilar plus tard, tout excitée.

Ils avaient longé Rodeo Drive et Brad lui avait acheté une bague ornée d'un diamant de la plus pure eau chez David Orgell. Un peu plus bas, dans la même rue, ils firent quelques emplettes chez Fred Hayman... C'était un après-midi insolite, extravagant, d'une beauté presque poignante, et tous deux goûtaient pleinement l'euphorie de cet instant unique, sachant pourtant que leur avenir dépendait entièrement du lendemain.

Ils dégustèrent d'exquis cocktails au bar du Beverly Hills Hotel, s'offrirent un somptueux dîner au Spago. Revenus au Bel Air, ils firent tranquillement un tour dans le parc où des cygnes s'ébattaient gracieusement dans des bassins savamment éclairés. Et lorsqu'ils s'étendirent sur le grand lit de leur suite, ils restèrent longtemps les yeux grands ouverts dans l'obscurité veloutée, à rêver au lendemain.

Les mains de Pilar tremblaient lorsqu'ils s'engouffrèrent dans l'ascenseur capitonné de l'immeuble du Dr Ward.

— Comme c'est stupide ! Je me fais l'effet d'une collégienne en passe de perdre sa virginité.

Brad grimaça un sourire. Il n'en menait pas large non plus. Produire un échantillon de semence dans un bureau médical n'attisait pas vraiment ses fantasmes les plus fous. Il préférait ne pas y penser, sinon seule la fuite pourrait le sauver du déshonneur.

Les époux furent presque immédiatement conduits vers une pièce adjacente... Une sorte de chambre d'hôtel de luxe, avec un lit, un poste de télévision muni d'une vidéo et de toute une collection de cassettes et revues érotiques auprès desquelles les mémoires de Madonna auraient fait figure de catéchisme. Quelques instruments aux formes évocatrices, censés venir à la rescousse des volontés défaillantes, traînaient de-ci de-là. Une éprouvette de verre transparent, sur la table de chevet, rappelait, seule, le but de l'opération.

Avant de les quitter, la nurse avait demandé d'une voix suave s'ils désiraient du café, du thé, ou des rafraîchissements. Elle était sortie sans préciser de combien de temps ils disposaient.

Une fois la porte refermée, Pilar jeta un coup d'œil à son mari, puis éclata de rire... Brad, dans son costume sombre, arborait un air si sérieux... si bien élevé... un air si désemparé qu'il faisait presque pitié. L'hilarité de Pilar redoubla.

— On dirait une maison close, gloussa-t-elle, incapable de contenir une nouvelle explosion de rire.

— Comment le sais-tu ?

— J'ai des lettres, qu'est-ce que tu crois ?

Les commissures de la bouche de Brad se relevèrent et son rire fit écho à celui de sa femme, qui l'attira sur le lit.

— Dire que je t'ai laissée m'entraîner dans ce pétrin, gémit-il.

— Oui, monsieur le juge, mais j'ai fait mon autocritique et voici mes conclusions... — Son rire s'éteignit. — Tu n'es pas obligé de te prêter à cette mascarade, mon amour.

Je ne t'en tiendrai pas rigueur. Tu as été merveilleux, mais je crains d'avoir été trop loin... Je ne voudrais pas te mettre dans l'embarras, chéri, loin de moi cette idée.

Elle se sentait affreusement coupable. Il n'y était pour rien, si elle avait passé l'âge de procréer. Son sperme ne présentait aucune faille... La faille provenait d'elle, de son corps trop âgé pour façonner la vie. Et si elle ne s'était pas décidée aussi tardivement, ils n'en seraient pas là.

— Tu le veux toujours, ce bébé, Pilar ? interrogea-t-il doucement, tandis qu'ils restaient étendus sur le lit, puis la voyant hocher fermement la tête : Alors cesse de te morfondre et donnons-nous un peu de bon temps.

Il se leva, glissa une cassette dans la vidéo.

La lumière tamisée, les images impudiques défilant sur l'écran, l'étrangeté de la situation tissaient autour de leurs corps enlacés un voile sensuel. Terriblement excitant. Ils se dévêtirent, consumés par une même flamme, cherchant par des caresses de plus en plus audacieuses à assouvir leur désir... Brad luttait de toutes ses forces contre l'envie brûlante de posséder sa compagne, là, tout de suite, comme un jeune amant impétueux. Et peu après, il crut rendre son dernier soupir entre ses mains, dans un éblouissement qui le laissa pantelant.

Ils passèrent rapidement sous la douche, avant de sonner la nurse. Celle-ci se montra presque aussitôt, saisit délicatement la fiole emplie de la précieuse substance opalescente et pria Pilar de la suivre.

— Puis-je venir aussi ? demanda Brad.

Jusqu'alors, ils avaient tout partagé. Il tenait à présent à passer avec elle l'étape suivante de l'expérience. Il accompagna Pilar dans une autre pièce, où elle retira de nouveau ses vêtements et enfila une ample blouse d'hôpital, avant de s'allonger sur la table d'insémination, tremblant de tous ses membres. Le Dr Ward apparut une minute plus tard, armée d'une seringue hypodermique, dans laquelle elle avait transféré le liquide séminal. Avec une douceur infinie, elle mit en place un cathéter transparent à travers lequel elle inocula précautionneusement le contenu de la seringue... Quelques instants après, le cathéter fut retiré.

— Voilà, fit la voix chaleureuse de la doctoresse. Vous devez rester étendue pendant une demi-heure, madame Coleman.

Elle les laissa de nouveau seuls. Pilar rouvrit les paupières, cherchant du regard les yeux de Brad. Durant tout le temps de l'opération, elle avait senti la chaleur de sa paume contre la sienne. Il lui sourit.

— Comment te sens-tu ?

— Bien, mais épuisée.

Les émotions de la matinée l'avaient littéralement vidée.

— Ça marchera, murmura-t-il, d'un ton empreint de certitude, puis il gloussa en repensant au film qu'ils avaient regardé dans la pièce d'à côté. En tout cas, on ne va pas mourir idiots ! J'ai hâte de me procurer quelques-uns de ces torrides chefs-d'œuvre de l'érotisme.

Pilar s'esclaffa. Puis des larmes lui piquèrent les yeux et elle se mit à rire et à pleurer en même temps.

— Tout s'est bien passé, déclara le Dr Helen Ward un peu plus tard, dans son bureau. Tous vos tests sont satisfaisants et grâce au chlomiphène, votre taux de progestérone a atteint le niveau souhaité.

Souvent, il fallait renouveler l'expérience cinq, six, parfois même dix fois, les avertit-elle.

— Vous serez appelés à me voir plus souvent que vos amis et votre famille, ajouta-t-elle en riant, ce à quoi les Coleman répondirent qu'ils n'y voyaient aucun inconvénient.

Enfin, elle leur souhaita un bon Thanksgiving et pria Pilar de la tenir au courant.

— Passez-moi sans faute un coup de fil dans une quinzaine de jours, d'accord ?

— N'ayez crainte. Vous aurez de mes nouvelles, quels que soient les résultats.

Surtout s'ils étaient positifs, pensa-t-elle, sans oser le

formuler. Sinon, ils allaient devoir recommencer, encore
et encore, jusqu'à ce que leurs vœux soient exaucés... ou
définitivement déçus. Elle avait entendu parler d'une
nouvelle méthode de fécondation appelée Fivette, mais le
Dr Ward ne voulut rien entendre.

— Donnons d'abord une chance à l'insémination intra-
utérine.

Elle semblait vouer une confiance illimitée aux vertus
du chlomiphène. D'autre part, il était prématuré de recourir
à des moyens qui comportaient des risques trop élevés. A
bout d'arguments, Pilar capitula.

Ils reprirent le chemin de Santa Barbara dans un silence
complice et apaisant. Jamais auparavant ils n'avaient
connu une telle entente, une fusion aussi parfaite.

Nancy, Tom et Adam vinrent passer Thanksgiving à la
maison. Todd manquait à l'appel ; il était parti aux sports
d'hiver avec sa petite amie en promettant qu'il fêterait
Noël en famille.

Le petit Adam, à cinq mois, gigotait et babillait dans
les bras de sa maman. Deux dents minuscules ornaient sa
gencive inférieure. Brad était fou de son petit-fils. Pilar
prit le bébé dans ses bras, le berça doucement, le contempla
un long moment en train de somnoler. Nancy s'étonna de
son savoir.

— Pourtant, tu n'as jamais eu d'enfants.

— L'instinct, que veux-tu.

Avec Brad, ils avaient farouchement gardé leur secret.
Le projet de mettre un nouvel être au monde leur paraissait
trop personnel, trop intime pour le divulguer. Tout entière
dans l'espoir d'un miracle proche, Pilar avait du mal à
participer aux joyeux bavardages de ses invités. Lorsqu'ils
repartirent à la fin de la journée, elle poussa un « ouf »
de soulagement.

— Pourvu que l'intervention ait réussi, pria-t-elle, se
rendant à peine compte qu'elle avait formulé sa pensée à
voix haute.

Brad hocha la tête. Mais il avait capté une drôle

d'expression dans le regard de Pilar. Quelque chose qui fit émerger un vague souvenir dans sa mémoire. Cet air ensommeillé, un peu engourdi... et si serein... mais non, c'était trop tôt ! Elle ne présentait aucun symptôme tangible, aucune transformation, même minime, n'avait altéré l'harmonie de son corps.

— On verra, répondit-il, soucieux de lui épargner de faux espoirs.

8

Cette année, Thanksgiving allait certainement basculer dans le cauchemar... Depuis trois mois, leur vie n'était plus qu'un supplice sans fin, un long déchirement ; à tel point que, parfois, Andy se sentait incapable de continuer plus longtemps. Il avait épousé un ange, et il se retrouvait en enfer. Dans un huis clos terrifiant, avec une inconnue qu'il n'osait plus aborder. Quelqu'un qui tirait une sorte de délectation morbide de ses propres malheurs. Il en avait par-dessus la tête de son amertume, de ses crises de larmes, de son ressentiment. Diana, jadis si douce, si tendre, si réservée, semblait à présent dévorée par l'envie et la colère. S'estimant victime d'une fatalité trop injuste, elle en voulait à la terre entière. A plusieurs reprises, Andy avait tenté de la raisonner. Il n'avait récolté que des répliques cinglantes.

La situation s'était brutalement détériorée en octobre, quand Bill Bennington leur avait annoncé que Denise attendait un bébé.

— C'est arrivé pendant notre nuit des noces, avait-il jubilé, sans se douter du chagrin de ses amis.

Furieuse, Diana s'en était pris une fois de plus à l'ironie du sort. Décidément, la providence accordait aux autres femmes — *à n'importe quelle autre femme* — la joie dont elle l'avait privée une fois pour toutes. Oh, c'était trop douloureux, trop atroce ! Elle s'était mise à refuser systématiquement toutes les invitations. Son amitié pour Éloïse Stein s'en était ressentie. Le nom du Dr Johnston n'avait plus jamais franchi les lèvres de Diana et, de son côté, Éloïse évitait de mentionner les travaux de son père. A l'air sombre que son amie arborait dorénavant, la blonde journaliste n'avait pas tardé à deviner le drame qui avait dévasté son existence.

Peu à peu, les amis et relations d'Andy et Diana cessèrent de se manifester. Le téléphone restait muet pendant de longues périodes, la boîte aux lettres ne renfermait plus que des factures ou des lettres administratives. Aux approches de Thanksgiving, le couple s'était cantonné dans un isolement presque total. Une sorte de traversée du désert insensée. Aux yeux d'Andy, leur résidence, autrefois si gaie et accueillante, évoquait, avec ses pièces vides du haut, quelque lugubre mausolée.

Pour couronner le tout, Diana avait consenti à passer les fêtes chez ses parents, à Pasadena. C'était la dernière chose au monde dont ils avaient besoin ! Ils n'avaient pas vu un chat pendant des mois, et ils allaient célébrer Thanksgiving avec les seules personnes qui avaient le don de leur gâcher la vie... ou ce qu'il en restait.

— Pour l'amour du ciel, Di ! Pourquoi as-tu accepté ?

— Ils sont ma famille. Aurais-je dû décliner en disant : « Non, merci, je ne veux plus vous voir parce que je suis stérile ? »

— Nom d'un chien, Diana, pourquoi aller chercher le bâton pour se faire battre ? Tu sais bien que tes sœurs voudront savoir si oui ou non tu attends un heureux événement, sans parler de Sam qui doit être enceinte jusqu'aux dents. Tu tiens vraiment à subir leurs questions ?

— Samantha est toujours ma sœur, fut la réponse.

Andy leva les bras, puis les laissa retomber lourdement le long de son corps dans un geste d'accablement. Il ne comprenait plus sa femme... Il doutait qu'un jour ils arrivent à s'entendre de nouveau. On eût dit que chacun parlait un langage différent. Incompréhensible pour l'autre.

Le pire, c'était que Diana se punissait, alors qu'elle n'avait commis aucun crime. Des années auparavant, elle avait eu le tort de choisir une mauvaise méthode de contraception et elle l'avait payé cher. Pour quelle raison continuait-elle à se mortifier ?

— Je crois que nous ne devrions pas y aller, insista-t-il.

Les deux époux se querellèrent âprement des heures durant. Comme toujours, Diana eut gain de cause. Elle réalisa son erreur à la minute même où elle franchit le seuil de la maison familiale. Gayle était d'une humeur exécrable. Elle venait de se disputer avec leur mère — Mme Goode avait osé lui faire remarquer que sa progéniture manquait de discipline —, après quoi elle avait reproché à Jack de n'avoir pas pris sa défense. La soirée s'annonçait plutôt rude. L'arrivée des Douglas ne fit qu'exacerber la rage de Gayle, qui salua Diana d'un :

— Ah te voilà, enfin ! Merci pour ta contribution aux préparatifs. Madame préfère se faire servir.

Samantha fit alors son apparition dans l'entrée et la vue de sa taille épaisse arracha à Andy un gémissement étouffé.

— Ta sœur est dans tous ses états parce que maman a traité ses gosses de mal élevés, déclara Sam à l'adresse de l'arrivante. Les miens aussi, d'ailleurs, mais qu'importe ? Les enfants sont turbulents... Comment vas-tu ?

— Bien, très bien, répondit froidement l'interpellée. Et toi ?

Tout sourire, Sam noua ses doigts sur les rondeurs épanouies de son ventre.

— Je grossis, comme tu peux le constater. D'après Seamus, j'ai l'air d'un bouddah.

— Oui, c'est amusant...

Un sourire s'était crispé sur les lèvres de Diana. Elle battit en retraite vers la cuisine. Mme Goode officiait devant ses fourneaux. Son talent d'organisatrice avait, ce soir-là, atteint le summum de la perfection. Le reste du temps, trop accaparée par ses ventes de charité, ses collectes et ses thés, elle n'avait guère remarqué l'éloignement de sa seconde fille. Certes, Diana ne passait plus jamais à la maison et c'était la croix et la bannière pour l'avoir au téléphone, mais Mme Goode avait présumé que ses fonctions au magazine étaient à l'origine de ces absences.

— Ah ma chérie, je suis ravie que tu aies pu venir, sourit-elle, satisfaite d'être entourée de tout son petit monde... Tu vas bien ?

Diana avait maigri, lui sembla-t-il. Et cette ombre au fond des prunelles...

— Oui, très.

Elle avait tout caché à sa mère. Les tests, la laparotomie, les affres par lesquelles elle était passée. Peut-être un jour lui raconterait-elle. Pas pour le moment. Elle ne se sentait pas prête. Elle n'avait pas encore le courage d'avouer son échec.

— Tu as l'air fatiguée, dit Mme Goode, alarmée par les cernes violets qui creusaient les yeux de sa fille, avant d'ouvrir le four pour arroser de jus la traditionnelle dinde rôtie. Tu travailles beaucoup trop.

— Contrairement à ses sœurs, déclara M. Goode en entrant dans la cuisine.

— Elles ont de quoi faire avec leurs enfants ! lui repartit sa femme, toujours prête à défendre sa progéniture... Elle les adorait toutes les trois et savait que son mari les aimait tout autant... bien qu'il affichât un faible pour Diana.

— Comment va ton magazine ? interrogea-t-il.

Il disait toujours « ton » magazine, comme si Diana en était la propriétaire, et cela amenait immanquablement un sourire sur les lèvres de sa fille.

— De mieux en mieux. Nous avons augmenté nos tirages.

— C'est une revue fantastique. J'ai littéralement dévoré le dernier numéro.

Il n'ajouta pas « je suis fier de toi » mais elle savait qu'il le pensait. Sauf que, bientôt, il aurait une bonne raison d'être déçu.

— Merci papa.

— Alors, ce dîner, ça vient ? crièrent en chœur ses deux beaux-frères en passant la tête par la porte de la cuisine.

— Patience, les garçons.

L'autoritaire Mme Goode expédia les importuns au salon, excepté Diana.

— Ma chérie, tu vas vraiment bien ?

Du premier coup d'œil elle avait été frappée par plusieurs détails : la pâleur effroyable malgré le fond de teint, l'expression affligée du regard, le sourire forcé, presque douloureux... Oubliant un bref instant ses devoirs de maîtresse de maison, Mme Goode s'avança d'un pas lent et solennel vers sa deuxième enfant — la plus brillante, la plus consciencieuse de toutes.

— Mon petit, qu'est-ce qui ne va pas ?

— Tout va bien, maman, je t'assure.

La jeune femme avait détourné la tête, afin de dissimuler ses yeux brillants de larmes. Puis, grâce à Dieu, ses neveux et nièces firent irruption dans la cuisine et Diana sauta sur l'occasion pour les ramener à leurs mères.

La voyant revenir, Andy exhala un soupir. Cet air-là, il ne le connaissait que trop bien. « Seigneur, elle est à bout », songea-t-il, assailli par un pressentiment funeste.

Ils passèrent à table et M. Goode récita le bénédicité. Diana prit place entre ses beaux-frères, et Andy, assis entre ses sœurs, lui faisait face. Gayle déversa un flot de paroles, comme toujours, agrémenté des inévitables allusions à propos de l'absence d'enfants dans le ménage des Douglas. De son côté, Samantha n'ouvrait la bouche que pour chanter les louanges de ses chères têtes blondes, sans oublier, bien sûr, le bébé qu'elle portait. La conversation roula ensuite sur leurs voisins : untel s'était marié, tel autre était décédé, unetelle était enceinte. Sur des charbons ardents, Andy jetait des coups d'œil à la dérobade à sa femme en l'exhortant mentalement au calme. Hélas, ce qu'il redoutait arriva.

— Grossesses, hémorragies, accouchements, allaitements, vous n'avez donc rien de plus intéressant à nous dire ?

— Mais, Di, qu'est-ce qui te prend ? s'indigna Sam en se renversant sur son siège, une main reposant sur son ventre volumineux... Seigneur, si ce bébé arrêtait un instant de gigoter...

— Oh, ferme-la ! glapit Diana, et elle repoussa rageusement sa chaise pour se lever. Je me fiche éperdument de ton petit morveux ! Ça t'écorcherait les lèvres de ne pas en parler pendant cinq minutes ?

Un silence consterné s'abattit sur la tablée. Les convives parurent se figer. L'instant suivant, le tableau se ranima. Secouée de sanglots, Samantha quitta la pièce talonnée par Seamus. Les autres se levèrent, mais Diana était déjà dans l'entrée et avait passé son manteau.

— Papa, maman, je vous demande pardon. Je n'aurais pas dû venir.

Elle se dirigea d'une démarche rigide vers la sortie où sa sœur aînée lui bloqua le passage.

— Comment oses-tu faire des scènes pareilles dans la maison de tes parents ? Qu'est-ce qui t'autorise à nous insulter ? Pour qui te prends-tu à la fin ?

Une fureur indescriptible tordait les traits d'habitude placides de Gayle.

— S'il te plaît, ne jette pas de l'huile sur le feu... Je suis navré, Gayle. Diana est fatiguée. Nous aurions dû rester chez nous.

Andy s'était interposé, son lourd pardessus sur le bras. Trop tard, la soirée avait tourné au drame. Du fond de la salle de bains on pouvait entendre les sanglots déchirants de Sam, entrecoupés par les éclats de voix de Seamus qui s'efforçait de la consoler. M. et Mme Goode se tenaient à l'arrière comme deux statues de sel, cependant que Jack s'évertuait à refouler les enfants vers une pièce plus calme.

Gayle fusilla Andy d'un regard noir. Sa jalousie, trop longtemps contenue, ne demandait qu'à jaillir.

— Ah, non, c'est trop facile ! hurla-t-elle, les lèvres

blanches. Diana est *fatiguée* ! Et de quoi, bon sang ? Sans doute sa brillante carrière l'épuise mais nous n'y sommes pour rien. Mademoiselle l'intellectuelle se croit certainement trop importante pour fonder une famille comme nous autres ! Le statut de femme au foyer n'est pas assez mirobolant pour elle. Bien sûr que non ! Seul le succès trouve grâce à ses yeux. Eh bien, veux-tu que je te dise ? Je n'en ai que faire de sa grande réussite professionnelle.

— Au revoir, je m'en vais, cria Diana à ses parents. Maman, je te prie de m'excuser.

Elle évita le regard désolé de son père.

— Tu n'as pas d'excuse ! gronda Gayle. Grâce à toi, nous avons passé le plus mauvais Thanksgiving de notre vie.

Elle était loin de se douter que tous en étaient en grande partie responsables.

— Je n'aurais pas dû venir, répéta Diana d'une voix indistincte, la main sur la poignée de la porte, Andy sur ses talons.

— Tu aurais pu simplement te dispenser de nous écraser de ton mépris sous prétexte que nous sommes de simples mères de famille.

Diana fit soudain demi-tour, saisit son aînée aux épaules et se mit à la secouer.

— Tais-toi, idiote ! Faut-il que tu sois affublée d'un cœur de pierre et d'un égoïsme forcené pour n'avoir rien compris ! Je ne méprise pas les mères de famille, pauvre imbécile ! Je n'ai pas enfanté parce que je ne peux pas. Je suis stérile. *Stérile...* Mon propre corps me fait l'effet d'un tombeau. Alors de quoi veux-tu discuter, Gayle ? De ma carrière, qui n'a plus aucun attrait pour moi, de ma maison, qui est trop grande pour un couple sans enfants ? Du petit dernier des Murphy, peut-être, ou des jumeaux des McWilliams ? Mais nous pourrions aussi nous asseoir là et regarder Samantha se frotter le ventre. Bonne nuit, tout le monde.

Un ultime regard en arrière... Ils étaient tous là, pétrifiés.

Comme s'ils posaient pour une photo de famille incongrue. Samantha, revenue de la salle de bains, et Mme Goode en pleurs, son père et ses beaux-frères, stupéfaits, Gayle, bouche bée... Diana tourna la poignée, la porte s'ouvrit. L'instant d'après, elle était dehors avec Andy, dans la nuit glaciale.

Ils montèrent en voiture sans un mot. Sur le chemin, le conducteur jeta un regard oblique à sa passagère. Elle ne pleurait même pas. Un demi-sourire brilla sur les lèvres de l'homme... Après tout, ils l'avaient cherché.

— Tu n'as pas envie d'un sandwich à la dinde ? s'enquit-il.

Elle eut un petit rire, signe qu'elle n'avait pas perdu complètement son sens de l'humour.

— Je crois que je deviens folle. Dieu, quel cauchemar...

— Un bon esclandre n'a jamais fait de mal à personne. Ça soulage. Et je pense que nous devrions consulter un psychologue, tous les deux.

Lui-même éprouvait le besoin de parler à quelqu'un. Il avait essayé de se confier à Ben, mais s'était ravisé. Son ami était tout à la joie de son récent mariage en attendant la naissance de son enfant. Il serait maladroit de l'importuner avec des questions de stérilité... Ses frères, trop jeunes, seraient incapables de comprendre. Tout comme Diana, Andy avait fini par se replier dans l'isolement.

— J'aimerais que nous partions en vacances, ajouta-t-il.

— Je n'ai pas besoin de vacances, répliqua-t-elle immédiatement, et cela le fit rire.

— Préfères-tu que nous retournions à Pasadena, afin de poursuivre les hostilités, alors ? Attends-tu les fêtes de Noël, pour le deuxième round ? Tes sœurs s'y seront préparées... J'ignore comment tu comptes célébrer Noël, Diana. Quant à moi, je n'ai pas l'intention de le passer chez tes parents.

Elle dut admettre qu'il avait raison.

— Ces derniers temps j'ai négligé mon travail. Je n'oserai jamais demander un congé à la direction.

— Il le faut, pourtant. Une semaine de repos me semble indispensable. Je rêve de m'affaler sur une chaise longue sur la plage du Mauna Kea, à Hawaï... La moitié de la chaîne télévisée y sera, mais la plupart de mes collègues descendent au Mauna Lani. Je parle sérieusement, Diana. Il est grand temps de mettre de l'ordre dans nos pensées, dans notre vie. Je ne sais plus qui tu es, quels sont tes sentiments... Nous n'arrivons plus à communiquer.

Elle hocha la tête. Un abîme s'était creusé entre eux et elle n'avait pas la force de le combler.

— J'essaierai de prendre quelques jours, consentit-elle à contrecœur... — Puis, après un silence : — Écoute, Andy, si tu penses qu'il vaut mieux nous séparer, je... je comprendrai. Tu mérites beaucoup plus que je ne puis t'offrir.

— Non, répondit-il, et une larme perla au bout de ses cils, je mérite ce que tu m'as promis le jour de notre mariage, Diana. Assistance et fidélité, pour le meilleur et pour le pire, jusqu'à ce que la mort nous sépare. Moi aussi j'ai eu de la peine quand j'ai su que nous ne pourrions pas avoir d'enfants. Mais je t'ai épousée, ma chérie. Je t'ai choisie et je t'aime. Un jour, nous adopterons un enfant, nous trouverons une solution, il y aura un miracle, je ne sais... Pour le moment, je veux retrouver ma femme.

— Je t'aime aussi, chuchota-t-elle, surprise d'avoir pu prononcer aussi facilement cet aveu.

Elle se sentait faible encore, comme au terme d'une longue, d'une terrible maladie. Le deuil qui l'avait frappée était loin d'être terminé, elle en avait conscience. Comme elle était persuadée qu'elle ne serait plus jamais la même. Et cet affreux sentiment d'échec qui ne la quittait plus...

— Je me demande ce qui s'est passé, murmura-t-elle. Et quel est le sens de tout cela. Je ne sais plus vraiment qui je suis.

— Tu es une femme blessée par la vie. Tu as un mari

qui t'adore, un travail passionnant... Tu es la même qu'avant, ma chérie, exactement la même. Rien n'a changé. Sauf une petite parcelle de notre avenir.

Elle se rebiffa aussitôt, de nouveau en colère.

— Tu appelles ça une petite parcelle ?

Ils étaient arrivés devant la grande maison vide. Andy avait immobilisé la voiture et s'était emparé des mains de Diana.

— Il existe des malheurs plus graves sur terre. Nous aurions pu avoir un enfant et le perdre... Je t'en supplie, mon amour, il faut continuer, aller de l'avant tous les deux.

— Et si nous n'y parvenons pas ? questionna-t-elle avec tristesse.

— Quel autre choix avons-nous ? Bien sûr, nous pouvons toujours détruire notre union. Ma chérie, par pitié, je ne veux pas te perdre. Aide-moi à sauver notre mariage.

— J'essaierai, répéta-t-elle sans entrain.

— Oui, essaie, je t'en prie, fais un effort.

Il se pencha vers elle et l'embrassa tendrement. Ils n'avaient pas fait l'amour depuis des mois. Sous prétexte que leurs étreintes étaient dorénavant inutiles, Diana se refusait. Plus rien ne lui importait, disait-elle, sa vie n'avait plus aucun but. Pourtant, ce soir, quelque chose avait changé, il en eut soudain la conviction. Oui, ce soir, il sentait renaître en lui un infime espoir.

Il l'embrassa de nouveau, puis lui ouvrit la portière. Ils gravirent les marches du perron, bras dessus bras dessous. Il y avait longtemps qu'ils n'avaient pas eu ce geste si simple, si familier... Andy en eut brusquement les larmes aux yeux. L'infime espoir s'enflait dans son cœur. Peut-être qu'ils y arriveraient, peut-être que tout n'était pas perdu. Il lui sourit alors qu'il l'aidait à retirer son manteau, et elle s'esclaffa en se remémorant la tête de Gayle.

— J'avoue avoir tiré un certain plaisir de cette dispute, admit-elle à mi-voix.

Le sourire d'Andy s'élargit.

— Il n'y a pas de mal à mettre les pendules à l'heure de temps en temps. Va donc appeler ta mère pour lui présenter tes excuses. Pendant ce temps, je vais te préparer un sandwich dont tu me diras des nouvelles.

Elle s'exécuta. Ce fut son père qui décrocha.

— Papa, c'est moi. Je suis désolée...

Elle pouvait entendre à l'arrière-plan le vacarme des enfants.

— Je m'inquiète pour toi, ma chérie. J'ignorais ta souffrance et je m'en veux de n'avoir rien compris.

Devant la détresse de sa fille, M. Goode avait eu la pénible impression d'avoir été un mauvais père.

— Je vais bien maintenant. Je regrette d'avoir gâché votre soirée.

— Pas du tout... pas du tout..., murmura son interlocuteur. C'était une scène plutôt rafraîchissante.

Mme Goode l'interrogea du regard avant de hocher la tête. Elle aussi s'en voulait de n'avoir pas décelé les tourments de Diana. Certes, l'idée que sa deuxième fille pouvait traverser une période difficile l'avait effleurée. Mais elle était à cent lieues de se douter de la réalité.

— Diana, ne nous laisse pas sans nouvelles, poursuivit son père. Appelle-nous si ça ne va pas, tu me le promets ?

— Je te le promets, répondit-elle en retrouvant les accents de sincérité solennels de son enfance, cherchant Andy des yeux, à travers la porte entrebâillée de la cuisine.

Il avait retiré sa veste, roulé les manches de sa chemise et paraissait accaparé par la préparation des sandwiches. Pour la première fois depuis longtemps, il avait l'air détendu.

— Nous sommes là, Diana, à n'importe quelle heure du jour et de la nuit, as-tu compris ?

— Je le sais papa, merci. Présente mes excuses à maman et aux filles, d'accord ?

— D'accord... Prends soin de toi, ma chérie.

— Oui, papa, toi aussi. Je t'aime...

Elle raccrocha, les yeux humides, se rappelant soudain

le jour de son mariage, quand son père l'avait conduite à l'église. L'espace d'une seconde, elle crut revoir son visage, son sourire confiant, ses yeux pleins d'émotion... Ils avaient été si proches, si complices ce jour-là...

La voix gaie d'Andy mit brutalement fin à sa méditation.

— Madame est servie !

Il avait une serviette immaculée sur le bras et arborait un plateau chargé de délicieux sandwiches au salami, deux verres et une bouteille de vin blanc frappé... « Comme au bon vieux temps », songea la jeune femme en lui rendant son sourire. En fait, il n'y avait pas si longtemps que *cela*. Elle prit place en face de son mari. Ils avaient atteint le fond du gouffre. Et maintenant, ils remontaient lentement mais sûrement vers la surface... « Joyeux Thanksgiving », se dit-elle.

Charlie avait préparé la dinde dans les règles de l'art. Il l'avait farcie de pain de maïs, puis l'avait fait rôtir tout doucement, en l'arrosant de jus de citron. Barbara n'avait pas oublié, cette fois. Elle ne s'était pas encore débarrassée du sentiment de culpabilité qui l'avait étreinte le soir de leur anniversaire de mariage. Toutefois, depuis un certain temps, très précisément depuis le fameux week-end à Las Vegas, elle n'était plus la même, Charlie le sentait. Son voyage lui avait redonné le goût des sorties et des divertissements. Sans cesse, elle demandait à son mari de l'emmener danser. Il avait refusé. Charlie détestait l'ambiance des night-clubs et, de toute façon, il ne savait pas danser. Barbara ne faisait aucun effort pour dissimuler son ennui, cela aussi il l'avait remarqué. Elle s'était remise à geindre sur son sort, à tout critiquer : le côté « casanier » de Charlie, ses vêtements démodés — ce qui était franchement injuste car presque la totalité de leur budget servait à renouveler sa garde-robe à elle. « Mark avait raison, pensa Charlie tout en découpant la dinde, je n'aurais pas dû la laisser partir seule à Las Vegas. »

Oui, depuis son retour, Barbie n'était plus la même. Elle sortait de plus en plus souvent en compagnie de ses amies, allait au cinéma ou au spectacle, rentrait de plus en plus tard. Une fois, trop fatiguée pour prendre un taxi, elle l'avait appelé, disant qu'elle avait décidé de passer la nuit chez Judi. Il n'avait guère apprécié cette subite soif d'indépendance mais avait gardé le silence.

Charlie continuait à penser que s'ils avaient un enfant les choses changeraient. Avec un bébé sur les bras, Barbara ne songerait plus à s'amuser, pas plus qu'à devenir actrice. Il n'avait plus ramené le sujet sur le tapis depuis juin tout en continuant à surveiller de près le cycle menstruel de sa femme, mais rien ne s'était produit. Pourtant, il apportait du champagne au moins deux fois par mois — au « bon moment » d'après ses calculs —, après quoi, trop éméchée pour s'en rendre compte, Barbara se laissait aimer sans aucune précaution. Or, malgré la fréquence de leurs rapports, elle n'était toujours pas enceinte. Une fois, Charlie avait voulu savoir si elle prenait la pilule. Elle avait affiché un air surpris, voire circonspect. Pourquoi lui demandait-il cela ? Il s'était rattrapé en évoquant un article qui mettait l'accent sur les dangers de cette méthode de contraception pour les fumeuses.

— Mais non, je ne prends rien, l'avait-elle assuré.

Alors, pourquoi ne devenait-elle pas enceinte ? Mark lui avait communiqué l'adresse du spécialiste qui avait soigné son beau-frère. Charlie devait s'y rendre le premier lundi après Thanksgiving... Au fil du temps, ses craintes allaient s'amplifiant.

— La dinde est une merveille, dit Barbie.

Il hocha la tête, ravi du compliment. Il s'était donné du mal pour réussir la farce, le coulis de myrtilles et la garniture — patates douces, petits pois et oignons nouveaux. Au dessert, il servit une tarte aux pommes nappée de glace à la vanille.

— Mmmm, tu devrais ouvrir un restaurant.

Radieux, il servit le café. Barbara avait allumé une

cigarette. Elle avait l'air d'être à dix mille kilomètres de
là.

— A quoi penses-tu, ma chérie ?

Le sourire de Charlie s'était effacé. Sa jeune épouse
s'éloignait chaque jour davantage et il ne savait pas
comment la retenir.

— Oh, à rien de spécial... fit-elle en lui souriant à
travers un voile de fumée bleuté... A cet excellent dîner.
Tu es si gentil avec moi, mon lapin.

— C'est normal. Tu es tout pour moi, Barbie. J'aimerais
tant te rendre heureuse...

Elle détestait ces serments d'amour. Ces mots qui
formaient un fardeau de plus en plus lourd à supporter...
Une chape étouffante. Oh, elle ne méritait pas une telle
dévotion.

— Je suis heureuse, Charlie.

— Vraiment ? Je n'en suis pas sûr. Je ne suis pas très
drôle.

— Mais non, murmura-t-elle, les joues empourprées,
c'est moi qui suis trop exigeante.

— Qu'est-ce que tu veux, ma chérie ? Quels sont tes
désirs ?

Comme s'il ne le savait pas ! Le succès, bien sûr. Surtout
pas les enfants... D'un autre côté, elle ne lui avait jamais
avoué ses véritables aspirations. Une partie de son esprit
demeurait secrète, lointaine, fermée aux confidences.

— Ce que je veux ? Je ne sais pas. Enfin, pas toujours.
Je voudrais réussir comme comédienne, avoir une foule
d'amis, sortir, m'amuser... être libre.

— Et moi, dans tout ça ?

Elle se rendit compte soudain qu'elle ne l'avait même
pas mentionné et un flot incarnat lui colora les pommettes.

— Oh, Charlie, nous sommes mariés, non ?

— Le sommes-nous vraiment ? soupira-t-il.

— Allons, poussin, ne sois pas bête. Bien sûr que oui !

— Que signifie le mariage pour toi, Barbie ? Apparemment, il n'a guère de place dans la liste de tes projets.

— Pourquoi pas ?

— La liberté et les distractions ne sont pas forcément synonymes de mariage, remarqua-t-il d'une voix maussade.

Elle ne répondit pas et il la regarda écraser son mégot dans un cendrier avant d'allumer une autre cigarette. Elle prétendait être heureuse mais pouvait-elle le jurer ? Il redoutait trop la réponse pour oser le lui demander... Un bébé changerait certainement leur vie, se dit-il sans cesser d'observer la jeune femme. Oui, un petit être que tous deux chériraient tendrement les rapprocherait de nouveau. Et pour toujours.

9

Charlie prit la direction de Beverly Hills, la gorge nouée. Il n'avait rien dit à Barbara, bien sûr. Celle-ci devait se présenter à une audition pour une publicité de maillots de bain et n'avait guère remarqué sa nervosité, ni même le fait qu'il avait mis son costume du dimanche. Calfeutrée dans la salle de bains, la jeune actrice se faisait une beauté lorsque son mari était parti. Il lui avait crié au revoir mais elle n'avait pas répondu ; le bruit du sèche-cheveux et la radio qui jouait un refrain des sixties à plein volume avaient dû l'empêcher d'entendre.

Et maintenant, alors qu'il pilotait son véhicule à travers la ville, la peur désormais familière de perdre Barbara le terrassa une fois de plus... Il aurait fallu être aveugle pour ne pas s'apercevoir des changements qui s'accumulaient au fil des jours. La jeune femme se montrait de plus en plus distraite, oubliant régulièrement leurs rendez-vous. Leur chambre évoquait un champ de bataille jonché de sous-vêtements affriolants, de chaussures extravagantes et de flamboyantes tenues froissées. Au dire de Mark, il la gâtait trop. Sa frénésie vestimentaire ne le dérangeait pas. Pas plus que sa négligence. Charlie l'aimait trop pour lui demander des comptes. Il ne voulait qu'une seule chose, mais cela, elle n'était pas prête à le lui accorder. Ses ruses de Sioux avaient lamentablement échoué. Il rangea sa voiture sur Wilshire Boulevard en songeant « gare à toi, Barbie », avec un vague sourire.

Le bureau du Dr Peter Pattengill, chaleureux, décoré de peintures aux couleurs vives et de magnifiques plantes en pot, apaisa relativement ses craintes. Et en donnant son nom à l'infirmière, il se sentit presque apaisé. Il fut conduit dans une salle d'attente feutrée où il feignit de s'abîmer dans la lecture de différentes revues. Soudain, on appela son nom, après quoi il se retrouva dans une pièce adjacente, devant le praticien.

C'était un homme d'une quarantaine d'années que Charlie trouva d'emblée sympathique. Grand, les épaules larges, un teint clair mis en valeur par des cheveux et des yeux sombres, un sobre costume en tweed égayé par une cravate carmin... A la vue de son patient, il se leva, la main tendue, le visage éclairé d'un large sourire.

— Je suis Peter Pattengill. Veuillez vous asseoir, monsieur Winwood.

— Je vous en prie, appelez-moi Charlie.

Il avait prit place face à l'imposant bureau d'acajou, avait refusé la tasse de café que le médecin lui proposait. Il se sentait trop nerveux pour avaler la moindre gorgée... Nerveux était un doux euphémisme, songea le praticien. Son nouveau patient avait l'air tout simplement terrorisé et si jeune, presque un gamin comparé à sa clientèle habituelle. Urologue, le Dr Pattengill s'était spécialisé dans les troubles de la fécondité.

— Qu'est-ce qui vous amène chez moi ? s'enquit-il gentiment.

— Je voudrais bien le savoir. J'espère seulement que vous ne m'obligerez pas à porter ces... horribles culottes bourrées de glaçons.

Il était devenu écarlate.

— Elles sont en effet très impopulaires. Mais c'est ainsi que nous parvenons à faire baisser la température des testicules, ce qui favorise la fertilité. — Il tira une feuille blanche d'un tiroir, prit un stylo. — Commençons plutôt par votre histoire, monsieur Winwood... euh... Charlie.

Il se mit à poser les questions d'usage à propos des maladies infantiles et infections de l'âge adulte, auxquelles le jeune homme répondit négativement.

— Avez-vous essayé d'avoir des enfants avec votre femme ? questionna finalement le docteur.

La timidité de Charlie ne faisait plus de doute.

— Oui... moi surtout.

Pattengill se cala dans son fauteuil.

— Il s'agit pourtant d'une activité qui se pratique à deux, pas d'un sport solitaire, le taquina-t-il, amusé.

La face de Charlie vira au cramoisi.

— Oh, je me suis mal exprimé, fit-il avec un rire gêné. Je voulais dire que ma femme ne désire pas de grossesse. C'est moi qui souhaite avoir des enfants.

— Je vois. A-t-elle recours à une méthode de contraception ?

— Pas quand je la pousse à s'enivrer.

Le stylo du praticien s'immobilisa sur le papier, tandis que ses sourcils se joignaient.

— Quelle drôle d'idée...

— En effet, ça peut paraître bizarre, reconnut docilement le patient. D'un autre côté je suis persuadé que si nous avions un bébé, elle l'adorerait.

— Pourquoi ne pas avoir une franche explication avec elle, de façon à obtenir sa coopération ?

— Elle ne veut rien entendre. Nous avons de fréquents rapports sexuels, pourtant. Seulement, il ne se passe toujours rien.

L'œil du docteur s'était fait soupçonneux.

— Vous buvez aussi, peut-être ?

Charlie secoua vigoureusement la tête, pareil au collégien confronté à l'autorité du professeur.

— Oh, non. J'ai tort de la faire boire, j'en suis conscient. Mais je crois qu'il n'y a pas d'autre moyen. Elle sera ravie d'être enceinte, j'en suis convaincu. Et comme ça n'a pas l'air de marcher, j'ai pensé faire vérifier mon taux de spermatozoïdes.

Sa naïveté amena un sourire indulgent sur les lèvres de son interlocuteur.

— Depuis quand êtes-vous mariés ?

— Depuis plus d'un an et demi maintenant. Voilà près de cinq mois que je surveille ses cycles. Malheureusement, sans aucun résultat.

Le médecin griffonna rapidement une remarque.

— Cinq mois est une période trop courte pour tirer une quelconque conclusion, affirma-t-il. A mon avis, vous vous alarmez à tort. Par ailleurs, une grossesse est plus facilement obtenue avec une partenaire consentante. Comment pouvez-vous savoir que c'est vous le responsable ?

— Je voulais justement m'en assurer. S'il n'y a aucun problème de mon côté, je pourrai persuader Barbara de vous consulter à son tour. Je suis quand même très inquiet, docteur.

— Mme Winwood a-t-elle déjà été enceinte ?

— Non, jamais, répondit Charlie avec certitude.

— Très bien. Nous allons procéder à quelques examens.

Le médecin s'était levé et son patient l'avait imité, sans trop savoir ce qui l'attendait. Une infirmière le conduisit dans une salle d'examen éclairée par un châssis vitré dans le plafond. Des toiles abstraites formaient des taches colorées sur les cloisons claires.

— Nous avons besoin d'un échantillon de votre semence, monsieur Winwood, dit-elle poliment en lui tendant une fiole transparente. — Puis, en indiquant une pile de magazines parmi lesquels le jeune homme reconnut *Playboy* et *Hustler* : — Prenez votre temps. Appuyez sur ce bouton quand tout sera terminé.

La porte claqua sur la silhouette blanche et Charlie resta seul. Il s'affala sur le canapé, désemparé, s'efforçant de maîtriser une irrépressible envie de prendre ses jambes à son cou.

Quand, un peu plus tard, il sonna l'infirmière, il tenta

de se composer un air décontracté. Elle prit le flacon discrètement, avant de s'éclipser de nouveau, sans un mot. Le Dr Pattengill apparut peu après, l'examina en vue d'une éventuelle varicocèle testiculaire, cause fréquente d'infertilité, expliqua-t-il. Enfin, un aide-soignant lui fit une prise de sang.

— Vous aurez les résultats des dosages hormonaux et de l'analyse du sperme dans une semaine. Ne vous faites pas de souci.

Il lui fixa un nouveau rendez-vous, le priant d'apporter un nouveau flacon de semence, après quoi Charlie se retrouva dehors. L'air frais sur ses pommettes embrasées fut comme une bénédiction. Le jeune homme reprit sa voiture, comme dans un film au ralenti. Seule la présence du tube de verre dans sa poche attestait qu'il n'avait pas rêvé. Arrivé à la maison, il appela Mark, le remercia de l'avoir autorisé à disposer de sa journée.

— Alors, comment ça s'est passé ?

— Pas trop mal. Ton toubib m'inspire confiance.

— C'est l'essentiel. Est-ce qu'il t'a délivré un certificat de bonne santé, au moins ?

— Je n'aurai pas mes résultats avant la semaine prochaine.

— Alors, il ne t'a pas encore obligé à porter le fameux slip aux glaçons ! gloussa son correspondant, et Charlie rit de bon cœur.

— J'espère échapper à ce supplice, soupira-t-il, tout en expédiant ses chaussures à l'autre bout du salon.

Il était couché sur le large canapé de cuir, somnolent, épuisé par un trop-plein d'émotions.

— Tout ira bien, mon gars. Repose-toi. A demain.

— Merci, Mark. Merci pour tout.

Mark reposa le récepteur sur le combiné, le front soucieux. Son jeune ami avait commis une erreur en épousant cette ravissante poupée décolorée. Une erreur fatale qu'il n'avait pas fini de payer. « Elle ne le mérite pas », marmonna-t-il.

— Eh bien ? s'enquit Brad.

Il avait entrebâillé la porte.

— Je ne sais pas encore, répondit Pilar, les yeux rivés sur son bracelet montre. Va-t'en, tu me rends nerveuse.

— Je ne vais nulle part ! J'ai hâte de savoir si la recette magique du Dr Ward a marché.

— Tu es agaçant, gronda-t-elle, faussement indignée, en lançant un coup d'œil anxieux au tube qui trônait sur la petite table de la salle de bains.

Elle-même mourait d'envie de savoir. Plus que soixante secondes... cinquante-cinq... quarante... Le test était presque terminé. Elle avait suivi fiévreusement les instructions, les mains tremblantes et glacées... Trente-cinq secondes : si le liquide virait au bleu... Seigneur, plus que trente secondes, une éternité... quinze secondes et toujours rien. Et soudain, le liquide incolore éclata en un bleu glorieux, si brillant contre les minces parois de verre ! Enceinte... Pilar leva sur Brad des yeux voilés de larmes.

— Oh, mon Dieu, murmura-t-elle, pourvu que ce ne soit pas un faux résultat. Je crois que cela arrive parfois.

Il poussa le battant, la mine réjouie, fit irruption dans la salle de bains, la saisit dans ses bras.

— Non, mon amour, c'est vrai. Et c'est merveilleux. Je t'aime tellement.

Dans ses rêves les plus fous, il n'avait jamais osé imaginer ce miracle. Il la tint longtemps enlacée contre lui, et elle se pendit à son cou, les joues mouillées de larmes.

— Je n'arrive pas à y croire. A vrai dire, je n'y ai jamais vraiment cru. Tous ces cachets, ces radios... cette chambre ridicule munie de vidéocassettes et de revues malsaines...

— Eh bien, nous cacherons à ce petit... ou à cette petite... les aventures perverses de ses géniteurs.

Pilar rejeta la tête en arrière, dans un rire.

— Oui, je crois que tu as raison.

Ils étaient revenus, enlacés, dans leur chambre. Leurs lèvres s'unirent passionnément. Le goût suave de sa bouche auquel se mêlait celui, plus salé de ses larmes, enflamma soudain les sens de Brad. Il la fit basculer sur le lit, tout brûlant d'un désir dévastateur. Il l'étreignit ardemment, sentant ses seins, plus épanouis, plus lourds que d'habitude, s'écraser sur son torse. Elle le voulait aussi, avec une fougue hors du commun. Et longtemps après, encore vibrante d'un plaisir violent, elle s'accrocha aux épaules nues de Brad, une ombre de remords dans le regard.

— Tu crois que nous avons pu faire mal au bébé ?

— Oh, non, murmura-t-il d'une voix enrouée, il est bien protégé. Être enceinte est un état parfaitement naturel, le savais-tu ?

Elle s'esclaffa.

— Vraiment ? Alors comment se fait-il que dame nature nous ait fait attendre si longtemps ?

— Les bonnes choses se méritent ! déclara-t-il en l'embrassant.

Ils se restaurèrent d'un solide petit déjeuner sur la terrasse, vêtus de shorts et tee-shirts, comme de jeunes amoureux. C'était une splendide matinée de décembre et leur bébé allait naître en août... L'univers formait un cocon translucide autour de leur nouveau bonheur.

— Quand Nancy saura ça ! s'exclama Pilar tout en avalant une généreuse bouchée d'œufs brouillés qu'elle fit passer avec une lampée de café au lait. — Soudain, elle s'était découvert une faim de loup. — Ils seront plutôt étonnés, poursuivit-elle, avec un rire étonnamment frais.

Son hilarité se communiqua à son mari. De leur vie, ils n'avaient éprouvé un bien-être aussi ineffable.

— Pour être étonnés, il le seront, pouffa Brad. Surtout après leur avoir affirmé des années durant que tu n'avais rien d'une mère poule. Tu dois des explications à tout le monde, ma chère.

Il avait eu le bon goût de ne pas mentionner sa mère, songea Pilar en réprimant une grimace. La glaciale

Élisabeth Graham était la dernière personne au monde à laquelle elle avait envie de faire part de sa joie. En revanche elle avait hâte d'annoncer à Marina la bonne nouvelle.

— Nous mettrons tes enfants au courant à Noël, décida-t-elle en grignotant une délicieuse petite saucisse grillée. Brad hocha la tête. Il serait plus sage, en effet, d'en avoir la certitude, songea-t-il, sans le dire, bien sûr, pour ne pas l'effrayer. Le lendemain, le Dr Ward se montra on ne peut plus rassurant. Oui, tout avait fonctionné à merveille... Non, il n'y avait aucun souci à se faire. Oui, la future maman pouvait continuer à vivre comme avant. Aller au bureau, jouer au tennis, faire l'amour. Ne pas trop se fatiguer, cependant, bien se nourrir, se reposer.

Pilar désirait travailler jusqu'au dernier moment. Elle prendrait un congé maternité de quelques mois, après l'accouchement. Il était hors de question de cesser ses activités. Le bébé serait confié à une nourrice pendant la journée, et ses parents le dorloteraient le soir et les week-ends. Pilar resplendissait... L'ivresse de la victoire sur ses anciens préjugés l'avait littéralement transportée. Elle allait subir une amniocentèse vers la fin du mois de mars, afin de rechercher chez le fœtus d'éventuels troubles génétiques, comme la spina-bifida ou le syndrome de Down. Par la même occasion, elle saurait si elle attendait un petit garçon ou une petite fille. En faisant ses courses de Noël, elle ne put s'empêcher d'accumuler les cadeaux pour le bébé. Chez Saks, elle tomba en extase devant un berceau anglais blanc et bleu marine et, cédant à la tentation, revint le même après-midi pour l'acheter.

— On peut dire que tu te prépares, la taquina Brad.

Elle semblait si excitée qu'il avait du mal à l'imaginer patientant jusqu'au mois d'août. Durant le traditionnel lunch de Noël, elle avait annoncé sa grossesse à sa secrétaire et ses collègues et, devant leurs mines interloquées, elle avait ri à gorge déployée.

— Surpris, n'est-ce pas ?

— Ah ça, oui alors.

Ses associés l'avaient bombardée de mille questions. Comment, elle, championne du féminisme et de la légalisation de l'avortement en Californie, était-elle tombée dans l'engrenage de la procréation ? Que lui arrivait-il ? Et quelle en était la raison ? Le retour d'âge, peut-être ?

— Le mariage, confessa-t-elle. Une fois mariée, j'ai commencé à me dire qu'il serait dommage de ne jamais avoir d'enfant.

— Vous avez eu de la chance, chuchota sa secrétaire en larmes. J'aurais donné dix ans de ma vie pour avoir un bébé.

Elle était restée veuve à quarante et un ans et lorsque, deux ans plus tard, elle avait rencontré « l'homme de sa vie », c'était pratiquement trop tard. Ni l'un ni l'autre n'avaient eu d'enfants auparavant. Ils avaient tout essayé, tout tenté, mais la conception s'était révélée impossible et l'idée même d'une adoption répugnait profondément à son second mari.

Alice et Bruce avaient félicité chaleureusement leur amie et associée, et quant à Marina, elle avait littéralement exulté.

— Oui, j'ai eu beaucoup de chance, avoua doucement Pilar à son amie. Au fond je n'y croyais pas. Quand on est jeune c'est plus facile, bien sûr. Oh, Mina, les miracles existent donc.

Une larme de joie avait perlé au bord de ses longs cils. Peut-être suffisait-il de vouloir à fond quelque chose pour que cela vous arrive. En tout cas, ça lui était arrivé ! Le cœur de Pilar Coleman faillit éclater de bonheur... La vie avait comblé toutes ses espérances...

... Contrairement à Charlie Winwood. Assis devant l'imposant bureau d'acajou, le jeune homme fixait sur son thérapeute un regard incrédule. Il venait d'apprendre que son sperme comptait environ quarante millions de spermatozoïdes par millimètre cube. Au début, croyant qu'il s'agissait d'une excellente nouvelle, il avait poussé un ouf de soulagement. Le Dr Pattengill l'avait vite détrompé.

— Une numération inférieure à soixante millions constitue une quantité insuffisante, Charlie.

Il lui avait fallu quelques secondes pour réaliser. Et ce n'était pas fini. La suite des résultats l'avait anéanti. Volume de semence trop bas, mobilité de spermatozoïdes presque nulle. Seul un infime deux pour cent bougeait, alors qu'il en fallait au moins cinquante.

— S'il y a quelque chose à faire, dites-le moi, docteur.

Il avait déployé un effort surhumain pour afficher un sourire désinvolte.

— Le taux n'est pas suffisamment élevé pour tenter un traitement hormonal. En tout cas, je dois pratiquer d'autres analyses avant de prendre une décision définitive. — Le médecin avait posé une autre éprouvette sur la surface polie de son bureau. — Nous procéderons à un nouvel examen maintenant et à un autre la semaine prochaine tout en poursuivant la recherche d'autres causes. Parfois, l'obstruction des canaux est à l'origine de différentes formes de stérilité masculine.

— L'obstruction...

Charlie s'interrompit, incapable d'en dire plus. Son visage était blême sous le semis des taches de rousseur. Il crut entendre la voix légèrement voilée de Barbara dire : « C'est bizarre, j'oublie ma pilule les trois quarts du temps et il ne se passe rien... » Pas étonnant, avec un taux de spermatozoïdes comme le sien, pensa-t-il amèrement.

— ... une biopsie testiculaire, ou un vasogramme, mais je ne crois pas que vous en aurez besoin, continuait le praticien, imperturbable, sans oublier le test du hamster, dont vous avez certainement entendu parler.

Charlie secoua tristement la tête. Décidément, il était passé à côté des plus récentes découvertes de la science.

— Les ovocytes de ces charmantes petites bêtes permettent d'apprécier les capacités de fécondation du liquide séminal humain.

— Et dire que je n'ai jamais eu de hamster quand j'étais petit, marmonna Charlie d'une voix lugubre.

— Nous en saurons plus la semaine prochaine, conclut gentiment le médecin.

C'était la semaine avant Pâques. La pire de sa vie... Les nouveaux résultats de ses analyses équivalaient à une sentence de mort. Aucune obstruction des canaux n'était à l'origine de sa stérilité. Son mal portait un nom insolite — oligospermie — et c'était incurable. Le test du hamster ne fut qu'un désastre supplémentaire. Sa semence n'avait pour ainsi dire aucune capacité d'imprégnation.

— Vous devriez changer vos projets concernant l'avenir de votre famille, dit le Dr Pattengill d'un ton affable, presque doux. J'en suis navré.

Charlie encaissa le choc aussi dignement qu'il le put. Soudain, il eut l'impression que l'air se raréfiait dans la pièce, et il se mit à suffoquer comme lors de ses anciennes crises d'asthme.

— Il n'y a vraiment aucune chance, docteur ? Aucun médicament ? Aucun traitement ?

— Non, malheureusement. Il vous reste l'adoption. Ou l'insémination artificielle avec donneur, si Mme Winwood tient à enfanter. Vous pouvez aussi, d'un commun accord, décider de vous passer de tout cela. Beaucoup de couples sont parfaitement heureux sans progéniture... Mais seule une discussion avec votre épouse vous permettra de voir clair.

Le jeune homme avait détourné la tête et regardait la fenêtre avec une étrange fixité. « Salut, Barbie, je viens d'apprendre que je suis stérile comme un caillou, tu peux dormir sur tes deux oreilles, nous n'aurons jamais de gosses... » Elle ne voudrait jamais adopter un enfant et quant à l'insémination artificielle, mieux valait ne pas y penser.

— Je ne sais quoi dire, murmura-t-il enfin à l'adresse du médecin, en ravalant furieusement ses larmes.

— Ne dites rien. Il faut du temps pour digérer le choc. Et Dieu sait s'il est pénible. Sachez, cependant, que ce qui pourrait évoquer une sentence de mort ne l'est pas, au fond.

Il avait prononcé exactement l'expression à laquelle Charlie avait pensé lorsqu'il avait eu connaissance des résultats.

— Facile à dire. Vous n'êtes pas à ma place.

— Charlie, je ne l'avoue presque jamais à mes patients, mais je souffre d'une affection analogue. Vous avez devant vous un cas classique d'azoospermie, c'est-à-dire d'un taux de spermatozoïdes proche de zéro. Nous avons quatre enfants, ma femme et moi, tous adoptés. Cependant, comme je vous l'ai déjà dit, il existe d'autres options. Hélas, vous ne mettrez jamais votre femme enceinte, ni ce mois-ci ni le mois prochain. Réfléchissez et la réponse vous apparaîtra plus tard.

Le jeune homme hocha la tête, se redressa tel un automate, serra la main du praticien et sortit. Une douleur lancinante lui vrillait les tempes. C'était fini. Le célèbre Peter Pattengill n'était pas le magicien décrit par le beau-frère de Mark. Il n'y avait pas de miracles pour Charlie. Il n'y en avait jamais eu. Pas de parents, pas de famille, et maintenant pas d'enfants. Parfois, il se demandait s'il avait encore Barbie à son côté. Elle était devenue si différente, si distante, presque une étrangère.

Il resta prostré dans sa voiture pendant longtemps, avant de démarrer et, sur le chemin du retour, les clinquantes décorations de Noël lui firent l'effet d'une insulte. Il avait déjà ressenti cette détresse des années auparavant quand, par les fenêtres de l'orphelinat, il apercevait les sapins étoilés dans les appartements d'en face, les rennes faits de lampions lumineux sur les pelouses, et, dans les rues, les enfants flanqués de leur père et mère. Comme il les avait jalousés ! Et comme il aurait voulu être à leur place...

Mais non. On eût dit qu'une sombre fatalité s'acharnait à le priver de tout ce dont les autres semblaient bénéficier naturellement. Des parents. Et maintenant des enfants. Cruelle farce, toujours jouée à ses dépens.

Barbara n'était pas à la maison et, pour la première fois, il respira d'aise. Elle lui avait laissé un mot, le prévenant qu'elle passerait la soirée dans un atelier de théâtre et ne rentrerait pas avant minuit. Tant mieux, il n'aurait pas eu le courage de lui dire. Il se servit un scotch bien tassé et alla se coucher en emportant la bouteille... Et lorsque la clé de Barbie tourna enfin dans la serrure, il était trop ivre pour réagir...

10

Le jour de Noël, Pilar téléphona à sa mère. La tentation de lui parler du bébé l'avait tourmentée toute la journée mais elle avait réussi à résister. Il était inutile d'essayer de convaincre l'irascible Mme Graham qu'elle avait eu tort... Pilar se contenta de lui souhaiter de bonnes fêtes, comme tous les ans. Elle appela aussi Marina Goletti, qui s'apprêtait à célébrer le réveillon à Toronto, chez l'une de ses innombrables sœurs.

Le même soir, les Coleman ouvrirent leurs cadeaux en compagnie de Todd, Nancy, Tom et le petit Adam. Pilar avait gâté tout le monde, surtout le garçonnet pour lequel elle avait accumulé des trésors : énorme nounours bleu pâle, jolie petite balançoire, toutes sortes d'adorables petits vêtements, ainsi qu'un magnifique cheval à bascule qu'elle avait fait venir tout exprès de New York. Todd, plus séduisant que jamais, les régala d'anecdotes amusantes sur son job et ses petites amies de Chicago. Souvent, tendre et complice, le regard de la maîtresse de maison s'attardait sur sa belle-fille. Elles avaient tant de choses en commun, maintenant, bien que Nancy n'en sût rien encore.

Le repas — un délice — fut clôturé par un succulent gâteau sablé aux poires, accompagné d'un champagne bien frappé.

— J'ai une nouvelle à vous annoncer qui, je crois, va vous surprendre, dit Pilar, après avoir consulté son mari du regard. Mais la vie est pleine de bonnes, de merveilleuses surprises.

— Tu es nommée juge, s'efforça de deviner Todd, levant sa coupe de cristal dans laquelle dansait le breuvage blond et pétillant. Quel couple brillant !

— Vous allez acheter une nouvelle villa, renchérit Nancy, espérant que Brad lui laisserait son ancienne résidence.

— Mieux que ça, répondit Pilar, le visage illuminé d'un sourire... Un juge suffit dans une famille et nous ne comptons pas déménager, non... Nous attendons un bébé.

Pendant un long moment, personne ne dit rien, comme si l'audience avait eu le souffle coupé, puis le rire nerveux de Nancy brisa le silence.

— Un bébé ? A ton âge ?

Brad la fusilla du regard mais elle ne parut pas s'en rendre compte. Tout à coup, elle lui rappela la gamine capricieuse qui, autrefois, se mettait à trépigner pour l'empêcher de sortir avec Pilar au début de leur idylle.

— Pourquoi pas ? répondit paisiblement celle-ci. Tu m'as dit toi-même que tu connaissais des femmes plus âgées que moi qui venaient d'accoucher. Tu m'as même conseillé de réfléchir au problème, avant qu'il ne soit trop tard.

— Peut-être, peut-être, souffla Nancy comme si elle n'en avait aucun souvenir. En tout cas, vous êtes trop vieux, papa et toi, pour avoir des gosses maintenant.

— Eh bien, nous sommes d'un avis différent, trancha Brad. Et comme tu peux le constater, la nature est du même avis que nous.

Il n'avait pas l'intention de laisser quiconque, fût-ce sa propre fille, porter ombrage à son bonheur et à celui de Pilar par des propos empoisonnés.

— Nous sommes très heureux de procurer un nouvel oncle à notre cher petit Adam, reprit-il d'une voix radoucie.

— Félicitations ! s'exclama Todd en riant. Je suis ravi pour lui... et pour nous tous.

A son tour, Tommy porta un toast aux futurs parents,

puis tout le monde se mit à rire et à parler en même temps. Seule Nancy ne participa guère à l'allégresse générale. Au moment de s'en aller, elle embrassa son père sans effusion et omit ostensiblement de remercier son hôtesse.

— Ta fille est fâchée contre moi, remarqua Pilar après le départ de leurs invités.

— Elle s'en remettra.

Brad avait toujours refusé de laisser ses enfants se mêler de sa vie privée, comme il refusait de se mêler de leurs affaires. Ils étaient adultes, au même titre que lui-même et Pilar... Pilar qu'il chérissait par-dessus tout et à laquelle personne ne pouvait dénier le droit de devenir mère.

— Il est probable que Nancy se sent toujours en compétition avec moi, hasarda Pilar, tandis qu'elle empilait couverts et assiettes dans l'évier, à l'intention de l'aide-ménagère.

— Je ne veux pas le savoir. Elle n'est pas le centre de l'univers, il est grand temps qu'elle s'en aperçoive. J'espère du reste que Tom et Todd sauront la remettre à sa place.

— J'ai beaucoup apprécié l'attitude de Todd.

— Il sait que mon affection à son égard ne diminuera pas. Nancy est malheureusement trop immature pour nous épargner ses scènes de petite fille jalouse... Chérie, je ne veux pas que tu en souffres, est-ce clair ?

— Oui, votre honneur.

— Parfait. En attendant que tout rentre dans l'ordre, j'ai la ferme intention de lui battre froid.

— Ne dis pas cela, Brad. Elle a eu un choc, après tout.

— Elle a intérêt à nous présenter ses excuses, si elle ne tient pas à avoir des ennuis avec son père.

— Je l'inviterai à déjeuner la semaine prochaine et m'appliquerai à panser ses blessures.

— C'est à elle de t'appeler, grommela Brad.

Le téléphone sonna peu après. A l'autre bout de la ligne, Nancy se répandit en excuses. Son frère et son mari l'avaient forcée à admettre sa mauvaise conduite. Elle pleurait à chaudes larmes, lorsque son père lui passa sa belle-mère.

— C'est ta faute, ma chérie, murmura cette dernière, en larmes elle aussi. Si Adam n'était pas aussi mignon, je n'aurais pas été tentée de suivre ton exemple.

— Oh, Pilar, comment pourrai-je me faire pardonner ?

— En m'apportant un de tes délicieux cheesecakes à ta prochaine visite. C'est oublié, mon petit, ne t'inquiète pas...

Le lendemain matin, il y avait, posé sur la première marche du perron, un onctueux cheesecake dans une boîte de carton glacé fuchsia ornée d'une rose blanche. De nouvelles larmes d'émotion mouillèrent les grands yeux de Pilar. Enchanté, Brad l'attira dans ses bras.

— Maintenant, tu n'auras plus qu'à te détendre, mon amour, et à attendre tranquillement l'arrivée du bébé.

Il restait huit mois jusqu'en août. Huit mois interminables...

Pour Diana et Andy, les fêtes de Noël s'écoulèrent paisiblement sur la magnifique plage privée du Mauna Kea. A part un désastreux week-end qu'ils avaient passé début septembre à La Jolla, c'étaient leurs premières vacances depuis longtemps. Leur mariage avait peu à peu sombré dans une indifférence glaciale dont ils eurent soudain conscience, tandis qu'ils se prélassaient en silence au bord du Pacifique. Ils n'avaient plus rien à se dire, rien à partager, rien à espérer. Comme un navire blessé qui prend l'eau de toutes parts, leur union avait frôlé le naufrage le soir fatidique de Thanksgiving. Et maintenant, une vague lueur d'espoir, trop faible encore, trop vacillante, luisait quelque part au milieu des ténèbres.

Ils n'avaient pratiquement pas échangé deux mots, durant les deux premiers jours de leur séjour à Hawaï. Des considérations météorologiques ou la composition du menu proposé par l'hôtel constituaient leurs rares sujets de conversation. Prisonniers d'un décor paradisiaque — il n'y avait pas la télévision dans les chambres, aucun site à visiter, rien que le ciel et l'eau —, les deux époux s'étaient cantonnés dans un silence réparateur.

— J'ai l'impression de revenir d'une autre planète, avoua Diana au bout du troisième jour, étendue sur le sable d'un blanc iridescent, le visage tourné vers les vagues qui déroulaient sans répit leur écume vers la grève.

— Moi aussi, murmura Andy, les yeux fixés sur l'archipel d'où, tout à l'heure, à la tombée de la nuit, émergeraient des colonies entières de scorpènes géantes, pour la grande joie des touristes. Pourtant, tout n'est pas fini. Nous sommes toujours là, à nous parler, à nous tenir la main... ce n'est pas rien. Nous avons survécu à la tempête.

— Mais à quel prix, répondit-elle, morose.

Au prix de tous ses rêves. De toutes ses aspirations. De tous ses espoirs. Parfois, elle se demandait comment on pouvait perdre d'un seul coup toutes ses illusions sans en mourir aussitôt. Au moins, il lui restait Andy.

— On dit que les épreuves rendent plus fort, dit-il, songeur.

Son amour pour elle était resté intact. Il ne savait plus à qui il avait affaire et avait perdu l'habitude de communiquer avec elle, mais il la chérissait comme au premier jour. Plus encore. Depuis des mois, Diana se cachait de lui et d'elle-même. Mortifiée par la vie, elle s'était repliée dans sa coquille. Elle partait travailler le matin, rentrait le soir pour se coucher immédiatement, sans un mot, feignant de dormir quand son mari la rejoignait. Depuis le fameux Thangskiving, c'est à peine si elle avait passé deux coups de fil à ses parents, jamais à ses sœurs ou ses amis. Brusquement, les êtres qu'elle avait jadis aimés s'étaient mués en ennemis.

— La grande question... poursuivit-il, hésitant, comme s'il craignait d'aller trop vite, la grande question que je me pose concerne notre avenir. Que comptes-tu faire, Diana ? As-tu décidé de rester avec moi ? Ton chagrin a-t-il brisé à jamais les liens qui nous unissaient ? J'ignore ce que tu veux, au juste.

Ils devaient donner l'image d'un couple d'amoureux, se dit-il au même moment, découragé. Aucun témoin de la scène n'aurait pu se douter du drame qui se tramait dans les riches reflets grenat du crépuscule hawaïen. Parée d'une robe en voile de coton dont la blancheur éclatante tranchait merveilleusement sur sa peau dorée et sa longue chevelure d'ébène, Diana évoquait une déesse. Mais que lui importaient sa grâce et sa beauté, la sachant prête à le quitter ?

— Et toi ? Que veux-tu exactement ? chuchota-t-elle, répondant à sa question par ses propres interrogations. Je n'ai pas le droit de gâcher ta vie. Tu mérites beaucoup plus que je ne puis t'offrir.

Nom d'un chien ! Elle avait vingt-huit ans, c'était une créature superbe, et elle s'apprêtait à renoncer au seul homme auquel elle prétendait tenir.

— Tu dis des bêtises, et tu le sais.

— Je ne sais plus rien. J'ignore où est la vérité, je n'ai aucune idée de ce que je dois faire, ni même de ce dont j'ai envie.

Elle avait même envisagé de flanquer sa démission au journal et de retourner en Europe.

— Tu m'aimes encore, Diana ?

Il avait désespérément cherché à accrocher son regard pour découvrir, une fois de plus, ses yeux si mornes, si vides, comme deux miroirs brisés. Il sut alors qu'elle ressemblait à ces façades de maisons dont un violent incendie aurait réduit en cendres l'intérieur.

— Oh, oui, fit-elle dans un souffle. Et je t'aimerai toujours. Or, cela ne me donne pas le droit de te garder. Je ne peux rien t'offrir, Andy, excepté moi-même ou ce qu'il en reste.

— Cesse donc de ressasser ces idées ridicules. Ne te laisse pas engloutir dans ta douleur. Je pourrais t'aider à remonter la pente, si tu me le permettais.

— Et puis quoi ?

— Nous nous aurons l'un l'autre. La plupart des gens de ma connaissance ne peuvent pas en dire autant. Nous nous aimons, nous avons tant de choses en commun, tant de beaux pays à visiter, tant de moments passionnants à partager. Bon sang, le monde ne tourne pas seulement autour des gosses ! On met quelqu'un au monde sans savoir comment il évoluera, s'il ne va pas mal tourner ou finir ses jours dans un accident de voiture... Tu vois ? Même les enfants ne sont pas une garantie de bonheur.

L'ennui pour elle, c'était qu'il y en avait partout, dans les rues, les supermarchés, parfois même dans l'ascenseur, à son bureau, petites fées et petits lutins accrochés aux jupes de leur mère, prêts à tout pour être cajolés... Et partout où elle allait, elle croisait des femmes enceintes, avec des ventres énormes et des yeux pleins d'espoirs, de promesses de bonheur que Diana ne connaîtrait jamais, ne partagerait jamais.

— Je n'ai pas le droit de t'imposer une vie sans enfants, souffla-t-elle péniblement. Pourquoi t'obligerais-tu à une chose pareille ?

— Parce que je t'aime... Parce que notre vie ne sera pas obligatoirement solitaire. Il y a tant de possibilités...

— Je ne me sens pas prête pour adopter un enfant.

— Moi non plus... Oh, et puis qu'importe ? Ce qui compte, c'est de sauver notre amour. Je ne veux pas te perdre, ma chérie.

— Je ne veux pas te perdre non plus, murmura-t-elle, les yeux humides, la tête détournée.

En contrebas, sur la plage, elle pouvait apercevoir l'insoutenable spectacle d'une troupe remuante de gamins.

— Chérie, reviens, souffla-t-il en l'attirant contre lui, sentant la chaleur de sa peau sur la sienne, reviens dans ma vie, dans mes rêves, dans mon cœur, dans mes bras... Seigneur, comme tu m'as manqué. J'ai besoin de toi, mon amour.

— Moi aussi...

Un brûlant flot de larmes lui brouilla la vue. Elle

s'accrocha à son mari, en pleurs, soudain consciente qu'elle avait failli le perdre dans le naufrage.

— Essayons... essayons une fois encore... implora-t-il, et elle lui sourit à travers ses larmes. Tâchons de rassembler les morceaux. Cela ne sera pas toujours facile, il manquera de temps en temps une pièce, mais je serai près de toi, ma chérie.

Ils reprirent lentement le chemin de leur chambre, main dans la main, dans les lueurs incandescentes du crépuscule. Pour la première fois depuis des mois, il lui fit l'amour. Et cette étreinte flamboyante leur laissa un souvenir impérissable.

Le Noël des Winwood se déroula sous le signe de l'insolite. Du moins, aux yeux de Charlie, nul autre adjectif n'aurait pu mieux convenir à la situation. Il y avait pensé, après coup, et n'en avait trouvé aucun... Ou alors, singulier. Bizarre. Étonnant, peut-être... Il avait préparé le repas du réveillon comme d'habitude, cependant que Barbara avait fait un saut chez Judi pour lui apporter son cadeau. Pour la première fois depuis qu'ils étaient mariés, Charlie prit du plaisir à se retrouver seul. Une migraine tenace lui ceignait le front dans un étau et il avait la gueule de bois. Dernièrement, il s'était mis à boire des quantités de whisky considérables. Comme si l'alcool pouvait l'aider à faire passer le diagnostic du Dr Pattengill... Chaque terme s'était gravé dans sa mémoire au fer rouge. Un taux de spermatozoïdes quasi inexistant. Mobilité zéro... Pas l'ombre d'une chance de mettre Barbara enceinte. *Jamais...* Les confidences du praticien sur son propre cas ne lui avaient pas été d'un grand secours. Il se fichait éperdument du nombre de petits Pattengill adoptés. Lui, il voulait assurer sa propre descendance. Avec Barbara. Maintenant. Et il savait que cela était impossible. Du moins son cerveau le savait, car son cœur refusait de le croire.

Le « petit saut » chez Judi traîna en longueur comme

d'habitude, mais Charlie ne vit pas le temps passer. Barbara revint vers seize heures, les joues rosies et les yeux étincelants. Visiblement, elle avait ingurgité quelques cocktails. D'humeur flirteuse, elle embrassa Charlie dans le cou, alors qu'il arrosait la dinde de jus. Puis, piquée au vif par son absence de réaction, elle se déshabilla, en gardant seulement ses sous-vêtements de dentelle noire, ses talons aiguilles, et sa veste de renard blanc — un cadeau de Charlie. Lorsqu'elle se mit à se trémousser, il éclata de rire.

— Viens ici, fit-il en la faisant asseoir près de lui, sur le canapé et en l'embrassant. Tu sais que je t'aime ?

— Je t'aime aussi, mon lapin.

La sentant un peu tendue, il fit sauter le bouchon du magnum qu'il avait mis au frais avant de découper la volaille croustillante. A la fin du repas, il se sentit un peu mieux. Avec le temps, il finirait par faire la paix avec lui-même. Barbara vint s'asseoir sur ses genoux, très attirante dans une toilette de satin rose pâle — autre présent de Charlie.

— Joyeux Noël, Barbie, murmura-t-il en lui effleurant la nuque d'un baiser.

— J'ai quelque chose à te dire, mon canard.

— Moi aussi, répondit-il d'un voix rauque.

— Moi d'abord ! rit-elle en s'échappant de son étreinte, tu seras content, je crois.

— Mmmm, ne me provoque pas si tu tiens à conserver ta robe. Vite, qu'as-tu à me dire ?

Elle laissa filtrer un regard câlin à travers ses cils drus.

— Je suis enceinte.

Il la considéra, sidéré, incapable de prononcer un mot, les bras ballants. Ensuite, comme si le message s'était enfin imprimé dans son esprit, une pâleur de cire envahit sa figure.

— C'est une blague ?

— Non, bien sûr que non. Ai-je l'air de plaisanter ?

Par rapport aux conclusions du Dr Pattengill, ça ne pouvait être qu'un malentendu.

— En es-tu sûre ? Qu'est-ce qui te pousse à le croire ? Comment peux-tu savoir que tu ne t'es pas trompée ?

Elle se pencha pour allumer sa cigarette à la flamme d'une chandelle, puis exhala la fumée, excédée.

— Je pensais que tu allais sauter de joie et je me retrouve au temps de l'Inquisition. A quoi riment toutes ces questions ? Oui, j'en suis sûre. Je suis allée chez le médecin il y a deux jours.

— Oh, mon Dieu...

Renversé sur sa chaise, Charlie rejeta la tête en arrière, les paupières hermétiquement closes, afin de refouler ses larmes. Il ignorait s'il fallait tomber à genoux pour remercier le Seigneur de sa miséricorde ou s'il devait maudire sa femme. Parce que si elle portait l'enfant de quelqu'un d'autre...

Il resta étrangement calme toute la soirée, passa quelques coups de fil et fit la vaisselle. Et plus tard, il s'endormit dans les bras de Barbara en priant pour que Pattengill se soit trompé.

Les trois jours suivants s'égrenèrent avec la lenteur des rêves. Barbie était toujours par monts et par vaux, chez ses amies, dans des magasins, au café. Elle partit passer une audition le lendemain de Noël mais, pour une fois, Charlie ne dit rien, ne demanda rien, n'exigea aucune précision. Tout — son existence, son avenir, son bonheur — ne dépendait plus que de son futur entretien avec Pattengill.

Mais quand, enfin, il reprit place face au massif bureau d'acajou, l'homme de science secoua la tête.

— J'aurais bien voulu apaiser vos tourments, monsieur Winwood. Hélas, d'après vos analyses, il est on ne peut plus improbable que vous ayez engendré cet enfant.

Charlie hocha la tête. Il le savait. En quelque sorte il l'avait toujours su. Toutes ces nuits où elle ne rentrait pas avant des heures impossibles, ces sorties « entre filles », avec des « copines », ces visites à « Judi », ces obscurs « ateliers de théâtre » et autres mystérieuses auditions qui n'aboutissaient jamais à rien... En effet, Barbara n'avait pas obtenu le moindre rôle depuis des mois. A présent, il pouvait parfaitement imaginer comment elle passait ses journées.

Il prit le chemin du retour en voiture et fut presque déçu de la trouver à la maison. Au moment où il entrait, il l'entendit discuter au téléphone. Elle se hâta de raccrocher.

— Qui était-ce ? demanda-t-il machinalement.

Comme si elle allait le lui dire !

— Judi... Nous parlions du bébé.

— Oh... — Il se tourna vers elle, lui faisant face. — Parlons-en, justement.

Elle resta assise, incroyablement sexy dans sa tenue moulante, décroisa les jambes et alluma sa énième cigarette de l'après-midi.

— Quelque chose ne va pas, chouchou ?

— Oui.

— Quoi ? Tu as perdu ton job ? interrogea-t-elle, sincèrement inquiète.

— Non, rien d'aussi simple... Barbie, j'ai consulté, moi aussi, il y a quelque temps. Juste après Thanksgiving.

— Consulté ? Quel genre de médecin ?

— Un endocrinologue, spécialisé dans les problèmes de fertilité... Tu t'étonnais de ne jamais être enceinte, alors que nous ne prenions pratiquement aucune précaution, tu t'en souviens ?... Ne m'interromps pas, s'il te plaît. J'ai voulu savoir pourquoi ça ne marchait pas.

— Et alors ? fit-elle nerveusement, le cœur battant la chamade.

— Je suis stérile.

Barbara bondit et se mit à arpenter la pièce.

— Et moi, je *suis* enceinte de deux mois. Ton toubib n'est qu'un sombre crétin.

— Oh, non, répliqua-t-il d'une voix blanche. Je crois

que le sombre crétin, ce serait plutôt moi. De qui est ce
gosse, Barbie ?

— De toi, je te l'assu... — Sa phrase resta en suspens
et soudain, elle éclata en sanglots. — Bon d'accord, peu
importe qui est le père. Oh, Charlie, tu as toujours été un
amour, tu n'as pas mérité une chose pareille, mon Dieu,
comme je le regrette.

Sauf que, s'il ne lui avait pas avoué sa stérilité, elle
aurait bel et bien continué de mentir.

— Je croyais que tu ne voulais pas d'enfants. Pourquoi
celui-ci ?

— Parce que... parce que...

A court d'arguments, elle se laissa tomber sur le canapé
de cuir où ils s'étaient aimés tant de fois. Puisqu'il
connaissait la vérité, autant qu'il sache tout.

— Parce que j'ai eu trop d'avortements... Peut-être que
je deviens stupide avec l'âge, mais j'ai pensé...

— Qui est-ce ? demanda-t-il, animé par un obscur besoin
de souffrir.

— Quelqu'un que j'ai rencontré à Las Vegas. Je l'ai
connu il y a des années et en octobre il est venu habiter à
Los Angeles. Il a des relations dans les milieux du cinéma.
Nous nous sommes vus quelque fois... Je...

Les sanglots l'empêchèrent de poursuivre.

— Pourquoi es-tu sortie avec lui ? Par amour ? Par
intérêt ? Que représente-t-il pour toi ?

— Rien, murmura-t-elle, n'osant le regarder en face, et
il songea amèrement que son rival devait être bien plus
séduisant que lui.

Mais l'avait-elle jamais vraiment aimé ? Ne lui avait-elle
pas joué la comédie — une comédie sinistre — dès le
début ? Des larmes subites l'aveuglèrent et ruisselèrent sur
ses joues.

— Bon sang, pourquoi m'as-tu trompé ?

Elle le regarda alors droit dans les yeux.

— Parce que tu me faisais peur avec tes envies de

gosses, de famille, de foyer. Tu voulais tout ce que je déteste.

Il ne put que la scruter, le visage inondé de larmes. Elle venait d'abattre d'un seul coup l'édifice qu'il avait si patiemment construit, comme un château de cartes, et elle en avait conscience... Elle continua, cependant, car à présent plus rien ne pouvait l'arrêter :

— Veux-tu connaître les raisons de cette haine, Charlie ? La famille qui t'a si cruellement manqué, je l'ai eue. Des frères, des sœurs, des parents... Je m'en serais bien passée. Mon frère aîné m'a violée quand j'avais sept ans et ma mère n'a rien fait pour l'arrêter. Ni ce jour-là ni les fois suivantes. Elle préférait sans doute que son voyou de fils soit à la maison plutôt qu'au commissariat du quartier... J'ai dû me faire avorter à treize ans, grâce à lui, puis deux ans plus tard. J'avais seize ans quand mon cher père s'est mis à réclamer sa part de gâteau... Je me suis enfuie à Las Vegas où j'ai eu un job de danseuse de cabaret. Et là aussi, j'ai eu deux interruptions de grossesse... Voilà, Charlie. En temps normal je n'aurais pas gardé ce bébé. Au fond je n'en veux pas. Mais j'ai pensé que toi tu en voulais.

Il en aurait voulu, bien sûr, si ç'avait été le sien.

— Je ne sais quoi te dire, Barbie, dit-il finalement, après un lourd silence. Nous sommes tous deux victimes de notre passé.

Elle hocha la tête tout en se mouchant dans un Kleenex, alluma une nouvelle cigarette, souffla nerveusement la fumée.

— Je n'aurais pas dû t'épouser, conclut-elle avec lassitude. Je n'avais rien de la gentille femme au foyer dont tu rêvais. Pour tout te dire, j'en avais par-dessus la tête de te regarder passer l'aspirateur et mijoter des petits plats. Au diable tes dîners, Charlie, moi j'avais envie de m'amuser. De vivre.

Un silence suivit. Il l'avait écoutée, les paupières closes, n'osant en croire ses oreilles. Pourtant, elle n'avait dit que la vérité pour une fois, il le savait. Au bout d'une éternité, il rouvrit les yeux pour la dévisager en se demandant s'il l'avait jamais connue.

— As-tu pris une décision ?

— Je crois que je vais emménager chez Judi.

— Et le bébé ?

— Je sais ce qui me reste à faire. J'ai l'habitude.

Elle tira sur sa cigarette en haussant les épaules, l'air de dire que ce n'était pas grave, et il s'efforça de balayer de son esprit son joli minois et son sourire, quand elle lui avait annoncé « la bonne nouvelle ».

— Ton ami t'incitera peut-être à le garder.

— Je ne lui ai rien dit. De toute façon, il a une femme et trois gosses à Las Vegas. Non, il n'en voudra pas, penses-tu !

Nouveau silence oppressant. Charlie se tordait les mains. Il avait les yeux brûlants. En quelques jours, sa prétendue félicité avait basculé dans l'horreur, à une vitesse halluci-nante. Les mots se dérobaient, son esprit fatigué ne parvenait plus à rassembler ses pensées éparses.

— Je t'en prie, Barbie, accorde-moi un peu de temps.

— Pour quoi faire ?

— Pour réfléchir à tout ce qui vient de se passer. Je ne sais plus où j'en suis, ni quoi te dire, mais...

— Tu n'es pas obligé de me dire quoi que ce soit, coupa-t-elle doucement, sincèrement désolée pour la première fois de sa vie. Je te comprends.

Il essuya les larmes qui continuaient à tracer des sillons brillants sur ses joues pâles. Il se sentait stupide. Et puéril. Barbara paraissait si mûre, si adulte. La vie l'avait endurcie. Alors que lui ne pouvait que pleurer, comme autrefois, lorsque les gens disaient : « Non, merci, on n'adoptera pas un petit asthmatique. »

Elle écrasa sa cigarette et vint l'enlacer, le berçant tout doucement comme un enfant. Ensuite, elle s'enferma dans leur chambre, rassembla quelques effets personnels dans une valise. Et peu après, elle appela un taxi, puis s'en fut chez Judi.

Le claquement de la porte d'entrée se répercuta à travers les pièces, comme un coup de feu. Cloué sur sa chaise, Charlie pleura à chaudes larmes. Les ombres du soir avaient peu à peu envahi le salon, mais il ne bougea pas. Il n'eut pas le courage de téléphoner à Mark. Sa réponse, il l'entendait déjà :

— Tant mieux qu'elle soit partie. Mieux vaut être seul que mal accompagné.

Mais si c'était vrai, pourquoi n'éprouvait-il pas les bienfaits de ce départ ? Il ne s'était jamais senti aussi mal. Il était stérile et la femme qu'il adorait venait de le quitter.

11

Brad et Pilar passèrent agréablement le réveillon du 31 décembre chez des amis. Chaque fois que Pilar disait « J'attends un bébé », les visages des invités reflétaient une surprise mêlée d'incrédulité. Décidément, lui répondait-on, depuis un an, elle n'en finissait pas d'étonner son monde. De féministe et célibataire impénitente, elle avait sacrifié au dieu du mariage et pour clore le tout voilà qu'elle s'apprêtait à devenir mère.

Après dîner, des couples se mirent à évoluer sur les langoureuses mélodies de leur jeunesse et à minuit tout le monde s'embrassa en criant « bonne année », le champagne coulant à flots. Ils regagnèrent leur villa vers une heure et demie du matin. Pilar souriait, malgré sa fatigue. Ces temps-ci, elle se sentait de plus en plus lourde, de plus en plus somnolente.

— Les gens sont amusants. J'adore les observer quand je leur annonce que je suis enceinte. Au début, suivant un schéma immuable, ils pensent que je plaisante, puis restent sans voix, pour finir par s'enthousiasmer.

— Tu vas bien ? s'enquit Brad.

Elle avait eu comme un tressaillement lorsqu'il lui avait ouvert la portière de la voiture.

— Oui... J'ai eu une drôle de crampe.

— Où ça ?

— A l'estomac, je crois. Ne t'inquiète pas.

Elle avait eu des crampes quelques jours plus tôt et s'était empressée d'appeler le Dr Ward. C'était tout ce qu'il y avait de plus normal, l'avait rassurée l'obstétricienne. Souvent, en grandissant, l'embryon provoquait des étirements... Pilar était devant sa penderie, dans la chambre, quand une douleur aiguë, plus fulgurante que les précédentes, lui coupa le souffle. Les vêtements qu'elle s'apprêtait à suspendre lui échappèrent des mains. Les crampes se succédaient comme des vagues bouillonnantes. Pliée en deux, elle sentit quelque chose de chaud et de visqueux couler le long de sa cuisse... Du sang !

— Oh, mon Dieu ! s'écria-t-elle.

Son appel retentit, rauque et désespéré. Brad fit irruption dans la pièce et un instant plus tard, il l'avait transportée dans la salle de bains, l'avait allongée sur le tapis duveteux, se démenant pour arrêter l'hémorragie à l'aide de serviettes éponges.

— Le bébé... Je suis en train de le perdre...

— Ne bouge pas ma chérie, je vais téléphoner à ton médecin.

Il se précipita dans la chambre, saisit le combiné sur la table de chevet. Le Dr Ward étant trop loin, il composa le numéro de l'ancien gynécologue de sa femme, le Dr Parker, un gentil vieil homme de soixante-dix ans.

— Emmenez-la vite aux urgences. Je vous rejoins à l'hôpital dans dix minutes. Dites-lui que les saignements ne provoquent pas toujours une fausse couche.

Peu après, il installa Pilar à l'arrière de la voiture et démarra comme un fou. Drapée dans une couverture, elle gémissait doucement, tandis qu'ils roulaient à tombeau ouvert à travers la ville endormie. Enfin, le bâtiment trapu de l'hôpital apparut au bout de l'avenue. Plus pâle qu'une morte, Pilar fut transportée à l'intérieur. Des sanglots la secouaient, la peur et la souffrance décomposaient ses traits. Parker les avait précédés et quand il fit mine de l'examiner, un élancement la transperça, lui arrachant un cri déchirant. Le praticien hocha la tête.

— Malheureusement, elle a perdu trop de sang...

Pilar s'accrocha de toutes ses forces à l'homme en blanc. Son regard empreint de terreur allait du médecin à son mari.

— Le bébé... Est-ce qu'il est mort ?

— Il n'est plus viable, j'en ai peur...

De nouveaux sanglots déferlèrent. C'était impossible. Non, c'était trop affreux, trop injuste.

— Nous allons vous faire un curetage, madame Coleman, afin de stopper l'hémorragie. Mais comme vous venez de dîner, il faudra attendre un peu. Entre-temps, vous aurez une transfusion. Je vous donnerai aussi des analgésiques.

Elle le regarda, comme hallucinée, le visage ravagé par les larmes. Comment cette charmante soirée s'était-elle transformée en cauchemar ? Elle serra les dents, tétanisée soudain par une nouvelle vague de tiraillements. La vie avait déserté sa chair en même temps que son sang. Elle dut attendre près de deux heures sur un lit dur et étroit. Les médicaments qu'une infirmière lui avait fait absorber n'avaient guère atténué les crampes qui continuaient à irradier son corps brisé. Et quand, enfin, elle fut menée au bloc opératoire, elle se cramponna à Brad, le suppliant de la ramener à la maison.

Il dénoua lentement les doigts qui s'enfonçaient dans les revers de sa veste de soirée, l'exhortant au calme. Comme le médecin le lui avait expliqué, dit-il, le bébé était parti, et ils allaient nettoyer les tissus morts.

— Ce ne sont pas des tissus morts, hurla-t-elle, tremblante, incapable de se contrôler. C'est notre enfant.

— Je sais, ma chérie, je sais, ce sera bientôt fini.

Il la récupéra une demi-heure plus tard dans une petite salle de réanimation. Elle gisait sur un lit étroit, livide et silencieuse. Les larmes jaillissaient toujours de ses yeux, pareilles à une source que plus rien ne peut tarir. Brad s'assit près de sa femme sans un mot. De sa vie il ne s'était senti aussi impuissant devant le malheur.

— Elle a subi un rude choc, déclara le vieux docteur peu après, dans le long corridor blanc. Les fausses couches sont un fléau qui frappe souvent les femmes de l'âge de Mme Coleman. J'ignore si elle pourra concevoir une nouvelle fois... Soyez prudents.

— Nous continuerons nos efforts, répliqua Brad, comme pour conjurer ses propres démons.

— Dites-le-lui. Elle sera très malheureuse pendant un certain temps, comprenez-vous ?

Il comprenait. Et il éprouvait le même chagrin, la même douleur dévastatrice... Brad regagna la salle de réanimation, reprit place près du lit, en pleurs lui aussi.

Il la ramena à la maison l'après-midi et la mit au lit. Dans la soirée, il y eut un coup de fil de Nancy. Elle avait aperçu dans un grand magasin une sublime voiture d'enfant qu'elle comptait leur offrir.

— Je... je ne peux pas te parler maintenant, hoqueta Pilar.

Brad prit la communication dans la pièce à côté. Mise au courant de l'incident, Nancy raccrocha avec un soupir. L'affliction de son père et de Pilar la touchait, bien sûr. Mais elle ne pouvait s'empêcher de penser que sa belle-mère avait passé l'âge d'enfanter.

Le jour de l'an fut triste et solitaire. Brad et Pilar restèrent chez eux, côte à côte, portant en silence le deuil du bébé qu'ils avaient perdu.

Le 1er janvier de la nouvelle année, Charlie Winwood se réveilla aux aurores. Il n'avait pratiquement pas fermé l'œil de la nuit. Depuis que Barbara avait franchi le seuil de leur appartement, il n'avait cessé de penser à leur mariage raté. Au terme d'un interminable débat intérieur, comme une fenêtre éclairée s'ouvrant soudain sur la nuit, une solution lui était apparue. Certes, rien ne pouvait justifier l'infidélité de Barbie — et elle allait devoir lui jurer de ne plus jamais recommencer —, mais il se sentait incapable de la quitter. Elle avait besoin de lui et il l'aimait. D'ailleurs, ce bébé représentait peut-être la réponse à toutes ses prières.

Il était trop tôt pour l'appeler. Charlie bondit hors du lit, se doucha longuement. Rasé et habillé, il s'assit devant un copieux petit déjeuner auquel il toucha à peine. Il lut le journal d'un bout à l'autre, fit les cent pas dans le salon. Il était neuf heures du matin quand il prit la voiture... Il n'avait pas parlé à Barbara depuis trois jours. Quand elle était partie chez Judi, il était trop abasourdi pour réagir. A présent, il voyait plus clair. Bizarrement, il regrettait ses visites au Dr Pattengill. Sans le fameux diagnostic de stérilité, il n'aurait jamais soupçonné que le bébé n'était pas le sien... Et aujourd'hui, il aurait été le plus heureux des hommes.

Son doigt, impatient, écrasa la sonnette, et peu après la porte s'ouvrit sur le visage étonné de Judi. Ah, si seulement Barbara l'avait écoutée, les choses n'en seraient pas là. Judi avait conseillé à son amie de se débarrasser du bébé sans rien dire, mais, poussée par des regrets tardifs, cette dernière s'était laissé attendrir par les rêves de paternité de son mari. Peut-être aussi voulait-elle s'épargner un nouvel avortement... Résultat, ils étaient quatre maintenant à partager l'appartement. Judi, son fiancé du moment, sa nouvelle colocataire et Barbie.

— Salut, Charlie, dit-elle. Je vais appeler Barbie.

Celle-ci les avait déjà rejoints dans l'entrée. Elle était pâle, les traits tirés.

— Bonjour, murmura Charlie. Excuse-moi de n'avoir pas donné signe de vie. J'avais besoin de réfléchir.

— Moi aussi.

Des larmes avivaient l'éclat de ses prunelles et elle ravala un sanglot.

— On peut s'asseoir ? s'enquit Charlie qui, soudain, arborait un air plus assuré, plus adulte, comme si en quelques jours il avait vieilli de plusieurs années.

Barbara dormait sur le canapé convertible du living-room. Les autres occupants de l'appartement risquaient de les entendre, dit-elle. Judi leur proposa sa chambre... Barbara alla s'asseoir sur le lit défait et Charlie, perché sur une chaise inconfortable, considéra un instant la femme qu'il avait épousée. Deux ans de vie commune soldés par un cuisant échec. Heureusement, il y avait le bébé. Un être encore minuscule, mais qui allait certainement les réconcilier. Il esquissa un sourire optimiste.

— Barbie, j'ai beaucoup réfléchi. Nous allons garder l'enfant. Mon nom figurera sur son acte de naissance et il ne saura jamais que je ne suis pas son vrai père.

Il était prêt à passer l'éponge sur le passé, poursuivit-il. Après tout, la vie de couple exigeait des concessions, et si chacun y mettait du sien, ils viendraient à bout de leurs querelles. Et tout irait bien, il en avait la conviction à présent.

Barbara secoua la tête, les yeux mouillés de nouvelles larmes.

— Je me suis fait avorter hier, parvint-elle finalement à articuler, comme si les mots s'étaient bloqués au fond de sa gorge.

— Comment ? Mais pourquoi ? Pourquoi si vite ?

— Je ne pouvais pas avoir ce gosse, Charlie. Ç'aurait été injuste pour toi, pour moi, pour lui. Il t'aurait rappelé constamment que je t'avais trompé. Tu me l'aurais reproché et d'ailleurs... — Elle respira profondément, le visage soudain creusé par une souffrance indicible. — Tout compte fait, je ne veux pas d'enfant. Ni le tien ni celui d'un autre.

— Mais pourquoi ? insista-t-il. Un enfant serait la solution parfaite à tous nos problèmes. La meilleure chose qui pourrait nous arriver. Il va falloir en adopter un autre maintenant.

Un silence suivit, pendant lequel il se sentit étrangement soulagé. Puis la voix de Barbara résonna dans la petite pièce terne.

— Tais-toi donc, Charlie. Je ne reviendrai pas.

— Quoi ? Qu'est-ce que tu veux dire ? souffla-t-il, mortellement pâle sous ses taches de rousseur.

— Tu as très bien compris. Je t'aime beaucoup, tu es l'homme que toute femme aurait souhaité épouser. Seulement, je ne suis pas faite pour le mariage. Je le savais dès le début. Et ce n'est pas faute d'avoir essayé, mon chéri, crois-moi. Mais rester tous les soirs à la maison, ça non, je ne peux pas... Je m'y sens prisonnière. Je veux ma liberté, Charlie. Je crois que je ne me remarierai pas. Et je n'aurai jamais d'enfants. J'en ai parlé à mon gynécologue hier, il m'a promis une solution définitive.

— Pourquoi ne m'as-tu pas demandé mon avis ?

Il la fixait sans comprendre.

— Charlie, ce n'était pas ton enfant. Et je n'en voulais pas.

— Dieu que la vie est injuste, murmura-t-il.

Tout à coup, il fondit en larmes, secoué par les sanglots. Oui, la vie s'était toujours montrée injuste avec le petit Charlie Winwood. Depuis le début, lorsque ses présumés parents adoptifs lui tournaient le dos et qu'il devait retourner à l'institution. Et maintenant, Barbara lui tournait le dos à son tour. Elle était comme les autres. Ces gens qui l'accueillaient pendant un moment, puis le rejetaient, sous prétexte qu'au fond ils ne l'aimaient pas assez pour le garder. Et voilà, tout se résumait en une seule phrase, inéluctable et terrible. Personne n'avait jamais *aimé assez* Charlie Winwood.

— Excuse-moi, bredouilla-t-il, tentant vainement de refouler ses sanglots.

Barbara hocha la tête. Elle détestait le voir souffrir, mais sa décision avait été prise une fois pour toutes. Elle réalisa soudain qu'elle aurait dû mettre fin à leur union des mois plus tôt.

— Ne me quitte pas, Barbie. Donne-moi une seconde chance. Si tu reviens à la maison, tu seras libre de sortir comme tu veux. Je ne te poserai aucune question, tu n'auras pas de comptes à me rendre, oh, Barbie, ma chérie, je t'en supplie... Je t'en supplie...

— Non, mon chou, tu n'en seras que plus malheureux.

Elle le respectait trop pour lui infliger de nouvelles humiliations. Charlie renifla, comme un petit garçon perdu.

— Mais où iras-tu ? Tu ne peux pas habiter ici.

— Judi va démissionner et nous retournerons toutes les deux à Las Vegas.

— Formidable ! ricana-t-il. Personne ne t'a dit que les charmes des vieilles strip-teaseuses ne passaient plus la rampe ?

— Pas encore ! En tout cas, je préfère vieillir sur les planches que dans une cage.

Il se leva d'un bond, s'élança vers la fenêtre qui surplombait une petite rue morne.

— Je ne peux pas le croire. Tu ne veux vraiment pas rentrer chez nous ?

Il se tourna vers elle, la vit secouer fermement la tête. Ils avaient cessé de pleurer mais Charlie se sentait sonné, comme s'il avait reçu un énorme coup de poing.

— Tu mérites mieux que moi, affirma-t-elle alors, d'une voix sans timbre. Il te faut une gentille fille qui saura t'apprécier et te rendre heureux.

— Merci de tes bonnes paroles.

Plutôt mourir que recommencer, se dit-il en même temps.

— Je suis désolée, Charlie.

Ils n'avaient plus rien à se dire. Barbara le raccompagna à la porte d'où elle le regarda dégringoler les marches. Charlie dévala l'escalier sans se retourner, sans un regard en arrière... C'était au-dessus de ses forces. La scène lui rappelait toutes les fois où ses parents adoptifs l'avaient ramené à l'orphelinat...

12

Comment en étaient-ils arrivés là ? Charlie ne cessait de se poser mille questions qui, bien sûr, restaient sans réponse, tandis que le mois de janvier n'en finissait plus de s'étirer. Quelle raison avait poussé Barbara à s'en aller ? Quel grain de sable avait déréglé le parfait mécanisme de leur union ? Pourquoi ce qui avait commencé dans un bonheur sans nuage s'achevait-il dans le malheur ? A cause de ses propres exigences, de son côté casanier ? De son désir de fonder coûte que coûte une famille ?... Incapable de supporter le lieu où ils avaient vécu si heureux, il avait emménagé dans un appartement de dimensions plus modestes, à Palms. Il croyait échapper ainsi à ses interrogations sans fin, s'épargner des souffrances inutiles, mais le spectre de son amour perdu l'avait suivi... L'espoir de la réconciliation aussi. Si durant la journée il parvenait à conjurer ses angoisses, celles-ci resurgissaient, plus terribles et plus obsédantes, la nuit. Alors, prostré sur l'ample canapé de cuir sur lequel il avait tant de fois caressé le corps si attirant de Barbie, il recommençait à souffrir. Et à espérer. Barbie lui reviendrait, cela paraissait évident. Elle se ressaisirait et chercherait à renouer les liens qu'elle avait si injustement rompus. Et ils riraient de leur brouille, oh oui, comme ils riraient... Mais la jeune femme demanda le divorce à la fin du mois, l'appela pour lui annoncer d'une voix étrangement distante, presque neutre, son retour

à Las Vegas. Après avoir raccroché, Charlie s'effondra
sur le canapé, aveuglé par les larmes.

Alarmé par l'état dépressif de son ami, Mark s'était
efforcé de le réconforter. En vain.

— Allons, mon gars, la mer est pleine de poissons,
disait-il. Une de perdue, dix de retrouvées.

Charlie répondait par un vague hochement de tête. Mark
se lançait alors dans le récit douloureux de ses propres
déboires conjugaux. Des années auparavant, sa femme
l'avait quitté pour un autre homme et il n'avait jamais pu
oublier l'atroce douleur qu'il en avait ressenti. Un coup
de poignard.

— Et j'avais des enfants, soulignait-il invariablement,
sans se douter que cette remarque transperçait de part en
part le pauvre cœur de Charlie.

Peu à peu, celui-ci se cloîtra dans l'isolement. Toutes
les astuces de Mark pour l'entraîner chez des « amies de
sa fiancée » n'eurent aucun résultat. Il ne souhaitait aucune
rencontre, ne désirait aucune consolation, n'aspirait plus
à rien. Charlie pensait que les dés avaient été pipés dès le
départ. Pour une obscure raison, le destin lui en voulait.
Dès lors, sa stérilité prit l'allure d'une véritable bénédiction.
Que savait-il des enfants, lui qui n'avait pas eu une enfance
normale ? Comment pouvait-il prétendre devenir un bon
père, puisqu'il n'avait connu que la solitude et l'insécurité
des dortoirs glacés ?

— Ton raisonnement ne tient pas debout, mon vieux,
avait objecté Mark, un soir qu'ils quittaient les bureaux
de leur compagnie. Tu aurais fait au contraire un parfait
chef de famille. Tu es tombé sur la mauvaise personne,
voilà tout. Barbie, qui est bien mignonne, n'est pas faite
pour le mariage. C'est un joli papillon écervelé et un jour
elle se brûlera les ailes aux feux de la rampe. Trouve-toi
une autre compagne, une gentille fille qui a les pieds sur
terre et tu oublieras cette fâcheuse aventure. Tu es trop
jeune, Charlie, pour prétendre que ta vie est finie. Le
temps, dit-on, guérit toutes les blessures.

— Je ne veux pas rencontrer quelqu'un d'autre. Je
refuse de me remarier... Bon sang, Mark, je ne suis même
pas encore divorcé.

— D'accord, d'accord... Mais qu'est-ce qui t'empêche
de venir faire une partie de bowling ? Puis de manger une
bonne pizza arrosée d'une pinte de bière fraîche ?

Pour la première fois depuis des semaines, le fantôme
d'un sourire tremblota sur les lèvres de Charlie.

— En effet, pourquoi pas ? Mais pas ce soir.

C'était trop tôt. Il accepta de dîner avec Mark le
surlendemain. Une semaine plus tard, ils retournèrent
ensemble au bowling. Comme une blessure se cicatrise, le
cœur brisé de Charlie se remit tout doucement à battre à
son ancien rythme. Et comme un écorché vif qui, jour
après jour, se reconstitue une peau neuve, le jeune homme
retrouva peu à peu le goût de vivre... C'était un long, un
laborieux processus. Le temps, avait dit Mark, et il n'avait
pas eu tort. Avec le temps, sa souffrance, toujours latente
pourtant, s'atténua. Et bientôt, tous les week-ends, il
jouait au base-ball avec les gosses de l'orphelinat.

Après sa fausse couche, Pilar avait sombré dans la plus
noire des dépressions. Elle, si active auparavant, s'était
mise en congé maladie, préférant errer à travers les pièces
de la villa, les cheveux en bataille, en chemise de nuit, le
regard vide. C'est en vain que Brad l'incitait à revoir leurs
relations. Elle avait refusé sèchement toutes les invitations,
toutes les visites, et même Marina Goletti trouva porte
close à plusieurs reprises.

Lorsque, finalement, Pilar accepta de la voir, le juge
arriva les bras chargé de bouquins sur les interruptions de
grossesse, le chagrin et la période de deuil qui s'ensuivait.

— Je n'ai pas besoin de lectures spécialisées pour
connaître ma douleur, lâcha Pilar, après avoir rapidement
parcouru les titres.

— Ces écrits te permettront de faire le point, lui répondit

doucement son amie. De mieux comprendre ta situation et de te préparer à réintégrer la vie normale.

— La vie normale d'une femme sur le retour, condamnée par son âge à rester sans descendants.

— ... et qui s'apitoie sur son sort, s'indigna Marina. Voyons, Pilar, pas toi !

— Pourquoi pas ? J'en ai le droit.

— Crois-tu ? Tu ne penses donc pas à Brad ? A la vie infernale que tu lui mènes ?

C'était lui qui avait demandé à Marina d'intervenir. Pilar passa la main sur ses paupières gonflées par les larmes, dans un geste empreint de lassitude.

— Brad a ses propres enfants. Il ne peut pas se mettre à ma place.

— Peut-être pas, mais d'autres le pourraient. Tu n'es pas la seule à avoir perdu un bébé, ma chérie, même si tu penses que ton cas est unique. Des milliers de femmes sont passées par là. Elles ont eu des fausses couches, mis au monde des enfants morts-nés, perdu des enfants en bas âge. Tu n'es pas la seule, répéta-t-elle, tandis que de nouvelles larmes noyaient les yeux de son hôtesse.

— Le malheur d'autrui n'a jamais consolé personne, s'écria cette dernière. Je suis peut-être stupide, mais j'ai perdu un être auquel je m'étais attachée. Une petite créature que j'adorais déjà et qui est morte sans avoir vu le jour.

— Il n'est pas interdit de penser que tu auras d'autres enfants.

— Je le sais, murmura Pilar avec honnêteté. Je n'ai pas perdu l'espoir d'être mère.

Elle se moucha et Marina l'enveloppa d'un regard affectueux.

— Peut-être tes souhaits seront-ils bientôt exaucés, dit-elle d'un ton circonspect, ne voulant pas la bercer d'illusions.

— Mais peut-être pas. Et alors, que vais-je devenir ?

— Tu survivras, ma chère. Tu n'as pas d'autre choix.

Pilar porta un nouveau mouchoir à son visage ravagé, et son amie reprit, songeuse :

— Ma mère avait perdu un bébé, après deux mois de grossesse. Elle avait déjà huit enfants... Ce qu'elle a pu le pleurer, ce petit ! Mon père a vite été dépassé par les événements et j'ai dû prendre en main l'éducation de mes frères et sœurs. Je me rappellerai toujours ma mère, gémissant au fond de son lit. Sa dépression a duré plusieurs mois, puis elle est tombée enceinte à nouveau. Elle a eu deux autres enfants mais n'a jamais oublié son « pauvre oiseau qui n'avait pas eu de chance », comme elle disait. Et elle n'a cessé de le mentionner jusqu'à sa mort, comme si c'était une personne à part entière.

— C'est exactement ce que j'éprouve.

— Il doit s'agir d'un de ces mystères de la nature qu'on n'arrive pas à expliquer, à moins de vivre le même drame.

— C'est la pire chose qui me soit jamais arrivée, déclara Pilar d'un air lugubre. Chaque fois que j'y pense, j'ai l'impression que mon cœur va voler en éclats.

— Alors, pense à ma mère. Elle a eu deux autres enfants, je te le répète. Elle avait quarante-sept ans au moment où elle avait perdu ce bébé.

— Tu me remontes le moral, Mina.

L'ombre d'un sourire, le premier depuis longtemps, avait un instant éclairé les traits chiffonnés de Pilar. Un nouvel espoir lui gonfla la poitrine et elle se félicita secrètement d'avoir accepté de recevoir son cher juge Goletti. Puis, par une sorte d'association d'idées bizarre, ses pensées dérivèrent vers sa propre mère. Mme Élisabeth Graham n'avait pas daigné l'honorer d'un seul coup de fil depuis pas mal de temps... Bien sûr, elle ignorait tout de la grossesse ratée de sa fille, sinon elle ne se serait pas gênée de lui rappeler qu'elle l'avait prévenue. « Tu as passé l'âge », avait-elle dit, et cette remarque avait marqué Pilar au fer rouge. Le pire, c'était qu'elle commençait à le penser sérieusement, elle aussi.

Brad avait espéré que la visite de Marina mettrait un

terme au deuil de sa femme. Cependant, la douleur de Pilar demeurait intacte, comme au premier jour, lorsque, crucifiée sur son lit d'hôpital, elle avait versé les premières larmes sur le bébé qu'elle ne mettrait jamais au monde. En vain, Alice et Bruce, ses associés, la bombardaient de coups de fil concernant des affaires courantes, rien ne semblait retenir son attention. Nancy passa la voir deux ou trois fois, afin de lui remonter le moral. A sa dernière visite, elle était venue avec son fils mais à la seule vue du petit Adam, Pilar s'était troublée, à tel point que sa belle-fille avait préféré partir aussitôt. Le soir-même, elle annonça à Brad qu'il était hors de question qu'Adam réapparaisse dans la maison, du moins pendant un an ou deux.

— Pilar, cesse de te morfondre, soupira Brad. Tu te fais du mal.

— Oui, et j'en ai bien envie.

Privée d'appétit et de sommeil, elle avait perdu cinq kilos. Le chagrin avait creusé de larges cernes violets autour de ses yeux autrefois si expressifs.

— Tu te complais dans le malheur et ce n'est pas sain. Il faut que tu te reprennes à tout prix, ma chérie.

Elle se contenta de secouer la tête, l'air de dire que c'était au-dessus de ses forces. Toute la journée, depuis qu'elle s'éveillait jusqu'au soir quand, épuisée, elle finissait par s'endormir, elle ne pensait qu'au bébé. Alors, le fardeau qui l'écrasait n'en devenait que plus pesant, plus lourd à porter. Par moments même, elle se demandait si la vie valait la peine d'être vécue.

— S'il te plaît, mon amour, je t'en supplie, fais un effort, insista Brad.

Elle accepta à contrecœur de partir en week-end à San Francisco avec son mari. Et par une cruelle ironie du sort, cette semaine-là elle eut ses règles, ce qui la replongea dans un abîme de désespoir.

— N'oublie pas que dans quinze jours, nous avons rendez-vous, toi et moi, dans le sanctuaire secret du

Dr Ward, devant les vidéocassettes porno, la taquina Brad, ne sachant plus quoi dire pour la réconforter.

Malgré elle, Pilar se mit à rire.

— Seigneur, ne me rappelle pas cet antre de perdition.

— Il le faut, pourtant, poursuivit-il, malicieux. Après, je t'emmène à New York. On dit qu'à Broadway on trouve des trésors érotiques.

— Vous n'êtes qu'un pervers, Brad Coleman ! Si vos honorables collègues avaient une vague idée des fantasmes qui vous hantent, ils auraient certainement signé une pétition, afin que vous soyez banni à jamais de la magistrature.

Son sourire lumineux avait redonné à son visage sa fraîcheur d'autrefois.

— Tant mieux, déclara Brad, imperturbable. Je resterais à la maison où nous pourrions faire l'amour toute la journée.

Malheureusement l'intermède fut de courte durée car, l'instant suivant, la physionomie de Pilar se referma. Hantée une fois de plus par ses idées noires, elle alla se réfugier dans leur chambre. De nouvelles larmes jaillirent ; sa fausse couche représentait l'échec de sa féminité. Et cette fêlure avait à jamais marqué sa mémoire d'une empreinte indélébile.

— Je me sens fautive d'avoir perdu le bébé, avait-elle confié quelques jours plus tôt à son psychanalyste. Comme si je l'avais égaré dans un bus ou dans un parc... On dit bien *perdre*, avait-elle achevé, secouée d'un sanglot involontaire, voulant dire par là que cette perte cruelle la classait d'emblée parmi les mères indignes.

Étrange déduction qui, pourtant, s'avérait difficile à combattre. Ce sentiment d'indignité n'avait rien à voir avec un égarement de l'esprit. Cela venait du tréfonds de son être. Sa raison avait beau lui souffler : « Donne-toi une nouvelle chance », son cœur ripostait aussitôt : « Rien ne te rendra le bébé que tu as perdu... » Le bébé qu'elle avait si ardemment, si passionnément désiré. Et cette blessure, elle le savait, aucun baume, aucun filtre, aucune drogue ne pourraient jamais la guérir.

Depuis son retour de vacances, Diana avait opté pour la prudence. Leur séjour enchanteur à Hawaï les avait à nouveau réunis, et ils avaient regagné Los Angeles aussi amoureux qu'auparavant, peut-être même davantage. Toutefois, au regard des épreuves traversées, ce bonheur retrouvé n'en paraissait que plus fragile. La jeune femme continua à éviter sa famille, s'épargnant ainsi de nouvelles confrontations. Plus de deux mois s'étaient écoulés depuis la soirée dramatique de Thanksgiving, mais elle ne se sentait guère prête à revoir Samantha. Ni à admettre la pénible réalité de sa grossesse. Il fallait à tout prix se préserver, se protéger contre tout ce qui risquait de mettre en péril un équilibre encore trop précaire.

Le nouveau jeu s'intitulait « mille et une façons pour se dispenser de souffrir ». Diana excellait dans ce jeu-là. Elle déclina poliment mais fermement deux invitations à des baptêmes avec l'accord d'Andy, s'ingénia à bannir de son esprit ce qui lui faisait mal, se prêta à des séances de psychanalyse à raison de trois fois par semaine.

Elle avait retrouvé le goût du travail, repris ses agréables déjeuners en compagnie d'Éloïse, bien que leur amitié manquât de spontanéité à présent. La blonde journaliste songeait à élargir ses horizons professionnels et Diana était trop occupée à recoller les morceaux de son mariage. Depuis leur retour de voyage, les deux époux s'étaient singulièrement rapprochés. Une nouvelle entente avait été scellée sur la rive hawaïenne, sorte de pacte tacite selon lequel la paix du ménage passait avant les mondanités. La jeune femme ne se sentait guère prête à revoir leurs amis communs et, beau joueur, son mari ne la brusquait pas. Bill et Denise n'avaient pas donné signe de vie depuis des lustres. Andy avait expliqué à son ami que la grossesse de Denise constituait un spectacle insupportable aux yeux de

Diana. Bill s'était montré compréhensif et les deux hommes continuèrent à jouer au tennis ensemble quand ils avaient un moment, ce qui était assez rare.

Diana rentrait presque toujours la première à la maison mais ne se donnait pas la peine de consulter le répondeur téléphonique. D'ailleurs, il n'y avait pratiquement plus de messages, à part de temps en temps un appel de Mme Goode ou d'un des frères d'Andy. Et ce soir de la mi-janvier, sans trop savoir pourquoi, elle avait appuyé machinalement sur le bouton de lecture et la bande enregistrée avait défilé.

Le premier coup de fil émanait de sa mère, le second d'une libraire en quête d'informations sur *Maisons d'aujourd'hui*. Les trois appels suivants s'adressaient à Andy. Billy lui rappelait un tournoi de tennis organisé par leur club, son frère Nick lui demandait de ses nouvelles, après quoi une voix féminine ondula à travers le haut-parleur.

— C'est pour Andy Douglas... Rappelez-moi rapidement.

Elle avait un timbre de voix sensuel, comme un roucoulement de colombe énamourée, qui arracha un rire perplexe à Diana. Elle avait laissé son numéro de téléphone et son nom : Wanda Williams.

Diana haussa un sourcil. Même pendant leurs pires moments, l'année précédente, elle n'avait jamais soupçonné qu'Andy pouvait la tromper. Bien sûr, certains hommes soignaient leurs déconvenues conjugales par l'infidélité, comme d'autres noient leur chagrin dans l'alcool, mais Andy ne faisait pas partie de ces Don Juan en manque d'affection. Et le fait même que cette inconnue osât l'appeler chez lui plaidait en faveur de son innocence... Diana réembobina la bande, remit le répondeur en marche. Il devait très certainement s'agir d'une quelconque actrice du petit écran désireuse d'approfondir les modalités de son contrat.

— A qui appartient la voix de rêve qui t'a appelé

aujourd'hui ? questionna-t-elle tranquillement plus tard, à l'heure du dîner.

Andy fronça les sourcils, le nez baissé dans la corbeille à pain.

— Quoi ? Que dis-tu ?

— Tu m'as très bien entendue. Qui est-ce ? Une conquête ?

Elle adorait le taquiner et d'habitude il s'en amusait. Or, à l'évidence, cette fois-ci il ne parut pas apprécier la plaisanterie.

— Qu'est-ce que tu me chantes ? C'est une amie de mon frère Nick, de passage à Los Angeles. Elle est à la recherche d'une voiture d'occasion et voudrait, je crois, mon avis.

— Une voiture ? pouffa Diana, ça, c'est la meilleure de l'année. Tu ne connais rien à ces engins. Allons, Andy, qui est Wanda Williams ?

Elle avait prit un ton rauque et sexy pour prononcer le nom de la mystérieuse correspondante de son mari ; il la regarda sans sourire.

— Je n'en sais rien, figure-toi. C'est juste un nom. Je ne l'ai jamais rencontrée.

— Mais tu ne tarderas pas à le faire, si j'en crois le message qu'elle t'a laissé.

— Bon, d'accord, j'ai compris, jeta-t-il, de plus en plus énervé.

Il avait englouti trois tranches de pain sans s'en rendre compte. Diana l'observait, souriante. Le mettre en boîte faisait partie de leurs distractions complices. Sauf que cette fois-ci, il n'avait pas l'air de la trouver drôle.

— Alors quand la rappelles-tu ?... pour la voiture, bien sûr.

— Je ne sais pas encore. Je verrai.

— Vraiment ? — Un éclair fugitif dans le regard de son mari l'avait soudain mise sur ses gardes. Et puis, quelque chose ne tournait pas rond dans son histoire. — Chéri, de quoi s'agit-il ?

— Écoute, Di, je ne peux pas t'en parler pour l'instant.
Je suis en train de mener une affaire à bien — du moins
je l'espère. N'ai-je pas le droit à un peu d'intimité ?
— Oui, sûrement. Mais pas avec des femmes.
— Je n'ai pas d'aventures extraconjugales, si c'est ce à
quoi tu penses. Je te le jure.
— Alors pourquoi ce besoin subit « d'intimité » ?
Oui, quelque chose ne tournait pas rond... Ce soudain
besoin de conserver le secret d'une rencontre à venir...
Son regard, interrogateur, scruta celui d'Andy. Il avala sa
salive.
— C'est l'amie d'un copain. Elle connaît l'un des
avocats de la chaîne télévisée et il m'a chargé de lui
communiquer un projet.
Il omit délibérément d'ajouter que l'énigmatique voix
sur le répondeur appartenait à un ancien flirt de Bill
Bennington.
— L'amie d'un copain... Et plus du tout une relation
de ton frère.
— Oh, et puis zut ! Arrête donc de me pousser à bout.
La jeune femme repoussa sa chaise, se leva de table, et
pour la première fois le doute crispa ses traits fins.
— Pour l'amour du ciel, Andy ! J'ai simplement voulu
te taquiner. Si tu ne te démenais pas pour noyer le poisson,
j'aurais déjà oublié jusqu'à l'existence de cette sirène.
Maintenant que tu as aiguisé ma curiosité, je veux savoir
qui elle est.
— Je t'en aurais parlé en temps et en heure. J'avais
l'intention de la rencontrer d'abord avant de te la présenter.
— Formidable ! ricana-t-elle. Et peut-on savoir quel est
le but de cette rencontre ? Un rendez-vous galant ?
— Elle a eu l'enfant d'un de mes collègues l'année
dernière. Wanda est une mère porteuse. Elle est prête à
recommencer l'expérience.
Il s'était exprimé avec calme, puis se tut, s'attendant à
une explosion qui ne tarda pas à éclater. Diana darda sur
lui des yeux furibonds.

— Comment ? laissa-t-elle tomber, pâle de colère. Tu avais l'intention d'aller voir cette femme qui prête son ventre au premier venu sans m'en avertir ? Et pourquoi ne pas coucher avec elle, pendant que tu y es ? Bon sang, qu'est-ce qui te prend ?

— Diana, je t'en prie, ne monte pas sur tes grands chevaux. Si nous parvenions à un accord, la chose se ferait par insémination artificielle.

— Nous avions décidé de ne plus évoquer ce problème pendant un certain temps. Tu me l'avais promis, hurla-t-elle, furieuse.

— Je sais. Mais j'ai eu ce renseignement il y a une semaine. C'est une occasion qu'il ne faut peut-être pas laisser passer.

— Qui est-ce, à la fin ?

— Une petite actrice. Elle milite contre l'avortement, prétend qu'elle peut concevoir très facilement et cherche à rendre service à son prochain.

— Mon Dieu, on croit lire les Évangiles. Et quel est le coût de cette opération charitable ?

— Nous le saurons bien assez tôt.

— Et si l'envie lui prenait de garder l'enfant ?

— Elle ne pourra pas. Nous allons signer un contrat en béton. Elle s'est montrée d'une honnêteté scrupuleuse avec son client précédent. Je lui ai parlé personnellement au téléphone. Il n'a pas tari d'éloges au sujet de Wanda ; lui et sa femme sont au comble du bonheur. Ils ont une adorable petite fille alors qu'ils avaient perdu tout espoir.

— Et si elle est droguée ? Ou malade ? Ou... Oh, non, Andy, je ne peux pas cautionner cette folie.

Elle s'était rassise pesamment, le visage enseveli dans ses mains. A peine avaient-ils ressoudés leur mariage que, de nouveau, la faille se creusait, plus menaçante que jamais.

— Chérie, tu m'as si souvent dit que tu aurais voulu *mon* bébé, que ce serait injuste de m'empêcher d'être père... Toute réflexion faite, je crois que cette solution est plus satisfaisante que l'adoption. Au moins, le bébé sera le mien. Tu as refusé l'implant d'ovule suggéré par ton médecin, il ne nous reste plus qu'à nous tourner vers d'autres procédés.

— On croit rêver ! lâcha-t-elle, écœurée. Qu'est-ce ? Une expérience de laboratoire ? Je te déteste, Andrew Douglas ! Comment oses-tu m'infliger une telle humiliation ?

— J'ai le droit de fonder une famille. Nous en avons le droit tous deux. Et tu le désirais tant, ce bébé !

— Pas comme ça ! Pas avec des *procédés*, comme tu l'as si bien dit, que je réprouve. Pas en louant le corps d'une étrangère. Et si elle tombait amoureuse de toi et du bébé ?

— Elle est mariée, Diana.

— De mieux en mieux ! Vous êtes tous cinglés : toi, elle et son mari.

— Tandis que toi, tu es un modèle d'équilibre mental, peut-être, rétorqua-t-il, tremblant d'une rage mal contenue.

— Comparée à vous, oui, sans aucun doute.

— Eh bien, tu n'en as pas l'air, ma belle !

Un temps mort suivit, pendant lequel elle sembla au bord de l'évanouissement.

— Je vais juste la voir cette semaine, reprit Andy d'une voix douce mais ferme. Voilà tout. Seulement pour me faire une opinion. Tu peux m'accompagner, si tu veux.

— Ne compte pas sur moi. Je n'ai guère envie d'assister à des pourparlers dont je serais exclue.

— Tu es une femme forte, répondit-il calmement. Je le pense sincèrement.

Il avait mûrement réfléchi à la question et avait pris une décision irrévocable. Il aimait profondément Diana mais au terme d'un long conflit intérieur, il en était venu à souhaiter un enfant. Un petit garçon ou une petite fille qui porterait son nom, qui serait la chair de sa chair, le sang de son sang...

— Et moi je pense que tu es un beau salaud ! glapit-elle en bondissant sur ses jambes et en courant s'enfermer dans la salle de bains.

Lorsqu'elle réapparut, Andy avait téléphoné à Wanda Williams. L'entretien aurait lieu à la brasserie lvy, un endroit incongru aux yeux de Diana, mais que Wanda semblait affectionner.

— Viendras-tu ? demanda-t-il le lendemain matin.

Elle se borna à un signe de tête négatif.

Et vers midi, installée dans le bureau directorial encombré de dossiers et de brochures, elle sut qu'elle irait au rendez-vous. Ne serait-ce que pour voir de quoi *l'autre* avait l'air. La femme qu'Andy avait choisie pour porter son enfant...

Elle fit appeler un taxi, arriva sur place avec une demi-heure de retard, pénétra dans la vaste salle bourdonnante d'une clientèle disparate, cherchant fébrilement son mari du regard. Elle le repéra à une table du fond, en compagnie d'un couple... Andy lui jeta un regard surpris.

— Ma femme, John et Wanda Williams.

Diana s'assit avec la pénible impression d'être de trop. De prime abord, les Williams paraissaient sains d'esprit. Ni drogués ni hippies... Son attention se concentra sur Wanda. Une jolie fille qui, à ses dires, voulait donner « un sens » à sa vie en se rendant utile aux autres. Le dénommé John semblait partager entièrement la philosophie de son épouse. Bientôt, il prit la parole. « L'argent est l'argent », commença-t-il s'efforçant par cette belle entrée en matière de s'attirer l'approbation des intéressés. Les Douglas devraient assurer les frais médicaux, les vêtements de grossesse, plus une somme équivalent à deux mois de salaire, puisque Wanda serait alors inapte à travailler. Restaient ses « honoraires »... Ils s'élevaient à vingt-cinq mille dollars. En contrepartie, Mme Williams s'engageait à ne pas consommer d'alcool ou de drogues durant sa grossesse et à leur remettre le bébé dès sa naissance.

— Qu'est-ce qui nous prouve que vous n'allez pas décider de le garder ? demanda Diana d'un ton glacial.

Elle s'était contentée d'une tasse de café.

— Vous n'avez rien à craindre, répondit la jeune actrice sans l'ombre d'une hésitation. Je n'ai nulle envie de porter atteinte à mon karma.

— Wanda est une fervente adepte des religions orientales, renchérit John, comme si cela suffisait à tout expliquer.

— Et vous, monsieur Williams ? s'enquit Diana se tournant vers lui. Ça ne vous dérange pas de savoir votre femme enceinte de quelqu'un d'autre ?

— Non, chère madame, riposta-t-il, d'une voix méprisante. J'ai depuis longtemps rejeté les préjugés et les tabous de la société occidentale.

« Mais pas l'argent, ce qui est bigrement commode », faillit-elle rétorquer, et elle se mordit les lèvres afin d'empêcher les mots cinglants de jaillir. Et de toute façon, elle se sentait trop mal à l'aise pour poursuivre la discussion. Sous des apparences de normalité, ces deux-là souffraient d'une douce folie, conclut-elle, révulsée par ce projet trop affreux, trop insupportable.

A la fin du repas, Wanda et son mari prirent poliment congé de leurs hôtes. Aucune décision n'avait été arrêtée mais ce n'était qu'une première prise de contact. Andy promit une réponse définitive dans les jours qui suivraient.

— Je dois voir un autre candidat demain, lança Wanda.

— Elle n'accepte que les propositions des personnes qu'elle aime bien, fit remarquer son époux tout en décochant à Diana un regard dont elle sentit le fiel jusqu'au tréfonds de son âme.

A l'évidence, elle n'avait pas suscité la sympathie du couple. C'était réciproque. Les Williams partis, Diana considéra son époux d'un œil courroucé.

— Comment as-tu pu... murmura-t-elle, incapable de poursuivre.

— Et toi, comment as-tu pu faire preuve d'une telle impolitesse ? Toutes ces questions indiscrètes à John ! Pour l'amour du ciel, Diana, ils pourraient nous rejeter.

— Rassure-toi, ils ne sont pas prêts à renoncer à vingt-cinq mille dollars. Tes copains manient habilement le matériel sous couvert de spirituel. Madame nous a merveilleusement entretenus de son karma et toi tu étais là, à prier pour qu'elle accepte de te faire un gosse moyennant finances. C'est proprement dégoûtant !

— Je demanderai au Dr Johnston de procéder à l'insémination.

— Je refuse de participer à cette farce sordide, autant que tu le saches tout de suite.

— J'assumerai seul le coût de l'opération.

Il allait certainement réclamer une aide financière à ses parents sous un prétexte fallacieux.

— Tu es malade, laissa-t-elle tomber, terrassée par une immense lassitude.

De solution, il n'y en avait qu'une. Et elle avait été stupide de ne pas l'avoir acceptée plus tôt. Sans un mot de plus, elle se redressa, traversa la salle de restaurant et se retrouva sur le trottoir. Un taxi en maraude passait, elle le héla.

Elle n'était plus là quand Andy sortit à son tour.

Il rentra dans la soirée pour trouver la maison obscure et vide. Diana était partie en emportant ses affaires. Un mot trônait sur la table de la cuisine, quelques lignes tracées à la hâte.

Cher Andy,
J'aurais dû m'en aller plus tôt. Je te demande pardon, mais tout cela est si grotesque... Tu n'as pas besoin d'une mère porteuse. C'est une épouse qu'il te faut. Une femme avec laquelle tu auras des enfants. Bonne chance. Je t'aime.

C'était signé Diana. Le jeune homme froissa au creux de sa paume la mince feuille de papier crissant, en fit une boule bleu pâle qu'il contempla longuement, en proie à une indescriptible angoisse. Non, mais non, elle n'avait pas pu lui faire ça... Dans un instant ou dans une heure, il entendrait le bruit de sa clé dans la serrure, elle entrerait alors et tomberait dans ses bras.

Elle ne revint pas. Plus tard, il passa un coup de fil anodin à M. et Mme Goode, dans l'espoir de la trouver chez eux. Ils ne l'avaient pas vue, non... Non, elle ne les avait pas appelés. Leur dernier entretien téléphonique remontait à plusieurs jours. Ayant perçu le désarroi dans la voix de son gendre, Mme Goode acquit l'immédiate conviction que quelque chose n'allait pas. Discrète, elle ne s'autorisa pas à l'accabler de questions personnelles.

Diana avait trouvé refuge dans un hôtel. Et le lendemain, elle loua un appartement près du journal. Au terme d'une nuit blanche, comme l'aube chassait l'obscurité, la réalité lui avait sauté aux yeux, crue, inéluctable. Le déjeuner avec John et Wanda Williams constituait le dernier acte d'une tragi-comédie qui n'avait que trop duré. Son beau, son merveilleux mariage d'amour n'avait engendré que détresse et désespoir. L'incohérence et la folie avaient remplacé les rêves romantiques que toute jeune femme est en droit d'attendre de la vie... A son tour, Andy semblait avoir perdu la raison.

Il lui téléphona tous les jours au journal ; elle refusa de prendre ses appels. Au bout d'un moment, il se montra ; elle lui ferma la porte de son bureau au nez... Le temps des rêves était révolu, tout comme celui des cauchemars. Tout était fini désormais entre Diana et Andy.

13

— Bon, nous revoilà, soupira Pilar avec un sourire hésitant.

Elle avait mit la vidéocassette en marche ; à l'image, deux créatures dénudées se prodiguaient des caresses saphiques.

— Mmm, tes goûts laissent à désirer, protesta Brad, l'œil malicieux.

— Oh, tais-toi donc, fit-elle dans un rire.

Elle s'était fait violence pour retourner chez le Dr Ward. La doctoresse lui avait appris que ses chances avaient diminué et qu'il faudrait certainement renouveler l'opération à plusieurs reprises. Elle avait prescrit à Pilar des suppositoires de progestérone pendant un trimestre, bien que le traitement fût sans garantie de succès.

Le temps était son pire ennemi, songea Pilar tout en ôtant, l'un après l'autre, les vêtements de son mari. Et tandis que le film déroulait des scènes de plus en plus impudiques sur le petit écran, elle put arriver à ses fins avec une facilité qui lui arracha un petit rire triomphant. La nurse réapparut pour chercher l'éprouvette, et Pilar adressa un clin d'œil à Brad.

— Nous devrions acheter ce film pour le regarder tranquillement à la maison. Je suis sûre qu'il t'a plu.

Le chemin qu'ils avaient choisi était semé d'embûches, mais ils s'efforçaient de montrer bonne figure... Ils passèrent dans la salle d'examen. Le Dr Helen Ward procéda une nouvelle fois à l'insémination, avec des gestes à la fois doux et précis. Et Pilar dut, dès le lendemain, recommencer les cachets de clomiphène, ce qui acheva de la déprimer.

Souvent, elle se disait qu'elle ne se remettrait jamais de sa fausse couche. Le deuil et la souffrance, qui semblaient s'être atténués au fil du temps, ne demandaient qu'à rejaillir, aussi aigus et poignants qu'au premier jour. Une scène ordinaire du quotidien — un nourrisson dans une poussette, une femme enceinte, de la layette dans une vitrine — suffisait à raviver ses blessures... Et tous ces gens qui continuaient à la bombarder de félicitations, ignorant sa mésaventure ! Chaque fois qu'elle avait été obligée de les détromper, elle avait eu la sensation de perdre de nouveau son bébé.

En sortant du cabinet médical, Brad avait décidé de tenter l'impossible pour la dérider. Il avait loué une suite au Beverly Wilshire Hotel et avait commandé un somptueux repas. Le lendemain, l'Amérique s'apprêtait à fêter la Saint-Valentin. Deux douzaines de roses pourpres attendaient Pilar à la réception.

A mon amour, pour toujours, Brad, disait la carte de bristol, et elle fondit en larmes en la lisant. Mon Dieu, n'avait-elle pas eu tort de l'entraîner dans cette aventure ? Pourquoi ne pas se contenter des bienfaits du quotidien ? Ils étaient si heureux ensemble. Peut-être que, après tout, un bébé ne lui apporterait pas grand-chose, peut-être s'agissait-il d'un simple fantasme, un mirage auquel elle accordait une importance exagérée. Mais renoncer à ce rêve... abandonner le combat... baisser les bras...

Le soir même, dans leur luxueuse chambre d'hôtel, elle lui fit part de ses réflexions.

— Eh bien, attendons la suite des événements, dit-il. Si tu te sens trop malheureuse, nous arrêterons. C'est toi qui décides.

— Oh, Brad, tu es un amour, soupira-t-elle, reconnaissante de son soutien et de sa présence.

Ils avaient loué un film érotique et le regardèrent en

riant, de leur lit, en se gavant des chocolats offerts par la
direction de l'hôtel.

— Tu sais que ça risque de devenir une mauvaise
habitude ? fit Brad, en souriant.

— Quoi, les chocolats ?

— Non, les films.

Il éteignit la télévision et l'attira dans ses bras. Ils
s'étreignirent tendrement, puis s'endormirent enlacés, dans
l'obscurité veloutée et complice.

Le jour de la Saint-Valentin, Charlie offrit une gerbe
d'œillets roses et rouges piquée de gypsophile à la secrétaire
de sa boîte. C'était une femme un peu ronde, toujours de
bonne humeur. Tout le monde s'accordait pour lui trouver
« un cœur en or ». Elle le remercia, des larmes d'émotion
dans les yeux. A son avis, de tous les représentants de
commerce de la compagnie, le jeune Winwood méritait les
palmes de la gentillesse. « C'est un brave garçon », avait-
elle l'habitude de dire. Marié, il ne nageait pas dans le
bonheur, cela se voyait comme le nez au milieu de la
figure. Et depuis son divorce, il affichait un air plus
touchant encore, plus vulnérable.

A l'heure du déjeuner, muni d'un sandwich et décidé à
profiter du beau temps, Charlie se rendit au Palms Park,
à proximité de Westwood Village. Il appréciait tout
particulièrement les chênes majestueux aux frondaisons
bruissantes, les buissons vernissés, les pelouses bien grasses.
Depuis quelque temps, il en avait fait son ermitage. Installé
sur un banc — son banc —, le jeune homme se laissait
imprégner par la gaieté ambiante : vieilles personnes prome-
nant leurs chiens, amoureux échangeant de tendres baisers,
gamins occupés à jouer.

Depuis cinq bonnes minutes, une petite fille avait capté
son attention. Longues tresses blondes, grands yeux d'azur,
un joli minois, un rire cristallin. Elle sautait à la corde,
sous le regard attendri de sa maman, qui était aussi jolie

qu'elle, se dit Charlie. Jeune, avec des cheveux lisses d'un blond exquis, des yeux de biche, un visage qui avait conservé la candeur de l'enfance.

Au bout d'un moment, elles s'étaient mises à jouer au ballon. Et soudain, la balle rebondit, heurtant Charlie à l'épaule. La fillette vint alors récupérer son bien. Elle leva les yeux sur lui avec un large sourire édenté.

— Miséricorde, qu'est-il arrivé à tes dents ?

— La petite souris est venue les chercher, en me laissant chaque fois un dollar. J'ai huit dollars.

Il sourit à la frimousse réjouie.

— Oh, mais tu es riche, alors.

La mère de la petite s'était approchée à son tour.

— Vous ressemblez à votre fille, dit Charlie, excepté les dents, bien sûr.

Sa remarque fit naître un sourire éblouissant sur les lèvres de la jeune femme.

— Par chance, la petite souris ne me les a pas prises. Cela aurait coûté beaucoup plus cher...

Dieu merci, avant de prendre la poudre d'escampette, son mari ne lui avait pas cassé la mâchoire comme il avait menacé tant de fois de le faire. Naturellement, il était hors de question de raconter ses malheurs à un parfait inconnu.

— Je vais acheter un cadeau à ma maman avec mes huit dollars, annonça la petite. Tu ne veux pas jouer avec nous ?

Il hésita une fraction de seconde, n'osant déranger la mère, mais celle-ci inclina la tête.

— D'accord. Je suis cependant un piètre joueur de ballon. A propos, je m'appelle Charlie.

— Et moi Annabelle, mais on m'appelle Annie.

— Beth, se présenta la mère d'une voix posée, surveillant sa progéniture du coin de l'œil.

Ils jouèrent au ballon pendant un moment, ce qui mit la petite Annie aux anges. Hélas, toutes les bonnes choses ont une fin. Charlie regarda sa montre : il était temps de retourner au bureau.

— A un de ces jours, cria-t-il à ses nouvelles amies, avant de s'éloigner, sachant qu'il ne les reverrait probablement jamais.

Depuis le départ de Barbie, il n'était pas sorti avec une femme et du reste il ne l'avait pas cherché. Il avait besoin de se retrouver. Et de faire le deuil du rêve impossible auquel il avait cru pendant si longtemps...

— Au revoir, Charlie, s'époumona Annie. Bonne Saint-Valentin.

— Merci.

Il s'engagea sur le chemin du retour, le cœur léger. Et cet après-midi-là, pour la première fois, le fantôme de Barbara ne vint pas le hanter.

Il fallut près d'un mois à Andy pour découvrir la nouvelle adresse de Diana... Il resta longtemps planté sur le trottoir d'en face, le regard rivé sur la bâtisse, guettant en vain une présence derrière les rideaux qui masquaient les fenêtres. Il avait maîtrisé l'irrépressible envie d'aller sonner à sa porte, craignant une réaction négative. L'avocat de sa femme l'avait contacté une quinzaine de jours plus tôt et ne lui avait laissé aucun espoir.

— Mme Douglas a rempli une demande de divorce, monsieur Douglas. Je ne crois pas qu'elle reviendra sur sa décision.

C'était donc fini. Elle avait tourné la page sur dix-huit mois de larmes et de déchirements. Elle ne lui en tenait pas rigueur, mais ne désirait plus le revoir, avait conclu l'homme de loi.

Malgré tout, il avait continué à l'appeler à son travail, sans plus de résultats. Sans cesse, son esprit reproduisait le stupide déjeuner avec la mère porteuse et son mari. Leur histoire s'était arrêtée là, brutalement, comme un mauvais roman. Quelle fin lamentable ! Andy s'en voulait terriblement. Avec ses exigences insensées, il avait tout détruit. Il avait versé des larmes de repentir des nuits entières, sur le désastre qu'était devenu son mariage. Il ne voulait plus d'enfants. Il voulait seulement Diana.

Un jour, il était tombé par hasard sur Seamus et Sam ; ils lui avaient révélé la nouvelle habitation de la fugitive. Un cottage à Malibu avec vue sur la plage. Il avait réussi à leur extorquer l'adresse sous prétexte qu'il devait rapporter à Diana une partie de ses affaires.

— Nous avons été navrés d'apprendre votre séparation, avait dit Seamus.

— Nous n'avons pas eu de chance. Bah, tout est ma faute.

— Peut-être parviendra-t-elle à surmonter ses griefs, avait répondu Samantha doucement.

Elle semblait sur le point d'accoucher et, d'ailleurs, le couple se rendait chez le médecin en vue d'un ultime check-up. Andy les avait regardés s'éloigner et, l'espace d'une fraction de seconde, la pointe acérée de la jalousie lui avait vrillé le cœur.

De retour dans sa vaste villa désertée, il avait ébauché une multitude de plans d'approche... Arriver comme par hasard, se poster devant l'immeuble du magazine, aller l'attendre sur la plage. Le jour de la Saint-Valentin, il décida de se jeter à l'eau. Il acheta une gerbe de roses éclatantes et partit pour Malibu en priant le ciel qu'elle fût chez elle. Elle était absente. Il laissa les fleurs sur le perron avec une carte sur laquelle il avait griffonné un « je t'aime, Andy » d'une main tremblante. Il s'apprêtait à remonter en voiture, lorsqu'elle arriva. Le voyant, elle demeura immobile au volant de sa voiture, comme pétrifiée. Il alla à sa rencontre et, à contrecœur, elle baissa la vitre de sa portière.

— Tu n'aurais pas dû venir, dit-elle d'une voix ferme.

Elle était plus mince, plus belle, plus attirante que jamais dans son élégant tailleur noir. Finalement, elle mit pied à terre mais resta tout près de sa voiture, comme prête à reprendre la fuite.

— Pourquoi es-tu venu ?

Elle avait aperçu la gerbe sur les marches mais avait feint de ne pas l'avoir remarquée.

— Je voulais te voir, répondit-il tristement, et elle lui trouva cet air de petit garçon qui l'avait tant émue lors de leur première rencontre.

— Mon avocat ne t'a pas mis au courant de ma décision ?

— Oui. Mais étant avocat moi-même, je me méfie de cette fichue profession. — Il sourit et elle lui rendit machinalement son sourire. — En fait, je n'écoute jamais personne, tu devrais le savoir.

— Eh bien, il est temps que tu apprennes à écouter les autres. Cela t'épargnera un tas de maux de tête à l'avenir.

— Vraiment ? Comment ça ? interrogea-t-il, faussement innocent, trop heureux de la revoir.

Ils étaient si près l'un de l'autre qu'il pouvait sentir son parfum capiteux, malgré la brise iodée de l'océan. Elle portait toujours ce précieux *Calèche* de Hermès qu'il adorait sur sa peau satinée.

— Tu devrais t'arrêter de te cogner la tête contre les murs, pour une fois, déclara-t-elle, surprise de n'être pas affectée par sa présence.

— J'aime bien abattre les obstacles, essaya-t-il de plaisanter.

— Eh bien, il ne faut pas. Il n'y a plus d'espoir, Andy.

— Je t'ai apporté des fleurs, murmura-t-il, ne sachant plus comment poursuivre la conversation.

— Tu n'aurais pas dû. Franchement, tu ferais mieux d'arrêter maintenant. Dans cinq mois environ, tu seras libre. Tu as toute la vie devant toi... sans moi.

— Je ne veux pas de ce divorce.

— Il le faut, pourtant. Nous en avons besoin tous les deux.

— Je te prie de ne pas présumer de mes besoins, gronda-t-il. Je veux que tu me reviennes, Diana. Voilà ce que je veux. Je ne t'imposerai plus aucune condition. Et quant à cette sordide histoire avec la mère porteuse, je m'en mords encore les doigts. Je ne veux plus d'enfants, plus de foyer, rien. Toi seulement. Je t'en prie, mon amour, donne-nous une autre chance. Je t'aime tellement, je...

Les larmes lui nouèrent la gorge et il laissa sa phrase en suspens.

— Je ne souhaite plus avoir d'enfant non plus, murmura-t-elle. — Et il sut qu'elle mentait. — Et je ne veux plus être mariée. Je n'en ai pas le droit.

A force de se le répéter, elle avait dû s'en convaincre, pensa-t-il.

— Pourquoi ? Parce que seuls les gens n'ayant aucun problème de santé méritent le mariage ? C'est la chose la plus stupide que j'aie jamais entendue.

— Ceux qui sont stériles devraient se marier entre eux. Comme ça, personne ne serait blessé au bout du compte.

— Bravo ! Encore un peu et tu me sortiras les théories de la pureté de la race. Nom d'un chien, Di, deviens adulte. Nous avons eu un échec, ce n'est pas la fin du monde.

— *J'ai* eu un échec, rectifia-t-elle sèchement.

— Ouais ! Et quant à moi, j'ai perdu la tête au point de passer des pactes avec des starlettes bouddhistes et mères porteuses. Bon, nous avons eu tous deux des moments d'égarement. Il y avait de quoi, non ? Tu ne vas pas demander le divorce sous prétexte que nous avons un peu perdu la tête chacun à notre tour.

— La folie ne me convient plus. Il y a un tas de choses qui ne me conviennent plus, du reste. Les naissances, les hôpitaux, les baptêmes, les nurseries. Sam a eu son bébé hier. Je l'ai appelée et lui ai dit que je n'irais pas la voir. Elle n'en a pas été mortifiée. Si je dois survivre, ce sera au prix de ce genre de sacrifices. Je refuse d'être malheureuse plus longtemps... Je me consacrerai à mon travail. A ma carrière. Dieu merci, on peut se passionner pour un tas de sujets.

Il la regarda.

— Et la solitude, c'est quoi ? Une passion ou une punition ?

Elle rejeta ses cheveux en arrière, irritée par sa perspicacité.

— Qu'est-ce qui te fait dire que je me sens seule ?

— Parce que j'ai remarqué que tu te rongeais les ongles. Tu n'as pas cette habitude quand tu es heureuse.

— Oh, flûte ! soupira-t-elle, et un sourire involontaire éclaira un instant ses traits ciselés. Je croule sous le travail. Se ronger les ongles stimule la réflexion.

Ils se regardèrent un moment. « Il n'y aurait pas de mal à l'inviter à prendre un verre », pensa-t-elle brusquement. Après tout, il n'était pas son ennemi. Elle lui proposa d'entrer. Il la suivit, surpris, la regarda mettre les roses dans un vase de cristal.

— Qu'aimerais-tu boire ?

— Rien. Sais-tu ce que j'aimerais vraiment ?

— Quoi ? fit-elle, de nouveau sur ses gardes.

— Faire un tour sur la plage avec toi.

La jeune femme acquiesça, disparut un instant, revint avec des chaussures de marche aux pieds. Par-dessus l'élégante tenue noire, elle avait passé une grosse veste de lainage.

Peu après, ils longeaient la plage en silence. Et lentement, insensiblement, leurs corps se rapprochèrent. La main d'Andy se referma sur celle de Diana, et ce geste familier lui fit lever les yeux. Elle le scruta, comme si elle ne le connaissait pas, puis peu à peu, son visage se détendit. Mais oui, cet homme aux cheveux blonds qui marchait à son côté était bien celui qu'elle avait aimé si ardemment... Et qui l'avait rendue si heureuse, avant que le destin ne s'acharne sur eux.

— Cela n'a pas dû être facile, murmura-t-il, tandis qu'ils s'asseyaient contre une dune blonde, face à la surface miroitante de l'océan.

— Non. Et tu avais raison. Je me sens seule. Mais j'apprends un tas de choses sur moi-même. Avant, j'étais tellement obsédée par mes envies de maternité que je n'avais jamais pris le temps de réfléchir, de découvrir qui j'étais, ce dont j'avais réellement envie.

— Peut-on connaître tes conclusions ?

— C'est difficile à exprimer. Jadis, mes sœurs ne cessaient pas de me dire que j'étais *différente*. Je n'en étais pas sûre. Au fond, j'avais les mêmes idéaux qu'elles : la famille, les enfants... Et ma carrière, naturellement, ce qu'elles ne m'ont jamais pardonné. Par ailleurs, je me suis jetée à corps perdu dans une compétition absurde avec elles. Il me fallait être première en tout. C'est sans doute la raison pour laquelle mon échec à donner la vie n'en est que plus cuisant. Pour une fois, je n'étais pas la meilleure... Je n'avais pas remporté le trophée...

Andy se tourna vers elle, charmé par sa naïveté.

— Tu es quelqu'un de très spécial, dit-il d'une voix tendre. Tu n'as pas échoué, ma chérie. Tu es toujours la meilleure.

Elle hocha la tête sans grande conviction. En dépit de ses bonnes résolutions, n'y tenant plus, il l'embrassa alors tout doucement sur les lèvres. Elle ne bougea pas, mais lorsqu'il s'écarta d'elle, il vit ses yeux mouillés de larmes.

— Je t'aime toujours, tu sais, fit-elle à l'adresse du vent, qui les avait entourés d'un mince voile d'embruns. Je ne cesserai jamais de t'aimer. Mais nous ne pouvons plus vivre ensemble, j'en suis persuadée. Nous nous sommes fait trop de mal... Wanda, ça a été le pire. Mon humour légendaire ne m'a été d'aucun secours. Sais-tu que deux jours plus tard, j'ai eu un fou rire en repensant à la scène ? J'ai eu envie de t'appeler.

— Dommage que tu te sois ravisée. Je t'aurais appris la suite de l'histoire, lui murmura-t-il en souriant. Tu as ruiné toutes mes chances, tête de mule ! Le choix de Wanda s'est porté sur l'autre candidat. D'après son mari, il y avait une importante incompatibilité entre vos deux karmas.

— Ah ! Ah ! Ça ne m'étonne pas. J'ai dû lui flanquer

une gifle monumentale lors d'une vie antérieure... J'espère qu'elle aura des quadruplés. Seigneur, pourquoi les gens en arrivent-ils à de telles extrémités ?

— Tu veux dire pourquoi ont-ils recours à des femmes comme Wanda ? Par désespoir, sans doute. Et quant à elle, elle se prend pour mère Teresa.

— Une mère Teresa qui n'aura bientôt rien à envier à Crésus. La loi de l'offre et de la demande.

— La vie... En tout cas, sans ton misérable karma, nous aurions frôlé la catastrophe.

Son petit sourire mutin arracha à Andy un soupir de nostalgie. Jamais Diana ne lui avait paru aussi sereine. Et il ne l'avait jamais chérie aussi fort qu'en ce moment. Un halo gris traversé des lueurs sourdes du couchant enveloppait l'horizon. Ils revinrent à la maison où ils se mirent à discuter, comme deux nouvelles connaissances. Et comme au jour de leur première rencontre, ils parlèrent des heures durant... Aucun d'eux ne songea à dîner ou à boire un verre. Ils étaient tout à leur conversation, évoquant mille et une chose, sans jamais languir, sans jamais se fatiguer. Les aiguilles de la pendule indiquaient minuit, quand il se leva pour prendre congé.

— Cela te dirait de sortir avec moi demain soir ? demanda-t-il, terrifié à la pensée qu'elle pourrait refuser.

— Oui, volontiers.

— Alors, le Chianti ? — C'était une simple petite trattoria de la rue Melrose dont ils avaient adoré autrefois les menus succulents. — Et après dîner, un bon film ?

— Oui, avec plaisir.

Il l'embrassa de nouveau, avant de tourner les talons. Tous deux avaient le cœur léger, comme de jeunes amoureux. Postée à la fenêtre, Diana adressa à Andy un signe de la main. Puis, après que la voiture eut disparu dans la nuit, elle sortit sur sa terrasse où elle demeura longtemps, le regard fixé sur l'océan.

14

Dans l'espoir de revoir Annabelle et Beth, Charlie retourna à plusieurs reprises au Palms Park. Finalement, il les retrouva devant le même banc. Leurs rencontres constituaient un chapelet d'oasis verdoyantes au milieu du désert qu'il traversait. Ils papotaient, riaient, jouaient au ballon. Paralysé par sa timidité naturelle, Charlie n'osait demander à Beth son numéro de téléphone. Était-elle mariée ? divorcée ? Aucune alliance n'ornait son annulaire, avait-il remarqué, mais la jeune femme ne semblait pas encline aux confidences.

Début mars, lors de leur troisième rencontre au parc, ils se découvrirent une solide amitié réciproque. Peu à peu, Beth en oubliait ses réticences, ouvrait son cœur à son nouvel ami : Annabelle allait à la maternelle, tandis qu'elle-même travaillait comme aide-soignante au centre médical d'Ucla... Elle avait commencé des études d'infirmière, mais n'avait pu terminer son internat.

Charlie hochait la tête, suspendu à ses lèvres. Ils se connaissaient depuis à peine un mois et, pourtant, un étrange bien-être l'envahissait à la vue de la fillette et de sa mère. Et tandis qu'Annabelle jouait à la marelle, assis sur le banc à l'ombre des chênes touffus, Charlie et Beth échangeaient des propos sans fin, parlant de tout et de rien, seuls au monde.

— J'ai attrapé froid, annonça Annabelle un jour, avant de repartir en sautillant vers la balançoire.

— Votre petite fille est magnifique, dit Charlie d'une voix chaleureuse.

— Oui, elle est mignonne... Merci d'être si gentil avec elle, mais ne la gâtez pas trop.

Il n'arrivait jamais sans un cadeau pour la petite — boîtes de bonbons, chewing-gums, sucettes.

— Vous semblez aimer les enfants, continua Beth.

Il inclina la tête.

— Vous n'en avez pas ?

— Non... pas encore. Et je ne crois pas que j'en aurai un jour, ajouta-t-il, l'air sibyllin. Enfin, c'est une longue histoire. Un jour, j'adopterai des gosses. Des orphelins qui n'ont pas de parents et qui en souffrent. J'ai été orphelin, moi aussi.

Le fragment d'un souvenir traversa sa mémoire et il se revit, enfant, au sein d'un des nombreux foyers d'accueil. Un couple charmant, peut-être le plus gentil de tous... Il l'auraient sans doute adopté s'il n'avait pas eu une allergie à cause de leur chat. Une crise d'asthme avait mis fin à ce projet mirobolant. Ils tenaient trop au chat. Et pas assez à Charlie.

— C'est dur pour un gosse d'être un sans-famille, conclut-il, les yeux humides, en pensant aux gamins avec lesquels il jouait au base-ball tous les dimanches.

— Oh, oui, approuva Beth. Je sais ce que c'est. Mes parents sont morts quand j'avais douze ans et ma tante m'a recueillie. A seize ans, j'ai fait une fugue... et me suis retrouvée mariée avec un ivrogne. Un être insensible et violent qui ne ratait pas une occasion pour me battre. Quand, de nouveau, j'ai pris la fuite, j'attendais Annie. Je l'ai eue à dix-huit ans.

Elle en avait vingt-quatre maintenant et visiblement était une bonne mère.

— Que s'est-il passé ? Comment avez-vous réussi à vous débarrasser de lui ?

— Il m'avait déjà remplacée quand je suis partie et six mois plus tard, il a été tué lors d'une bagarre dans un bar. Ma fille avait à peine un an, lorsque je suis revenue. Je travaille la nuit, comme ça je peux passer la journée avec elle. Ma voisine la garde le soir, ce qui m'évite les frais d'une baby-sitter.

— Voilà un excellent arrangement.

— En effet... Lorsque je le pourrai, je retournerai à l'université pour obtenir mon diplôme. Quand mon Annie sera plus grande.

Charlie lui sourit. C'était une fille courageuse qui forçait son admiration.

— Où habitez-vous ? voulut-il savoir.

— A quelques pâtés de maisons d'ici.

Elle mentionna une adresse à Montana, un quartier pauvre mais respectable de Santa Monica.

— Aimeriez-vous dîner avec moi un soir ? Annie sera la bienvenue. Aime-t-elle la pizza ?

— Elle adore.

— Alors, demain soir ?

— Pourquoi pas ? Je ne suis pas de garde avant onze heures. D'habitude, je pars à dix heures et reviens à sept heures et demie du matin, juste à temps pour préparer le petit déjeuner de la petite et l'emmener à l'école. Je dors quelques heures, après quoi je vais la chercher et la ramène à la maison. Tout un programme ! acheva-t-elle en riant.

— Vous devez manquer de sommeil, fit-il remarquer gentiment.

— Je me suis organisée en conséquence : trois heures dans la matinée, pendant qu'Annie est à la maternelle, une petite sieste en début de soirée et le tour est joué.

— Quand est-ce que vous vous amusez, alors ?

L'arrivée d'Annabelle dispensa Beth de répondre. Elle apprit à sa fille l'invitation de Charlie. La petite ouvrit de grands yeux enchantés.

— Chouette ! Nous aurons des glaces, après ?

— Bien sûr ! assura le jeune homme, tandis que la maman d'Annabelle riait aux éclats.

Ils se séparèrent sur cette promesse et Charlie s'attarda quelque peu sur le banc, submergé par une vague de joie sans mélange. Le monde était serein, alentour. Des enfants jouaient en piaillant sur le toboggan... Il les regarda et pour la première fois, aucun regret ne l'assaillit.

Pilar se surprit à penser une fois de plus au retard de son cycle menstruel, mais s'empressa de conclure que ce n'était rien. La fausse couche avait dû dérégler le rythme de son corps, voilà tout. Deux jours ne voulaient rien dire, rien du tout... Le petit tube translucide qui aurait pu apporter une réponse à ses interrogations était resté soigneusement empaqueté au fond du placard. Elle se refusait à y toucher. Le Dr Ward l'avait bien prévenue : les possibilités de conception après la seconde insémination demeuraient faibles, presque nulles... La crainte d'une nouvelle déception l'avait poussée à se cantonner dans l'attente. Au bout d'une semaine, Brad montra des signes d'impatience.

— Je ne veux pas le savoir, répondit-elle à ses incitations, d'une voix oppressée.

— Et moi j'en meurs d'envie.

— Je ne suis pas enceinte, j'en suis sûre.

Pourtant, certains signes — nausées, fatigue, seins légèrement gonflés — témoignaient du contraire.

— Ma chérie, je t'en prie, fais-le, ce fichu test.

Elle se contenta de secouer vigoureusement la tête. La pensée d'un nouvel échec la terrifiait. Non, le doute était préférable à une certitude cruelle. En désespoir de cause, Brad fit appel au bon vieux Dr Parker.

— Emmenez-la à mon cabinet.

Elle accepta finalement de s'y rendre, morte de peur. Le vieux médecin l'examina, et diagnostiqua une grossesse. Le test d'urine s'avéra positif.

— Madame Coleman, vous êtes enceinte.

Elle eut l'impression qu'une douce somnolence la berçait. Elle aurait voulu s'enfermer dans un cocon jusqu'à la délivrance. Le cri de joie de son mari la fit sourire. Lui aussi désirait ardemment cet enfant... Le docteur prescrivit de la progestérone, afin d'augmenter les chances de porter le bébé à terme. Le reste dépendait de mère nature, dit-il. Évidemment, il ne fallait pas écarter les risques d'une nouvelle fausse couche.

— Je resterai au lit pendant les trois prochains mois, soupira-t-elle, en proie à une horrible angoisse.

Le Dr Parker n'était pas de cet avis. Avant de quitter le cabinet médical, Brad annonça la bonne nouvelle au Dr Ward par téléphone et, sur le chemin du retour, il déclara en riant que le fameux film érotique était sûrement à l'origine de ce succès.

— Tu es irrécupérable ! gloussa-t-elle.

Elle se sentait inondée par une sensation singulière, mélange d'excitation, d'inquiétude et de bien-être. Puis, la peur de perdre à nouveau son bébé rejaillit avec la force d'une malédiction. A peine se savait-elle enceinte que, déjà, une cohorte de périls effroyables menaçait l'être microscopique qui dormait près de son cœur. Elle décida de conjurer le sort en gardant farouchement son secret jusqu'à la neuvième semaine de grossesse, date à laquelle le danger d'une fausse couche serait écarté. Restaient les autres désastres : mort du fœtus dans le ventre de sa mère, étranglé par le cordon ombilical ou pour quelque raison différente, aussi mystérieuse qu'abominable. Venu à terme, il pourrait présenter le syndrome de Down ou d'autres malformations ou encore...

— Chérie, pitié ! supplia Brad en l'écoutant énumérer tous les cas de figure possibles et imaginables. Il pourrait aussi être affublé de pieds plats, d'un Q.I. nul, sans oublier la maladie d'Alzheimer quand il sera vieux. Détends-toi et tout ira bien. Ne sois pas hystérique.

Ils furent tous deux hystériques deux mois plus tard, lorsqu'une première échographie révéla des jumeaux.

— Regardez, il n'y a pas de doute ! s'exclama joyeusement le Dr Parker, le doigt pointé sur le moniteur.

A l'écran oscillait l'image floue des deux embryons dans des placentas séparés. Deux cœurs minuscules battaient en même temps... Pilar laissa échapper un cri de surprise et d'allégresse.

— Seigneur, il va falloir tout acheter en double !

— Pour le moment, songez plutôt à vous reposer, chère madame, répondit fermement le vieux praticien. Les sept mois à venir ne seront pas une sinécure. Mais nous allons tenir bon... Car nous ne voulons pas qu'ils nous fassent faux-bond, ces deux petits chenapans, n'est-ce pas ?

— Mon Dieu, non, murmura Pilar, yeux fermés.

Elle en mourrait, si elle perdait les bébés.

15

En mars, Andy se mit à passer tout son temps libre avec sa femme sur la plage. Diana accepta de le laisser passer la nuit chez elle un mois après leurs retrouvailles.

— Je ne souhaite pas retourner à la villa, déclara-t-elle tranquillement. Enfin, pas encore.

Elle considérait le petit cottage de Malibu comme l'endroit idéal pour se refaire une santé morale. Andy n'y voyait aucun inconvénient. Bientôt, il commença à venir directement après son travail, les bras chargés de fleurs et de présents. Quand ils ne sortaient pas, Diana préparait un repas et ils dînaient sur la terrasse, dans la fraîcheur du soir.

Début avril, la jeune femme réintégra leur résidence.

— Finalement, j'aime bien cette vieille demeure biscornue, soupira-t-elle.

— C'est pourquoi nous l'avons achetée, répliqua prudemment Andy.

Ils y passèrent la semaine, puis découvrirent que le cottage leur manquait. Ils y retournèrent le week-end suivant... La vie reprenait son cours, pareille à une rivière limpide. Et peu à peu, les pénibles souvenirs s'estompèrent.

— Je n'ai plus guère envie d'avoir des enfants, décréta-t-elle vers la mi-avril.

— En es-tu sûre ? s'étonna-t-il.

Depuis plus d'un mois, ils avaient passé de merveilleuses

nuits ensemble et elle avait l'air plus heureuse, plus épanouie que jamais.

— Oui, je crois, répondit-elle lentement. La liberté est un bien fabuleux. On peut aller et venir à sa guise, sans aucun souci. On peut dîner à dix heures du soir, décider de partir en voyage... J'ai presque pitié des mères de famille maintenant, sourit-elle. Les pauvres, entre la varicelle du petit dernier, les couches-culottes et les baby-sitters, elles n'ont pas une minute à elles.

— Alléluia ! jubila-t-il.

La sonnerie du téléphone interrompit leurs éclats de rire. Andy alla répondre, et lorsqu'il raccrocha, il jeta un curieux regard à sa compagne.

— Qui était-ce ?

— Un vieil ami.

— Quelque chose ne va pas ? interrogea-t-elle, alarmée par la soudaine pâleur de son époux.

— Je n'en sais rien...

Toujours cette drôle d'expression... Diana le scruta.

— Que se passe-t-il ? Pendant une seconde, j'ai cru que la charmante Wanda voulait se rappeler à notre bon souvenir.

— Tu n'es pas très loin de la vérité.

Elle le considéra et, l'espace d'un bref instant, une lueur craintive zébra le saphir de ses prunelles.

— Quoi ? Ne me dis pas que tu as déniché une autre mère porteuse, je ne le supporterais pas. Ce chapitre de notre vie est définitivement clos, Andy, j'espérais qu'il en était de même pour toi.

— Attends, chérie, ce n'est pas tout à fait la même chose.

Il s'était assis et l'avait attirée près de lui.

— Voilà, reprit-il. En septembre dernier, quand nous avons découvert... euh... quand le Dr Johnston...

— ... a diagnostiqué ma stérilité...

— ... j'ai pris contact avec un de mes anciens camarades d'université. Actuellement, il est à la tête d'une grosse agence d'adoptions à San Francisco. C'était lui, Diana. Je t'en aurais parlé, mais tu m'avais quitté et puis ça m'était sorti de l'esprit.

Il s'interrompit en l'observant intensément. Pour rien au monde il n'aurait voulu la brusquer, il se l'était juré. Mais il était de son devoir de la mettre au courant. Au dire de son ami, il y avait un tas de noms sur la liste d'attente. Il leur avait donné priorité. C'était vendredi soir et le bébé allait naître d'un jour à l'autre. La mère avait décidé de le faire adopter.

— Qu'a-t-il dit exactement ? demanda Diana, crispée.

— Il s'agit d'une jeune femme de vingt-deux ans. C'est son premier... Elle a attendu trop longtemps pour pouvoir recourir à une interruption de grossesse. Elle est étudiante à Stanford. Sa famille ignore tout. Le père suit des études de médecine. Aucun des deux parents n'est capable de subvenir aux besoins de l'enfant.

Le jeune couple, qui avait pris la décision de renoncer à ses droits parentaux, souhaitait que leur bébé soit recueilli par des personnes convenables et Eric Jones, l'ami d'Andy, avait immédiatement pensé à eux.

— Et si ces jeunes gens changent d'avis ? demanda Diana, de plus en plus anxieuse.

— Ils auront ce droit jusqu'à la signature des papiers.

— De combien est ce délai ?

— Six mois environ, à moins qu'ils acceptent de signer avant.

— Oh Andy, s'il s'avisaient de le reprendre, je ne survivrais pas !

Des larmes voilaient ses yeux. Elle venait de broder l'éloge d'une existence insouciante, sans enfants, et maintenant son ancien désir resurgissait comme le feu qui couve sous la cendre.

— Je n'avais pas l'intention de te bouleverser, ma chérie. Il fallait que je te le dise. Ce serait injuste si je ne l'avais pas fait.

— Tu as raison... Vas-tu me détester si je dis non ?
J'ai trop peur d'être déçue, les risques sont trop énormes.

— Rien ne pourra me pousser à te détester, mon amour.
La décision te revient et je la respecterai totalement.

— Je ne peux pas, gémit-elle, c'est au-dessus de mes
forces, comprends-tu ?

Il comprenait parfaitement...

La nuit s'écoula paisiblement. Andy se réveilla tôt ; sa
main tâtonna machinalement à son côté. Le lit était vide.
Il la trouva assise dans la cuisine, prostrée, le visage blême.

— Qu'y a-t-il ? Qu'est-ce qui t'arrive ?

Soudain, il se demanda si elle n'avait pas passé une nuit
blanche.

— Je me sens mal.

— Es-tu malade ? s'alarma-t-il.

— Non, pas malade... répliqua-t-elle faiblement en
secouant la tête. J'ai peur, une peur atroce, tout simplement... Andy, j'ai pris une grave décision...

Elle le regarda et il devina instantanément le fond de sa
pensée.

— Au sujet du bébé ? s'enquit-il, le souffle court.

— Oui. Appelle ton ami.

Elle se mit à arpenter le plancher, tandis qu'il composait
le numéro d'Eric Jones à San Francisco.

— Allô ? fit une voix ensommeillée après deux sonneries.
Il était huit heures du matin.

— Nous voulons le bébé, dit Andy.

De toutes ses forces, il priait pour qu'ils aient vu juste.
Un nouvel échec porterait un coup fatal à leur mariage, il
le savait.

— Alors, dépêchez-vous, répondit joyeusement Eric.
Les douleurs ont commencé depuis une heure environ.
Pouvez-vous sauter dans le premier avion et venir ?

— Bien sûr, fit Andy en s'efforçant de paraître calme.
— Il raccrocha, effleura les lèvres de Diana d'un baiser. —
La naissance est imminente. Nous nous rendons à San
Francisco.

— Maintenant ?

— Tout de suite ! cria-t-il en saisissant le combiné pour appeler les lignes intérieures.

Cinq minutes plus tard, il était à l'étage, dans leur chambre, jetant d'une main quelques effets dans une mallette et manipulant son rasoir électrique de l'autre. Ce spectacle arracha un rire à Diana.

— Non, mais je rêve ! Hier soir nous nous disions combien notre vie était agréable sans gosses et nous voilà prêts à aller chercher un bébé.

Son rire s'éteignit et, une nouvelle fois, l'ombre de la peur altéra ses traits.

— Et si nous le détestons ? S'il nous déteste ?

— Eh bien, nous rentrerons à la maison et poursuivrons l'éloge de la solitude.

— Seigneur, faites qu'on ne se trompe pas, gémit-elle en enfilant un pantalon gris clair et des tennis noirs.

Son cœur battait la chamade. Les événements se précipitaient, leur cours lui échappait. Elle réalisa brusquement que la carapace d'indifférence dont elle s'était si soigneusement enveloppée se fissurait de mille lézardes, que son cœur s'ouvrait lentement à l'espoir. On ne pouvait éternellement se préserver de la souffrance... C'était à la fois terrifiant et magique.

— Prends la chose du bon côté, conseilla Andy, tout en expédiant le rasoir électrique dans son bagage. Un saut à San Francisco vaut mieux qu'un lunch en compagnie de la dénommée Wanda.

— Je vous aime, monsieur Douglas, le saviez-vous ?

— Alors tire sur la fermeture Éclair de ton jean et mets ta chemise.

— Ah ! Ah ! Ne me bouscule pas. Je suis sur le point d'avoir un bébé, après tout.

Elle passa un corsage de soie écrue, attrapa un vieux blazer bleu nuit. Peu après, ils roulaient comme des fous en direction de l'aéroport... A onze heures et demie, leur avion décolla.

Eric les attendait comme convenu dans le hall du Children's Hospital, sur California Street.

— Tout va bien, les rassura-t-il.

La course contre la montre continuait. L'ami d'Andy les conduisit dans une salle d'attente à l'étage. Il s'éclipsa, réapparut une minute plus tard, escorté d'un jeune homme blond qu'il présenta simplement comme « Edward, le père du bébé »).

— Êtes-vous sûr que vous ne changerez pas d'avis ? Lui demanda Diana, au comble de l'anxiété.

Il sourit et, curieusement, elle lui trouva un air de famille avec Andy.

— Nous en sommes certains, madame Douglas... euh... Diana, je vous le jure. Jane sait bien qu'elle ne pourra pas élever cet enfant. Elle voudrait obtenir sa maîtrise cette année et, quant à moi, je dois finir d'abord ma médecine avant de songer à fonder un foyer. Ce sont nos parents qui paient nos études... A vrai dire, nous ne voulons pas d'enfants pour le moment. Plus tard, oui, quand nous en aurons les moyens.

Diana hocha la tête. La façon dont Edward s'exprimait témoignait d'une confiance excessive en l'avenir. « Comment pouvez-vous renoncer à un enfant en présumant que vous en aurez d'autres plus tard ? » pensa-t-elle, mais elle garda le silence.

— Notre décision est prise, répéta-t-il.

Il avait l'air sincère.

— Espérons-le, conclut Andy sobrement.

La conversation dévia sur d'autres sujets. Andy et Diana posèrent une foule de questions à leur interlocuteur. Il répondit à toutes sans hésiter. Lui et Jane jouissaient d'une excellente santé, affirma-t-il. Ils menaient une existence studieuse, n'avaient jamais goûté à la drogue, ne consommaient pas d'alcool, n'aspiraient qu'à obtenir leurs diplômes.

— Jane serait ravie de vous connaître, acheva-t-il.

— Nous aussi, dit Andy.

Ils s'attendaient à rencontrer la jeune maman après l'arrivée du bébé, mais Edward leur fit signe de le suivre avant de mettre le cap sur une double porte où un écriteau signalait : « Interdit au public ».

— Vous voulez dire *maintenant* ? s'affola Diana.

A la place de Jane, elle aurait détesté voir débarquer deux étrangers à un moment aussi crucial.

— Oui, cela lui fera vraiment plaisir.

Le travail avait commencé depuis six heures, expliqua-t-il, et les médecins pensaient lui administrer une piqûre destinée à accélérer la fréquence des contractions. Edward les conduisit à travers un interminable couloir vers la salle de travail où sa compagne l'attendait.

Calée sur une pile d'oreillers, Jane, assistée d'une infirmière, inspirait et expirait consciencieusement, s'efforçant de se détendre. A la vue des arrivants, un pâle sourire éclaira son petit visage ravagé que la sombre auréole de sa chevelure trempée de sueur rendait encore plus transparent. Elle savait qui ils étaient et avait demandé à les voir. La longue douleur qui l'avait transpercée reflua, la laissant hors d'haleine.

— Bonjour, murmura-t-elle timidement.

Elle paraissait plus jeune que son âge et avait la complexion claire de Diana, les mêmes yeux surtout, d'un bleu profond.

— J'ai mal, gémit-elle à l'adresse d'Edward qui consultait le moniteur.

— Ne t'inquiète pas. Tu n'auras peut-être même pas besoin de piqûre.

— Tant mieux, soupira-t-elle en souriant à Diana.

Et comme si un lien invisible s'était déjà tissé entre elles, la jeune parturiente s'agrippa à la main de sa visiteuse, tétanisée par un élancement fulgurant. Son supplice dura jusqu'à seize heures. Elle haletait, le visage laqué d'une fine pellicule de sueur.

— Mon Dieu, ça ne finira donc jamais, se plaignit-elle.

Dans un geste maternel, Diana lui tamponna le front

avec son mouchoir, puis lui massa doucement les tempes, cherchant à la soulager. Une sensation d'irréalité l'avait envahie, et pourtant c'était vrai. Hier encore elle ignorait jusqu'à l'existence de cette fille et aujourd'hui celle-ci s'apprêtait à lui offrir le plus précieux présent du monde. Elles échangèrent un regard d'une intelligence absolue, un regard inoubliable que seules connaissent deux âmes en fusion. A dix-sept heures, le médecin fit irruption dans la pièce. Andy et Edward sortirent mais sur les instances de Jane, Diana resta.

— Tenez bon, murmura-t-elle avec une tendresse dont elle se serait crue incapable. Tenez bon, Jane, ce sera bientôt terminé.

Le praticien constata une dilatation de cinq centimètres, après quoi il repartit en disant que le moment n'était pas encore venu.

— Vous prendrez bien soin de mon bébé, n'est-ce pas ? dit Jane, tandis qu'une nouvelle contraction dardait au centre de son corps.

— Je vous le promets. Je l'aimerai comme mon propre enfant.

Jane hocha péniblement la tête. Une onde brûlante la secoua, lui arrachant un cri aigu. Des larmes jaillirent de ses yeux et, pareille à une petite fille égarée, elle s'accrocha à Diana.

Elle perdit les eaux une heure plus tard, puis les douleurs reprirent. Inondée de sueur, Jane se tordait sur le lit exigu, et lorsque Diana voulut sortir un instant, elle se cramponna à son bras en gémissant :

— Ne partez pas... ne partez pas...

D'une voix pathétique. Enfin, au bout d'une éternité, l'infirmière en chef décréta qu'il était temps de commencer à pousser. Et tout à coup, la pièce fut pleine de monde — l'obstétricien, Edward, Andy, des aides-soignantes — et, sans savoir comment, Diana se retrouva en blouse d'hôpital verte.

— Qu'est-ce que c'est ? demanda Andy.

— Mettez ça vite, recommanda Edward. Jane désire que vous assistiez tous deux à l'accouchement.

Peu après, la parturiente fut transportée sur un chariot dans une salle plus spacieuse, allongée rapidement sur la table. Les aides-soignantes fixèrent ses pieds aux étriers, enveloppèrent ses jambes de papier bleu. Jane laissa échapper un long cri d'agonie et, tremblante, Diana lui saisit les mains. « Mon Dieu, que se passe-t-il ? » La figure sereine de l'obstétricien la rassura.

— Poussez, Jane, allez, poussez.

Le temps n'était plus qu'une notion toute relative. Aux hurlements de Jane répondaient les recommandations du médecin. Edward la soutenait par les épaules, Diana l'encourageait. Une infirmière entra, chargée d'une minuscule baignoire en plastique. Une boule se forma dans la gorge de Diana. C'était donc la réalité, ce n'était pas un rêve... Les aiguilles de la pendule murale indiquaient minuit.

— Allez, poussez, poussez encore. N'arrêtez pas, criait le praticien. Vous êtes presque au bout de vos peines.

Tout en se démenant, il invita d'un signe de la main Diana à s'approcher. Il était au courant de toute l'affaire et avait approuvé totalement la présence des parents adoptifs pendant la délivrance. Fascinée, Diana contempla, entre les jambes de Jane, le sombre cercle qui s'élargissait. Une petite tête brune émergea, tandis que la parturiente s'arc-boutait pour pousser de toutes ses forces. Son long cri se répercuta à travers toute la pièce, et tout à coup, une autre plainte, plus ténue, retentit. Le médecin se redressa avec un petit corps remuant entre les mains, et le nouveau-né posa sur Diana un regard étonné. Elle fondit en larmes. Andy pleurait, lui aussi.

— Félicitations, c'est une splendide petite fille, dit le médecin avec un sourire.

Il avait soigneusement enveloppé le bébé dans un drap et l'avait mis entre les bras de Diana, qui donnait libre cours à ses larmes. Le corps minuscule était encore relié à sa mère par le cordon ombilical. Lorsqu'il fut coupé, Diana tendit le nouveau-né à Jane, mais celle-ci se contenta d'effleurer la petite tête mouillée d'un baiser, avant de passer l'enfant à Edward d'un air épuisé. Edward contempla un bref instant sa fille. Son visage ne reflétait aucun sentiment particulier.

Une nurse s'occupa du reste. C'était un nourrisson en pleine santé, une petite fille parfaite. Elle pesait près de quatre kilos et mesurait quarante-neuf centimètres... Ainsi, au bout d'un long calvaire qui avait duré deux ans, Diana avait eu enfin son bébé.

A présent, elle le regardait dans son bain, la gorge nouée d'une émotion indescriptible. Auprès d'elle, Andy arborait un air fier. Soudain, le bébé ouvrit ses grands yeux bleus stupéfaits et sembla les observer tour à tour. La main de Diana se glissa dans celle de son mari. Le miracle s'était produit. Grâce à ce jeune couple inconnu qu'elle ne reverrait plus jamais mais auquel elle vouerait une reconnaissance éternelle.

16

La matinée du lendemain se déroula dans une frénésie d'achats. Andy et Diana s'appliquèrent à constituer le trousseau du bébé : couches, layette, barboteuses, petits pyjamas, robes, chaussons et chaussettes minuscules, bonnets et couvertures. L'après-midi, lors d'une nouvelle rencontre avec Jane et Edward, ils signèrent les papiers préliminaires de la requête en adoption. A la vue de Diana, Jane avait fondu en larmes. Elle aurait voulu la remercier pour l'affection qu'elle témoignait à sa petite fille, mais ne put que l'enlacer, secouée de sanglots.

— Je suis navrée, murmura Diana, en pleurs elle aussi. Elle eut soudain l'impression désagréable d'être une voleuse d'enfants et l'espace d'une seconde faillit se raviser. — Je vous ai juré de m'en occuper et le ferai jusqu'à mon dernier souffle. Elle sera heureuse, je vous le promets.

La jeune femme hocha simplement la tête avant d'apposer sa signature à la dernière page d'un dossier volumineux, puis se laissa retomber sur les oreillers, épuisée. Lorsque Diana et Andy quittèrent la chambre blanche, elle les accompagna d'un regard empreint de gratitude... Le nouveau-né dormait à poings fermés à la nursery où ils firent une halte. En l'observant à travers la vitre, Diana crut que son cœur allait s'envoler.

— Comme elle est mignonne ! chuchota-t-elle, tandis

qu'Andy déployait des efforts surhumains pour dissimuler son émotion.

Une magnifique, une parfaite petite créature, si douce et si vulnérable. Avant de repartir, ils eurent un entretien avec le pédiatre de l'hôpital, qui leur brossa le tableau de leurs nouveaux devoirs. Comment prendre soin du bébé, comment le nourrir et le changer.

— Emmenez-la donc chez votre pédiatre la semaine prochaine, suggéra-t-il, et Andy tourna vers Diana un regard affolé.

Un instant décontenancée, la jeune femme finit par sourire.

— Je demanderai à Sam le nom du sien.

Samantha ! Elle ne l'avait pas revue depuis des mois. C'était à peine si les deux sœurs avaient échangé quelques mots au téléphone... Elles n'avaient plus rien à se dire, prétendait Diana. Et maintenant, tandis qu'ils pénétraient dans la cabine de l'ascenseur, le souvenir de sa cadette la fit éclater d'un rire frais.

— Elle va en faire une tête !

Ils sortirent sur la chaussée inondée de la chaude lumière du couchant, s'arrêtèrent dans un bistro de Sacramento Street où ils avalèrent rapidement un sandwich et une bière. Ils devaient retourner à l'hôpital le lendemain à la première heure pour chercher le bébé. Une nouvelle vie, une vie merveilleuse s'ouvrait soudain devant eux, mais plus tard, cette nuit-là, assaillie par ses démons familiers, Diana s'accrocha désespérément à Andy.

— Pourvu que Jane ne change pas d'avis.

— Il n'y a pas de raison, fit-il, après un instant de réflexion. Bien sûr, les parents de sang ont le droit d'annuler la procédure jusqu'à la veille de la signature définitive. Je ne crois pas qu'ils le feront. Pas Edward, en tout cas. Quant à Jane, elle a subi malgré tout un choc émotionnel. Mais elle s'en remettra, j'en suis sûr.

Diana acquiesça. Elle pouvait parfaitement se figurer par quelles affres avait dû passer la jeune femme avant de renoncer à son enfant. Il était inutile d'avoir des craintes que le proche avenir se chargerait de résoudre. Elle s'efforça d'évoquer d'autres sujets, se demanda quel prénom ils allaient donner au bébé, puis tous deux établirent en riant une liste interminable.

Le lendemain, lundi, chacun appela son bureau à Los Angeles, pour demander sa journée. Eric Jones les attendait à l'hôpital avec d'autres papiers administratifs. Jane et Edward étaient partis plus tôt, déclara-t-il, au grand soulagement de Diana et d'Andy. Ils prirent l'ascenseur, nerveux et ravis à la fois.

Aujourd'hui, c'était le grand jour. Ils allaient ramener leur fille à la maison. Andy portait à bout de bras un ample panier d'osier muni d'un moelleux petit matelas, de draps et d'une moustiquaire en dentelle. Diana arriva la première dans le corridor qui menait à la nursery. Elle n'avait qu'une hâte : revoir le bébé... Il avait un nom et un prénom, à présent...

Hilary Douglas dormait toujours au fond de son berceau et ne se réveilla même pas quand une aide-soignante la souleva pour la remettre à ses parents adoptifs. Ceux-ci avaient enfilé des blouses stériles par-dessus leurs vêtements de ville et suivaient religieusement le discours de l'infirmière en chef.

— Un biberon de lait maternisé toutes les quatre heures, et entre-temps de l'eau additionnée de glucose.

Bien calé dans les bras de Diana, le nourrisson bâilla soudain à s'en décrocher la mâchoire, puis ouvrit les yeux, observa un instant son visage désormais familier, émit un gentil couinement qui aurait pu passer pour un signe de reconnaissance.

La jeune femme allongea le bébé sur une table rembourrée et lui passa une robe rose pêche à smocks, un adorable cardigan de la même couleur, des chaussons en tricot assortis. D'instinct, elle avait su trouver les gestes qu'il fallait. Le bonnet, maintenant, brodé d'une guirlande d'églantines roses... Hilary fixa sur elle un regard ensommeillé. Alors quelque chose se dénoua en Diana et un sentiment d'une intensité extraordinaire la submergea, mélange d'amour et de jubilation, jusqu'alors inconnu. Avec une douceur incroyable, elle reprit le bébé dans ses bras.

— Viens, jolie maman, murmura Andy d'une voix émue.

Ils dirent au revoir à Eric Jones dans le hall et signèrent la décharge de l'hôpital avant de se diriger vers la limousine de location qu'Andy avait garée devant le bâtiment. Hilary Douglas fut placée avec mille précautions dans son confortable panier où elle se rendormit instantanément, son minuscule poing refermé autour du doigt de sa mère. Andy démarra en adressant un dernier signe de la main à Eric Jones qui souriait d'un air satisfait.

— A bientôt. Et merci encore.

Un soupir gonfla la poitrine de Diana. Sans les petits doigts qui étreignaient son index, elle se serait dit qu'elle avait rêvé.

— Je n'arrive pas à y croire.

— Moi non plus, avoua Andy, tout sourire, tandis qu'il prenait la direction de l'aéroport. Et ton job, au fait ?

— Je demanderai probablement un congé maternité. Je n'ai guère eu le temps d'y penser.

— Ah ! Ah ! pouffa Andy, ils vont sûrement adorer ça.

Lui-même comptait demander une semaine de vacances. Il voulait rester auprès de sa petite famille. Diana et leur fille... oui, *leur* fille, leur bébé. Il formula silencieusement ces mots encore étrangers. Tout s'était passé si subitement et si vite... Diana songeait très certainement à Jane, mais Andy serait là pour l'empêcher de se sentir coupable. Rien n'obligeait Jane et Edward à agir comme ils l'avaient fait. Et rien ne devait ternir la joie d'Andy et de Diana.

Hilary se réveilla juste avant l'embarquement à bord de l'avion. Diana la changea et lui fit boire de l'eau sucrée. Pendant le voyage, elle la garda dans ses bras, fascinée par la chaleur du petit corps blotti contre sa poitrine. Et, de nouveau, une vague d'amour sans limites l'inonda.

— Entre toi et Mlle Hilary, je ne sais laquelle est la plus heureuse, murmura Andy, la mine réjouie.

Il s'était autorisé un apéritif qu'il avait du reste amplement mérité.

En début de soirée, ils étaient chez eux et Diana jeta un coup d'œil alentour avec la sensation qu'une éternité s'était écoulée depuis leur départ.

— Dans quelle chambre dois-je la déposer ? s'enquit Andy, qui portait le panier.

— La nôtre, bien sûr. Elle est trop petite encore pour être laissée toute seule. Et n'oublie pas qu'il faudra la nourrir pendant la nuit.

— Encore une mère abusive ! gémit-il, faussement indigné. Avoue plutôt que tu ne peux plus te passer d'elle.

Il n'allait pas lui jeter la pierre. Déjà, Hilary faisait partie de leur vie. En posant tout doucement le panier avec le bébé sur le grand lit, il se demanda joyeusement si, grâce à Eric Jones, ils ne pourraient pas adopter un deuxième enfant.

Diana composa peu après le numéro de Samantha et quand celle-ci eut décroché, elle lui demanda d'un ton uni le nom de son pédiatre.

— C'est pour une amie, précisa-t-elle en notant les coordonnées du praticien dans son carnet d'adresses.

Après quoi, elle prit des nouvelles de Seamus et des petits, puis l'invita à lui rendre visite le lendemain. Au bout de la ligne, Samantha restait sur ses gardes. La sensibilité exacerbée de sa sœur l'avait rendue méfiante.

— Demain, ce sera un peu difficile, répondit-elle. Je n'ai personne à qui laisser le bébé. Seamus, qui travaille sur une nouvelle série de toiles, n'a pas le temps de s'en occuper. Les deux plus grands sont à la garderie... Bien sûr, je pourrais emmener le plus jeune avec moi mais je ne voudrais pas te déranger.

Elle se tut brusquement, craignant d'en avoir déjà trop dit ; la réponse de Diana lui fit froncer les sourcils.

— Tu peux l'emmener, il n'y a pas de problème.

— En es-tu sûre ?

— Absolument !

Elle pouvait presque entendre Samantha avaler sa salive.

— Tu te sens mieux à propos de... d'un certain sujet ? osa demander cette dernière, après un silence circonspect.

Apparemment, l'esclandre de Thanksgiving l'avait marquée. En fait, elle n'avait cessé d'y penser et s'en voulait terriblement de son inconscience. Pendant les mois qui avaient suivi, Samantha s'était souvent fait d'amers reproches. Comment avait-elle pu — comment avaient-ils tous pu — ne pas se rendre compte de la souffrance de Diana ?

— Oui, Sam, beaucoup mieux. Nous aurons l'occasion d'en parler demain.

Elle raccrocha pour appeler sa mère, l'invita à prendre le café le lendemain, à la même heure que Sam. Il ne restait plus que Gayle. Par chance, elle était libre également. Lorsqu'elle reposa le récepteur sur le combiné, un large sourire illuminait ses traits fins. Enfin, elle allait devenir membre de cette société secrète qu'elle avait tant jalousée. Maintenant, elle aussi avait un bébé.

— Ton bonheur fait plaisir à voir, ma chérie, lui murmura Andy à l'oreille, plus tard, tandis qu'ils se penchaient pour la énième fois sur le berceau d'Hilary.

Lui-même s'étonnait de sa propre félicité. Curieusement, le fait qu'il n'était pas le père biologique du bébé le laissait indifférent. Il considérait Hilary comme sa fille, éprouvait à son égard une tendresse sans égale, ne se lassait pas de la regarder. Le premier vagissement affamé dans la nuit les éveilla tous les deux en sursaut, et ils se précipitèrent, chacun brandissant un biberon. Le lendemain matin, il sourit à sa femme.

— Tu as oublié d'appeler quelqu'un, hier soir, dit-il en regagnant leur lit.

Il venait d'avertir sa secrétaire qu'il serait absent aujourd'hui, prétextant une vague indisposition.

Diana haussa les sourcils, perplexe.

— Qui ça ? Éloïse ?

— Mais non ! Wanda... La charitable Mme Williams.

— Idiot !

Diana se mit à rire. Les pleurs du bébé la firent bondir. Nourrir, baigner, habiller Hilary l'occupa presque toute la matinée. Enfin, elle la coucha, lui effleurant la joue d'un baiser et s'émerveillant de la douceur satinée de sa peau. Sa mère et ses sœurs n'allaient pas tarder, et elle n'avait pas préparé le café. Mais cela n'avait aucune importance. D'ailleurs, rien n'avait de l'importance auprès du bébé. Ni sa carrière, ni sa famille, ni la réaction de ses sœurs quand elle leur présenterait Hilary... Hilary seule comptait. Ils l'avaient attendue, espérée, désirée pendant si longtemps, avec Andy, et maintenant, elle était là. Et il était de leur devoir de la rendre heureuse, de la préparer à sa future vie d'adulte... Un soupir lui échappa et ses yeux s'emplirent de larmes. Finalement, ses efforts pour devenir mère n'avaient pas *échoué*, comme elle le pensait encore quelques jours plus tôt. Simplement, elle avait choisi un chemin différent, plus sinueux, plus difficile. Elle s'était battue vaillamment contre ses démons et en était sortie victorieuse. Bien que, dans la vie, les problèmes ne se posent pas en termes de victoire ou de défaite, réalisa-t-elle soudain. La vie était une suite de moments tour à tour gais et tristes, merveilleux et éprouvants, exaltants et ternes, mais tous uniques. Le destin vous offrait parfois des présents, et Hilary représentait un présent inestimable, le plus beau que Diana ait jamais reçu. Un trésor et une bénédiction. Un surplus de bonheur...

La sonnerie de l'entrée la tira brutalement de ses méditations. C'était sa mère.

— Comment vas-tu, ma chérie ? s'enquit l'arrivante, une lueur inquiète dans le regard.

— Très bien.

— Pourquoi n'es-tu pas à ton travail ?

Mme Goode avait pris place sur le canapé, les genoux serrés, les doigts agrippés à son sac. Elle sortait de chez le coiffeur et avait mis, pour la circonstance, son élégant tailleur bleu marine de chez Adolfo.

— Je suis en vacances.

— En vacances ? Et tu ne m'as rien dit. Partez-vous en voyage, avec Andy ?

Elle était au courant de leur brève séparation et s'était réjouie de leurs retrouvailles. Seule la stérilité de Diana la tourmentait, comme un mal pernicieux, mais Mme Goode avait décidé une fois pour toutes de ne plus jamais évoquer le sujet.

Nouvelle sonnerie, alors que Diana s'apprêtait à déclarer que non, ils ne comptaient pas partir en voyage. Samantha et son bébé. Un minuscule garçonnet d'à peine deux mois, paisiblement endormi sur sa petite chaise portable. Diana l'enveloppa d'un regard amène. Encore quelques jours plus tôt, la seule vue de ce chérubin l'aurait fait grincer des dents.

— Qu'est-ce qui ne va pas ? interrogea Sam, tandis que la maîtresse de maison, souriante, l'aidait à transporter son léger fardeau dans le salon.

Indéniablement quelque chose avait changé dans le comportement de Diana. Elle était détendue, souriante, et comme transfigurée. « Serait-elle enceinte ? » se demanda Samantha, mais elle dit :

— Ah, maman est là ?

— Oui, et elle m'a posé la même question. J'ai pris des vacances cette semaine et j'ai pensé que ce serait formidable de se retrouver. Cela me fait plaisir de te revoir, Sam.

Les deux sœurs échangèrent un sourire qui réchauffa le cœur de leur mère. Gayle arriva dix minutes plus tard, pestant contre les embouteillages, les feux rouges et les chauffards.

— Tiens, on dirait une réunion de famille, s'exclama-t-elle d'un ton suspicieux en entrant dans le salon.

Diana sourit.

— En effet, c'en est une. Je voudrais vous présenter quelqu'un. Assieds-toi, Gayle, je reviens.

Elle s'en fut un instant, réapparut avec le bébé dans les bras. Sam porta les mains à son visage, Mme Goode éclata en sanglots, Gayle écarquilla les yeux.

— Mon Dieu ! Vous avez eu un bébé.

— Oui... Voici Hilary.

Diana s'assit près de Sam, de sorte que tout le monde puisse admirer sa fille.

— Comme elle est jolie ! s'exclama Mme Goode. Oh, ma chérie, je suis ravie pour toi.

— Merci, maman.

Sam l'embrassa avec chaleur, en riant à travers ses larmes, et Gayle se pencha sur le nourrisson.

— Elle est magnifique ! décréta-t-elle. Quelle chance d'avoir un bébé sans les inconvénients de la grossesse : vingt kilos à perdre, les seins flasques, sans parler des vergetures. Si je n'était pas aussi contente pour toi, je crois que je t'aurais détestée ! Bon, apparemment les hostilités sont terminées, soupira-t-elle, volubile, en s'installant d'autorité entre ses sœurs. Cela n'a pas été facile, tu sais...

— Je suis désolée, répondit Diana, les yeux fixés sur sa petite fille. Ça a été l'enfer pour moi aussi, mais c'est fini maintenant.

— D'où vient-elle ? demanda Samantha, fascinée par les traits délicats d'Hilary.

— De San Francisco. Elle est née dans la nuit de samedi à dimanche.

— Elle est superbe, fit Mme Goode, affirmative et pressée d'annoncer à son époux qu'il était une nouvelle fois grand-père.

Les trois femmes s'en furent deux heures plus tard, après avoir embrassé Diana et son enfant. Andy entra, les bras chargés de paquets, au moment où Samantha allait sortir. Il était passé au bureau pour demander une semaine qui lui avait été accordée aussitôt. Tous ses collègues l'avaient félicité chaleureusement.

— Ça veut dire que nous allons rejouer au tennis ? lui avait demandé Bill Bennington.

Denise avait entamé son septième mois de grossesse. Les médecins avaient craint pendant un moment un accouchement prématuré et l'avaient contrainte à rester allongée.

Heureusement, le danger était écarté à présent. L'échographie avait révélé que le bébé était du sexe féminin et Bill se mit à évoquer, en riant, le jour où lui et Andy emmeneraient leurs filles en balade.

— Et peut-être que dans quelques années nous ferons des parties de doubles mixtes ! avait-il conclu, hilare, et Andy avait opiné en riant.

Il était vite reparti vers Diana et le bébé.

— Mission accomplie ? s'enquit-il. Comment s'est comportée la princesse ?

— Merveilleusement. Et tout le monde l'a adorée.

— Et qui pourrait résister à son charme ? dit-il avec fierté, penché sur le couffin où la petite fille dormait profondément. As-tu appelé le journal ?

— J'irai demain expliquer mon cas.

Elle s'y rendit finalement en fin d'après-midi. A sa surprise, ses collègues firent preuve d'une totale compréhension. La direction lui accorda le congé maternité de cinq mois qu'elle demandait, sans histoires. Chacun semblait heureux de la voir si épanouie. Diana avait un instant envisagé de donner sa démission, puis de travailler à mi-temps comme directrice de la rédaction. Elle préféra remettre sa décision à plus tard. Elle avait tout son temps.

Diana rangea son bureau, puis, avant de quitter les locaux, fit une halte à la pièce qui servait de laboratoire à Éloïse. Le cordon bleu de la rubrique gastronomique venait de retirer un croustillant soufflé au fromage du micro-ondes ; un appétissant fumet flottait dans l'air.

— Mmm, ça doit être succulent ! s'exclama Diana.

Éloïse se retourna vivement, avec un sourire.

— Ah, Di, tu as une mine resplendissante. J'ai l'impression qu'il y a des siècles qu'on ne s'est vues. As-tu le temps de prendre un café ?

— Très vite, alors.

— C'est parti !

Une minute plus tard, Éloïse posait devant sa visiteuse une tasse fumante, accompagnée d'une part de soufflé.

— Je voudrais ton avis sur cette recette.

Diana prit une bouchée, les yeux mi-clos.

— Un pur délice !

— Tant mieux. Eh bien, qu'est-ce que tu me racontes ? Je t'ai rarement vue dans une forme aussi éblouissante. Mon flair légendaire me dit que tu nages dans le bonheur.

On n'avait guère besoin de flair pour s'en apercevoir. Tout chez Diana criait sa joie de vivre : sa vivacité retrouvée, l'éclat de ses yeux et de son sourire. On eût dit une miraculée.

— C'est vrai, convint-elle avec un malicieux clin d'œil. Nous avons eu un bébé, ce week-end.

— Vous... *quoi* ? Ai-je bien entendu ? s'écria la blonde journaliste d'un air interloqué.

— Oui, ma chère. Une petite Hilary... Elle est née dimanche et nous allons l'adopter.

— Oh, Diana, j'en suis ravie.

— Je viens d'obtenir cinq mois de congé. J'espère que tu viendras me rendre visite et, de toute façon, je serai de retour à la fin de l'année. Ne renonce pas à la cuisine !

— Jamais de la vie. Seulement, j'irai exercer ailleurs mes talents. J'ai accepté un poste dans une revue new-yorkaise... Je pars dans une quinzaine. J'ai présenté ma démission ce matin à la direction. Justement, je t'attendais pour te le dire.

— Tu vas me manquer, dit Diana d'une voix douce.

Elles auraient pu devenir les meilleures amies du monde mais le destin en avait décidé autrement.

— Toi aussi, répondit Éloïse. Viens me voir à New

York... En tout cas, il est hors de question que je m'en aille sans avoir vu Mlle Douglas... Je t'appelle dans la semaine, d'accord ?

— Excellente idée. Je serai si heureuse de te la présenter !

Diana quitta les bureaux de *Maisons d'aujourd'hui* au volant de sa voiture, étonnée d'éprouver si peu de regrets. Ses pensées voguaient vers sa petite fille qui devait tranquillement dormir dans son berceau, sous la moustiquaire de dentelle blanche. Le journal qui avait accaparé chaque minute de sa vie lui fit alors l'effet d'une chose sans importance, une sorte de façade vide, érigée sur une autre planète.

En mai, Charlie et Beth commencèrent à se voir de plus en plus souvent. Leur rencontre datait de trois mois mais tous deux avaient l'impression de se connaître depuis toujours. Ils se parlaient des heures durant, sachant qu'ils pouvaient tout se dire. Charlie n'avait rien caché à son amie de son enfance douloureuse, de ses déceptions, de son ardent désir de fonder une famille. Et, bien sûr, de son mariage raté avec Barbara. Et de la blessure qu'elle lui avait infligée. Or, il la comprenait mieux, maintenant. Il avait certes souffert énormément mais au terme d'une longue réflexion, il avait réalisé que leur union avait été fondée, depuis le début, sur un malentendu.

Pourtant il manquait quelque chose dans ses confidences, un point que Charlie hésitait à dévoiler. Non, Beth n'avait guère besoin de savoir qu'il était stérile. Elle lui plaisait tellement, et il avait si peur de la perdre !

Ils passèrent ensemble la Fête des mères. Charlie avait emmené Beth et sa fille dans un restaurant assez chic, à Marina Del Rey. Il avait offert une splendide gerbe de lis à Beth, y avait glissé une carte de vœux qu'Annabelle avait décorée de jolis dessins en cachette. Ils s'étaient régalés d'un brunch exquis, s'étaient ensuite promenés sur la plage. Maintenant, tandis qu'Annabelle courait au bord de l'eau en compagnie d'autres enfants de son âge, sa mère et Charlie contemplaient la vaste étendue turquoise de l'océan.

Beth avait laissé sa tête rouler sur l'épaule de son chevalier servant et ils étaient restés ainsi un long moment, bercés par le murmure incessant des flots. Et soudain, se hissant sur le coude, elle l'avait scruté avant de poser la question fatidique.

— Comment se fait-il que vous n'ayez jamais eu d'enfants ?

— Je ne sais pas... Le manque d'argent et de temps, je suppose.

Ça sonnait affreusement faux et il fut le premier à s'en rendre compte. Il avait déjà narré à Beth les infidélités de Barbara en omettant d'ajouter qu'il l'avait suppliée de garder le fruit de ses amours illégitimes. Et, par une sorte de retenue puérile, il avait également passé sous silence ses nombreux avortements.

— Je ne crois pas que je me remarierai, reprit-il lentement. En fait, je suis sûr que non.

Elle le dévisagea un instant, le rouge aux joues. Il se trompait s'il pensait qu'elle cherchait à lui mettre le grappin dessus. Simplement, elle s'intéressait à son passé, à tout ce qui le concernait.

— Tu t'es mépris sur le sens de ma question, Charlie. Loin de moi l'idée de t'arracher une proposition de mariage. Je demandais simplement pourquoi tu n'as jamais eu d'enfants avec Barbara et c'est tout.

Leurs regards s'affrontèrent. Il y avait une minuscule flamme de méfiance au fond des prunelles de Charlie. Une lueur qui s'éteignit presque aussitôt. Beth était une fille honnête qu'il respectait infiniment et à qui il devait la vérité. Alors, autant qu'elle le sache tout de suite...

— Je ne peux pas avoir d'enfants, déclara-t-il, le visage tourné vers la mer. Je l'ai découvert il y a six mois environ, un peu avant Noël. On m'a fait subir une série de tests au bout desquels je me suis entendu dire que j'étais stérile. Ça a été un rude choc...

Voilà, il était passé aux aveux. Probablement Beth allait-elle le quitter, comme tous ceux auxquels il avait tenu par le passé. La jeune femme le considéra d'un air sincèrement désolé.

— Oh, chéri...

Ce fut tout ce qu'elle put dire. Sa main glissa sur le sable blanc à la recherche de celle du jeune homme qui, soudain, arbora une expression étrangement distante.

— Excuse-moi, Beth. Ce n'est pas vraiment le genre d'histoire qu'on a envie de raconter à la fille avec laquelle on sort.

— Non ? Pourtant ça nous aurait évité de prendre toutes ces précautions... — Elle sourit, s'empara résolument de la main qui se dérobait. — Ce n'est pas grave, chéri. Cela n'a aucune importance. Il n'y a pas de quoi refuser de refaire ta vie.

— Je n'ai pas le droit de me marier, s'entêta-t-il. Regarde-toi, tu as une fille. Tu ne voudrais pas d'autres enfants ?

— Sûrement pas.

Il l'avisa, interloqué.

— Non ?

Beth haussa les épaules.

— Tu poses de ces questions ! Comme si on pouvait décider de ces choses-là par avance ! Franchement, je n'en sais rien. Cela dépendra sûrement de l'homme avec lequel je me marierai, si toutefois je me marie... A vrai dire, ma petite Annie me suffit amplement... J'étais fille unique, moi aussi.

— Bah, si jamais tu te remariais, tu voudrais certainement d'autres enfants. N'importe qui le voudrait, répondit-il d'un ton lugubre. Un jour, j'en adopterai un, poursuivit-il, l'esprit attaché à ses obsessions habituelles. Un gosse échoué dans une institution où personne ne l'aime. J'arriverai et sa vie changera... D'ailleurs, j'en adopterai certainement plusieurs.

— Combien ?

— Deux ou trois, je ne suis pas encore fixé.

— Es-tu sûr que tu ne peux pas en avoir ? demanda-t-elle d'un ton presque solennel.

— Certain. J'ai consulté une sommité à Beverly Hills. Le diagnostic a été clair : il n'y a pas une chance sur un million pour que je devienne père. Il doit avoir raison. Je n'ai jamais eu de chance dans ma vie, depuis que je suis venu au monde. Il n'y a pas de raison pour que ça s'arrête.

— Les enfants ne sont pas la condition *sine qua non* du bonheur, murmura-t-elle, compatissante mais ferme.

— J'en ai souffert comme un damné. Je me suis donné tellement de mal pour que Barbie soit enceinte et à la fin... — il eut un soudain éclat de rire, conscient de l'ironie du sort — quelqu'un d'autre s'en est chargé à ma place.

L'image de son ex-femme avait pâli dans son souvenir depuis qu'il avait rencontré Beth. Mais à peine remis sur pied, déjà, un nouveau tourment le hantait. Son amour pour la jolie infirmière — car il la chérissait tendrement, d'une façon peut-être plus profonde qu'il n'avait aimé Barbie — était condamné dès le départ. Il avait beau tourner la question dans tous les sens, il aboutissait invariablement à la même conclusion : il n'avait pas le droit d'imposer son handicap à quelqu'un d'aussi jeune que Beth.

— A ta place, je ne me laisserais pas atteindre par ce genre de considérations, affirma-t-elle. La femme qui t'aimera vraiment se fichera éperdument du diagnostic de ton grand spécialiste.

— Je n'en suis pas si sûr.

— Eh bien moi, par exemple, je n'en ai que faire.

De nouveau elle avait posé sa tête sur l'épaule de Charlie.

— Tu dis ça maintenant, répondit-il d'un ton docte. Tu es trop jeune pour présumer de l'avenir.

— N'essaie pas de me convaincre de ce que je dois

présumer ou non, Charlie Winwood ! Je me fiche complètement que tu sois stérile ou pas, je te le répète.

Elle avait presque hurlé et, avec un frisson d'inquiétude,
il avait parcouru les environs du regard. Heureusement,
Annie ne pouvait les entendre.

— Tu n'as pas besoin de le crier sur tous les toits.

— Navrée. Mais je parle sérieusement.

Il roula sur le ventre, lui encadra le visage entre ses
paumes, ses yeux sondèrent les siens.

— Vraiment, Beth ?

— *Vraiment*.

Charlie la contempla longuement et, pendant un moment,
seul le grondement du ressac brisa le silence. Oui, peut-
être était-elle sincère, se dit-il, soulagé, peut-être qu'un
seul enfant lui suffisait. Mais l'instant suivant, son obsession refit surface. Et si quelques mois, quelques années
plus tard elle changeait d'avis ? Si elle se mettait à réclamer
ce qu'il se savait incapable de lui offrir ? Il pouvait
toujours avoir recours à un donneur de sperme, comme le
Dr Pattengill le lui avait suggéré, bien qu'il trouvât ce
procédé répugnant. Seigneur, la vie ne serait donc jamais
simple ?

Dans les prunelles brillantes de Beth, il crut déceler sa
réponse muette. Elle l'aimait et l'acceptait tel qu'il était.
Pour l'instant, ils avaient Annabelle. Et plus tard, ils
aviseraient.

Il sourit au petit visage levé vers lui et se pencha pour
embrasser ses lèvres offertes.

17

Les jours se succédaient paisiblement. Andy et Diana célébrèrent leur second anniversaire de mariage à la maison, avec le bébé.

— Es-tu sûre que tu ne préfères pas sortir ? avait-il demandé.

Elle l'avait assuré que oui. La jeune femme consacrait tout son temps à Hilary. Elle semblait prendre son rôle de mère très au sérieux et songeait demander un poste soumis à des horaires plus souples à la fin de son congé. Andy, quant à lui, était débordé. La chaîne télévisée avait lancé de nouvelles séries, engagé de nouvelles stars dont il devait établir les contrats sans l'aide de Bill Bennington. Celui-ci avait pris de longues vacances. Denise avait eu son bébé avec quelques semaines d'avance et il tenait à l'assister. Diana leur avait rendu visite à plusieurs reprises. Deux mois avec Hilary l'avaient rendue experte en matière de nouveau-nés, disait-elle en riant. Sam et Gayle lui avaient prodigué un tas de conseils pratiques, tout comme son pédiatre. Le reste n'était qu'une question d'instinct et de bon sens. Son père le lui avait affirmé, lors de sa première visite. A la vue de sa nouvelle petite-fille, M. Goode avait eu les larmes aux yeux.

— Tu as fait du bon travail, murmura-t-il.

On eût dit qu'il avait oublié qu'il s'agissait d'une enfant

adoptée et cette pensée fit courir un frisson d'angoisse le long de l'échine de Diana.

— Papa, ce n'est pas moi qui l'ai mise au monde, lui rappela-t-elle à mi-voix.

— Tu as fait mieux, ma fille. Tu l'as trouvée et tu l'as ramenée au sein de notre famille. Cette petite est une bénédiction pour nous tous.

Après avoir longuement observé Hilary, M. Goode lui décerna le titre de plus beau bébé de la terre avant de prendre congé en s'essuyant les yeux.

Le baptême de la petite fille eut lieu début juin. Les parents de Diana offrirent un dîner pour fêter l'événement. Tout tournait autour du bébé, et personne ne s'aperçut de la fatigue de Diana. Seul Andy lui trouvait une mine effrayante. Elle était d'une pâleur inquiétante, avait l'air exténué. Le mois précédent, Hilary avait souffert de coliques et la jeune femme avait passé des nuits entières à son chevet. Et le soir de leur second anniversaire, elle était si épuisée qu'elle n'avait pas eu le courage de se maquiller.

— Chérie, comment te sens-tu ?

Elle haussa les épaules, avec un sourire heureux qui le rassura.

— Bien, pourquoi ? Un peu fatiguée à vrai dire. Hier soir, Hilary m'a presque empêchée de fermer l'œil.

— Nous pourrions engager quelqu'un, Diana.

— Non, pas question.

Elle avait attendu trop longtemps cette enfant pour autoriser une autre femme à la toucher.

— Bon, je m'en occuperai ce soir. Il faut que tu te reposes, tu as besoin d'une bonne nuit de sommeil.

Il prépara le dîner, pendant qu'elle couchait le bébé... La conversation à table ne tarda pas à dériver vers leur sujet favori. Hilary... Ils avaient du mal à se rappeler le temps où ils vivaient sans elle. Les deux époux gagnèrent leur chambre assez tôt. Andy mourait d'envie de faire l'amour à sa femme mais celle-ci avait sombré dans un sommeil de plomb avant qu'il ne sorte de la salle de bains.

Le lendemain matin, elle paraissait encore plus faible.

— Je crois que j'ai attrapé un rhume, se plaignit-elle pendant le petit déjeuner. J'espère que je ne vais pas contaminer le bébé. Peut-être devrais-je me procurer un masque.

— Repose-toi.

C'était samedi et Andy proposa de s'occuper du bébé toute la journée. Diana dormit tout l'après-midi. Le soir, elle ne put rien avaler. Dimanche, ce fut pire. Et le lundi, elle avait une mine de papier mâché. Avant de se rendre à son travail, Andy la supplia d'appeler le médecin.

— Jamais de la vie. Je n'ai pas de fièvre et d'autre part je me suis juré de ne plus jamais avoir à faire à eux.

— Allons, mon amour, sois raisonnable. Tes parents doivent bien avoir un vieux médecin de famille.

Elle secoua obstinément la tête. La semaine suivante, elle se sentit mieux. Puis, cela recommença. En juillet, juste avant le pique-nique familial à Pasadena, elle tenait à peine sur ses jambes.

— Chérie, ça ne peut plus durer. Tu ne dors pas, tu ne t'alimentes pas, tu es certainement anémiée. Pour l'amour du ciel, va consulter un généraliste... Et laisse-moi embaucher quelqu'un pour t'aider avec Hilary.

— Non ! Les autres mères se débrouillent bien. Regarde Sam, elle y arrive, elle.

Profitant du pique-nique du 4 juillet, Andy exhorta Jack à intervenir. Après le lunch, alors que Diana donnait le biberon à Hilary, son beau-frère s'approcha d'elle.

— Andy se fait du souci pour toi, dit-il sans préambules.

— Il a tort. Je vais bien.

Jack observa ses cernes violets. Andy l'avait prévenu : « Elle est tête de mule, insiste, je t'en prie. »

— Vraiment ? fit-il, désapprobateur. Pour une jeune et jolie maman, je te trouve mauvaise mine.

Il avait été ravi, comme tout l'entourage, d'apprendre par Gayle qu'ils avaient adopté une petite fille.

— A mon avis, tu manques de calcium, persévéra-t-il. Une prise de sang me paraît indispensable.

Elle releva vivement la tête, une lueur de défi dans les yeux.

— Qu'est-ce que tu essaies de me dire, Jack ? Que j'ai l'air fatiguée ? Je le sais. Et j'ai passé suffisamment de tests pour le restant de mes jours.

— Je te conseille un simple check-up. Ce n'est rien.

— Pour toi, peut-être. Pour moi, c'est trop pénible.

— Alors, passe me voir. Je te ferai une prise de sang et s'il s'agit d'une anémie, comme je le suppose, je te prescrirai des vitamines. Tu n'en mourras pas.

— J'y penserai... murmura-t-elle, hésitante, mais au moment où ils s'apprêtaient à partir, Jack revint à la charge.

— Je t'attends demain à mon cabinet.

Le lendemain, des maux d'estomac la retinrent plus d'une demi-heure dans la salle de bains. Elle en sortit chancelante. Andy était déjà parti à son bureau, Hilary braillait et gigotait.

— Bon, bon, j'irai, murmura-t-elle en prenant appui sur le montant du lit, engourdie par une étrange faiblesse.

Une heure plus tard, elle était assise en face de Jack, dans le bureau de celui-ci.

— J'ai rendu mon petit déjeuner ce matin, avoua-t-elle à contrecœur, tandis qu'Hilary, repue et apaisée, somnolait dans son couffin douillet. J'ai peur que mes angoisses de l'année dernière aient fini par provoquer un ulcère.

— As-tu vomi du sang ?

Elle secoua la tête. Non, elle n'avait pas remarqué.

— Assieds-toi là, dit-il en indiquant un large fauteuil pivotant. Je vais t'examiner.

— Mais pourquoi ? Qu'as-tu en tête ? interrogea-t-elle, anxieuse.

— Rien du tout. Je voudrais vérifier tes théories. Si nous suspectons en effet un ulcère, je t'orienterai vers un gastro-entérologue de ma connaissance.

Il fit une prise de sang, griffonna quelques notes sur une feuille de maladie, ausculta ses poumons, puis lui palpa doucement l'abdomen.

— Je sens une petite masse, annonça-t-il en la fixant par-dessus ses lunettes, depuis quand est-elle là ?

— Je ne sais pas... Depuis pas très longtemps. Probablement depuis l'arrivée du bébé.

La frayeur avait décomposé ses traits. Jack soupira, sans la quitter des yeux.

— Quand est-ce que tu as eu tes règles pour la dernière fois ? interrogea-t-il, les sourcils froncés.

— Oh, quelle importance ? — Elle plissa les paupières, s'efforçant de se rappeler sans succès. Peut-être avait-elle sauté un cycle, peut-être davantage. — Je ne les ai pas eues depuis l'arrivée d'Hilary, répondit-elle finalement d'une voix oppressée. A quoi penses-tu, Jack ? A une tumeur ?

Dieu tout-puissant ! Son cœur cognait sourdement dans sa poitrine. Le cancer... L'affreux doute jaillit dans son esprit et elle fut secouée d'un long frisson comme sous l'effet d'une décharge électrique. Et qu'allait-elle dire à Andy ? « Désolée, chéri, je vais mourir, prends bien soin d'Hilary ? » Un flot brûlant de larmes lui brouilla la vue. Son beau-frère lui tapota la main.

— Ça pourrait être une tumeur, en effet, mais je pense à autre chose. Quelles chances as-tu d'être enceinte, à ton avis ?

Elle se redressa violemment, les yeux incandescents.

— Aucune ! Ne joue pas ce jeu avec moi, Jack. D'après les spécialistes les chances étaient maigres, pour ne pas dire inexistantes... Une sur dix mille. A moins que ce ne soit sur dix millions, je ne m'en souviens plus.

— C'est une possibilité, en tout cas. Si tu n'étais pas ma belle-sœur je t'aurais demandé de passer sur la table d'examen. Attends-moi, je vais appeler ma collègue. Nous en profiterons aussi pour faire le test d'urine, afin d'en avoir le cœur net. Je regrette de te rappeler des souvenirs aussi douloureux, Diana, mais une grossesse pourrait parfaitement expliquer tous tes symptômes.

— Ah oui ? rétorqua-t-elle, le fusillant du regard. Le cancer aussi.

— En voilà une pensée positive !

Il sortit, laissant sa patiente en proie à une rage froide. Comment avait-il osé ! Comment avait-il pu ressusciter les fantômes du passé ? A peine sortie de la tourmente que, de nouveau, le sort la narguait. Enceinte ! Balivernes !... Le retour de Jack, escorté d'une jeune femme sympathique, la tira de sa rage. Les présentations faites, il fit part de ses soupçons à son associée.

— Ma belle-sœur est stérile, mais présente aujourd'hui certains signes troublants.

— A-t-elle subi un test de grossesse ?

Jack secoua la tête avant de prier Diana de s'allonger. Il appuya alors sur son bas-ventre et elle eut un sursaut.

— Ça te fait mal ?

— Oui, souffla-t-elle, le visage tourné vers le mur.

Ils n'avaient pas le droit de la tourmenter ainsi.

— Examine-la, veux-tu, Louise ? dit-il avant de quitter la pièce.

Diana prit place sur la table. Elle tremblait comme une feuille en calant ses pieds dans les étriers, mais la doctoresse enfila ses gants, feignant de n'avoir rien remarqué.

— Qui avez-vous consulté pour votre problème, s'enquit-elle, durant l'examen.

— Alexandre Johnston.

— Il est le meilleur. Quel a été son diagnostic ?

— Stérilité.

— Due à quoi ? Est-ce qu'il vous l'a dit ?

— Aux suites de la pose d'un stérilet, il y a des années. J'ai eu une infection silencieuse qui a abouti à une obstruction presque totale des trompes. Par ailleurs, mes ovaires semblent avoir subi de sévères lésions.

L'examen se poursuivait, interminable et laborieux.

— Ce qui, je suppose, interdisait la fécondation *in vitro*... Ne vous a-t-il pas suggéré un implant d'ovule ?

— Oui. J'ai refusé. Nous avons adopté une petite fille en avril dernier.

— Je vois, dit Louise avec un regard en direction d'Hilary. C'est un magnifique bébé.

C'était enfin terminé. Diana venait à peine de se rhabiller que Jack faisait irruption dans la pièce, l'œil interrogateur.

— Alors ?

Louise eut un sourire malicieux.

— J'ai horreur de contredire mes éminents collègues, commença-t-elle, alors que Diana, terrorisée, attendait l'implacable verdict du cancer. Je suis toutefois au regret de vous annoncer que le Dr Johnston s'est trompé. Mme Douglas est très certainement enceinte de... disons dix semaines. Peut-être plus. De quand date votre dernier cycle ?

— Fin mars début avril, elle ne s'en souvient plus, répondit Jack à sa place.

— Donc, *grosso modo*, une grossesse de trois mois.

Diana les regarda tour à tour sans comprendre, comme s'ils avaient échangé une série de propos incohérents.

— Comment ? murmura-t-elle, très blanche. Jack, si c'est une plaisanterie, elle est de mauvais goût.

— Diana, je n'ai jamais été plus sérieux de ma vie. Le test de l'urine, maintenant.

Le test confirma le diagnostic de Louise. Mue par une sensation de vertige, Diana se laissa choir dans un fauteuil.

— Ce n'est pas possible... pas possible... répétait-elle, hagarde, tandis que les deux médecins la félicitaient.

Elle quitta le cabinet sur un nuage, le couffin contenant la petite Hilary à bout de bras, monta dans sa voiture comme un automate, démarra en direction de la chaîne télévisée.

— M. Douglas est en conférence, déclara sèchement la secrétaire.

— Appelez-le quand même. Il faut que je le voie. *Tout*

de suite ! L'expression de son regard ôta à la secrétaire l'envie de discuter. Un instant après, Andy jaillissait de la salle de réunions.

— Que se passe-t-il ? Est-il arrivé quelque chose au bébé ?

Pâle mais solennelle, presque hiératique, Diana fit non de la tête.

— Hilary va bien. Andy, il faut que je te parle.

— Viens dans mon bureau.

Il prit le couffin garni de dentelles blanches et elle le suivit dans une pièce tout en boiseries et miroirs, avec vue panoramique sur la ville. Andy jeta à sa femme un coup d'œil angoissé.

— Qu'est-ce qui ne va pas ?

Visiblement, quelque chose de terrible s'était produit, car le visage de la jeune femme exprimait la plus grande confusion. Elle ne perdit pas de temps en vains préambules.

— Je suis enceinte.

Il la regarda, puis sourit.

— Pardon ? Ai-je bien entendu ?

— Je suis enceinte de trois mois. C'est incroyable, non ?

— Oh, mon amour, j'en suis si heureux. Pour toi, pour moi, pour Hilary... Trois mois ? Ça a dû arriver à notre retour de San Francisco.

Il avait déjà entendu des histoires analogues. Des couples qui concevaient sitôt qu'ils avaient adopté, après des années et des années d'efforts infructueux... Diana s'était effondrée dans le grand fauteuil de cuir fauve.

— J'étais si fatiguée... Je ne me rappelle même pas qu'on ait fait l'amour.

— J'espère qu'il est de moi ! plaisanta-t-il. Ou alors, qui sait ? L'immaculée conception doit exister.

— Mmm, peut-être.

— Mon Dieu, je n'arrive pas à y croire. Nous l'attendons pour quand ?

— Janvier. J'étais trop choquée pour entendre ce que Jack disait. Le 10 janvier ou quelque chose comme ça.

— Nous devrions l'annoncer à Johnston.

— Au diable cette vieille barbe ! s'écria-t-elle en sautant au cou de son mari.

Andy la souleva de terre et la fit virevolter dans la pièce.

— Hourrah... hourrah ! — Puis redevenant sérieux :

— Comment te sens-tu ? Ne reste donc pas debout. Cette fatigue...

Elle sourit.

— D'après Jack, le pire est passé. A partir de la semaine prochaine je devrais me sentir fraîche comme une rose.

— Ce soir, nous célébrerons l'événement à l'Orangerie.

Mlle Hilary Douglas est invitée, naturellement.

Ils s'embrassèrent en riant, Andy repartit à sa réunion et Diana resta un long moment devant la baie vitrée, à contempler les gratte-ciel et les bâtiments de Los Angeles qui s'étiraient à perte de vue.

Pilar passa le début de l'été sur sa terrasse. L'amniocentèse n'avait dévoilé aucune anomalie des fœtus. Un jeune médecin avait prélevé par ponction du liquide des placentas, à l'aide de deux aiguilles différentes. D'après les résultats, Pilar attendait une petite fille et un petit garçon en parfaite santé.

Elle avait su alors qu'il était grand-temps d'annoncer la chose à sa mère. Elle avait attendu afin de s'assurer que sa grossesse suivait son cours normalement et que les bébés ne souffraient d'aucune malformation. Le moment était venu d'apprendre à la glaciale Élisabeth Graham qu'elle serait bientôt grand-mère.

Elle avait composé l'indicatif de New York un samedi, espérant presque que sa mère serait absente pour le week-end. Naturellement, elle était là et répondit dès la première sonnerie. L'état d'un de ses jeunes patients inspirait les plus vives inquiétudes et elle avait préféré rester sur place au cas où une intervention serait décidée.

— Ah, c'est toi, fit-elle de sa voix si distinguée et si

froide. Je pensais qu'on m'appelait de l'hôpital. Tu vas
bien ?

Elle s'enquérait de ses nouvelles comme d'autres auraient
dit « tu me déranges » et Pilar se sentit de trop, comme
quand elle était petite fille, puis adolescente.

— Oui, maman. Et toi ?

— Je suis débordée. Comment va Brad ?

— Bien... J'ai quelque chose à te dire.

— Es-tu malade ? demanda Mme Graham avec une
courtoisie qui aurait pu passer pour de la sollicitude.

— Non, non, je... maman, je suis enceinte, dit Pilar,
un sourire lumineux sur les lèvres, soudain convaincue que
sa correspondante laisserait éclater sa joie.

Un silence interminable flotta à l'autre bout de la ligne,
après quoi la voix réfrigérante grinça dans l'écouteur :

— C'est absurde ! Je t'avais pourtant prévenue que
Brad et toi étiez trop âgés pour songer à commettre pareille
folie.

— Le corps médical d'ici est d'un autre avis. Nous
avons longuement débattu la question avant...

— *Avant* ? Parce que cette grossesse a été programmée ?

— Absolument.

— Quelle idée grotesque !

A soixante-neuf ans, Élisabeth Graham n'hésitait pas à
proclamer ses idées rétrogrades. Sa réaction fit à Pilar
l'effet d'une gifle. Le jeu implacable n'avait guère changé :
la fille réclamant toujours une preuve d'affection que la
mère lui refusait.

— Ce n'est pas tout, reprit Pilar, dans le seul but
de choquer davantage son interlocutrice. J'attends des
jumeaux.

— Miséricorde ! As-tu pris des hormones ?

— Oui, maman, répondit-elle, savourant à présent chaque instant de leur dialogue. Et ça a très bien marché.

— Pour l'amour du ciel, Pilar, qui est le crétin qui t'a
prescrit ce traitement ?

— Une spécialiste de Los Angeles.

— Quel est son nom ?

— Helen Ward. Inutile de te renseigner à son sujet, elle est considérée comme une sommité par ses collègues.

— Oh, elle ne doit pas être bien brillante si elle pousse des femmes de quarante-quatre ans à avoir des bébés. Je suis bien placée pour connaître les résultats. Et ils sont souvent catastrophiques, crois-moi.

— Cependant, tous tes patients ne sont pas des enfants de vieux. Certains ont des mères jeunes, n'est-ce pas ?

— Et alors ? On ne peut pas forcer la nature, ma chère, ou à quel prix !

— L'amniocentèse a montré que du point de vue génétique les jumeaux sont en excellente santé.

— Cet examen comporte de graves risques d'infection, sans oublier qu'il peut déclencher une fausse couche.

Élisabeth Graham n'y allait pas par quatre chemins. Elle distillait son poison sans se poser de questions, sans un mot de félicitations. Or, Pilar n'attendait plus rien d'elle.

— Le danger est passé maintenant. Tout va à merveille, répondit-elle avec une fermeté qui parut ébranler pendant un instant les certitudes de sa mère.

— Eh bien, je suis ravie de l'entendre. — Nouveau silence, comme si à l'autre bout de la ligne Mme Graham rassemblait ses armes en vue d'une nouvelle offensive. — Je ne sais quoi te dire, Pilar. J'aurais souhaité te savoir à l'abri des déceptions mais tu as préféré te laisser envoûter par des théories soi-disant révolutionnaires. Évidemment, les conseilleurs ne sont pas les payeurs ! Tu n'imagines même pas ce que tu encours avant de porter ces bébés à terme, si toutefois tu y arrives.

Pilar avait fermé les yeux. Elle n'avait pas oublié sa fausse couche et, sans même le savoir, sa mère tournait le couteau dans la plaie. Une plaie qui demeurerait toujours ouverte, elle le savait.

— Ne dis pas cela, répliqua-t-elle calmement. Tout ira bien.

— Je l'espère pour toi... Et Brad qui a accepté de

t'entraîner dans cette aventure ! Le pauvre homme doit être sénile.

Pilar eut un rire. Elle reconnaissait là la botte secrète de sa chère mère. Mme Graham acculait ses adversaires au pied du mur avant de leur assener le coup de grâce avec une imparable habileté. On ne pouvait que s'incliner devant une telle maîtrise.

Plus tard, elle fit à son mari un résumé de l'entretien téléphonique et tous deux éclatèrent d'un rire amusé.

— Sénile... gémit-il. J'espérais que tu ne l'aurais pas remarqué.

— Heureusement, ma mère m'a ouvert les yeux. Nul ne peut abuser l'illustre Dr Graham.

— N'empêche qu'elle a dû avoir un choc. Elle se retrouve subitement grand-mère de deux garnements d'un coup.

— Ne plaide pas sa cause, elle n'a pas d'excuse. Cette bonne femme est inhumaine.

— Personne n'est totalement inhumain, ma chérie. Je suis sûr qu'elle est un excellent médecin.

— Tu n'as plus rien du bouillant accusateur public que j'ai connu ! railla-t-elle, avec une moue dégoûtée, puis elle rit et l'embrassa.

Ils fêtèrent le premier anniversaire du petit Adam en juillet. Pilar, qui avait entamé son cinquième mois de grossesse, arborait les rondeurs d'une femme enceinte de huit mois. Afin de lui éviter un accouchement avant terme, le Dr Parker l'avait incitée à rester couchée la plupart du temps.

— Comment te sens-tu ? lui demanda Marina, lors d'une de ses visites, et Pilar laissa échapper un rire, tandis qu'elle se démenait pour s'asseoir dans son lit.

— Comme un terrain de foot, merci. Mes deux voyous n'arrêtent pas de bouger, là-dedans.

— On peut dire que quand tu t'y mets, tu ne fais pas les choses à moitié, la taquinait Brad.

Elle se sentait si lourde, si mal à l'aise, qu'elle pouvait

à peine se mouvoir. Prendre une douche relevait de l'acte héroïque, et vers le milieu de l'été, elle commença à trouver le temps long. En septembre, elle était énorme. Ses chevilles avaient doublé de volume, si bien qu'elle renonça même à aller prendre l'air sur la terrasse. Bientôt, sitôt qu'elle mettait le pied par terre, de violentes contractions la forçaient à se recoucher immédiatement. Il ne lui restait plus que six semaines à attendre, les six plus longues semaines de sa vie, mais Pilar prenait son mal en patience. Les petits êtres qui grandissaient en elle méritaient tous les sacrifices.

— Ça m'apprendra à regarder des films pornos, grommela-t-elle un soir, pendant que Brad massait ses jambes enflées.

— Et moi qui croyais que nous allions reprendre nos bonnes vieilles habitudes.

— N'y comptez pas, Brad Coleman !

Souriant, il lui passa tendrement la main sur le ventre. Un coup de pied contre sa paume le fit sursauter.

— Bon sang, ils ne dorment donc jamais ?

— Non ! Il y en a toujours un qui reste éveillé.

— Ma pauvre chérie ! sourit-il, compatissant.

Il s'inquiétait pour elle. Le Dr Parker lui avait confié que Pilar ne pourrait sans doute pas accoucher sans césarienne. Il n'avait rien dit à sa femme pour ne pas l'affoler. Après tout, ce n'était pas encore sûr. Tout dépendrait de la position des bébés.

En octobre une jeune femme vint tous les jours à la maison donner à Pilar des cours d'accouchement sans douleur. En observant sa femme inspirer et expirer, Brad ne put s'empêcher de se demander avec angoisse si elle allait y arriver. Le Dr Parker espérait qu'elle allait tenir les quatre semaines qui lui restaient avant la délivrance.

18

Pour Andy et Diana, octobre fut un mois épouvantable. La jeune femme était enceinte de six mois ; Jane et Edward s'apprêtaient à signer les papiers qui permettraient aux Douglas d'adopter officiellement leur petite fille. Au dire d'Eric Jones, aucun problème n'était survenu jusqu'alors.

Et un mardi matin, il appela de nouveau. Andy l'écouta pendant un moment en silence, les yeux obstinément baissés, et Diana devina immédiatement que quelque chose d'affreux avait dû se produire. Elle tenait Hilary dans ses bras tout en guettant les réactions d'Andy. Comme s'il avait senti la tension insoutenable, le bébé se mit à crier. Quand son mari eut raccroché, Diana avait compris.

— Ils n'ont pas signé, n'est-ce pas ?

Andy secoua la tête, les yeux brillants de larmes contenues.

— Ils demandent un délai supplémentaire de quelques jours. Ils voudraient revoir le bébé.

Comme Diana l'avait craint, Jane avait changé d'avis. Elle n'était plus sûre de vouloir terminer ses études et la pensée qu'elle avait abandonné son enfant la tourmentait.

— Edward est toujours d'accord. C'est Jane qui demande à réfléchir.

Diana avait bondi sur ses jambes, le souffle court.

— Elle ne peut pas faire ça ! Ils ne vont pas la reprendre. Moralement, ils n'ont pas le droit.

— Ils ont malheureusement tous les droits, répliqua-t-il d'une voix blanche.

— Ne les laisse pas venir !

— Nous n'avons pas le choix, ma chérie. Tâche de rester calme, dit-il en lui prenant gentiment Hilary pour la poser contre son épaule. La loi ne nous autorise pas à leur refuser quoi que ce soit.

— Comment peux-tu accepter une telle injustice ! hurla-t-elle, folle de douleur. Je ne veux pas ! Je ne veux pas que Jane la voie.

Elle vouait à Hilary une affection sans limites que rien, pas même la naissance de son propre bébé, ne pourrait altérer. Hilary était son enfant, son aînée, son grand amour, et rien ni personne au monde ne l'obligeraient à s'en séparer.

Un second appel d'Eric Jones la mit au bord de la crise de nerfs. Edward et Jane étaient en route vers Los Angeles, signala-t-il à Andy. Il ajouta qu'il ne fallait pas s'opposer à leur démarche.

— Je comprends, répondit Andy. Pour Diana, c'est différent.

Lors d'un précédent entretien, il avait annoncé à son ami que sa femme était dans un état intéressant et, curieusement, cette nouvelle avait fait prendre conscience à Jane de sa propre inconséquence. L'étudiante prétendait que lorsqu'ils auraient leur propre enfant, les Douglas feraient sûrement montre de partialité à l'encontre d'Hilary.

— Dieu du ciel ! soupira Andy, tout en écoutant les explications de son correspondant. Pourquoi se compliquer ainsi l'existence ?

— Eh oui, pourquoi faire simple quand on peut faire compliqué, hein ? s'efforça de badiner Eric, mais le cœur n'y était pas.

Les deux jours suivants prirent des allures de cauchemar. Edward et Jane avaient loué une chambre dans un motel au bord de l'autoroute avant d'arriver à la villa. Leurs visites à n'importe quelle heure de la journée ne tardèrent pas à mettre leurs hôtes à bout de nerfs. Jane insistait à chaque fois pour prendre le bébé dans ses bras, ce qui avait le don de hérisser Diana. A tout instant, elle s'attendait à ce que Jane sorte en courant en emportant l'enfant. Elle ne le fit pas. La plupart du temps, elle berçait son bébé en pleurant à chaudes larmes, sous le regard exaspéré d'Edward. Leurs rapports s'étaient sérieusement dégradés les derniers mois. Le deuxième jour, Diana eut le fin mot de l'histoire. Jane lui avoua qu'elle venait de subir une interruption volontaire de grossesse. Remise sur pied, elle avait commencé à reconsidérer l'affaire de l'adoption. Soudain, ses actes lui étaient apparus sous une tout autre lumière.

— Je suis sûre que j'ai été à nouveau enceinte par culpabilité, pas parce que je désirais vraiment cet enfant, conclut-elle.

— Et à présent vous voulez le nôtre ! explosa Diana. Hilary est à nous maintenant. Nous l'avons soignée quand elle est tombée malade, nous l'avons veillée, dorlotée, nourrie. Et nous l'adorons.

— Et moi je l'ai portée pendant neuf mois, riposta Jane, cependant que les deux hommes assistaient, impuissants, à la scène.

— Je le sais, fit Diana, et je vous serai éternellement reconnaissante de nous l'avoir donnée. Mais vous n'avez pas le droit de nous la reprendre. Vous ne pouvez pas dire aux gens « prenez ce bébé et aimez-le », puis « mille excuses, j'ai changé d'avis parce que je me suis fait avorter », c'est trop facile. Avez-vous un seul instant pensé à elle ? A sa vie future ? Que lui offrez-vous en échange ? Qu'est-ce qui a changé en cinq mois ? Qu'est-ce qui vous permet de croire que vous pourrez assumer son éducation ?

— Je suis sa mère, murmura Jane. Je n'ai pas envie de vivre dans les regrets pendant le restant de mes jours.

Elle paraissait sincère. Mais Diana l'était aussi.

— Rien ne prouve que vous parviendrez à surmonter vos regrets, Jane. Vous vous demanderez toujours si vous avez bien agi, dans un sens ou dans l'autre. Des regrets, nous en avons tous. Renoncer à un enfant est parfaitement insupportable pour une femme, je vous l'accorde. Mais il y a cinq mois, vous sembliez savoir ce que vous vouliez.

— Nous le savions tous les deux, coupa Edward calmement. Pour ma part, je n'ai pas changé d'avis.

Dès que sa jeune compagne s'était su enceinte la première fois, il l'avait incitée à avorter. Elle ne l'avait pas écouté, puis ils s'étaient mis d'accord pour faire adopter le bébé à sa naissance. Et tout à coup, des scrupules de dernière heure avaient étouffé la jeune maman...

Un silence à couper au couteau s'était abattu dans le salon, tous les regards s'étaient tournés vers Jane comme si elle seule avait le pouvoir de dénouer le drame.

— Je ne sais pas... chuchota celle-ci, tandis qu'une fois de plus elle prenait congé des maîtres de maison.

Diana se mordit les lèvres jusqu'au sang. S'il n'avait tenu qu'à elle, elle se serait jetée aux pieds de sa visiteuse, l'implorant de mettre une fin à ces séances pénibles. Si le supplice devait continuer un jour de plus, elle ne le supporterait pas. Et plus tard, alors qu'elle préparait Hilary pour la nuit, elle eut des contractions et dut s'allonger.

Il était minuit quand le téléphone sonna. Andy décrocha le poste sur leur table de chevet. C'était Edward, qui les appelait du motel.

— Pouvons-nous venir ? Jane a quelque chose d'important à vous dire.

— A cette heure-ci ? demanda Andy, horrifié.

— Elle va la reprendre, c'est ça ? hurla Diana, sitôt qu'il eut raccroché. Oh, non, mon Dieu, non...

— Diana, cesse de pleurer, il ne m'a rien dit de précis. Juste que Jane avait une déclaration importante à nous communiquer.

— Pourquoi nous torture-t-elle ainsi ?

— Parce qu'il s'agit d'une décision capitale et qu'elle souffre atrocement, elle aussi.

Le silence retomba comme une chape de plomb. Enlacés,

Diana et Andy attendirent. Se séparer d'Hilary leur
paraissait hors de question et c'était pourtant ce qu'ils
demandaient à Jane. Les aiguilles de la pendule avançaient
avec une lenteur hallucinante. Enfin, à minuit et demi, la
sonnette de l'entrée retentit.

Jane pénétra dans le vestibule, suivie par un Edward
muet et visiblement excédé. Elle était d'une pâleur mortelle,
les yeux gonflés de larmes.

— Je suis désolée, murmura-t-elle, et un flot de larmes
roula sur ses joues blêmes. Désolée, répéta-t-elle, comme
si elle avait du mal à poursuivre sa phrase. Je sais combien
vous devez m'en vouloir, mais il fallait que je sache.

Elle s'interrompit un instant, les yeux fixés sur Diana.
Celle-ci avait instinctivement croisé les mains sur son
ventre, comme pour protéger son nouveau bébé, alors
qu'Andy la soutenait par les épaules.

— Je... J'ai beaucoup réfléchi, reprit Jane laborieuse-
ment. Finalement, je ne peux pas... Je veux dire, j'ai
toujours su que je ne pourrais pas la garder. Nous allons
repartir pour San Francisco maintenant, ajouta-t-elle en
tendant une enveloppe à la maîtresse de maison. Voilà,
j'ai signé les papiers... S'il vous plaît, puis-je la revoir une
dernière fois ? Vous n'entendrez plus parler de moi, je
vous le promets.

Diana inclina la tête, incapable d'articuler un mot, avant
de la précéder à l'étage. Hilary dormait à poings fermés
dans son nouveau berceau. Elle avait sa propre chambre,
bien sûr, une pièce spacieuse et gaie, emplie d'animaux en
peluche, mais dormait encore dans celle de ses parents.

Jane la contempla un long moment, le cœur lourd, les
yeux brûlants, avant d'effleurer du bout de l'index sa joue
soyeuse.

— Dors bien, mon bébé, fit-elle dans un murmure. Je
t'aimerai toujours.

Elle se pencha pour l'embrasser et Diana sentit une
boule se former au fond de sa gorge. Enfin, Jane se
redressa, tourna les talons, descendit les marches d'un pas

tranquille. En bas de l'escalier, elle serra la main de ses hôtes sans une parole.

Un instant après, elle se dirigeait vers la voiture garée devant le perron, talonnée par Edward. La porte refermée sur eux, Diana chancela dans les bras d'Andy, en proie à une foule de sensations contradictoires, exaltation et culpabilité, joie et tristesse.

— Allez, viens, murmura-t-il en l'attirant tout doucement vers leur chambre.

Il était deux heures du matin. Les émotions des deux derniers jours les avaient vidés de toute leur énergie... Le lendemain, Andy exigea que Diana reste au lit, pendant qu'il s'occupait d'Hilary.

Eric Jones se présenta en personne le surlendemain. Andy lui remit les papiers. La procédure était terminée. Hilary Douglas était en sécurité, et pour toujours.

19

Durant son dernier mois de grossesse, Pilar garda la chambre. L'heureux événement — trop longtemps attendu — aurait lieu début novembre. Impossible de mettre pied à terre sans qu'elle ne soit aussitôt brisée par des crampes. Les journées s'égrenaient lentement, interminable succession d'heures et de minutes. Du fond de son lit, Pilar comptait les jours.

Elle faisait régulièrement ses exercices de respiration suivant la méthode Lamaze. Aux environs de Halloween, les bébés avaient presque cessé de bouger par manque de place, et quant à leur mère, elle ressemblait à un de ces personnages de dessin animé qui aurait avalé un éléphant. Parfois, lorsqu'elle parvenait par miracle à se mettre debout, son reflet dans le miroir de la penderie déclenchait son hilarité. Mais à part son corps déformé, son visage avait conservé toute sa beauté et semblait rajeuni.

— Ma chérie, quel exploit ! la taquina un soir Brad tout en l'aidant à sortir de la baignoire. — Elle était incapable de faire quoi que ce soit sans assistance et cela donnait lieu à des séances de fou rire.

Marina et Nancy se relayaient à son chevet, pendant que Brad officiait au tribunal. Sa belle-fille l'avait félicitée pour son extrême patience.

— Je n'aurais pas voulu être à sa place pour tout l'or du monde, disait-elle à son mari. La pauvre est clouée au lit... Elle évoque ces ballons dirigeables qui semblent sur le point d'exploser.

Sa mère l'avait appelée deux ou trois fois. Bizarrement, l'insensible Élisabeth Graham donnait l'impression d'avoir digéré la grossesse de sa fille. Une fois même, se sentant sans doute concernée, elle s'était proposée de venir à Los Angeles... Pilar s'était empressée de refuser.

Les jumeaux semblaient en bonne forme et lors d'une de ses fréquentes visites, le docteur lui avait expliqué que l'un d'eux était plus gros que l'autre, probablement le garçon. C'était du reste presque toujours le cas.

— Il y aura une véritable équipe à votre accouchement, madame Coleman. Il s'agit d'une naissance multiple, tout de même. Je serais plus tranquille si j'avais un autre obstétricien près de moi, ainsi que deux pédiatres pour les bébés.

— Une véritable réception, alors, intervint Brad d'un ton badin, s'efforçant d'apaiser l'inquiétude de sa femme.

Pilar avait blêmi. Le Dr Parker avait également fait allusion à une possibilité de césarienne... Il ne restait plus que deux semaines. Le vieux praticien avait préféré fixer la date de la délivrance, afin de lui éviter de dépasser son terme. Et une semaine avant la date prévue, des crampes aiguës la réveillèrent aux aurores. Appelé d'urgence au téléphone, Parker lui conseilla de faire le tour de la maison, afin de vérifier si les contractions se poursuivaient. Elle s'exécuta, affolée par sa faiblesse : après tant de semaines au lit, ses jambes portaient à peine son ventre trop lourd.

L'après-midi, nouvelles contractions. Brad lui fit du thé, et elle se sentit mieux. Peu après, les douleurs cessèrent, mais son médecin la fit venir à l'hôpital.

— Que me veut-il ? gémit-elle, tandis que Brad l'accompagnait en voiture à Cottage Hospital. Rien ne se passe.

Après un examen minutieux, le Dr Parker décida de garder sur place sa patiente. Les crampes avaient reflué mais la dilatation se poursuivait.

— Le travail ne tardera pas à commencer, promit-il.

Pilar fut conduite dans une chambre munie d'un poste de télévision, où elle dut s'allonger. Ils regardèrent un feuilleton, et elle se mit à somnoler, pour s'éveiller en sursaut, terrassée par une sensation d'énorme pression. Paniqué, Brad sonna l'infirmière.

— Je crois que vous serez bientôt en couches, madame Coleman, sourit-elle.

Une seconde plus tard, un interne fit irruption. Pilar ouvrit la bouche pour protester, quand un atroce tiraillement lui coupa le souffle. Quelque chose comme un étau se resserrait autour de son énorme ventre. Elle s'accrocha à la main de Brad, hors d'haleine, essayant frénétiquement de se rappeler ses exercices de respiration, puis le malaise disparut aussi brusquement qu'il était apparu.

— Oh, mon Dieu, c'était horrible, murmura-t-elle.

Elle avait les cheveux trempés, la bouche sèche, et ça ne faisait que commencer. Son corps savait que le chemin serait long. Une nouvelle contraction, plus fulgurante et plus vive, la tétanisa. L'infirmière se rua hors de la pièce, à la recherche du Dr Parker.

La porte s'ouvrit sur le deuxième obstétricien au moment où la parturiente se tordait sur le lit étroit, apeurée et haletante. Les douleurs arrivaient sans répit comme des vagues que l'on sent venir de loin. Et à chaque gonflement de la vague, un élancement terrifiant l'irradiait tout entière.

La petite pièce s'était subitement animée : deux autres médecins arrivèrent, tandis que deux nurses lui faisaient une intraveineuse. Pendant ce temps, une aide-soignante essayait de boucler la ceinture du moniteur chargé de diffuser sur un écran l'ampleur des contractions et le rythme cardiaque fœtal.

Pilar s'arc-bouta, comme un animal ligoté. Le moniteur pesait une tonne sur son ventre ; elle appela Brad à son secours.

— Oh, chéri... je ne peux pas... je n'en peux plus.

Ses doigts s'empêtraient dans la ceinture de l'appareil sans parvenir à la défaire. Tous ces gens... Toutes ces machines... ces douleurs inhumaines... ces sangles et ces aiguilles dans la saignée des bras... Et Brad qui ne faisait rien pour la sauver de ce rite sauvage.

Pourtant, sitôt que le Dr Parker se montra, Brad s'élança à sa rencontre.

— S'il vous plaît, docteur. Le moniteur est plus qu'inconfortable, ne peut-on le retirer ?

— Il est indispensable, monsieur Coleman, répliqua-t-il avec sympathie avant de se pencher sur sa patiente.

— Comment vous sentez-vous ?

— Des analgésiques ! hoqueta-t-elle. Donnez-moi des analgésiques.

— Nous en reparlerons tout à l'heure.

Elle se cramponna à sa manche blanche.

— Non, pas tout à l'heure. Maintenant. Je les veux maintenant.

Pilar ébaucha un mouvement pour s'asseoir mais le poids du moniteur sur son abdomen la stoppa en plein élan. L'arrivée de la contraction suivante lui arracha un cri plaintif.

— Seigneur ! écoutez-moi. Il n'y a personne pour m'écouter ?

Une main se referma doucement sur la sienne.

— Si mon amour, moi, murmura la voix de Brad à son oreille. — Elle n'arrivait même plus à se tourner vers lui. — Je suis là.

— Fais quelque chose... dis-leur... J'ai trop mal...

— Je sais, ma chérie, je sais...

De sa vie, il ne s'était senti aussi impuissant. Aussi inutile. La voir dans les douleurs le mettait à l'agonie.

— En route pour la salle de travail, dit le second obstétricien au Dr Parker. Si elle a besoin d'une césarienne ou d'une épisiotomie, nous aurons tout sous la main.

Parker approuva. Aides-soignants et infirmières installèrent Pilar sur une chaise roulante qui partit à toute allure vers le lieu indiqué. La parturiente avait beau supplier qu'on la laissât tranquille, qu'on ne la déplace pas durant les contractions, personne ne semblait s'occuper de son confort à elle. Seule la sécurité des bébés comptait... Il était une heure du matin alors, et Brad eut l'impression qu'ils étaient là depuis des siècles.

Dans la salle de travail, les choses se précipitèrent. Pilar se retrouva allongée sur la table où elle devait accoucher, les pieds dans les étriers, les bras immobilisés par des perfusions. Elle se plaignait d'atroces douleurs dans la nuque et le dos mais, là encore, l'équipe médicale avait d'autres chats à fouetter. Brad lui tenait la main et l'exhortait à respirer lentement, comme elle avait appris à le faire. Mais, envahie par la souffrance, Pilar avait perdu le contrôle de la situation. Le moniteur indiquait un niveau de dilatation suffisante ; bientôt, elle allait pouvoir commencer à pousser.

— Pourquoi ne me donnez-vous pas quelque chose ? implora-t-elle.

— Ce serait mauvais pour vos bébés, répondit fermement une infirmière.

Une minute après, Pilar ne songeait plus à réclamer des drogues, car la douleur était à son point culminant et elle s'était mise à pousser. Brad la soutenait par les épaules. Il croyait vivre un mauvais rêve dont il ne se réveillerait jamais. Les médecins l'encourageaient en criant et Pilar hurlait. A quatre heures du matin, elle poussait encore. Brad se demanda combien de temps allait durer son supplice. Un courant d'émotion parcourut alors les hommes et les femmes en blanc. Le cercle des visages voilés de masques chirurgicaux se resserra, tout le monde criant en même temps. Enfin, la tête du premier enfant apparut, puis un vagissement répondit aux plaintes de sa mère.

— C'est un garçon, annonça l'accoucheur en levant un petit corps bleuâtre qui, peu à peu, vira au rose.

Une infirmière le présenta à Pilar mais elle se sentait trop épuisée pour le regarder. Les contractions continuaient de plus belle. A l'aide du forceps, le médecin essayait de tourner le deuxième bébé qui ne voulait pas sortir.

— Tiens bon, ma chérie, tu seras bientôt au bout de
tes peines, murmura Brad en lui essuyant le front inondé
de sueur.

— Brad... Brad... c'est trop atroce.

— Courage, c'est presque fini.

— Nous aurons peut-être recours à une césarienne, dit
Parker.

— Allez-y, si ça doit la soulager, cria Brad.

— Pour l'instant, nous nous contenterons d'une épisiotomie. Tout va se jouer dans les minutes qui suivent.

Le premier bébé avait été placé dans une couveuse où il
pleurait bruyamment.

— Je vous en supplie, docteur, faites vite, plaida Brad,
horrifié par les souffrances de sa femme.

— Un instant, souffla le médecin, en manipulant le
forceps une fois de plus.

Il se mit à tourner légèrement sur le côté. Les aiguilles
de la pendule murale indiquaient six heures du matin
quand le bébé commença à émerger lentement. Pilar avait
presque perdu conscience et soudain, l'enfant fut là. Une
adorable petite figure, un corps minuscule. Une petite fille,
d'une taille bien plus petite que celle de son frère, avec de
grands yeux inquiets, comme si elle cherchait sa mère du
regard. Pilar leva la tête.

— Comme elle est jolie, souffla-t-elle avant de retomber
lourdement en arrière, en souriant à travers ses larmes.

Deux infirmières emportèrent le nouveau-né vers une
deuxième couveuse. Puis les vagissements cessèrent brusquement. Un silence lourd s'abattit dans la pièce.

— Où est-elle ? Elle va bien ? demandait Pilar.

De sa place, Brad pouvait voir son fils gigoter sous le
couvercle translucide de la couveuse, alors que deux
infirmières l'observaient. Sa fille... Où était-elle donc
passée ? Il l'aperçut soudain à l'autre bout de la salle,
entourée de médecins. L'un d'eux assistait artificiellement
sa respiration, l'autre appuyait sur son petit torse presque
transparent. Mais au bout d'un moment, il baissa les bras

et le minuscule corps resta étendu, inerte. Horrifié, Brad scruta le visage du praticien qui secoua la tête... Dieu, qu'allait-il dire à Pilar ?

— Brad ? Je n'entends plus les bébés.

— Ils vont bien, murmura-t-il.

Une aide-soignante fit une piqûre à Pilar ; délivrée de ses souffrances, elle s'endormit presque aussitôt.

— Que s'est-il passé ? s'enquit Brad.

Il se sentait accablé, à tel point que même la naissance de son fils ne lui apportait aucune consolation.

Le médecin esquissa un geste d'impuissance.

— Elle était trop petite, trop faible... Souvent, l'un des fœtus se développe aux dépens de l'autre. Ce bébé avait un système respiratoire défaillant, des poumons mal formés. Peut-être aurais-je dû procéder à une césarienne.

Brad jeta un coup d'œil vers Pilar. Dieu merci, elle n'était pas encore au courant. Mieux valait qu'elle le sache le plus tard possible... Les pédiatres donnèrent raison à l'obstétricien. Les poumons du bébé ne lui permettaient pas de respirer hors de l'utérus maternel. Ses pulsions cardiaques avaient été régulières jusqu'au moment de la naissance, mais la petite fille n'aurait pu survivre. Ils avaient tenté l'impossible pour la ranimer.

Brad jeta un ultime regard au pauvre petit corps sans vie ; des larmes noyèrent ses yeux. Il ne l'avait aperçue qu'un bref instant mais l'avait instantanément aimée. Elle avait l'air si douce, si merveilleuse, et voilà que, déjà, son existence fugitive s'était achevée. Son frère braillait de toutes ses forces, comme s'il avait senti le drame. Comme si sa petite sœur lui manquait.

Brad resta un long moment devant les couveuses. Que dirait-il à Pilar ? Que pouvait-on dire à une mère en pareil cas ?

— Monsieur Coleman ?

La voix d'une infirmière interrompit sa méditation. Ils voulaient emporter le bébé mort. Quelqu'un mentionna les pompes funèbres et Brad hocha la tête.

— Votre femme est réveillée, si vous voulez la voir.

— Merci.

Du bout des doigts, il effleura la main minuscule, avant de suivre l'infirmière.

— Comment va ma femme ? demanda-t-il dans le couloir.

— Beaucoup mieux que tout à l'heure, monsieur Coleman.

« Mais pas pour longtemps », pensa-t-il avec tristesse.

— Où sont-ils ? furent ses premiers mots dès qu'elle le vit entrer.

Elle avait perdu beaucoup de sang et se sentait affaiblie, mais un sourire radieux illuminait son visage d'un blanc crayeux. Brad la regarda, les yeux emplis de larmes.

— Je t'aime tant, tu as été si courageuse et je suis fier de toi.

— Où sont mes bébés ?

— En couveuse, répondit-il. — Il lui mentait pour la première fois depuis qu'ils étaient ensemble et la pensée de la petite figure angélique le fit tressaillir. — Tu les verras bientôt.

Il la regarda s'endormir, le cœur serré. Le lendemain matin, il sut que l'heure de la vérité avait sonné. Le Dr Parker s'était chargé d'annoncer la mauvaise nouvelle à Pilar. Brad l'avait accompagné, bien sûr. Il crut que le choc allait la tuer. Une pâleur mortelle avait envahi ses traits, ses yeux s'étaient fermés et l'espace d'un instant, Brad pensa qu'elle s'était évanouie. Il lui prit le bras.

— Non ! Dites-moi que ce n'est pas vrai ! hurla-t-elle alors, tremblante et glacée, vous mentez !

— Madame Coleman, votre petite fille n'était pas assez forte pour survivre. Ses poumons...

— C'est faux, cria-t-elle, parcourue par une onde d'hystérie. Vous l'avez tuée ! Je l'ai vue ! Elle était vivante, elle m'a regardée.

— Oui, bien sûr, madame Coleman. Seulement elle n'a

pas été capable de respirer, ni de pleurer comme tous les nouveau-nés. Nous avons tout tenté pour la sauver.

— Je veux la voir ! Je veux la voir maintenant. Où est-elle ?

Elle avait voulu s'élancer hors du lit, mais un vertige l'avait forcée à se recoucher. Les deux hommes échangèrent un regard. Le médecin ne voyait pas d'inconvénient à ce qu'une mère puisse voir son bébé mort. Souvent, cela l'aidait à surmonter sa peine.

— Vous la verrez, promit-il. Désirez-vous qu'on vous amène votre fils en attendant ?

Elle cessa un instant de sangloter, sans trop savoir quoi répondre. En ce moment même, elle n'avait plus aucun désir. Ou plutôt si, un seul. Mourir, elle aussi, rejoindre son pauvre bébé. Son regard capta celui de Brad, triste, morose. Au moins pour lui, elle devait faire un effort. Elle inclina la tête. Le vieux médecin se leva.

— Je vais le chercher.

Il revint presque aussitôt avec le nourrisson. Un robuste petit garçon. Il pesait près de quatre kilos et demi, ce qui était énorme pour un jumeau. Sa minuscule jumelle ne pesait pas trois kilos. Il s'était développé à ses dépens, avait absorbé les substances vitales nécessaires à la survie. Un cas classique de sélection naturelle.

— Regardez comme il est mignon.

Ce fut Brad qui le saisit. Pilar n'avait pas ébauché un geste. Comme si elle lui en voulait d'avoir survécu à sa sœur. Puis, quand son mari lui mit doucement le bébé dans les bras, elle fondit en larmes tout en couvrant de baisers sa petite tête recouverte d'un doux duvet brun. Lorsqu'une nurse vint emporter le petit garçon, elle exigea de nouveau de voir sa fille.

Il fallut une chaise roulante pour la conduire au sous-sol. Le petit corps sans vie avait été retiré de la morgue et exposé sur une table, au milieu d'une pièce morne et froide. Enveloppée dans une couverture, la petite fille avait l'air de dormir paisiblement.

— Donne-la-moi.

Brad souleva le bébé, le plaça avec une infinie douceur dans les bras de sa mère, sans un mot. Silencieusement, Pilar embrassa les petites paupières closes, les petites joues incolores, chaque petit doigt, comme si elle voulait lui insuffler une seconde vie. Comme si elle avait le pouvoir de l'arracher à une mort trop injuste.

— Je t'aime, murmura-t-elle. Je t'aimerai toujours. Je t'ai adorée avant que tu sois née et je t'adore maintenant aussi, mon bébé.

Elle leva les yeux sur son mari, qui pleurait ouvertement.

— Je voudrais l'appeler Grace, continua-t-elle tranquillement. Grace Élisabeth Coleman.

Élisabeth, le prénom de sa propre mère. Brad opina. Pilar contempla longuement la minuscule figure immobile, s'efforçant de mémoriser à jamais chacun de ses traits, afin de la reconnaître lorsqu'elles se rencontreraient plus tard au ciel. Une infirmière vint ensuite chercher le bébé ; il serait remis aux pompes funèbres que Brad avait appelées tôt le matin.

— Au revoir mon ange, dit Pilar.

Un baiser encore. Un ultime regard avant de quitter la cellule triste et si froide. En franchissant le seuil, elle eut l'impression d'y laisser une partie de son âme.

De retour dans sa chambre, ce fut à peine si elle effleura du regard son fils qui dormait à poings fermés dans son petit lit, près du sien. Une autre infirmière l'aida à sortir du fauteuil roulant et à s'allonger. Ensuite, elle lui tendit le petit garçon endormi.

— Non, pas maintenant.

L'infirmière le plaça d'autorité dans ses bras.

— Il a besoin de vous, madame Coleman. Et vous de lui.

Elle s'en fut sur ces mots, laissant le nouveau-né avec ses parents. Pilar tint son fils enlacé. Son cœur se radoucit. Ce n'était pas sa faute si sa jumelle était morte. Il était si inoffensif, si tendre, tout en rondeurs satinées, si différent de l'infortunée petite Grace.

Étrange journée ! Étranges heures de joie et de chagrin. Un arc-en-ciel d'émotions fugitives, que ni Brad ni Pilar n'avaient encore pu analyser. Nancy arriva dans l'après-midi, ajouta ses larmes à celles de sa belle-mère. Tom et Todd appelèrent et Brad, en pleurs, leur fit part des nouvelles. La bonne et la mauvaise... Et plus tard, Pilar profita d'un moment de solitude pour téléphoner à sa mère. Pour la première fois de sa vie, Élisabeth Graham ne dissimula pas ses sentiments sous un masque d'insensibilité. Elle donna libre cours à une émotion trop longtemps enfouie. Elle aussi avait eu un bébé mort, avoua-t-elle. Un fils, que la mort subite des nourrissons avait emporté bien avant la naissance de Pilar.

— Il avait cinq mois. J'ai su que plus rien ne serait comme avant. Je m'en suis voulu de l'avoir négligé à cause de mes occupations. Puis, quand je t'ai eue, je n'ai jamais osé t'approcher. J'avais trop peur que tu meures à ton tour. Je ne voulais plus connaître la souffrance de perdre quelqu'un qu'on aime. Alors, je me suis méfiée de tout ce qui pouvait ressembler à de l'amour, à de l'affection. Pilar, ma chérie, je suis désolée... Au fond je t'ai toujours adorée, j'espère que tu le sais.

— Oh, maman, je t'aime aussi... Pourquoi ne m'as-tu jamais rien dit ?

Quarante ans de malentendus s'étaient dissipés en un instant.

— Nous n'en parlions jamais avec ton père, dit Mme Graham après un silence. A cette époque, la retenue était de rigueur. Aujourd'hui, on est censé raconter ses peines les plus secrètes. De mon temps, cela ne se faisait pas. J'ai appris à vivre avec mon chagrin. J'étais contente que tu sois une fille. Au moins, tu étais différente... Son nom était Andrew, ajouta-t-elle d'une voix hachée de larmes.

Pilar essuya ses larmes. Ainsi sa mère avait vécu pendant

si longtemps sans rien dévoiler du deuil cruel qui l'avait frappée.

— Ce ne sera pas facile, continua Élisabeth. On n'oublie jamais complètement un enfant mort. On s'habitue plus ou moins à son absence... Tu auras toujours de la peine, Pilar, mais tu dois te montrer forte. Pour l'amour de Brad et de ton petit garçon. La peine s'adoucira avec le temps, ma chérie.

Elles bavardèrent pendant un moment, enfin réconciliées, complices même. Mme Graham exprima le souhait d'assister aux obsèques de sa petite-fille. Pilar le lui déconseilla et pour une fois sa mère n'insista pas.

— Appelle-moi si tu as besoin de moi. Et n'oublie pas que je t'aime, répéta-t-elle avant de raccrocher.

Pilar reposa lentement le récepteur sur le combiné. Pour la première fois depuis la veille, une sensation d'apaisement se glissa dans son cœur. Le bébé s'était réveillé et couinait doucement en réclamant sa mère. Elle le prit dans ses bras et il la regarda comme s'il la reconnaissait.

— Comment l'appellerons-nous ? demanda Brad, plus tard dans la soirée.

— Christian Andrew, dit-elle en pensant au frère qu'elle n'avait jamais connu. J'aime bien ces prénoms.

— Moi aussi, sourit Brad.

Elle lui rendit son sourire.

— La vie est un mélange de bonheur et de malheur, soupira-t-elle. On s'attend à une chose et on en obtient une autre. Tout se paie, finalement, les rêves, les cauchemars, les déceptions et les espoirs. Et tout est mélangé.

Christian représenterait leur joie ; Grace resterait leur éternel chagrin. Pourtant, ils étaient venus au monde ensemble. Pilar avait ardemment désiré donner la vie. Elle avait déjà perdu un enfant... Pourtant, en regardant son fils endormi, elle eut la conviction que ses efforts en valaient la peine. Assis près d'elle, Brad la considérait, émerveillé par l'aventure qu'ils avaient tentée ensemble.

— Oui, l'existence est pleine de surprises, répondit-il

avec philosophie. Quand Natalie est morte, j'ai cru que jamais je ne m'en remettrais. (C'était le nom de sa première épouse, la mère de Nancy et Todd.) Et cinq ans plus tard, je t'ai connue, toi, et un nouveau, un merveilleux bonheur. Après l'orage vient toujours le beau temps, ma chérie.

— Je l'espère, murmura-t-elle, en luttant pour balayer de son esprit le petit visage pâle qu'elle ne reverrait plus... et qui demeurerait à jamais gravé dans sa mémoire.

20

Le jour où ils quittèrent l'hôpital, Christian gigotait avec vigueur. Pilar l'avait habillé de bleu pâle et le tenait serré sur son sein, cependant qu'une infirmière pilotait sa chaise roulante vers la sortie. Une aide-soignante suivait, poussant une table roulante qui croulait sous les fleurs. Tout le personnel se retournait à leur passage. On savait qu'il s'agissait de la patiente qui avait eu des jumeaux. Personne ou presque ne savait qu'il n'y en avait plus qu'un. C'était pareil pour les amis. Les présents avaient afflué en double, layette rose et bleue, poupées, oursons, hochets...

A la maison, le bébé fut installé dans le berceau garni de dentelles bleu lavande. Brad avait subtilisé le deuxième berceau, celui aux dentelles roses, pour l'entreposer dans le garage. Il espérait ainsi épargner une nouvelle souffrance à Pilar, mais plus tard, quand elle fouilla dans les tiroirs de la commode à la recherche d'un vêtement de nuit pour son fils, la vue des petites chemises roses lui arracha un sanglot étouffé. Comment supporter tant de joie et tant de peine ? L'oubli était impossible, elle en eut la conviction.

Elle reprit son fils dans ses bras pour le nourrir. La montée de lait avait été plus qu'abondante, comme si son corps ignorait la disparition du deuxième bébé. Brad passa la tête par l'entrebâillement de la porte, alors que, se balançant doucement sur son rocking-chair préféré, elle donnait le sein à leur enfant.

— Tu crois que tu vas pouvoir tenir le coup ?

Il se faisait du souci pour elle. Depuis la naissance des jumeaux et la mort de la petite Grace, Pilar n'était plus la même.

— J'essaierai, répondit-elle, les yeux baissés sur le nouveau-né, si petit et déjà si parfait, si vigoureux. — Il avait tout ce qui avait manqué à sa jumelle, si menue et fragile. — Comme j'essaie de comprendre ce qui a pu se passer. Était-ce ma faute ? Me suis-je mal alimentée ? Aurais-je dormi sur le même côté tout le temps ? Pourquoi ?

Brad regarda Christian.

— Il faudra faire attention à ne pas lui jeter la pierre.

— Je ne le blâme pas, répondit Pilar, en pleurs, j'aurais seulement aimé que ma pauvre petite fille soit là.

Pilar n'avait fermé l'œil que par à-coups. Elle sombrait dans un sommeil peuplé de visions, en émergeait en nage, se rendormait en se retournant inlassablement sur sa couche. Le lendemain, elle se réveilla avec l'impression qu'un poids incommensurable lui écrasait la poitrine... Jour de deuil, se dit-elle, frissonnante, en songeant à la cérémonie funéraire à laquelle elle allait assister.

Elle prit une douche. Christian se réveilla et elle le prit sur les genoux pour le nourrir. Ses seins avaient doublé de volume. Alors que le bébé cherchait fébrilement le téton, le lait jaillit sur sa petite figure. Il ouvrit de grands yeux étonnés, avec une moue qui fit rire sa mère.

— Que se passe-t-il ? demanda Brad.

Il venait de sortir de son dressing-room vêtu d'un habit sombre. C'était la première fois qu'il entendait le rire de Pilar depuis des jours.

— Regarde-le, on dirait Harpo dans une des farces des Marx Brothers, dit-elle.

— Je dirais qu'il ressemble davantage à Zeppo, affirma Brad.

Chaque fois qu'il regardait son fils, son cœur fondait de tendresse. Il regrettait que le petit garçon soit venu au monde sans sa sœur. Il avait vécu avec elle pendant neuf mois, cela devait être traumatisant, même pour lui.

— Dépêche-toi de t'habiller, ma chérie.

Pilar opina, coucha le bébé endormi dans le berceau. Seigneur, si elle n'avait porté que lui, aujourd'hui son bonheur serait éclatant. Elle se pencha sur le petit garçon, émerveillée de la texture soyeuse de sa peau et de ses cheveux. Son cœur se gonfla d'amour pour lui... Mais aussitôt, un autre petit visage, si pâle, si effacé vint se superposer à celui de Christian. Le sourire de Pilar s'éteignit. Cette miniature de visage, elle ne l'avait aperçue qu'un instant, mais cela avait suffi à la graver dans son cœur pour l'éternité, d'une manière indélébile.

Elle passa une ample robe de lainage noir, des bas et des chaussures noirs, un manteau noir.

— Je suis prête, dit-elle à Brad, avec tristesse. Mon Dieu, nous devrions être si heureux...

Un frisson la parcourut, lorsqu'elle pensa à toutes leurs relations à qui il faudrait annoncer la perte d'un des bébés... Brad installa Christian dans son panier sur le siège arrière. Il dormait à poings fermés. La voiture démarra au quart de tour et peu après ils roulaient en direction de l'église épiscopale de Montecito, dans un silence absolu.

Nancy, Tommy et Marina étaient déjà sur place. Le petit Adam accueillit joyeusement Pilar et Brad. Son cri de joie égaya pendant une seconde l'atmosphère endeuillée. Tom prit les deux petits garçons dans sa voiture, tandis que les autres s'avançaient vers l'édifice où le ministre du culte attendait.

Le seuil franchi, Pilar eut comme un mouvement de recul devant le petit cercueil blanc, surmonté d'une ravissante couronne de muguet dont le parfum suave se mêlait à celui de l'encens... Un cercueil au lieu d'un berceau, pensa-t-elle, quelle ironie, quelle farce cruelle ! La nature jouait de sales tours aux humains, avec des promesses qu'elle ne tenait qu'à moitié... Un sanglot roula au fond de sa gorge.

— Je ne le supporterai pas, murmura-t-elle à Nancy, qui s'était mise à pleurer doucement.

Les voies du Seigneur étaient impénétrables, leur rappela le pasteur, il donnait et reprenait, mêlait le rire aux larmes, la joie à l'affliction. Pilar suivait le rituel envahie par une impression d'irréalité. Que faisait-elle ici ? Elle devrait être à la maison, sur la terrasse inondée de soleil, avec Brad et les jumeaux, plutôt que de pleurer sous ces voûtes de pierre.

Au cimetière, elle s'appuya lourdement au bras de Brad.

— Je ne peux pas la laisser ici...

Pourtant, il le fallait. Pilar déposa un pâle bouquet de roses sur la petite bière que le prêtre bénissait une dernière fois. Et peu après, lorsque Brad l'entraîna vers la voiture, elle se laissa faire, l'air hagard. Le trajet du retour se déroula dans un silence lourd. Pilar fixait le vide, tandis que Marina lui tenait la main.

— Allonge-toi un moment, dit Brad, une fois rentrés. Repose-toi un peu.

Elle s'exécuta et resta immobile sur le grand lit, dans sa robe noire, le regard rivé au plafond, essayant de comprendre. Pourquoi avait-elle survécu, alors que la mort avait fauché la petite Grace ? Elle aurait volontiers offert sa vie en échange. Plus tard, elle voulut expliquer son sentiment à son époux. Il la regarda, horrifié.

— Te rends-tu compte combien nous avons besoin de toi ?

— Non, répondit-elle d'une voix blanche.

— Et lui ? fit-il, avec un geste en direction de la chambre voisine. Il a le droit d'avoir une mère, tu ne crois pas ? — Et comme elle haussait les épaules sans répondre : — Christian a besoin de toi et moi aussi. Ma chérie, ressaisis-toi, je t'en conjure.

— Pour quoi faire ? dit-elle d'un ton empreint d'indifférence.

Comme s'il avait senti la détresse de sa mère, le bébé s'agita. Pilar et Brad durent se lever plusieurs fois cette nuit-là pour le calmer... Le lendemain, un rayon de soleil filtrant par l'interstice des doubles rideaux réveilla Brad. Il avait réussi à s'endormir très tard. Plus que les pleurs de son fils, son inquiétude pour sa femme l'avait longtemps tenu éveillé. Elle n'était plus à son côté et il partit à sa recherche.

Pilar se balançait doucement sur le rocking-chair, dans la lumière blonde du matin. Elle tenait Christian dans ses bras et pensait à ses deux bébés. C'était des entités séparées, des personnalités indépendantes, des destinées différentes. Christian avait toute une vie devant lui. Grace avait trop vite accompli la sienne... Il ne restait plus qu'à la laisser reposer en paix, réalisa-t-elle soudain, acceptant enfin l'inéluctable. Brad avait raison, Christian avait besoin d'elle. Elle se devait de remplir son rôle de mère. Pour la première fois depuis cinq jours, en effleurant d'un baiser la tête soyeuse de son enfant, elle se sentit apaisée.

— Déjà levée ? fit la voix ensommeillée de Brad depuis la porte. Tout va bien ?

Elle acquiesça, les yeux levés vers lui.

— Je t'aime, dit-elle, avec un sourire qui lui alla droit au cœur.

— Moi aussi, mon amour.

Il aurait voulu exprimer ses regrets, tâcher de la consoler, mais aucun mot ne possédait la force du silence... Christian bougea, bâilla, ouvrit les yeux, se mit à observer intensément ses parents.

— Il est formidable, dit Brad avec un sourire de fierté.

— Toi aussi, répondit Pilar, et ils s'embrassèrent dans l'éclatante lumière matinale.

21

Cette année-là, Todd célébra Thanksgiving avec son père, sa belle-mère et le petit Christian, qui avait deux semaines et demie, ainsi que Nancy et sa petite famille. Pilar avait au moins quinze kilos à perdre mais se sentait mieux. Elle ne sortait pas encore, craignant de rencontrer des relations et amis à qui elle serait obligée d'expliquer la perte d'un des jumeaux.

— Tu parais encore éprouvée, fit remarquer Todd en l'embrassant.

— Oui, ça a été affreux, admit-elle d'une voix calme.

Bien sûr, l'atroce souffrance du début avait cédé le pas à une sourde douleur lancinante, bien sûr les blessures commençaient à cicatriser, mais l'image fugace du petit visage blême restait imprimée dans son esprit. Parfois, en pensant à sa petite fille, Pilar ressentait un déchirement, comme une lame affûtée qui lui aurait transpercé le cœur. Toutefois, elle goûtait pleinement à présent les moments exquis que lui prouvait sa tendre relation avec son nouveauné.

— Rien n'est aussi simple que ça en a l'air, poursuivitelle, en se remémorant le long chemin parcouru, sa grossesse, sa première fausse couche et maintenant Grace... La réalisation de nos projets n'est pas toujours conforme à nos désirs. J'ai mis quarante-quatre ans à comprendre qu'on ne peut pas obtenir tout ce qu'on veut.

Après une enfance difficile, elle avait cru pouvoir conquérir le monde. Sa carrière brillante, son mariage réussi, sa vie heureuse avec Brad lui avaient donné l'illusion d'un pouvoir sans limites. A présent, elle savait que chaque rêve avait son prix. Pour rien au monde elle ne se serait séparée de Christian, or le bonheur de le tenir dans ses bras, elle l'avait payé cher.

— Vous refaites le monde, tous les deux ? fit Brad en s'asseyant près de Pilar.

Celle-ci sourit à son beau-fils, puis à son mari.

— J'étais en train de dire à Todd combien j'étais heureuse de le voir.

— Ça doit vous changer agréablement du gamin mal élevé que j'étais, s'esclaffa le jeune homme.

— Oh, tu avais ton charme, l'asticota son père. Et tu l'as toujours. Comment va Chicago ?

— Bien. Néanmoins, la côte Ouest me manque. J'ai hâte de trouver un job ici, à Los Angeles ou à San Francisco.

— Nous serons ravis de te voir plus souvent, s'exclama Pilar, enchantée.

— Et je pourrai jouer à la baby-sitter durant les week-ends.

— Méfiez-vous ! pouffa Nancy qui venait de les rejoindre devant la cheminée. Chaque fois qu'il a gardé Adam, il lui a passé tous ses caprices... L'autre jour, il lui a même permis de boire de la bière.

— C'est pourquoi je suis son oncle préféré.

— Forcément ! Il n'a pas vraiment le choix.

Avant de prendre congé, Todd serra fortement Pilar dans ses bras et l'embrassa.

— Tu as l'air en pleine forme. Et mon petit frère est superbe.

— Toi aussi, mon chéri. Reviens nous voir souvent.

Il le lui promit, serra la main de son père. Sur le chemin du retour vers le domicile de Nancy, il se pencha vers sa sœur qui conduisait.

— Tu crois qu'ils vont remettre ça ?

— J'en doute... Pilar a eu une grossesse difficile. Si seulement l'autre bébé n'était pas mort...

Todd hocha la tête. Il avait eu de la peine pour sa belle-mère qu'il avait toujours appréciée.

— Oui... Ils doivent penser qu'un bébé mérite tous les sacrifices. — Il se tut un instant, lança une œillade oblique à son grassouillet neveu qui rêvait dans son petit siège fixé sur la banquette arrière. — Et c'est vrai, qui sait ?

Nancy jeta un rapide coup d'œil à son fils endormi, par-dessus son épaule, puis acquiesça.

Dans son domicile de Santa Monica, Beth avait fait rôtir une énorme dinde. Elle était en train de l'arroser de jus pour la dernière fois, quand Charlie sonna à la porte. Il avait apporté une dinde en chocolat pour Annabelle et un ravissant bouquet qu'il posa au milieu de la table dressée.

— Oh, il ne fallait pas ! murmura Beth, dont les pommettes rosirent de plaisir.

Ils se voyaient régulièrement depuis neuf mois maintenant et Charlie la surprenait toujours par sa prévenance. Elle n'avait jamais connu un homme aussi gentil. Il faisait la cuisine, n'arrivait jamais les mains vides, faisait la lecture des heures durant à Annabelle.

— Joyeux Thanksgiving ! cria-t-il en entrant.

Annabelle déchira prestement le papier d'argent qui enrobait son cadeau, pendant que le jeune homme embrassait sa mère.

— Puis-je en manger un morceau ? demanda-t-elle, et comme personne ne lui répondait, elle sectionna la tête du volatile en chocolat et l'enfourna dans sa bouche.

— As-tu besoin d'aide ? s'enquit Charlie.

Beth déclara que tout était prêt. Elle avait voulu le recevoir somptueusement et s'était lancée dans la préparation d'un plat très élaboré. Elle s'en était bien sortie, si

elle en jugeait par le fumet appétissant et l'aspect doré de
la volaille... La jeune femme songea au restaurant minable
où elle dînait avec sa fille presque tous les soirs. Depuis
que Charlie était entré dans leur vie, tout avait changé.
Même leur petit appartement paraissait plus lumineux.
Comme si les choses avaient repris leur juste place. Comme
si le fardeau qui lui pesait sur les épaules s'était allégé.

La présence de Charlie avait d'ailleurs le don de l'apaiser.
Il appartenait à cette rare catégorie d'hommes sur lesquels
on peut compter en toute circonstance. Un jour, elle avait
eu la grippe et, immédiatement, il s'était porté à son
secours. Une autre fois, lors d'une grève du personnel à
l'hôpital, il lui avait prêté de l'argent.

L'amour qu'elle éprouvait à l'égard de Charlie n'avait
cessé de grandir. Malheureusement, le jeune homme continuait à penser qu'il n'avait pas le droit de se marier. Et
Beth ne savait plus quel argument invoquer pour le
persuader du contraire. Une nuit, après qu'Annabelle se
fut endormie dans sa chambre, ils avaient fait l'amour
— leurs rapports physiques les comblaient d'une façon
extraordinaire —, puis Beth avait habilement abordé le
sujet.

— Les gosses, quelle importance ? Il y a un tas de gens
qui ne peuvent pas en avoir et qui n'en sont pas moins
heureux. Si c'était moi qui étais stérile, tu m'aurais aimée
moins ?

Pour la première fois, il avait eu l'air intrigué.

— J'aurais eu de la peine pour toi, mais j'aurais continué
à t'aimer tout autant, avait-il admis.

Le repas de Thanksgiving fut merveilleusement réussi.
Charlie félicita Beth avec tendresse. Après dîner, ils firent
une promenade à pied, tous les trois. La petite Annie
courait en éclaireur et revenait vers le couple en riant. De
retour à la maison, ils la mirent au lit et regardèrent un
show à la télé en croquant le délicieux pop-corn que
Charlie avait préparé. Au milieu du spectacle, il serra
amoureusement Beth contre lui, puis ils s'étreignirent

passionnément. Longtemps après, ils gisaient encore là, nus et enlacés.

— Mon Dieu, Charlie, tu es merveilleux, chuchota-t-elle tout contre son amant.

Sa fougue l'étonnait toujours. Il lui rendit ses baisers, pleinement satisfait. Son amour pour elle n'avait rien à voir avec la passion physique que Barbie lui avait autrefois inspirée. Beth méritait sa confiance. Auprès d'elle, il se sentait rassuré. Il était peut-être incapable de lui donner des enfants mais pouvait lui offrir un tas d'autres choses, avait-il soudain réalisé. Et plus tard, tandis qu'il la tenait dans ses bras, il eut envie de lui en faire part.

— Je voudrais te dire quelque chose, murmura-t-il, puis il sourit, la sentant trembler comme une feuille. Tout d'abord, sache que je t'adore.

Des larmes voilèrent les yeux bleus de Beth. Depuis le début, elle n'avait eu qu'une seule hantise : l'entendre lui signifier que tout était fini entre eux. Elle ne connaissait que trop bien ses idées sur le mariage.

— Ne me dis rien, supplia-t-elle en le scrutant dans la semi-obscurité.

— Je voudrais pourtant te poser une question.

— Laquelle ? Pourquoi ?

Ses yeux, immenses, lui dévoraient tout le visage.

— Parce que tu es la personne la plus importante que j'ai au monde... Parce que je n'ai pas le droit de te gâcher la vie, comme si elle m'appartenait.

— Ne sois pas bête. Nous sommes si bien ensemble. Oh, Charlie, ne fais pas ça.

— Quoi donc ?

— Ne t'en va pas, je t'en prie, ne me quitte pas.

Elle s'était accrochée à lui, tremblante, comme une toute petite fille désespérée.

— Ai-je l'air de vouloir te quitter ? murmura-t-il, touché par sa réaction.

Elle se recula un peu et le dévisagea avec une expression à la fois craintive et étonnée.

— Alors, tu restes ?

Il sourit au petit visage baigné de larmes.

— Si tu me le permets. J'allais te demander... euh... ta main, Beth. Acceptes-tu de me l'accorder ?

Elle eut un élan de joie et l'embrassa avec une telle force qu'ils faillirent tomber du canapé.

— Oui, mon amour, oui, oui, oui.

— Ouaou, oua-a-ou ! s'écria-t-il, au comble du bonheur, et soudain son sourire s'effaça. En es-tu sûre ? Tu sais que nous ne pourrons pas avoir de gosses ?

— Je croyais que nous allions en adopter, répondit-elle d'une voix sereine.

— Tu croyais... Quand avons-nous pris une telle décision ?

— Tu as dit que tu voulais adopter un petit garçon, peut-être deux.

— Oui, si j'étais resté célibataire. Maintenant je t'ai, et j'ai Annie... Pourquoi ? L'adoption te tente, Beth ?

Elle ne s'accorda pas plus d'une seconde de réflexion.

— Oui, j'aimerais tant offrir un foyer à un gamin qui en a besoin.

— Parlons d'abord de notre mariage. Quand ?

Elle lui sourit tendrement.

— Demain. La semaine prochaine. Quand tu veux. J'aurai une semaine de vacances avant Noël.

— A Noël... exulta-t-il. Oublie les vacances. Je ne veux plus que tu ailles travailler la nuit. Tu chercheras un mi-temps, ou tu poursuivras tes études pendant qu'Annie sera à l'école, si tu préfères.

Ses commissions lui rapportaient suffisamment pour entretenir sa petite famille... Leurs lèvres s'unirent un long moment.

— Oui, à Noël, répéta Charlie en riant.

Il attira Beth contre lui et leurs corps enflammés scellèrent leur serment.

22

Le mariage de Charlie et de Beth fut célébré le jour de Noël à l'église des méthodistes, à Westwood, avec la petite Annie pour seul témoin. Une réunion de quelques amis dans un bon restaurant couronna les festivités. Mark en faisait partie, bien sûr, accompagné de sa dernière fiancée.

Il n'y avait pas d'événement mondain, pas de réception somptueuse au Bel Air Hôtel, pas d'orchestre... Charlie n'avait rien à prouver à personne. Il était chef de famille maintenant — Beth avait accepté qu'il adopte sa fille, et celle-ci avait déclaré solennellement à tout le monde qu'elle allait bientôt s'appeler Annabelle Winwood.

Ils partirent tous les trois en voyage de noces à San Diego, où Charlie avait loué deux chambres dans un charmant petit hôtel. Ils visitèrent le zoo avec Annie, firent de longues promenades sur la plage, s'aimèrent tous les soirs tendrement, passionnément. Beth avait démissionné de l'hôpital et avait trouvé un emploi à mi-temps dans l'école de sa fille en attendant de reprendre ses études. Tout semblait parfait, dans un monde parfait.

— Es-tu aussi heureuse que moi ? lui demanda Charlie alors que, main dans la main, ils se promenaient sur la plage.

C'était le lendemain de Noël, le soleil moirait les flots d'or pâle, la petite Annabelle les devançait en courant sur le sable mouillé.

— Plus encore, répondit Beth, le visage éclairé d'un sourire. Je n'ai jamais éprouvé un tel bien-être. Ma vie avant de te connaître a été un désastre, tout comme mon premier mariage.

— Oh, tu n'en as pas que des mauvais souvenirs, sourit-il. Tu as Annie.

— C'est vrai. Elle est la chose la plus merveilleuse qui me soit arrivée... à part toi. Parfois, le bonheur est là, à portée de la main, mais on ne veut pas le voir. Alors, on passe à côté.

Il hocha gravement la tête. Lui aussi avait connu la déception d'une union désastreuse. Et maintenant, il était reconnaissant à Barbie d'être partie. Avec Beth, il ne risquait pas de passer à côté du bonheur. L'amour ne pouvait se fonder sur la seule attirance physique. Il fallait de la tendresse aussi, de l'amitié, de la confiance, tout ce que Beth représentait.

— Je saurai te rendre heureuse, dit-il en lui passant un bras protecteur autour des épaules.

— C'est déjà fait, mon chéri.

La voix d'Annabelle interrompit leur baiser.

— Venez voir ! leur cria la petite fille, les cheveux ébouriffés par la brise. Venez voir les beaux coquillages !

Ils coururent à sa rencontre en riant. Dans le pâle ciel hivernal, le soleil radieux perça le voile des nuages, inondant la plage d'une lumière éclatante et chaude, comme une bénédiction.

Chez les Goode, Noël fut plus chaotique encore que les années précédentes. A Gayle, Samantha, leurs maris et enfants s'étaient ajoutés Diana, Andy et la petite Hilary. Tout le monde bavardait en même temps, comme d'habitude, dans un joyeux brouhaha de voix qui emplissait la vieille demeure.

Le tour de taille impressionnant de Diana — elle était

enceinte de huit mois et demi à présent — ne l'avait pas empêchée d'aider sa mère et ses sœurs à préparer le repas.

— Ta fille est mignonne comme tout, affirma Mme Goode, sans dissimuler son admiration. Ce sera une vraie beauté.

Diana sourit, fière de son bébé. L'arrivée d'Hilary dans leur vie avait marqué une nouvelle étape. Après les épreuves des années passées, les affres dans lesquelles elle s'était débattue, les dernières difficultés avant que la requête en adoption ne leur soit accordée, la jeune femme se comparait au navire qui arrive à bon port, après avoir affronté la tourmente. Sa grossesse se passait on ne peut mieux et elle se sentait de nouveau en pleine forme. Elle avait demandé un autre congé de maternité, naturellement, et ne devait pas retourner au journal avant juin.

— Comment ça va ? lui demanda amicalement Jack.

— Oh, très bien, dit-elle avec insouciance, tout en mettant la table, aidée par Gayle.

— La délivrance est proche, à ce que je vois.

— Pas avant trois semaines.

— Voilà qui m'étonnerait, ma chère. Le bébé est très bas actuellement. Tu pourrais avoir des surprises. Depuis quand n'as-tu pas vu ton médecin ?

— Allons, Jack ! le gronda sa femme. Cesse donc de jouer au Dr Kildare, c'est Noël après tout.

— Noël ou pas, je parie qu'il n'y en a plus pour longtemps.

— C'est ce que tu m'avais dit et j'ai dû attendre plus de deux semaines, railla Gayle.

Il leva les bras au ciel.

— L'erreur est humaine... Mais je suis sérieux, Diana. Va voir ton médecin demain. Je n'ai jamais vu un bébé placé aussi bas sans que sa mère soit en travail.

— Peut-être que je le suis sans m'en rendre compte, rit-elle.

— Pourquoi pas ? J'en ai vu des choses étranges, au cours de ma longue carrière.

Elle lui promit de consulter son médecin dès le lendemain. Rassuré, Jack alla prendre l'apéritif avec son beau-père et ses beaux-frères, pendant que les femmes s'activaient dans la cuisine. Mme Goode demanda à son mari de découper la volaille, puis tout le monde passa dans la salle à manger.

La bonne humeur régnait à table. Une totale harmonie, se disait la maîtresse de maison, au comble de la satisfaction comme toujours, lorsqu'elle était entourée de ses filles, ses gendres et ses petits-enfants.

— Tu ne manges rien ! remarqua Gayle à l'adresse de Diana.

En effet, cette dernière n'avait pas touché aux hors-d'œuvre.

— Il n'y a pas de place, sourit-elle avec un regard vers Andy, qui riait à une plaisanterie de Seamus.

Elle se leva pour aider sa mère à apporter le plat principal. Son dos lui faisait mal, déclara-t-elle, elle avait besoin de bouger.

— Elle ne tient pas en place, murmura Sam à Jack.

Diana revint dans la salle à manger, reprit place à table et peu après, elle semblait de nouveau enjouée. Le malaise recommença cependant au moment du dessert.

— J'ai trop mangé, se plaignit-elle à Sam, je vais m'étendre un instant. Inutile d'alarmer les autres.

Environ une heure s'était écoulée, quand Andy s'inquiéta de l'absence de sa femme.

— Où est passée Diana ?

— Elle est en haut, lui répondit la plus âgée de ses nièces. Elle ne se sent pas bien.

Il se précipita hors de la pièce. Gayle poussa du coude son mari.

— Tu devrais peut-être y aller aussi, Jack.

— Tu m'as pourtant fait remarquer que le rôle du Dr Kildare ne me convenait guère.

— Peut-être me suis-je trompée.

— Ils m'appelleront, s'ils ont besoin de moi. Il s'agit probablement d'une simple indigestion. Sinon, nous aurons largement le temps de la conduire à l'hôpital, compte tenu que c'est son premier bébé.

— Très drôle ! Est-ce que j'ai eu le temps d'aller à l'hôpital, moi ?

Gayle avait donné naissance à ses deux premiers enfants avant d'être arrivée à la clinique et quant au troisième, il était né dans la cuisine.

— Cela ne veut rien dire. Chaque organisme est différent des autres, lui rappela son époux.

Andy réapparut, l'air affolé.

— Elle a vomi et souffre de crampes. Je lui ai proposé de la ramener à la maison, mais elle ne peut même pas bouger.

Il repartit aussitôt, suivi de Jack.

— Salut, dit celui-ci gentiment, en pénétrant dans la chambre. On m'a dit que tu avais été attaquée par une dinde sauvage.

— J'ai mal, admit-elle, parcourue d'un frisson.

— Mal comment ? s'enquit-il doucement en lui appuyant légèrement sur le ventre et en détectant immédiatement les contractions.

— Je crois que c'est un empoisonnement alimentaire, gémit-elle, mais ne le dites pas à maman.

Jack lui sourit.

— Désolé de te contrarier. Je pense que tu es en travail.

Un éclair de pure frayeur zébra les prunelles de la jeune femme.

— Maintenant ? Mais ce n'est pas le moment.

Une autre contraction, plus redoutable que les précédentes, la tétanisa alors.

— Di, depuis quand as-tu ces crampes ?

— Je ne sais plus... depuis ce matin, il me semble.

Il se pencha sur elle en se demandant si elle allait le laisser l'examiner.

— Pas trace de la perte des eaux ? questionna-t-il.

— Oh, non, lui fut-il répondu fermement. A part un petit filet de liquide hier matin... mais rien de plus.

Sa naïveté amena un sourire sur les lèvres de Jack, dont le regard se reporta de Diana à Andy, qui attendait, les bras ballants.

— C'était ça, la perte des eaux, ma chère. Andy, il faut tout de suite la conduire à l'hôpital.

L'image de Jane en couches traversa l'esprit enfiévré de Diana. Un tiraillement plus aigu la transperça. Le souffle court, elle s'accrocha au mari de sa sœur.

— Non, non, ce n'est rien, hurla-t-elle, oh mon Dieu, Andy, Jack, je n'en peux plus, j'ai trop mal.

Le médecin se précipita dans la salle de bains, se savonna consciencieusement les mains et ressortit chargé d'une pile de serviettes qu'il disposa sous le bassin de la parturiente. Celle-ci, soutenue par Andy, luttait furieusement contre la douleur qui la submergeait comme une houle déchaînée.

— Le bébé arrive, je le sens, hurla-t-elle.

— Oui, Di, il arrive. Essaie de respirer régulièrement... Andy, appelle une ambulance. Dis-leur qu'une femme est en train d'accoucher et qu'il y a un médecin auprès d'elle... Ne fais pas cette tête, tout a l'air de bien se passer.

— Andy, ne me laisse pas ! supplia-t-elle, tandis que son mari se ruait hors de la pièce.

Les contractions se succédaient à une cadence de plus en plus rapide. Jack avait écarté les jambes de la jeune femme. Il apercevait le haut du crâne du bébé.

— Pousse, Di, intima-t-il. Allez, flanque-moi ce bébé dehors.

— Non, je ne peux pas. Ça fait trop mal.

Elle tressaillit violemment sous un nouvel assaut de contractions, puis sentit les mains d'Andy sur son front en sueur, l'entendit lui murmurer que tout irait bien et que l'ambulance était en route.

— Pousse, pousse, n'arrête pas de pousser, disait Jack.

Les autres ne savaient rien, ne se doutaient encore de rien, mais aucun des deux hommes ne songeait à aller les prévenir. Le corps de Diana se tendit comme un arc, tandis qu'Andy lui soutenait les épaules et que Jack lui immobilisait les chevilles sur le lit. Soudain, dans un soubresaut, elle expulsa le bébé, et Jack se redressa, portant le petit corps tout frissonnant. C'était un superbe petit garçon, avec des cheveux blonds.

— Oh, comme il est beau... et comme il te ressemble, dit-elle à Andy avant de retomber, épuisée, sur les oreillers. Je crois finalement que tu avais raison, Jack. Ce n'était pas une indigestion !

Ils se mirent à rire tous les trois, tandis que le bébé s'époumonait dans les bras de son oncle. Un concert de sirènes éclata au dehors.

— Tu devrais aller dire aux autres ce qui se passe, conseilla Jack à son beau-frère.

Les convives dégustaient paisiblement un bon café corsé, quand Andy fit irruption dans la pièce, comme un fou.

— Nous avons un fils ! cria-t-il, en pleurant et en riant en même temps. Diana est là-haut... Et l'ambulance vient d'arriver.

Tout le monde se leva en même temps pour s'élancer à l'étage, M. Goode en tête. Seamus assena à Andy une claque dans le dos.

— Félicitations, mon vieux !

Ils allèrent ensemble ouvrir la porte aux ambulanciers. Le temps de regagner la chambre, le tableau avait changé du tout au tout. La suppliciée de tout à l'heure souriait aux anges. Jack sectionna le cordon ombilical à l'aide d'un instrument apporté par l'un des infirmiers. Un instant après, la mère et le nouveau-né étaient emmenés sur une civière, recouverts d'une couverture douillette, au milieu de la famille en liesse.

— Je m'occupe d'Hilary, cria Samantha en essuyant ses larmes.

Diana agita faiblement la main en direction de ses parents, de ses sœurs, ses beaux-frères, et de tous les enfants qui couraient dans tous les sens. La porte de l'ambulance claqua alors ; sentant la présence d'Andy à ses côtés, Diana ferma les yeux un instant seulement, puis

écarta la couverture pour contempler son fils. Il l'observait
de ses grands yeux bleus. C'était un bébé magnifique,
débordant de vie.

— Il est si mignon, s'attendrit-elle.

— C'est Hilary qui sera contente, dit Andy.

Ils échangèrent un sourire, se donnèrent la main avec
une ineffable émotion. En neuf mois, ils avaient réussi à
avoir deux enfants en pleine santé.

Diana et le nourrisson quittèrent l'hôpital dès le lendemain. Le soir même, ils étaient à nouveau à la maison,
avec Hilary et le bébé qu'ils avaient appelé William en
l'honneur de M. Goode.

— Billie et Hillie, murmura Diana, penchée tour à tour
sur les deux berceaux.

Tout à coup, un vent d'allégresse soufflait sur la vaste
demeure biscornue.

— Tu es formidable ! déclara Andy.

— Toi aussi, mon chéri.

Ils s'embrassèrent longuement. Les angoisses, le vide, la
solitude étaient à jamais oubliés. L'ombre du chagrin ne
viendrait plus hanter leurs nuits, ils le savaient. Comme
ils savaient que leurs épreuves passées rendaient leur
bonheur actuel infiniment plus précieux.

23

Andy et Diana fêtèrent leur troisième anniversaire de mariage à Hawaï, sur la splendide plage de Waikiki, avec leurs enfants. A quatorze mois, la petite Hilary gambadait joyeusement, à la découverte des environs. Le sable blanc, l'eau turquoise, les coquillages nacrés exerçaient une véritable fascination sur elle. A chaque instant, elle courait montrer ses trouvailles à ses parents et à son petit frère William, un adorable bébé de cinq mois et demi, blond comme les blés. Diana, tout comme Andy, leur vouait une affection sans limites. Dans une quinzaine de jours, la jeune femme allait se retrouver entre les murs de son bureau à *Maisons d'aujourd'hui*, mais à mi-temps. Déjà, elle regrettait de devoir se séparer de ses enfants, ne serait-ce que quelques heures par jour... Mais il fallait bien participer aux frais du ménage, qui avaient singulièrement augmenté ces derniers temps. Le couple avait engagé une fille au pair, une étudiante allemande, pour s'occuper des deux petits pendant l'absence de leur mère. Celle-ci entendait conserver ses prérogatives l'après-midi.

Andy aurait bien voulu l'aider, naturellement, mais après sa récente promotion, il ne savait plus où donner de la tête. Cependant, il essayait de rentrer à la maison le plus tôt possible, rien que pour contempler le bonheur de sa tendre moitié. Chaque jour leur apportait son lot de joies. Pas une ombre au tableau, avait-il l'habitude de dire en riant, même le soir où la machine à laver avait subitement rendu l'âme et qu'Hilary avait redécoré le papier de sa chambre avec le rouge à lèvres de Diana. Les années à venir seraient emplies d'instants comme ceux-là, merveilleux et uniques.

— Quels beaux enfants vous avez ! s'émerveilla une touriste, sur la plage ensoleillée. Quel âge ont-ils ?

— Cinq et quatorze mois, répondit Diana.

L'autre écarquilla les yeux. Eh bien, ces anges avaient encore moins de différence que les siens. Son second était né quand son premier avait eu treize mois.

— Quelle chance d'avoir des enfants aussi facilement ! s'exclama-t-elle. Vous ne connaissez pas votre bonheur. Que Dieu vous bénisse !

— Merci, dit Diana, avec un petit sourire complice à l'adresse de son époux.

Un après-midi de juin, Charlie conduisit Beth et Annabelle à Rosemead, le long d'une rue tranquille menant vers un sinistre bâtiment de brique. Il avait attendu ce jour-là depuis si longtemps... Il gara la voiture sans desserrer les dents et Beth lui caressa gentiment la main. Elle pouvait imaginer ce qu'il devait éprouver. Annabelle aussi très certainement, bien que Beth ne fût pas certaine que sa fille ait saisi la situation.

La porte de la bâtisse s'ouvrit dès leur premier coup de sonnette. Ce n'était pas la première fois qu'ils venaient ici... Mais aujourd'hui, les lourdeurs administratives qui avaient retardé durant six mois la procédure étaient enfin terminées.

On les fit asseoir dans une salle d'attente étriquée. L'institution était dirigée par des religieuses. Tout en ce lieu rappelait à Charlie de douloureux souvenirs ; l'orphelinat ; le cliquetis des chapelets que l'on égrène ; les longues nuits d'hiver dans un petit lit étroit ; les cauchemars et le froid, et la crainte constante d'être terrassé par une crise d'asthme... Instinctivement, comme pour conjurer les démons du passé, il prit les mains de Beth et d'Annabelle.

— J'aime pas ici, bouda la petite fille.

— Personne n'aime, ma chérie. C'est pourquoi nous sommes venus.

Ils allaient sauver un être de cette prison solitaire.

Ils avaient déjà vu l'enfant. Dès leur première rencontre, le cœur de Charlie s'était mis à battre la chamade. C'était un garçonnet de quatre ans — trop petit pour son âge, souffrant de problèmes respiratoires, avaient précisé les religieuses. Naturellement, elles comprendraient parfaitement que M. Winwood changeât d'avis. On ne s'engageait pas facilement à adopter un petit malade. Autant porter son choix sur un enfant en bonne santé. Maintenant, il y avait une ravissante petite fille qui... Ah bon ! Le fait que le garçonnet fût asthmatique ne dérangeait guère M. Winwood...

Par la suite, ils avaient dû affronter une armada d'assistantes sociales, répondre à une foule de questions — même Annabelle avait été interrogée —, afin de prouver qu'ils offriraient un foyer décent à leur fils adoptif. Il n'était plus un bébé et cela pourrait susciter des problèmes d'adaptation pendant un certain temps.

— Oui, nous le savons, avait répondu Charlie.

Il avait désespérément essayé de se faire aimer. Et chaque fois il avait été ramené à l'institution. Que de larmes n'avait-il pas versées en retrouvant son petit lit de fer au bout du dortoir.

Un bruit de pas feutrés ponctués par le tintement des rosaires retentit dans le couloir, la porte s'ouvrit sur deux sœurs dominicaines. Le petit garçon leur emboîtait le pas. Maigrichon, pâle, vêtu d'un vieux sweater bleu marine sur un pantalon de velours côtelé et chaussé de tennis éculées. Il avait des cheveux d'un roux flamboyant et dévisageait les trois visiteurs avec une sorte de terreur contrôlée. Les gens ne tenaient jamais leurs promesses, il ne le savait que trop bien. Les religieuses l'avaient averti de l'arrivée des Winwood. Il ne les avait pas crues. Et même s'ils l'emmenaient, ils ne tarderaient pas à le renvoyer, comme les autres, *tous* les autres.

— Bernie, M. et Mme Winwood sont là, dit l'une des sœurs d'une voix douce.

Le petit se borna à les dévisager, n'en croyant pas ses yeux.

— Bonjour, Bernie, dit gentiment Annabelle, et il tressaillit.

Il avait eu une crise quelques jours plus tôt et avait peur que ça le reprenne, auquel cas il ne reverrait certainement plus jamais les Winwood.

— Nous sommes venus te chercher, dit Charlie. Nous t'emmènerons à la maison où tu resteras pour toujours. Je voudrais être ton papa, voici ta maman et ta sœur, Annie.

— A la maison ? Pour *toujours* ? interrogea Bernie, méfiant.

— Oui, pour toujours, répondit Charlie, le cœur serré.

Il se rappelait parfaitement ses propres angoisses quand on venait le chercher. Sauf que lui, personne n'avait voulu le garder pour toujours.

— Je n'ai pas de famille. Je suis orphelin.

— Plus maintenant, Bernie.

Il avait déjà signé tous les papiers. Au dire des sœurs, Bernie se signalait par sa gentillesse et son intelligence. Il n'avait jamais trouvé de parents adoptifs à cause de son asthme.

— Puis-je prendre mon ourson ? fit-il, stupéfié par la tournure que prenaient les événements, avec un regard en biais vers Annabelle, qui lui souriait.

— Oui, mon petit. Ainsi que toutes tes affaires, dit Charlie.

— Nous avons plein de jouets à la maison, renchérit Annabelle, tandis que le petit garçon aux cheveux cuivrés se rapprochait timidement de Charlie.

— Oui, j'aimerais bien aller avec vous, déclara-t-il, le regard levé vers l'homme qui voulait être son père.

— Merci, murmura celui-ci en se penchant pour le prendre dans ses bras.

Il aurait voulu lui dire qu'il l'aimait, mais se contenta de le serrer tendrement contre lui. De petits bras se nouèrent alors autour de son cou, puis tout doucement, le mot dont Charlie se languissait jaillit des lèvres pâles de Bernie.

— Papa.

Il ferma les yeux, souriant à travers ses larmes, sous le regard ému de Beth et d'Annabelle.

Pilar et Brad n'avaient pas fait de folies pour leur anniversaire de mariage cette année-là. Ils se remettaient tout doucement de leur deuil. Christian, superbe bébé de sept mois, représentait tout pour eux et ils l'adoraient.

Une charmante baby-sitter le gardait tous les matins, quand Pilar se rendait au cabinet d'avocats où elle avait repris ses fonctions à mi-temps. Parfois, elle s'amusait à pousser la voiture d'enfant dans les couloirs lambrissés du palais de justice. Brad montrait son fils avec fierté à ses collègues.

Le couple avait décidé de ne pas renouveler l'expérience de l'insémination. Parfois, en plaisantant, Pilar disait à Brad que les films pornos du Dr Ward lui manquaient. Elle avait réussi à perdre ses kilos superflus et n'était pas prête à recommencer.

Sa mère lui avait rendu visite, avait pris le petit Christian dans ses bras, émue aux larmes. Pour la première fois, Pilar eut plaisir à la revoir.

Nancy, de nouveau enceinte, espérait une petite fille. Pilar avait fini par lui avouer qu'elle avait subi un traitement hormonal et sa belle-fille l'avait félicitée de sa persévérance.

— C'était devenu une sorte de hantise, expliqua Pilar.

— Oui, mais vous avez réussi, répliqua Nancy.

Toutes deux connaissaient le lourd tribut que Pilar avait payé. La perte de Grace avait pendant longtemps assombri ses meilleurs moments avec Christian.

— J'ai parfois l'impression d'avoir manqué les premiers mois de mon fils, confiait-elle à Brad. J'avais tant de peine...

Elle avait rassemblé les affaires de sa petite fille dans une grosse boîte en carton sur laquelle elle avait inscrit son nom, après quoi Brad l'avait déposée dans le grenier, parmi d'autres souvenirs.

Le soir de leur anniversaire, Pilar avait meilleur moral.

— La vie n'aura pas été trop rude cette année, sourit-elle.

— Au moins tu n'es pas enceinte, répondit Brad. — L'année précédente à la même date, ils attendaient les jumeaux. — Mais tu es devenue trop casanière. Avant, tu m'aurais asséné le coup de grâce au tribunal, puis tu aurais voulu aller danser.

Elle haussa les épaules. En ce moment, elle étudiait un cas difficile qui l'avait épuisée.

— Que veux-tu, j'ai vieilli.

— Qu'est-ce que je dois dire !

Elle avait quarante-cinq ans, alors qu'il avait dépassé les soixante-quatre. Pourtant, il était plus actif que jamais. Pilar traînait une vieille fatigue due au fait qu'elle continuait à allaiter son bébé tout en étudiant trois nouveaux dossiers (adoption compliquée, plainte d'une association de consommateurs contre un restaurant, contestation survenue lors d'une vente immobilière à Montecito).

— Tu as l'air éreintée, ma chérie. Arrête de nourrir le bébé au sein ou accorde-toi des vacances.

— J'utilise l'allaitement comme un contrôle de naissances.

Ce n'était pas entièrement vrai. En fait, elle adorait ce merveilleux lien qui l'attachait à son fils.

— Alors cesse de travailler jusqu'à ce que Christian soit plus grand.

— Impossible, Brad. Ce serait trahir mes associés. Je n'ai rien fait pendant un an, je ne leur accorde plus qu'une demi-journée par jour, ils seront déçus si je me retire, et à juste titre.

— Il ne me reste plus qu'à te conseiller d'aller voir un médecin. Tu as trop mauvaise mine.

Pilar se demandait si sa fatigue ne constituait pas un signe avant-coureur de ménopause. Depuis son accouchement elle n'avait pratiquement plus eu de cycles... Son généraliste, chez qui elle se présenta quelques jours plus tard, lui fit passer deux ou trois examens de routine et lui prescrivit une cure de fer.

La semaine suivante, elle ressentit un regain d'énergie, à tel point qu'elle accepta d'accompagner Brad à une régate. Ils étaient sur le quai, parmi la foule bigarrée, tandis que la course battait son plein, lorsqu'elle sentit le sol se dérober sous ses pieds, avant de s'affaisser, évanouie.

Cette fois-ci, des tests plus complexes et plus approfondis aboutirent à un tout autre résultat. Le praticien lui téléphona son diagnostic un matin au bureau. Pilar raccrocha, interloquée. Enceinte ! Comment était-ce possible ? Le médecin lui avait intimé de cesser l'allaitement, l'avait mise en garde contre les dangers d'une nouvelle grossesse. De nouveau, la cohorte des périls resurgit dans son esprit : mongolisme, malformations, dégénérescence génétique, risque de fausse couche, mort du fœtus... Un vrai champ de mines qu'elle devrait parcourir si elle tenait à porter à terme la vie qui prenait forme dans son sein.

Elle pénétra dans la salle du tribunal au moment où Brad signifiait d'un virulent coup de marteau la suspension de l'audience. Il jugeait une affaire criminelle dont les médias avaient abondamment exposé les données. Les policiers venaient de reconduire le prévenu à sa cellule...

Le juge leva le regard pour découvrir, surpris, son épouse devant lui. La salle se vidait.

— Approchez, dit-il d'une voix forte, souriant au souvenir de leur première rencontre, dix-neuf ans plus tôt. Qu'avez-vous à dire pour votre défense ?

— Vous êtes à croquer dans votre robe, monsieur le juge, répliqua-t-elle avec un sourire malicieux.

Soudain, elle se sentait rajeunie.

— Ah-ah, fit-il, l'œil allumé. Vous souhaiteriez peut-être me voir en privé ?

— Peut-être. Mais pas avant d'être passée aux aveux, votre honneur.

— De quoi s'agit-il ? D'une confession ? D'une déclaration ?

— Disons d'un mélange des deux... Reste assis, tu vas avoir un choc.

— Mon Dieu ! Tu as abîmé la voiture ?

— Comment peut-on manquer d'imagination à ce point ?

Elle lui dédia un sourire éblouissant qui lui donna envie de l'embrasser. La vaste salle d'audience était vide à présent.

— Alors qu'as-tu fait ?

— Rien que tu puisses me reprocher, compte tenu que tu y as largement participé.

— Quoi ? As-tu replongé dans les films érotiques sans me le dire ?

Le rire clair de Pilar lui fit froncer les sourcils.

— Chérie, que se passe-t-il ?

— Il se passe, votre honneur, que sans avoir eu recours aux hormones et autres artifices du Dr Ward, et sans aucune aide extérieure, à part la vôtre bien sûr... je suis enceinte.

— Plaît-il ?

— Tu m'as très bien entendue, Brad Coleman.

Il quitta la chaire pour descendre les marches de bois sombre, le sourire aux lèvres, sans trop savoir quoi répondre et, cependant, la poitrine gonflée d'un bonheur insensé.

— Je croyais que nous n'allions plus recommencer, murmura-t-il avec tendresse.

— Moi aussi. Mais il semble que quelqu'un d'autre en ait décidé autrement.

— Et tu le désires vraiment ?

Pilar planta son regard dans celui de son mari. Sur le chemin du tribunal, elle avait longuement réfléchi à la question.

— Je suppose que, comme le disait souvent le Dr Ward, le cours des choses nous échappe la plupart du temps... Mais puisque tu me le demandes, oui, je le désire vraiment.

Elle ferma les yeux et Brad l'embrassa longuement. Il la tint étroitement enlacée pendant un long moment en pensant qu'il avait enfin réalisé son vieux fantasme : embrasser Pilar en pleine salle d'audience... Cela lui avait pris près de vingt ans, mais il y était arrivé.

Vous avez aimé ce livre ?
Vous souhaitez en savoir plus sur son auteur ?
Devenez membre du
CLUB DES AMIS DE DANIELLE STEEL
et recevez une photo en couleurs dédicacée.

Il vous suffit de renvoyer ce bon — accompagné
d'une enveloppe timbrée à votre nom —
au **CLUB DES AMIS DE DANIELLE STEEL** —
12, avenue d'Italie — **75627 PARIS CEDEX 13.**

CLUB DES AMIS DE DANIELLE STEEL
Monsieur — **Madame** — **Mademoiselle**
NOM :
PRENOM :
ADRESSE :
CODE POSTAL :
VILLE :
Pays :
Age :
Profession :

Voici la liste des romans de Danielle STEEL publiés aux
PRESSES DE LA CITE :
Album de famille (87 574-0) — **La fin de l'été** (71 166-3) —
Une autre vie (87 575-7) — **Secrets** (87 954-4) — **La maison
des jours heureux** (71 167-1) — **La ronde des souvenirs** (71
164-8) — **La vagabonde** (87 953-6) — **Traversées** (71 165-5)
— **Les promesses de la passion** (45 062-4) — **Un parfait
inconnu** (49 632-3) — **Kaléidoscope** (91 561-1) — **Zoya** (48
157-2) — **Star** (50 969-5) — **Cher Daddy** (50 970-3) — **Au
nom du cœur** (71 657-1) — **Il était une fois l'amour** (71 658-
9) — **Souvenirs du Vietnam** (50 971-1) — **Coups de cœur** (83
776-5) — **Un si grand amour** (83 779-9) — **Joyaux** (83 778-1)
— **Naissances** (83 777-3)
Si un ou plusieurs titre vous manquent, commandez-les à
votre libraire, en lui indiquant le numéro de code du livre
figurant entre parenthèses.
(Au cas où votre libraire ne pourrait obtenir le ou les livres
que vous désirez, écrivez-nous pour acquérir le ou les titre(s)
qui vous manquent, par l'intermédiaire du club).

Danielle Steel

Joyaux

A la veille de son 75e anniversaire, Sarah, duchesse de Whitfield, se souvient... Manhattan, puis la France, l'amour, la guerre, la gloire et la réussite... Cinq décennies d'une vie bien remplie.

Après un premier mariage malheureux, Sarah épouse William, duc de Whitfield, un homme exceptionnel auprès de qui elle connaîtra un bonheur sans nuage. Jusqu'à ce que la guerre éclate et que William s'enrôle dans les forces alliées.

Sarah devra affronter seule les horreurs de l'occupation nazie. A la Libération, ce sont les retrouvailles. William et Sarah s'installent au château de la Meuze pour construire leur patrimoine. Tout commence comme une action charitable pour venir en aide à ceux que la guerre a dépossédés : William et Sarah rachètent leurs bijoux de famille à des survivants qui tentent de refaire leur vie. Petit à petit, le couple va se retrouver à la tête d'une fabuleuse collection, fonder la maison Whitfield et devenir les joailliers attitrés des têtes couronnées d'Europe. Sarah donnera le jour à une nombreuse famille : Phillip, l'orgueilleux aîné ; Julian, le cadet, généreux et tendre ; Isabelle, la fille rebelle ; Xavier enfin, ultime fruit de leur amour. Tous, à leur façon, feront leur chemin dans la vie, souvent loin les uns des autres, mais toujours profondément unis.

La belle histoire d'une grande maison de joailliers, d'une famille extraordinaire, d'un amour à toute épreuve.

Danielle Steel

La belle vie

Lorsqu'il sort, diplôme en poche, de l'Université, Bernard Stern n'a qu'une ambition dans la vie : mener l'existence paisible d'un enseignant moyen dans une petit ville de Nouvelle-Angleterre.

Comment pourrait-il deviner que l'emploi temporaire qu'il accepte chez Wolff, la chaîne de grands magasins new-yorkais, le propulsera à la tête de cette firme prestigieuse ?

Extrêmement brillant, l'esprit créatif, doué d'un sens inné des affaires, Bernard se voit d'abord offrir la place de directeur de la succursale de Chicago. Il y réussira merveilleusement, faisant remonter en flèche le chiffre d'affaires du magasin.

Vice-président à 31 ans, le jeune homme va dès lors mener une vie exceptionnelle et gratifiante, voyageant continuellement entre l'Europe et les Etats-Unis, fréquentant les mannequins les plus ravissants — incapables toutefois de lui apporter ce véritable amour dont il rêve.

C'est à San Francisco — où il est en passe de réussir le plus beau "challenge" de sa carrière — que la vie de Bernard Stern va brusquement s'éclairer : avec la rencontre au rayon "enfants", de la jeune Jane O'Reilley, cinq ans. Et de sa mère, la belle, la merveilleuse Liz...

Danielle Steel

Un parfait inconnu

Fille unique d'un riche banquier français et d'une marquise espagnole, Raphaella a tout pour être heureuse. A dix-huit ans, elle épouse le meilleur ami de son père, John Henry Philips, financier de renommée internationale qui est tombé fou amoureux d'elle.

Après sept années d'un bonheur sans nuages, le destin frappe à la porte : John Henry est paralysé à vie. Raphaella décide alors de se consacrer entièrement à son mari et s'enferme avec lui dans cette prison dorée qu'est leur belle demeure de San Francisco.

Jusqu'au jour où elle fait la connaissance d'un jeune avocat, brillant et séduisant, qui lui fait entrevoir la promesse d'un avenir à deux, où elle pourrait enfin s'épanouir pleinement.

Raphaella laissera-t-elle un inconnu pénétrer dans un univers où nul n'a accès ? Osera-t-elle rêver à un bonheur qui lui est défendu, et parviendra-t-elle à concilier son attirance pour Alex et son attachement à un homme qu'elle a passionnément aimé ?